曼哈顿海滩

[美] 珍妮弗·伊根 著　　宋瑛堂 译

JENNIFER EGAN

新星出版社　NEW STAR PRESS

献给

克里斯蒂娜、马修、亚历山德拉·伊根，
以及罗伯特·伊根——
我们的鲍勃叔叔

Manhattan Beach

目录
Contents

第一章　海　滩 / 001
第二章　影子世界 / 041
第三章　看　海 / 095
第四章　黑　暗 / 153
第五章　远　航 / 223
第六章　潜　水 / 251
第七章　大海啊，大海 / 311
第八章　迷　雾 / 359
致谢 / 388

是的,如人人所知,
静思与水已共结连理,
永世不分。

——赫尔曼·梅尔维尔,《白鲸记》

第一章

海 滩

The Shore

01

一路驱车到了斯泰尔斯先生家,安娜才发现父亲很紧张。起先,汽车在海洋大道上翩然奔驰,她忙着看风景,没留意到父亲的心情。她把这一趟出行当作去科尼岛游乐场,虽然圣诞节已经是四天前的事了,而且今天冷到极点,海边根本不好玩。后来,眼前出现了一栋豪宅:三层楼高的金砖宫殿,四面全是窗户,黄绿条纹的遮雨篷被风刮得啪啪作响。这条路的尽头是海,金楼是最后一栋。

父亲把杜森堡J型车停靠到路边,熄火。"甜心,"他说,"别眯着眼看斯泰尔斯先生家。"

"我才没有眯眼看他家。"

"你现在就是。"

"哪儿有?"她说,"我只是让眼睛变窄。"

"照你这种说法,"他说,"就是在眯眼睛。"

"才不是。"

他倏然转身面向女儿。"叫你不要眯就别眯。"

她这才发现父亲很紧张。她听见父亲吞咽了一下口水,自己也隐隐担忧起来。她不习惯看到父亲紧张。她曾看到父亲心不在焉,甚至经常看到他若有所思。

"斯泰尔斯先生为什么不喜欢眯眼睛?"她问。

"没人会喜欢。"

"你之前从来没叫我别眯眼。"

"你想回家了，是吗？"

"没有。"

"我可以带你回家。"

"如果我再眯眼睛？"

"如果你让我的头更疼的话。"

"如果你带我回家，"安娜说，"可是会严重迟到的哟。"

她以为即将挨父亲一耳光。以前有过一次，她飙了一长串她在码头上听来的脏话，父亲一巴掌甩到她的脸上，如同一根皮鞭，至今仍是安娜心中盘桓不去的阴影，同时还产生了一种奇怪的效应，让她更有胆量去反抗它。

父亲揉揉额头中间，然后抬头。他的紧张被女儿治好了。

"安娜，"他说，"你知道我希望你怎么做吧？"

"当然。"

"乖乖陪斯泰尔斯先生的小孩玩一会儿，我好跟斯泰尔斯先生商量事情。"

"不说我也知道的，爸爸。"

"你当然知道。"

她走出J型车，圆睁的眼睛被太阳照得水汪汪的。这辆车本来是她家的，股市崩盘后，车归工会所有，成了工会的公务车，被父亲借来开。上学以外的闲暇时间，安娜喜欢跟着父亲，去赛马场，参加圣餐礼早餐会和教会活动，有时进出那种配有直通高层的电梯的办公大楼，偶尔还能下馆子。但是，到私人住处拜访还是头一遭。

应门的是斯泰尔斯夫人，眉毛修整得如影星般秀丽，大红唇光彩夺目。安娜总认为她遇见的女人没有一个比母亲美，可这位夫人艳丽夺目的姿色让她认输了。

"我本来想认识认识克里根夫人呢。"斯泰尔斯夫人嗓音沙哑、性感地说道，双手握住安娜父亲的手。他回应斯泰尔斯夫人说，小女儿今早不巧病了，妻子只得留在家里照顾她。

斯泰尔斯先生没有出现。

黑人女佣穿着浅蓝色制服，端着银色托盘走了过来。安娜客气地从上面拿了一杯柠檬水，（希望自己）没显露出敬畏的神情。玄关的木质地板被擦得亮晃晃的，她可以瞥见自己在地板上的倒影，身上穿着母亲缝制的红洋装。透过隔壁前厅的窗户，可以看见淡薄冬阳下波光荡漾的海面。

斯泰尔斯先生的女儿塔芭莎才八岁，比安娜小三岁，但安娜任凭那只小手牵她到楼下的"育婴室"——一间专供小孩玩耍的房间。那里的玩具多到令人咋舌。安娜随意瞟了一眼，发现了一个眼睛会动的洋娃娃、几只大泰迪熊、一个木马摇椅。育婴室里有位"保姆"，是个声音刺耳、长着雀斑的女人，羊毛上衣把她丰满的上围束得紧邦邦的，宛如塞了太多书的书架。从保姆的宽脸盘和总是滴溜转的眼睛来看，安娜猜想她是爱尔兰裔，赫然担心自己被保姆看穿底细。安娜决定，和保姆保持距离。

育婴室里有两个小男孩，想必是双胞胎，总之可以说长得一模一样。两人想玩电动火车，却怎么也拼不好轨道，求保姆帮忙，被保姆一口回绝。安娜有意摆脱保姆，于是在断轨旁蹲下，主动帮忙。她的指尖能领会机械零件的逻辑，天资过人而不自知，见别人做不来，总暗嫌他们没尽力。在组装东西时，男孩们光拿眼睛看，就如同凭触觉看图，拼装得上才怪。让他们伤透脑筋的一块被安娜一下就拼好了，接着，她从新开的盒子里又取出了几块。这是一款莱昂内尔[1]火车，轨道接合得干干脆脆，质感摸得出来。安娜一边忙着拼装轨道，一边不时瞥向塞在书架尽头的洋娃娃。两年前，她朝思暮想，苦盼不到这种洋娃娃；如今，妄想虽已被时空瓦解，残片仍遗留在心中。以前的渴望竟在这里复出，那感觉既奇怪，又痛苦。

塔芭莎搂着圣诞节新收到的洋娃娃——穿着狐皮大衣的童星秀兰·邓波儿——看安娜为弟弟拼凑车轨看得出神。"你家在哪里？"

---

[1] 美国著名的铁路模型品牌。

她问。

"不远。"

"在海边吗？"

"在那附近。"

"我可以去你家玩吗？"

"当然。"安娜说。男孩们递给她一块，她就能立刻装好。"8"字形的轨道快完工了。

"你有弟弟吗？"塔芭莎问。

"只有一个妹妹，"安娜说，"她今年八岁，和你一样大，不过她仗着自己长得漂亮，心肠不好。"

塔芭莎的心惊表露无疑。"多漂亮？"

"天仙级的漂亮，"安娜郑重地说，随即补上，"她长得像妈妈。我们的妈妈以前在富利丝歌舞团当过舞蹈演员。"不慎夸口说出这句话后，她立刻追悔莫及。父亲的告诫犹在耳边："除非逼不得已，否则千万不要泄自己的底。"

午餐在游戏间里上桌了，端菜的人是同一个黑人女佣。小孩子们全像大人一样，将餐巾摆在大腿上，乖乖地坐在小椅子里。安娜朝洋娃娃偷瞄了几眼，想为抱一下娃娃找个借口，但不想承认是因为喜欢。如果能抱一下，尝到滋味，她就满足了。

午餐后，保姆叫孩子们去穿大衣、戴帽子，然后打开后门，放他们去海边玩，以奖励他们守规矩。后门有条步道，从斯泰尔斯家后面通往一片私人海滩。长长的一道弧形沙滩上轻覆着一层薄雪，斜倚着海面。安娜不是没在冬天逛过码头，但她从未在寒冬时节踏海逐浪。迷你小浪在薄冰下滚滚而来，那些冰她一踩就裂。海鸥在喧嚣的风中吱嘎吱嘎地叫着，不时俯冲而下，肚子白晃晃的。双胞胎带着巴克罗杰斯镭射枪出来玩，可惜枪响和垂死的呻吟声全被风声掩盖，两人犹如在表演哑剧。

安娜驻足水边，望着海，感受到向往和畏惧似电流般冲击着内心。假如海水瞬间消失，会暴露出什么东西来？想必是遍地的失物吧：沉船、宝藏、金银珠宝,也有那条从她手腕掉进排水沟的吉祥手链。父亲总笑着补充说:"死尸。"对他而言,海洋是一片荒原。

安娜看着在身旁发抖的塔比,想说出内心的感受。塔比是塔芭莎的小名。对陌生人讲事情通常比较容易,但这次不然。她引用了一句父亲面对空旷的海平面时讲的老话:"一艘轮船也见不到。"

沙滩上,兄弟俩拖着镭射枪走向浪花冲岸的地方,保姆气喘吁吁地跟进。"甭想接近水边,菲利普、约翰-马丁,"她喘着粗气,"听清楚了没?"她狠狠地瞪了安娜一眼,暗中责怪安娜不该带小朋友玩水,然后将两个小兄弟赶回了房子。

"你的鞋子快被打湿了。"塔芭莎牙齿咯咯打着战说。

"不如我们干脆脱了吧?"安娜问,"尝一下冷的滋味,怎么样?"

"我才不想尝冷的滋味呢!"

"我就想。"

塔芭莎看着安娜解开镜面黑皮鞋的束带。这是安娜和楼下邻居扎拉·克莱因共享的皮鞋。她脱下羊毛袜,露出瘦骨嶙峋、比同龄小孩修长的白脚丫,踏进冰冷的海水,左右脚分别将苦痛的感觉传进心里,其中一部分是灼痛感,竟给她带来了出乎意料的欣快之情。

"什么滋味啊?"塔芭莎尖声问。

"冷,"安娜说,"冷得不得了,不得了。"她使尽浑身力气,不让自己退缩,而这番抗拒为她内心平添了一分异样的亢奋。她朝房子的方向望,看见两个穿黑色大衣的男人走在沙滩边缘以石子铺筑的步道上,顶着风,手压着帽子,恰似无声电影里的演员。"那两个人是我们的爸爸吗?"

"我爸喜欢在户外谈生意,"塔芭莎说,"说是想'远离闲杂人等'。"

塔巴莎的父亲谈生意时不让塔芭莎在场,安娜听到她这么说后由衷地为她抱屈,因为安娜的父亲准许安娜尽情旁听他谈正事。安娜听到的全是她不太感兴趣的东西。父亲的工作是在工会成员和工会之友之间传递问候的心意或祝福。所谓的心意有时是一个信封，有时是一个包裹，由他若无其事地收送——不特别留意的人绝对看不到。几年下来，他常在不经意间告诉安娜许多事，安娜也听到了许多她听不懂的事。

令安娜讶异的是，父亲正对着斯泰尔斯先生讲得眉飞色舞，看起来彼此很熟，就像是朋友。不知道他刚才在瞎紧张些什么。

两人换了个路线，踏上沙滩，改朝安娜和塔芭莎的方向走来。安娜急忙走出海水，可惜鞋子摆得太远，她来不及穿好。斯泰尔斯先生比她父亲高大，个头威武，帽檐下露出油亮的黑发。"咦，这是你女儿吗？"他问，"能忍受极低的温度，连袜子都不必穿？"

安娜意识到了父亲的不悦。"是啊，"父亲说，"安娜，快问候斯泰尔斯先生。"

"非常荣幸认识您。"安娜说着，照父亲教她的方式稳稳地握住对方的手，同时小心不把眼睛眯起来。斯泰尔斯先生看上去比父亲年轻，脸上不见细纹或黑斑，给人的感觉很警觉，微微有些紧绷——连随风飞舞的大衣也掩饰不住。他似乎在等一件趣事发生，等着做出反应。此时抓住他目光的正是安娜。

斯泰尔斯先生在她身旁的沙滩上蹲下，直视她的脸，问道："为什么光着脚？你不冷吗？难道你是想耍宝吗？"

安娜一时答不出来。她认为都不是，而是下意识地想让塔芭莎猜不透她，一直敬畏她。但她连这一点都讲不明白。"耍宝做什么？"她说，"我都快十二岁了。"

"好吧，那玩水的滋味怎么样？"他的呼吸中有薄荷和烈酒的气味，没有被海风吹散。她忽然想起，爸爸听不见他们的对话。

"只有一开始会痛而已，"她说，"一会儿后，什么感觉都没有了。"

斯泰尔斯先生咧嘴笑笑，仿佛把她的回答当成他接住的球，乐得通体畅快。"人生哲理啊，"他说，然后挺直高大的身躯，"她很坚强。"他对安娜的父亲说。

"没错。"父亲回避了她的目光。

斯泰尔斯先生拍掉裤子上的沙子，转身离去。这一刻已经被他耗尽，他想另寻话题。"小孩比我们坚强，"她听见他对父亲说，"幸好他们不知道，算我们走运。"安娜以为他会转头望她，但他似乎忘了她的存在。

拖着脚走回步道时，德克斯特·斯泰尔斯觉得有沙子钻进了牛津皮鞋里。起先他察觉到，埃迪·克里根暗藏着一份韧性，结果不出所料，其个性被黑眼珠的女儿暴露得淋漓尽致。他一向认定，子女常会泄露大人的底，这次又得到一个明证。正因如此，德克斯特·斯泰尔斯在认识对方家人之前，鲜少跟对方做生意。他希望塔芭莎也跟着打了赤脚。

克里根开的是一辆一九二八年的杜森堡J型车，尼加拉蓝，显示出车主不俗的品位，也意味着他在股市崩盘前赚了不少。他还有一位技术过人的裁缝。然而，这人带有一丝晦暗的气息，可能是阴影，可能是感伤，掩盖了他的服装和座驾的光芒，甚至拖垮了他灵巧直率的谈吐。话说回来，谁的内心没有感伤？有些人的内心更是阴影重重。

他们踏上步道时，德克斯特已决定要雇用克里根，前提是双方能谈妥条件。

"对了，你有空吗？想不想搭我的车，去认识我的一个老朋友？"他问。

"当然好。"克里根说。

"妻子不等你回家吗？"

"赶得上吃晚餐就行。"

"你女儿呢？她会不会担心？"

克里根笑了。"安娜？烦我是她的本行。"

安娜本以为，父亲随时会喊她上岸，结果最后出来催赶的人却是保姆。保姆气呼呼地走来，不准小孩继续受风寒。天色变了，游戏间里气氛凝重而昏暗。这房间有专属的柴炉，烧得暖烘烘的。小孩吃着核桃饼干，看着电动火车在安娜拼装好的"8"字形轨道上兜圈，蒸汽从迷你烟囱飘摇而出。安娜没见过这种玩具，无法想象它售价有多高。来这里闯荡这么久，远远超过了平常的嘘寒问暖的程度，她厌倦了。还要装样子给小朋友看，这令安娜筋疲力尽。爸爸已经好几个钟头不见人影。最后，双胞胎丢下奔驰中的火车，改去看图画书。摇椅上的保姆睡着了。塔芭莎躺在编织毯上，拿着新的万花筒，对着灯光看。

安娜随口问道："你的洋娃娃可以借我抱一下吗？"

塔芭莎若有似无地同意了。安娜小心翼翼地从架上拿下娃娃。洋娃娃共有大小四款，这款只比最小的新生儿款大一号，有一双受惊的蓝眼睛。安娜把娃娃侧放，果然如报纸广告上写的一样，瞳孔溜进了娃娃的眼角，直盯着安娜不放似的。她喜不自胜，差点呵呵笑出声来。娃娃的嘴巴被画成完美的圆形，上唇下面露出了两颗被涂得白白的门牙。

塔芭莎似乎嗅到了安娜的喜悦，一跃而起。"可以送你，"她大声说，"反正我已经不玩了。"

安娜思索着这份好意的冲击力。去年圣诞节，她极度想要一个这样的洋娃娃，却不敢说，因为轮船不再进港，家里没钱了。如今，对娃娃的渴望在她体内汹涌澎湃，深知非拒绝不可的她差点收下。

"谢谢你，我不要，"她最后说，"我家有个大一号的，我只是想知道小号的长什么样。"她强捺心中的渴求，逼自己把娃娃放回架子上，但一只手却还逗留在娃娃的橡胶小腿上，直到她觉得保姆在看她才松手。她佯装没兴趣，转头就走。

太迟了。她的心思被保姆识破了。塔芭莎被母亲叫走后，保姆抓起娃娃，作势丢给安娜。"还不赶快收下，亲爱的，"她凶巴巴地低声说，"她的玩具多到玩不完，她才不在乎呢。三个姐弟都一样。"

安娜犹豫着，微微相信办法是人想出来的，自己有可能偷偷收下娃娃，不让别人知道。但她一想到父亲的反应，马上断然拒绝。"谢谢你，我不要，"她冷冷地说，"再怎么说，我长大了，不能再玩娃娃了。"她头也不回，走出游戏间。然而，她的意志已被保姆的同情软化，爬楼梯时两腿都在颤抖。

在前厅一见到父亲，安娜差点忍不住奔向他，照以前的习惯抱他的腿。他已经穿好外套，斯泰尔斯夫人正在道别。"下次一定要带你妹妹来。"斯泰尔斯夫人告诉安娜，亲吻了下她的脸颊，散发出一缕麝香的味道。安娜向夫人保证她会的。J型车停在门外，在傍晚的余晖下反射出沉闷的光。工会的小弟擦车不够给力，这车归他们家管时，车身擦得更亮。

驶离斯泰尔斯先生家时，安娜思索着，什么样的俏皮话才能突破父亲的心防，就像小时候，父亲被她不经大脑冒出的妙语逗得哈哈大笑。那时，她才知道，自己成了开心果。最近，她常发现自己努力想重拾往昔，仿佛某种新意或纯真已从她身上流失。

"我猜，斯泰尔斯先生以前不玩股票吧。"她久久之后才开口说道。

父亲嘿嘿笑着，把她拉了过去。"斯泰尔斯先生用不着玩股票。他开了几家夜总会，也有其他事业。"

"他是工会的人吗？"

"不是，他和工会八竿子打不着。"

这让安娜感到意外。一般而言，工会人戴大帽，码头工戴小帽。有些人，例如她父亲，可能大小帽换着戴，视当天情况而定。爸爸打扮得体面时，就像今天这样，安娜无法想象他手持码头装卸钩时的画面。妈妈从事论件计酬的工作时，总不忘留几根珍禽羽毛，来缀饰他的大帽子。她也为他修改西装，顺应整体的风格，衬托他精瘦的身材。轮船不再进港后，他体重下降，运动量也变少了。

他现在用一只夹着香烟的手握住方向盘，另一手搂着安娜。她依偎在父亲身旁。每次到最后，最温馨的一幕总是父女俩开着车，安娜在昏昏欲睡的满足感中浮沉。车上不知多了什么东西，一股土味弥漫在烟气中，气味熟悉，但她一时想不出是什么。

"刚才为什么光着脚，甜心？"他问，正如她所料想的。

"想踩踩水。"

"那种事，小女孩才会做吧。"

"塔芭莎才八岁，她就不肯。"

"她比较懂事。"

"斯泰尔斯先生称赞我下水了。"

"他的想法，你从哪儿知道的？"

"我知道啊。是他告诉我的，你没听见而已。"

"我注意到了，"他瞟她一眼说，"他对你说了什么？"

安娜的思绪飘回到沙滩上，忆起了赤裸的双脚被冻痛的滋味，想到了那名蹲在她身边面露好奇之色的男人。这些感受现在全和她当时对洋娃娃的渴望糅合成一团。"他说我很坚强。"她声音哽咽，视线一阵模糊。

"你是啊，甜心，"他说着亲了下女儿的头顶，"随便什么人都看得出来。"

等绿灯之际，他从烟盒里又摇出一支罗利烟。安娜拿起烟盒检查，但里面的兑换券早被她抽走了。她希望父亲多多抽烟，她已经收集了七十八张兑换券，但要收集到一百二十五张，才能兑换到诱人的奖品。如果收集到八百张，可以兑换六组镀银刀叉匙，装在定做的盒子里。七百张能兑换吐司烤完后能自动跳出来的烤面包机。可惜，条件太高，可望而不可即。高级奖品的目录里玩具不多，只有弗兰克·巴克熊猫，以及附全套新生儿用品的婴儿娃娃，需要两百五十张，但她似乎瞧不上这些奖品。她感兴趣的是飞镖——"适合较大儿童与成人"，但他们住的公寓那么小，她无法想象在家里扔尖头飞镖。万一射中莉迪娅，那还了得？

有人在展望公园里露宿，烟从公园袅袅升起。快到家了。"我差点忘了，"父亲说，"看我刚才收到了什么。"他从大衣里取出纸袋递给安娜，袋中有几颗鲜红欲滴的西红柿。她刚嗅到的果酸味和土味就是西红柿的味道。

"冬天哪儿来的西红柿？"她讶异地问。

"斯泰尔斯先生有个朋友，盖了一栋玻璃屋，里面种了西红柿。他带我去参观了一下。我们给妈妈一个惊喜，好不好？"

"你刚溜走了？把我丢在斯泰尔斯先生家？"她既错愕,又心痛。她陪爸爸出来办事这么多年,他从未扔下她开溜。他始终留在她的视线范围内。

"走开一下下而已嘛,甜心。你根本不会想我。"

"多远？"

"不远。"

"想你啊,怎么不想？"得知爸爸曾不告而别,她似乎感受到了爸爸不在时的空虚。

"鬼扯,"他说着又亲了她一下,"你玩得乐翻天了。"

02

埃迪·克里根将《纽约晚报》折着夹在腋下，上楼来到公寓门外稍停，喘着气。他刚叫安娜先上楼，说他想买份报纸，其实目的是延迟进门的时间。勤奋不休的暖气炉散发着热气，从门缝渗至走廊，三楼菲尼家洋葱炒肝脏的气味更浓了。他家的门牌上写的是五楼。投机取巧的开发商把二楼诡称为一楼，所以他家的公寓其实是在六楼。幸好，这栋楼的一大优点是地下室有暖气炉，能把蒸汽送进所有房屋的散热器里，弥补了楼高的缺点。

门挡不住姐姐布里安娜豪迈的笑声，他听见后不禁反感。去古巴一游的布里安娜想必是提早回来了。埃迪推开门，被油漆封住的铰链发出吱嘎声。妻子阿格尼丝坐在餐桌前，身穿黄色短袖洋装。六楼的季节是终年恒夏。布里安娜坐在阿格尼丝对面，皮肤上有日晒的痕迹，手握近乎全空的酒杯。布里安娜的酒杯一向如此。

"嘿，亲爱的。"阿格尼丝起身说，她正忙着加工一堆缀着亮片的无檐女帽，"你今天忙到这么晚。"

她吻了埃迪一下，埃迪握着她强健的腰臀，内心又如往常般悸动起来，白天的事暂时被抛到九霄云外。前厅的圣诞树上挂着几颗丁香橙，他嗅到了一丝香味，同时感觉到莉迪娅也在前厅，就在圣诞树附近。他没有转身。他需要稳定心情。亲吻他的美女妻子就是一颗好用的定心丸。布里安娜从古巴带回了高级朗姆酒，埃迪看着妻子把气泡水加进朗姆酒杯中。定心酒更是妙用无穷。

阿格尼丝嫌晚上喝酒会让她感到疲惫，所以入夜后不沾酒。埃迪为姐姐布里安娜的高球杯添酒，再加一小块碎冰，和她碰杯。"这一趟玩得怎么样？"

"本来棒得不能再棒了，"布里安娜笑着说，"后来惨得不能再惨。我改搭轮船回来的。"

"和游艇没的比。对了，这杯调得真爽口。"

"搭轮船这段才是最棒的！我在船上交了一个新朋友，比原来那个更好相处。"

"他有工作吗？"

"在乐队里吹小号，"布里安娜说，"我知道，我知道，亲爱的老弟，得了吧。他温柔得不得了。"

还是老样子。布里安娜是埃迪同父异母的姐姐，大他三岁，童年时两人聚少离多，现在的她犹如一辆被鲁莽的车主用到濒临崩溃的高级车。从前的她光艳照人，如今在光线不对的场合下，三十九岁的她简直像年过半百。

前厅传来了呻吟声，埃迪宛如被人踹了肚子一脚。快去啊，埃迪在心里催自己——在妻子忍不住提醒他之前。他从桌前起身，走向莉迪娅躺着的安乐椅。莉迪娅的力气不足以让她自行坐着，所以家人把她的身体撑起来，像小猫小狗一样。见父亲走来，她歪嘴微笑着，垂着头，手腕像鸟翼一般弯曲。她以晶亮的蓝眼睛探寻着父亲，澄澈无瑕的明眸丝毫不显病态。

"哈啰，莉迪[1]，"埃迪的语调硬邦邦的，"今天过得怎么样啊，小朋友？"

明知她不能回应却如此问候，口气听起来不带挖苦意味也难。莉迪娅并非哑巴，只是讲出来的话全是毫无意义的牙牙学语——照医师的说法是"模仿言语"。话说回来，不和她讲话也不近人情。面对一个不能自行坐着、更不会走路的八岁女童，又能怎么办？摸摸她的头，打个招

---

[1] 莉迪娅的昵称。

呼，顶多只需十五秒，然后呢？妻子阿格尼丝必定会从旁观察，渴望他对小女儿展现亲情。埃迪在莉迪娅身旁跪下，亲吻她的脸颊。她的鬈发十分柔软。她的母亲坚持花大价钱买洗发水给她，把她的头发洗得香喷喷的。莉迪娅的肌肤柔嫩似婴孩。随着莉迪娅越长越大，大家更忍不住遐想，假如她没有残障，外表会变得如何。会变成小美女吧。可能胜过她的母亲阿格尼丝——安娜是绝对比不上的。可想这么多有什么用？

"你今天过得怎么样啊，小朋友？"他又沉声问了一次，把莉迪娅抱进怀里，在椅子上坐下，让女儿靠在胸膛上。安娜凑过去。她受过母亲的训练，懂得审视父女互动的言行。安娜对妹妹如此尽心尽力，这令埃迪不解；妹妹的反馈少之又少，安娜费再多心血又有什么用？安娜脱掉妹妹的袜子，搔搔她蜷曲的软脚丫，逗得她在父亲怀中扭动身子，发出她代表欢笑的声响。埃迪讨厌这一幕。他宁愿莉迪娅无法思考、没有感觉，顶多只有动物的本能，只懂得求生之道。然而，快感衍生的欢笑却推翻了他坚信的这份假设，令他怒火中烧——先是气莉迪娅，然后气自己吝于施舍她片刻的欢乐。同样令他勃然大怒的是她流口水的时候——她当然无法自制，埃迪却气得想打她，随即内疚不已。一次又一次，埃迪和小女儿相处时，怒火和自我憎恶的暗潮交相攻心，使他疲惫麻木。

但反过来说，父女相处也能如此温馨。窗外的暮光转为靛蓝色，他的思绪欣然被布里安娜的朗姆酒迷雾蒙蔽，两个女儿猫咪般依偎着他。收音机播放着艾灵顿公爵的爵士乐，这个月的房租已如期缴清。他的家境固然不理想，但至少境况胜过一九三四年残垣断壁里的无数男人。幸福指日可待，这份希望如睡意般在他心中滋长着，但反叛心陡然拉扯住他，逼他恢复理智：不行，我不能接受，我不愿耽于此情此景的快乐。他倏然起身，吓到了莉迪娅。莉迪娅被放回椅子时呜咽起来。情况不应该是这样的——离理想差太远了。他是遵规守纪的人（埃迪常如此提醒自己，不无反讽的意味），而这里有太多法则脱序。他抽身而退，脱离现场。转身背弃幸福快乐的同时，他也付出了代价：受到心痛与孤寂的鞭笞。

他想给莉迪娅买一种价格高昂的特制轮椅。这样的女儿，没有德克斯特·斯泰尔斯家那样的财富怎么养得起？可恨的是，那种人家怎么会生出莉迪娅这种小孩？莉迪娅出生的头几年，在埃迪夫妇仍自认是有钱人的时候，阿格尼丝每星期都会带莉迪娅去纽约大学诊所，由一名妇人为她泡矿泉浴，用皮带和滑轮来强化她的肌肉。现在，他们已负担不起那种医疗。但是，特制轮椅能让她坐直，能让她挺直身子观看世界，加入直立人的行列。阿格尼丝深信轮椅具有改头换面的效力，埃迪深信的则是显得和妻子见解一致的需求。或许，他也认同妻子的想法，微微认同。冲着轮椅，他才想主动去结识德克斯特·斯泰尔斯。

阿格尼丝清走餐桌上的无檐女帽和亮片链，摆放晚餐用的四套餐具。她希望能让莉迪娅同桌，也乐意抱她坐在大腿上一起用餐，无奈这样做势必会倒尽埃迪的胃口。因此，阿格尼丝让莉迪娅独守前厅，照常因为内疚而凝神关注她。关照她的心意犹如一条绳，两头分别由阿格尼丝和安娜牵曳。透过这条绳，阿格尼丝能感应到莉迪娅的意识和好奇，得知莉迪娅相信自己没落单。她希望莉迪娅能感受到妈妈炽热的爱和关照。当然，握绳的阿格尼丝心神有半数缺席——埃迪常嫌她不专心。但对莉迪娅关心不足的人是他，阿格尼丝没有其他选择。

晚餐是焗豆香肠焙盘，布里安娜边吃边讲她和伯特闹翻的过程，以娱乐大家。她和伯特的关系原本已经恶化，不料布里安娜一不小心，竟把他从他自己的游艇上推下了水，掉进了巴哈马群岛附近鲨鱼猖獗的海域。布里安娜说："比他游得更快的人，保证你们没看过。他简直是奥运会游泳健将，不骗你们。后来他爬上甲板，站不起来，我过去扶他，还想把他搂进怀里呢——毕竟他好几天没做过这么滑稽的事了。结果你猜他做何反应？他居然想一拳捶烂我的鼻子。"

"然后呢？"安娜乐得大喊，惹得埃迪有点反感。女儿恐怕会被姐姐带坏，但他不知如何是好，不知如何反制。

"我当然闪得很快喽，害他差点又落海。从小家里有钱的男人哪儿懂得打架？只有穷人家的小孩才会。就像你，我亲爱的弟弟。"

"不过，我们家没游艇。"他指出。

"所以才更可惜啊，"布里安娜说，"你头上戴一顶游艇帽，看起来更潇洒。"

"你忘了我不喜欢坐船。"

"家境好的男孩,长大后会变得软弱,"布里安娜说,"最后,上下里外都软趴趴的,懂我意思吧?"见埃迪在瞪她,她补上一句,"思想就不够硬。"

"小号手呢?"他问。

"他呀,他是个正宗的情郎。头发卷卷的,鲁迪·瓦利的翻版。"

过不了多久,布里安娜又会再次伸手要钱。她的舞蹈演员生涯是很久以前的事了,即使是在跳舞有薪水可领的日子里,她的主要财源始终是频频更换的男友。如今,阔绰的男人少了,而且她眼袋明显,腰围圆了一大圈,交上男友的概率骤降。但只要姐姐伸手,埃迪就会设法凑钱给她,即使没钱,也不惜向高利贷借。埃迪唯恐缺钱的她会踏上险路。

"我的小号手嘛,他其实日子过得不错,"布里安娜说,"他最近在德克斯特·斯泰尔斯的两三家夜总会表演。"

这个姓名让埃迪一时间惊慌失措。他从未听过布里安娜或任何人提及这号人物,更没想过自己应该为这种可能性预先做好心理建设。餐桌对面的安娜迟疑着,他感觉到了。安娜会不会抢着说:斯泰尔斯家就在曼哈顿海滩,她和爸爸今天去过?埃迪不敢正视安娜。他以绵长的沉默暗示安娜也闭嘴。

久久之后,他才回应布里安娜:"是啊,是很不错。"

"埃迪的个性就是这么好,"布里安娜叹气道,"一向乐观。"

前厅的时钟敲了七下,这表示七点已过十五分钟。"爸,"安娜说,"你不是带了东西回家,想给她们一个惊喜吗?"

由于刚才的虚惊一场,埃迪的脑筋一时转不过来,过了一会儿才想起纸袋里的物品。他从桌前起身,走向挂钩下的大衣。安娜精得很,他暗中赞叹着,一面假装摸摸大衣口袋找东西,借机调整呼吸。安娜岂止是精。他对着桌面,把纸袋倒过来,让亮晶晶的西红柿滚到桌上。妻子和姐姐果然很惊喜。"哪里来的?你怎么会有?"两人急着问,"谁给的?"

埃迪思索着该如何解释之际,安娜顺势代答:"工会有人有一栋玻璃屋，里面能种东西。"

"工会的弟兄们日子过得挺好啊，"布里安娜有感而发，"即使遇到经济大萧条也一样。"

"尤其是在遇到大萧条的时候。"阿格尼丝话里带刺，但她其实很高兴。有福可享，意味着埃迪仍有门路——这种运气可遇而不可求。她找来盐和水果刀，开始在砧板上切西红柿，汁液和小种子流到了油布上。吃西红柿切片时，布里安娜和阿格尼丝乐得直哼哼。

"先是圣诞节有火鸡可吃，现在又有这个——敢情是快选举了吧。"布里安娜边说边吸吮手指上的西红柿汁。

"达内林想竞选市议员。"阿格尼丝说。

"上帝保佑，那个吝啬鬼。埃迪，来嘛，尝尝看。"

埃迪最后也吃了起来，糅合了咸酸甜的滋味如琴弦般在他嘴里拨动着。安娜的视线和父亲的相接，密谋成功的她连窃笑也不露。她随机应变的能力远超埃迪的期望，但埃迪发现自己有件心事搁不下——或者说，他正回想着白天令他烦恼的事？

安娜帮母亲收桌子，洗餐具，布里安娜则为自己添朗姆酒。前窗外有一道逃生梯，埃迪打开窗户，爬到外面抽烟，又回身赶紧关好窗户，以免莉迪娅受风寒。黑暗的街区浸淫在路灯的黄晕中。那辆华丽的杜森堡车原本是他的。该去还车了，想到这儿他不禁轻松起来。达内林向来不准他隔天还车。

埃迪抽着烟，心思回到他对安娜的烦恼上。这心事仿佛是他收进口袋里的一颗石子，现在终于能取出来细看。他曾在科尼岛教安娜游泳，带她去看《人民公敌》《小凯撒》《疤面人》（无视引导员反对的目光），给她买巧克力牛奶汽水与俄式水果奶油布丁，七岁大就让她喝咖啡。她简直是个小男孩，袜子脏兮兮的，平日穿的洋装和七分裤没什么两样。她是个小不点，是到哪儿都能欣欣向荣的野草，再恶劣的环境也不怕。安娜稳稳地向他倾注生命力，莉迪娅则戳孔让他的生命力流失。

然而，他刚在餐桌上目睹的一幕是欺瞒，这对一个女孩来说不是好事，会让她误入歧途。今天，当他靠近正在海边和斯泰尔斯对话的安娜时,他赫然发现,女儿纵使算不上是美人坯子,多少也能引人注目。她快十二岁了,尽管在他心中她仍是小孩,但已不再是幼童。认识到这个事实后,阴影在他心头终日萦绕不去。

结论已经很明显了:以后不能再让安娜当跟班了。即使不是就此打住,也不能拖太久才喊停。这想法演变成逐渐扩大的空虚感,盘踞在他心中。

埃迪爬回公寓里,朗姆酒味扑鼻的布里安娜在他脸颊上草草吻了一下,然后找她的小号手去了。阿格尼丝拿出一片木板盖在厨房水池上,用来为莉迪娅换尿布。埃迪从妻子背后搂抱住她,将下巴搁在她肩膀上,追忆小两口动不动亲热的日子,假想着回到过去片刻。但阿格尼丝要他亲莉迪娅一下,由他接手换尿布,为女儿钩好别针,小心不要刺到她娇嫩的皮肤。眼看着,埃迪就要接手了——他愿意接,手就要伸过去了——终究还是没有。随即,接手的意愿来了又走了。他放开阿格尼丝,对自己感到失望,阿格尼丝独自把尿布换完。刚才她也有重温往日的冲动,她多想转过身去献上一吻,给埃迪一个惊喜,暂且忘掉莉迪娅——总不会少一块肉吧?但她只敢想象,做不出来。往日的习性全被她折好,收进盒子里,和她的演出服一起蒙尘。有朝一日,或许她会从弹簧床下抽出盒子,再打开看看,但现在不行。莉迪娅太需要她了。

埃迪去小孩的卧室找安娜。姐妹俩同睡这间靠街的房间,夫妻俩的房间则正对着通风井,排出的气体充斥着霉味和潮湿的灰烬味。安娜正在翻阅精品目录。这本小册子里尽是些不值钱的奖品,埃迪不懂,安娜为何如此沉迷,但他在窄床上坐下,坐在安娜身旁,把他最新一包罗利烟里的兑换券给她。她正在研究的奖品是一张镶花的桥牌桌,号称"百用不坏"。

"你觉得好不好?"她问。

"七百五十张兑换券?想收集那么多,莉迪娅也得学会抽烟不可吧。"

安娜听后笑了出来。她喜欢爸爸提到莉迪娅。埃迪自知应多提莉迪娅,反正又不会多花他一毛钱。安娜翻到下一页:男士腕表。"爸,我可以兑换这个送你,"她说,"因为烟全是你在抽。"

他很感动。"记得吗,我有我的怀表。收集的人是你,不如换个奖品给你自己吧。"他翻找着适合儿童的奖品。

"婴儿娃娃?"安娜语带鄙夷。

被这语气刺伤的埃迪赶紧翻到另一页,里面有粉饼盒和丝袜。

"给妈妈的吗?"她问。

"给你的。因为你长大了,不想玩洋娃娃了。"

她哈哈大笑起来,令埃迪松了一口气。"那种东西,我永远也用不着,"她说着翻看玻璃器皿、烤面包机、电灯,"我们选个全家都能用的奖品吧。"她的口气很大,仿佛自己的小家庭能媲美邻居菲尼家。菲尼家有八个健康的小孩,挤在两间公寓里,所以三楼有一间厕所由他们家独占。

"你晚餐时的反应是对的,甜心,"他压低嗓子说,"没提斯泰尔斯先生。其实,最好不要对任何人提起他的名字。"

"只能对你提?"

"连我也不行。我自己也不会提。用脑袋去想,可以,但不能讲出来,懂吗?"他硬着头皮,等待即将到来的顶嘴。

但这个说辞似乎让安娜格外兴奋。"好!"

"对了,刚才我们提到谁来着?"

安娜愣了一下。"某某先生。"她说。

"乖女孩。"

"妻子是某某夫人。"

"答对了。"

安娜觉得自己渐渐忘记了,满足于掌握一个只有父亲和她知道的秘密,以及自己以这种独一无二的方式讨得了他的欢心。和塔芭莎、斯泰尔斯先生认识那天的情景变得如梦似幻,自己再怎么竭力收拢也渐渐分解融化。

"而且他们住在没人知道的地方。"她想象着:一座海边城堡正在被失忆云雾慢慢笼罩,消失。

"对啊,"父亲说,"的确是。很美,对吧?"

03

　　以前回到家,埃迪总会有一种松懈感,现在,那份感受只在走出家门时才有。最主要的原因是,他可以抽烟。下到一楼,他用火柴划鞋底点烟,庆幸下楼时没遇见邻居。他讨厌邻居,因为他们看待莉迪娅的眼光。菲尼家的态度热诚而慈善,总之是怜悯。一听到上下楼的脚步声就贴到门边的巴克斯特太太,踩着拖鞋的小碎步听起来像蟑螂在乱爬,有着恶灵似的好奇心。二楼有两个老光棍,卢茨和博伊尔,隔墙而居,却十年不交谈。博伊尔的态度是嫌恶,卢茨是愤怒。有一次,卢茨居然开口问:"把她送进疗养院比较好吧?"埃迪反驳他:"送你去才对吧?"

　　走出公寓,他在寒风中察觉到窸窸窣窣的细语声,口哨声在冒烟的烟头之间传递。接着,他听见有人喊"释放所有人",这才意识到一群男孩正分两组玩着"陵格雷维欧"追捕游戏[1]。这条街区的居民族裔混杂,他家公寓里也有各色人种:意大利裔、波兰裔、犹太裔。独不见黑皮肤。但男孩们嬉戏的场面很像他待过的收容所里的情景。他自幼在布朗克斯区天主教办的收容所长大,无论走到哪里,都有一群男孩子。

　　埃迪坐进杜森堡车,发动引擎。先前他听到汽车发出一种嘶鸣般的震动声,心觉不妙,所以现在他要再仔细确认一下。无论任何东西,只

---

[1] 发源于纽约曼哈顿街头的捉迷藏游戏。

要被达内林碰过,一定会被搞到报废,这辆车也是——连埃迪也不例外。他踩着油门,侧耳听声响,抬头望了一眼自家前厅的窗户。家人在里面,亮着灯。有时候,埃迪进家门前会在走廊稍做停留,隔着门听里面愉悦的气氛,总觉得诧异。是我刚才想象力太丰富了吗?事后他会这样问自己。还是他不在家时,家人的日子过得比较轻松——比较快乐?

安娜在父亲出门后,总有一段时间觉得仿佛所有重要的事物都随他远去了。前厅时钟的嘀嗒声令她抓狂。她正忙着把小珠子绣在华丽的羽毛头饰上,手腕和指头隐隐作痛,这种痛让她感到自己的无能为力,令她几近愤怒。母亲正在为无檐帽贴亮片,一顶要贴五十五片,但最难的装饰工作由安娜担当。擅长针线活的她并不引以为傲。靠双手赚钱,意味着要听人指使——母亲听从邻居珀尔·格拉茨基的使唤。珀尔是她在歌舞团跳舞时认识的朋友,以缝制戏服为业,主要为百老汇舞台剧供应服饰,好莱坞的片子偶尔也会用她的杰作。格拉茨基先生足不出户,因为他的腰在第一次世界大战期间中了弹,十六年来一直无法愈合——这理由常被用来解释格拉茨基夫人为何会为了成品不尽理想而气得跳脚。安娜的母亲从未见过格拉茨基先生。

莉迪娅睡醒时,安娜和母亲会打起精神,安娜会把妹妹抱到大腿上,在妹妹胸前围上围兜,母亲则喂她吃粥。母亲每天早上都会用软蔬菜和搅碎的肉煮粥。莉迪娅散发出森森的警觉;她能看、能听、能理解。夜里,安娜悄声对妹妹诉说秘密。几星期前,安娜送一包成品去格拉茨基家,发现珀尔·格拉茨基不在,心头不知从哪里涌出一股胆量,驱使她推开格拉茨基先生的房门,并请求看一眼他的腰伤。身形高大的他有着一张英俊但残破的脸。格拉茨基先生撩起睡衣,掀开纱布,给她看一个像婴儿嘴似的水亮的粉红色圆形小孔。这秘密只有莉迪娅知道。

莉迪娅吃完后,安娜打开收音机,调频到马特尔交响乐队演奏的经典曲目。她和母亲轻手轻脚地跳起舞来,等着四楼的普雷格先生拿扫帚柄敲天花板。幸好,他大概是去看拳击比赛了。他周六晚上常去那里。母女俩调高音量,母亲旁若无人似的跳着热舞,不太像平日的她,勾起了安娜对童年时的模糊印象。安娜记得母亲在舞台上跳舞时的场景,遥远的身影在彩灯下闪烁。没有一种舞难得倒母亲,她能跳巴尔的摩巴兹舞、探戈、黑臀舞、阔步舞。可惜,现在除非家里只有安娜和莉迪娅,否则她一律不跳。

安娜抱着莉迪娅跳舞,跳到妹妹瘫软的手脚也融入舞步中,三人都跳得满面潮红,母亲披散开头发,上衣最上面的扣子敞开着。她打开通往逃生梯的窗户,凛冬的寒风冻得她们咳嗽。在她们的欢呼声中,小公寓震动起来,这是父亲在家时不曾有的现象,宛如一种他仔细听就会变成呓语的语言。

舞得浑身发烫时,安娜就会掀开浴缸盖,放洗澡水,母女俩尽快帮莉迪娅脱掉衣服,将她轻轻放进温水中。蜷缩佝偻的身形摆脱了地心引力,明显放松下来,尽情享受着。母亲钩住她的腋下抱着她,让安娜用高级紫丁香洗发水为她按摩头皮。莉迪娅那双清澈的蓝眼睛凝视着母亲和姐姐,散发出狂喜的光芒。泡泡聚集在她的太阳穴上。把莉迪娅捧成秘密公主供奉着,把最好的东西留给她用,这让她们有一种隐隐心酸的满足感。

在洗澡水冷却之前,母女俩合力才把莉迪娅抱出浴缸,泡沫在肢体异常扭曲的部位晶莹剔透,展现出一份异样的美感,有如耳内的结构。她们用毛巾包裹住莉迪娅,抱她上床,放在床罩上,为她擦干身体,然后抹上卡什米尔花束牌爽身粉。她的棉质睡衣点缀着比利时蕾丝,湿湿的鬈发有紫丁香的芬芳。帮她盖好被子后,安娜和母亲在她左右躺下,伸手在她身体上方交握,以免她睡着后滚下床。

每一次,当安娜从父亲的世界移向母亲和莉迪娅的世界时,她觉得自己仿佛被一个世界甩开,又被抛进了另一个较为深沉的世界。当她重回父亲的世界,握着父亲的手向市区挺进时,她甩开的是母亲和莉迪娅,常把她们抛向九霄云外。就这样,她一次次往返,逐渐深入,直到她似乎再也无法深入为止。然而,更深的地方不是没有,只是她始终无法钻到底。

埃迪把车停在"桑尼西岸烧烤酒吧"外面，码头近在眼前。还有三天就是新年前夜了，一个星期六的夜晚，外面一片死寂，这是近两星期没有一艘轮船进港的铁证。

酒保是白发苍苍的马蒂·弗林，埃迪向他打了个招呼，然后踏着锯木屑走向左后方的角落。这里的墙上有一张爱尔兰裔拳击手吉米·布拉多克全副武装准备登场的海报，下面的桌子就是约翰·达内林办理非官方事务的地方。他体魄魁梧，健壮的双手看似码头工人，但他已有十几年不曾和轮船接触。达内林的服装整洁，外表却给人一种懒散、落魄的印象，宛如一艘靠港太久而生锈的货轮。他周围常有一群溜须拍马、死缠不放、诈骗小钱的家伙，常向他进贡以换取好处。船不进港，这些人的骗钱事业蒸蒸日上——因为码头装卸工穷到狗急跳墙了。

见埃迪坐下，达内林咕哝道："埃迪。"

"达尼[1]。"

达内林向酒保招手，叫他为埃迪上一杯杰纳西啤酒和一小杯黑麦威士忌。然后他坐下，表面上若有所思，其实凝神听着他随身携带的手提式收音机（能折叠成手提箱），音量不大。达内林爱听赛马、拳击、球赛，凡是能下注的活动，他全关心，但他的挚爱是拳击。他目前赞助了两个男孩进军少年轻量级。

"代我问候新娘了吗？"达内林问埃迪，洛纳根旁听着。作为小组织头目，洛纳根最近才打进达内林的圈子。

"太重了，"埃迪说，"我等新年过后再去送。"

达内林哼了一声表示许可。"平平顺顺地送，急不得。"

这次送货的对象是一名州级的参议员。原本计划今天趁圣帕特里克大教堂散会时递送。新娘的父亲是银行业者戴尔·杜林，枢机主教海斯的亲信。婚礼将由枢机主教主持。

"我倒不觉得重，"洛纳根持异议，"这儿有法可依，没错，但法律是我们制定的。"

---

[1] 达内林的昵称。

"你在场吗?"讶异的埃迪回嘴道。他看不惯洛纳根——洛纳根的牙齿很长,不笑时也像在冷笑。

"我妈以前是新娘的保姆。"洛纳根得意地说,"对了,我怎么没在婚礼上看见你,克里根。"

"这就是埃迪的本事。"达内林嘿嘿笑着说,"他想让人看见时,别人才看得见他。"他的眼珠转向埃迪,让埃迪感受到一种老友之间的亲近感,比他同布里安娜的感情更为深厚。小时候,埃迪救过达内林一命,同时也救了收容所另一个男孩。他在罗卡韦海边,不顾两人的哭喊、呕吐,凭一己之力将两人从激流中拖离。这件事大家绝口不提却常存心中。

"我下次会瞪大眼睛找你,"洛纳根不甘心地说,"请你喝一杯。"

"请个屁!"达内林呵斥道,陡然的震怒引来了附近两人一闪即逝的关注。这两人是达内林的近身护卫。达内林和这两个朝天鼻巨汉保持距离,因为他想塑造一种慈祥叔伯的形象。"一出这酒吧,你就不认识埃迪·克里根了,懂吗?他一面和高官贵人打交道,转眼又跟你这种杂碎瞎搅和,成何体统?埃迪去哪儿,干你屁事。你没事别去找碴。"

"对不起,老大。"洛纳根嘟哝道,脸颊通红。埃迪能感受到他满溢的嫉妒心,差点笑出来。洛纳根在嫉妒我!埃迪穿着得体(阿格尼丝的功劳),而且达内林愿意听他的意见,没错,但埃迪是无名小卒里最小的一号。他是个名副其实的"送包人",是个小瘪三,负责为不该有授受关系的双方传送一袋子的东西(当然是钞票,但他没必要知道是什么)。理想的送包人应和双方均无瓜葛,服装平凡,仪态自然,能在交易过程中剔除偷鸡摸狗的臭味。埃迪·克里根就是这种人。他在所到之处,无不显得安详自在——赛马场、舞厅、剧院、圣名会[1]的聚会。他面容亲和,说话不带口音,熟门熟路游走于各阶层。在埃迪的操作下,货能送得不留痕迹。哦,对了,我差点忘记我们都认识的朋友交代

---

[1] 全称"上帝与基督至圣之名学会",罗马天主教会所属宗教学会。

过这东西。哇,谢谢。

为答谢埃迪的苦心,达内林付他尚能糊口的薪资。幸运的话,埃迪能领二十美元的周薪,再加上阿格尼丝的家庭手工收入,勉强能过活,不至于典当家里尚存的贵重物品,例如收音机、布里安娜送的结婚礼物——一个法国钟,还有他死也不放手的怀表。现在如果能找到码头装卸的工作该多好。

"有船在检疫吗?"埃迪问的是达内林地盘里的三个码头有没有船进港。

"也许再等一两天吧,从哈瓦那来。"

"进你的码头吗?"

"我们的,"达内林说,"我们的,埃迪。怎么了?你想借钱吗?"

"不想向他借。""他"指的是高利贷鲨鱼纳特,一星期利息百分之二十五。纳特正在射飞镖。

"埃迪啊,埃迪,"达内林轻声斥责他,"我这星期会付薪水给你。"

埃迪本想喝一杯就走,但被洛纳根这么一挑衅,他认为不能比洛纳根早走。这表示,他必须陪达内林喝酒,而达内林的腰围是埃迪的三倍,而且有一条腿是木头义肢。埃迪朝门的方向瞥了一眼,希望达内林的悍妇玛吉进来揪他回家,把他当挥霍薪水的装卸工一样教训,而他却是有意问鼎市议会的工会主席。奈何玛吉迟迟不现身,最后,埃迪在不知不觉间和达内林等几个酒客一起,哭喊着"黑丝绒乐队"的歌词,频频拭泪。终于,洛纳根走了。

他走后,达内林说:"你不喜欢他。"埃迪不肯先走,等的正是这个时机。

"他还好。"

"你觉得他正不正直?"

"我认为他没有作假的习惯。"

"这方面的事,你的嗅觉很灵敏,"达内林说,"怎么不去当个警察?"

埃迪耸耸肩,手指夹着香烟转呀转。

"你的想法像警察。"

"想法像警察,不动歪脑筋可不行。警察动歪脑筋,那还得了?"

顶着光秃秃的头皮,达内林瞪了埃迪一眼。"歪不歪,还不全是见仁见智吗?"

"是啊。"

"就算碰到大萧条,警察也不会被解雇。"

"有道理。"

达内林似乎醉了。心不在焉的表象常让有些人不把他看在眼里,有些人常因此在他眼前太过放肆。这些人中计了。埃迪听说过,有一种毒鱼懂得伪装成岩石,唬住猎物。埃迪正要起身离开,达内林却转身盯住他,水汪汪的眼睛带有恳求的意味。"坦克雷多,"他唉声叹气道,"那个意大利杂种爱搞拳击赛。"

达内林爱批判意大利裔,埃迪如果再对他火上浇油,恐怕会在酒桌上再耗至少三十分钟。"你那两个小子练得怎样了?"埃迪问,希望转移话题。

一提起他的拳击手,达内林的脸皮松懈下来,如同冷冻的烤肉被火舌舔热。"打得漂亮啊,"他喃喃地说,招手又叫了一杯,令埃迪心惊,"真是漂亮。他们反应快,脑筋灵活,也听话。埃迪,你该见识一下他们的身手。"

达内林膝下犹虚,在这个圈子里是异数,因为普通人会生四到十个小孩。玛吉太凶的事实究竟是因还是果,正反双方的意见相持不下,但大家的共识是,假如达内林有儿子,以他对待手下(总是维持两个)中轻量级选手的方式来娇惯儿子,绝对会被当众奚落。手下的选手上阵时,他们每挨一拳,达内林就会皱脸缩脖子,活像老小姐见自家小爱犬和杜宾狗进行殊死战。他去观战时戴的绿色墨镜,遮不住他残酷的小眼睛中噙满的泪水。

"他们被坦克雷多盯上了,"他声音发颤,"我的孩子们。他会搞鬼，害他们没有打赢的机会。"

埃迪即使醉了，也能轻松解读达尼的难题：坦克雷多——虽然不知是何方神圣——的意大利帮掌握了某些场子的出赛权，得先从达内林这儿捞一点油水，才会准许达内林的选手上场——或者让他们有获胜的机会。这种手段和达内林的如出一辙：在达内林掌控的码头上，不缴钱的人无论干哪一行，失业都是其最好受的下场。

"埃迪，我被意大利佬捏得死死的，烦恼到睡不着。"

达内林坚信，他挂在嘴上的"意大利帮"表面上汲汲于营利与自保，其实别有居心：对爱尔兰裔赶尽杀绝。这个看法源于几件他如数家珍的大事：拉瓜迪亚市长瓦解坦慕尼协会势力、芝加哥情人节血案（七名爱尔兰裔丧生），还有近来，快腿戴蒙德、文森特·科尔等黑帮成员陆续遭谋杀。至于死者生前全是杀人凶手的事实，达内林一律忽视。意大利帮的成员未必是意大利佬，和他作对的同是爱尔兰佬，他也不管。他的敌人包括抢他生意的码头老大、不按牌理出牌的雇主、拒绝与工会妥协的人。这些人都有失踪的可能，全看达内林的走狗下什么毒手，等来年春天冰雪融化，肿胀的尸首会浮上水面，就像游行花车在哈德孙河上漂流。对达内林而言，意大利帮的威胁极大，大如宇宙星辰。平日，他这份执着无伤大雅，顶多只会让埃迪无聊到头皮发麻，今天却不同。埃迪今天去找的人正是意大利帮的大哥。

"你正在想一件事，"达内林盯着埃迪说，目光带有侵略性，"快讲出来。"

约翰·达内林尽管因半醉而心神涣散，却仍具有一份超自然的机灵，仿佛知觉经由他的无线电传送被放大了。达内林能看透对方心意的这一面少有人见，见到时又为时已晚，想诓骗他的人后果自负。

"你说得对，达尼，"埃迪说，"如果能重新来过，我想当警察。"

达内林瞅着他，直至侦测出此言不假，才松懈下来。"换成你，"他吐出一口气，"你会怎么对付坦克雷多？"

"他要什么，我就给他什么。"

达内林抽身向后，轰然反对。"老子给他个屁！"

"有时候，对打也没用，"埃迪说，"有时候，上策是争取时间，等待契机。"

偶尔，比如现在，隐而不宣的怒海救命之恩从他们的谈话中流露出来，破水而出，被摊到了台面上。获救的达内林与巴特·希恩比埃迪大几岁；巴特的头脑好，达内林的口才佳。出事当天，埃迪见两人在浪中挣扎，游不回岸边，急忙冲下了海，游向他们，两手臂各钩住一人的脖子，对着他们惊恐的脸大喊："别再挣扎了，顺水漂，让潮水带我们出去。"

达内林和巴特累到无法不遵从。三人顺着潮水漂流，喘够气之后，埃迪带着他们沿海岸线游了半公里。这几个孩子都深谙水性，几乎从能走路开始，就常在夏天去市区的码头跳水祛暑热。过了一公里，埃迪在碎浪之中看见缺口，连忙赶着巴特和达内林回到了岸上。

"意大利佬想横插一脚，我怎么争取时间？"达内林按捺着怒火说。

"给他一点，意思意思，让他安静一阵子，"埃迪说，"讨好他一下，然后想办法脱身。"

他知道自己正在自言自语，如同达内林自顾自地谈着他自己。达尼靠得很近，埃迪被笼罩在腌洋葱的酸气中。达尼喜欢吸吮腌洋葱。一阵反胃感在埃迪的五脏六腑里上下回旋。

"埃迪，你的建议不错。"达内林粗声说道。

"很高兴能帮忙。"

"你好好照顾自己。"

达内林把椅子转开。埃迪醉到斗鸡眼，起初未察觉自己酬劳还没拿到就被打发了——达内林不甘自曝弱点以此惩罚他。那天在海滩上，也发生过同样的状况：埃迪揪着达内林的头发，把他拖上沙滩，他躺着痛哭，猛呕了好一阵子海水，然后擦干眼泪，信步离开。巴特·希恩则感激万分，高高抱起埃迪，接连亲吻他的左颊右颊。然而，埃迪并没有上达内林的当——以前和现在都一样。他知道，爱欺负弱小的达内林事后会保护他。果然没错。两人的情谊越深厚,达内林的轻蔑态度就越明显。他深深爱着埃迪。

达内林的注意力骤然转弯,改和几个前来表忠诚的庄家交流,几度从一卷钞票里抽出几张,往对方手里塞,展现着熟练的亲近态度,然后再挥手赶走那些喃喃的致谢声。埃迪顽固地没走。他明知这趟势必空手而回,却仍愿意等等看。以两人错综复杂的人情债算法,久等却一无所获,将来八成能获得达内林的补偿。

发现埃迪还不走,达内林摆出臭脸。随后,他压抑下不悦,趁隙低声问:"小女儿最近好吗?"

"老样子。以后也永远一样。"

"我天天为她祷告。"

埃迪知道,达内林信教极为虔诚,会在清晨六点半去参加守望天使教堂的弥撒,有时通宵没睡也照去不误。下午五点再去一次。他每个口袋里都有一串念珠。

"我自己更应该常为她祷告。"埃迪说。

"有时候,请上帝降福给自己比较难。"

这事实感动了埃迪。他能感受到他和达内林的亲近,既深沉又原始,仿佛两人血脉互通。"我想给她买一种轮椅,"他说,"售价三百八十美元。"

达内林显得很震惊。"那家公司疯了不成?"

"那家公司有轮椅,"埃迪说,"她需要那种轮椅。"

原本他没打算向老友筹这笔钱,但现在在他忽然心生一线希望,认为达内林可能会主动掏钱给他。天知道,达内林有的是钱。口袋里那卷厚实的钞票说不定就很可观。在他身体的高温的熏陶下,钞票一定和念珠一样热。

"纳特可以帮你,"达内林停顿一下后才说,语重心长,"我可以代你讲句话,尽量为你多争取一点时间。你愿意的话,可以直接从酬劳里扣。"

意识半迷茫的埃迪片刻后才会过意来。原来,达内林想把他送去喂高利贷鲨鱼。从那柔和的眼神来判断，达内林认为此举是善行。

埃迪努力不动声色。"我考虑看看。"他语气温和地说。如果他在酒吧里再待一分钟，他的不满一定被达内林识破，也一定会遭到达内林的惩罚。"晚安，达尼。"他说着把杜森堡的车钥匙放在桌上，滑给他，"谢谢。"

两人握手告别后，埃迪离开酒吧，在门外驻足了几分钟，等待着，在哈德孙河的寒风中醒醒脑。然而，当他不知不觉朝着地铁站的方向前进时，醉意超出了自己的认知，他不得不倚靠着酒吧冰冷的外砖墙。码头的绳索吱吱嘎嘎呻吟着，传进他的耳朵里，听起来像是磨牙声。他闻到了链条的铁锈味，还有沾满鱼油的木板的臭味，此时此刻他想，这正是腐败的臭味。达内林因为在工会里分发钞票而备受推崇，但埃迪知道，达内林控制着包括纳特在内的放高利贷者，并从利息里抽成。欠缴利息的就等着面对达内林的走狗吧。每天，达内林和放贷者从欠债的人里挑出一个来，派他去做事，酬劳可以折抵高利贷的利息。欠债者陷得越深，就被他们套得越牢，变成他们的人，而他们也会更努力地拖着欠债者不放。

我们的，达内林说过。我们的码头。

埃迪冲向路边，对着街头狂吐。吐完后，他擦擦嘴，四下张望，庆幸整条街不见人影。

他心知肚明，这条路已走到尽头。他闭眼回首今天的情景：海边、寒风、丰盛的午餐。白色桌布。白兰地。他想起莉迪娅的轮椅。但是，驱使他投奔德克斯特·斯泰尔斯的因素不止这一个：他心中另有一股蠢蠢欲动、豁出去的愿望，直盼转机到来。运势怎么变都行。即使变局引来危险也不怕。与其天天哀伤，他反倒宁愿冒险。

04

每星期两次，一位充满善心的女士会造访纽约天主教收容所，晚餐后给孩子们朗读《金银岛》《一千零一夜》《海底两万里》等异境历险的故事。在她朗读之际，埃迪试着揣摩她眼前的景象：排排坐的孩童们个个双手交叠（饭后的规定），难以分辨的几十张脸孔大同小异。最高最壮、最丑、最乖巧的几个——德索托、奥布赖恩、拥有天使般的小脸蛋的迈克摩尔——或许比较突出，但不会有人留意到埃迪·克里根。他值得一提的特点只有几个。他的专长之一是能钻进只挂着门链的门，另一个是他能跟个猴子似的一溜烟攀上路灯。他也会模仿几种口音，可惜太害羞，不常表演。有一次在伊斯特切斯特海湾，他在水下憋气超过两分钟。

他四岁那年，母亲因斑疹伤寒症病死，父亲把他送去收容所。当时，收容所仍隶属韦斯特切斯特的范内斯特镇。到了埃迪大到在乎这种事时，范内斯特镇被并入东布朗克斯区。隔着联港路，另有一间互不相连的女童收容所，房舍之间同样有一个池塘。池塘里有鲤鱼，无精打采地游着，高度警戒，怕被男孩们捞上岸。埃迪始终不得而知的是，女孩们抓鱼的身手是否和男孩一般敏捷。小布里安娜的生母死在爱尔兰，那段日子她被送去新泽西州，投靠生母的亲戚。埃迪刚进收容所时，父亲曾来探视过几次，带埃迪去看赛马，然后带他去酒店。他对和父亲出游时的印象已经很朦胧了，只记得自己紧紧地牵着父亲的手，穿着七分裤的小腿拼命跟上父亲匆忙的步伐，在马车和电车之间穿梭。

埃迪躺在庞大的寝室里，听见众多孩子熟睡的呼吸声汇合在一起，自己的呼吸声也融入其中，越听越为自己单薄的体形感到羞耻：腰臀瘦小、五官尖锐无特色、头发像脏分分的干草。孤儿们每年能去看一次马戏团表演，埃迪固然也期盼着，但他更渴望的是收容所每月一次的理发日。他渴望理发师的双手摸一下他的头皮，即便摸得漫不经心，却能纾缓他的情绪，让他差点打瞌睡。他和空烟盒一样无足轻重。有些时候，周身之外的一切蛮横压境，埃迪觉得自己即将被压成尘土，如同他把收容所窗台上的干蛾尸一掌压碎。有些时候，他想被压碎。

到了九点或十点，下课后，男孩们被叫出去赚零用钱。附近有不少商家挂着诚征男孩的广告，例如递送邮件包裹。布朗克斯区有无数钢琴工厂，男孩们可以去帮忙封箱。比较有生意头脑的男孩则会去范内斯特火车站卖口香糖、纪念胸章、糖果，常常是三两结伙，载歌载舞地兜售。收容所附近人人皆知，玻璃罐中的焦糖或推车上的红薯少了几个，小偷一定就是这群男孩，因此对他们盯得格外紧。埃迪也免不了偷东西，因为得手的东西最后是要集中分赃的，空着手回来岂不丢脸？尽管是身不由己地犯法，他还是觉得人格被降了一级，也觉得被随之而来的疑心玷污了。他抓着西农场路电车的尾巴，渡过布朗克斯河，经过克罗托纳公园，去岩造或砖造的住宅区找工作。埃迪一身孤儿院缝制的马裤和鞋子，显然是个穷小孩，话虽这么说，他一脱离男孩们群聚的地方，就觉得自己能挺直腰杆，和任何人讲话时都敢正视对方的眼睛。

在埃迪十一岁那年，初秋某日的下午，他穿越克莱蒙特公园，正要去他帮忙送货的莫里斯街的一家面包店。这时，他听见一位老绅士在叫他。老人坐在轮椅上，请埃迪推他去晒晒太阳。他穿双襟西装，帽子的饰带上插着一支干爽利落的橙色羽毛。埃迪照他的意思推轮椅，然后去贝尔蒙特街的报摊帮他买了一份《镜报》和一支雪茄。老人看报抽雪茄的时候，埃迪在附近徘徊，等着老人赶他走。最后，他猜老人可能忘了他的存在，于是模仿收容所那位朗读女士的气势，以嘹亮的嗓音高声说："可叹矣，先生，太阳已弃你而去，您愿再被移动乎？"

老人与他对视，面露不解。"你会玩牌吗？"他问。

"我身上一副牌也没有。"

"你会打什么牌？"

"指关节、二十一点、掷骰子、施图茨、扑克。"埃迪逐一讲牌戏名，像在掷铜板，讲到"扑克"时，他知道自己中奖了。老人从覆在膝上的花格子毛毯下摸索出一副崭新的牌，递给埃迪。"七张牌梭哈，"老人说，"牌给你发，老实点。"

老人姓迪维尔。两人自我介绍后，埃迪推他去阳光照得到的长椅旁，让自己能坐着打牌。他去捡小树枝，折成长短一致的几条，权当赌注，把迪维尔先生已萎缩的膝盖上的毛毯拉平，当作牌桌。新牌张张像玻璃。埃迪嗅闻着新牌的气味，有种想舔舔看或者贴脸感受一下的冲动。他每局皆输，但他几乎不在意——玩这副新牌，坐在阳光里的种种感官享受，都将他移至另一个时空。最后，老绅士从口袋里掏出一个沉甸甸的银表，宣布说他的姐姐即将前来带他走。他给了埃迪五分钱。"咦，我不是玩输了吗？"埃迪说。迪维尔先生回答，这是答谢埃迪花时间陪伴他的一点心意，请他明天下午再来公园。

那一夜，埃迪失眠了。他躺在床上，全身酥麻，认定大好的新契机出现了。从某个角度来看，他没料错，因为今后发生的事件，多数的源头都可以追溯到认识老人的这一天。第二次见面，迪维尔先生告诉他："两个人玩扑克牌不太起劲。"他提议由埃迪代打，叫埃迪去找他知道的牌局加入。可惜，迪维尔先生的口头许可效力不足。埃迪起先想加入的几场牌局，全让他碰了一鼻子灰，有一次还是被满头卷发夹的妇人拿扫帚赶走的。后来，他来到货运列车场对面的雪茄店，这事终于成了。这位恩人名叫锡德，老金牌烟一支接一支抽个没完，头戴绿色无顶遮阳帽，帽舌下有一团懒懒的"积云"。他见埃迪要求加入牌局，不情不愿地眨眨眼认可。

接下来几星期，只要天气许可，埃迪便会加入锡德的牌局，打一小时又十五分钟。如果把赌注输光了，牌局就提前结束。然后，他回去找迪维尔先生，重演每一局的每一手给他看。这要靠记性和追忆力。埃迪越练技艺越精湛。迪维尔先生思索着埃迪的描述，埃迪每下错一手，他就插嘴道："不对，波尔斯基不会唬人，大牌干不过他。你会失掉那张牌。"后来，埃迪为了制造悬念娱乐老板，每次都把牌局的结果留到最后才揭晓。有少数几次，埃迪赌赢了钱，迪维尔先生和他五五对分。输钱时，埃迪只须退还输剩的钱即可。埃迪当然可以骗他，赌赢时谎称输钱，赚到的全归自己，但这种念头被他否定了，因为这是其他收容所男孩会做的事。

迪维尔先生自称"运动家"，显然指的是他喜欢赌博，并且具有鉴赏赛马的眼光。他以前去坎菲尔德酒吧和大都会大饭店玩牌，对手包括古尔德家、菲斯克家、范德比尔特家，后来全敌不过帕克赫斯特牧师之类的"良行派"的抨击，即便是最高级的场所，生意也都做不下去了，布莱顿滩的赛马场也被迫关了门。"绅士赌徒"过时了，他语带怨恨地告诉埃迪。他说，有个犹太青年阿诺德·罗思坦靠作弊赢牌，在这种坏人和帮派分子的嚣张气焰下，绅士全退场了。他眨着银色睫毛，以昏花的眼睛看着埃迪，警告埃迪："千万别作弊，一次都不行。"他还比喻说："作弊就像女孩子的处女膜破掉。她做过一次或一百次都一样，横竖都被毁了。"

这句话埃迪听进去了。这和他早已认识到的一个真理同样具有不可思议的分量。在收容所，作弊是寻常的生活方式，但埃迪不一样，并且始终如一。迪维尔先生看得出他与众不同。他教埃迪分辨假骰子、用牌作弊的秘诀，教他看穿故意装作不认识的人串谋的迹象——那些颠覆幸运女神魔力的手段。

迪维尔先生在南北战争期间受过伤，但直到两年前才开始坐轮椅，主要原因是"心脏不好"。他的姐姐是迪维尔小姐，至今未婚，开始照顾他没几天，就禁止他再赌博，声称赌博有害健康。但他怀疑姐姐觊觎他的退伍年金。她其实是想壮大自己的瓷娃娃军——她已经收集了几百个瓷玩偶。冬天结束，牌局开始，一老一少又能见面了。有一天下午，埃迪打牌拖了些许时间，回来得晚了。迪维尔先生见他走过来，严词赶走了他。埃迪感觉很受伤，在公园另一边远远地观察他，看到一位戴宽檐黑帽的妇人，又胖又壮，步伐刚毅果决地走向他。在她面前，老先生头都抬不起来，显得十分羸弱，埃迪这才明白，他怕姐姐。

"你没表吗？"隔天下午他问埃迪。听到埃迪坦承自己没表后，他解开怀表链。"这给你用。"他说着把银表塞进埃迪掌心。重重的，背面有刻字。

"我不能接受，老先生，"埃迪结结巴巴地推却道，"会被人以为是我——"

"借你而已，不是礼物。"迪维尔先生匆匆回道。

五月下旬，迪维尔先生连续四天没来公园。在第四天，一个星期五，埃迪等了一整个下午，每隔一分钟就看一眼银怀表。最后，他踏进那天迪维尔小姐走出来的塔宾街，见到几个女孩在沙土上画着跳房子的线条，于是走过去问她们："坐轮椅的那个老人，你们最近见没见过他？"有个女孩个头娇小，绑着浅黄色辫子，尖声回答："他进了棺材，被送去天堂了。"

"也有可能下地狱。他的心是好是坏，我们哪儿知道呀！"年龄较大、看似有心机的女孩接着说，逗得所有人不留情面地嘲笑埃迪。他自己那群弟兄不也一样？外来的小孩误入他们的圈子，也常被如此取笑。口袋里的怀表贴在大腿上，他明白，自己非找到迪维尔小姐不可。他想退还怀表。一想到这里，他的内心立刻唱起了反调：那怎么行？不能还给她。埃迪回想起她有收集瓷娃娃癖，掉头走回公园，脚步从容，路过卖冰的摊贩后才拔腿跑了起来。已经十二岁的他长高了，如柴的瘦骨被皮带似的肌肉束成一体。狂奔过克莱蒙特老赌场和高架铁路之后，他发现，只要头也不回，维持这速度一直跑，和迪维尔先生永别的事实就追不上他。他冲刺穿过克罗托纳公园，越过布朗克斯河，把几个在桥上垂钓的男孩吓了一跳。他从几座空旷的农场上——已被分割为几片虚无的未来市街——狂奔而过，最后跑过铁轨，来到曾是没落小镇范内斯特的地方。他累得差点腿软，喘着气走向联港五分钱剧场，看到收容所的同伴正在排队，等着看西部片。很寻常的一天。他的朋友浑然不知世上有过迪维尔先生这号人物。埃迪垂头丧气地跟着进场。火车强盗留着狰狞的小胡子,有些男孩看得咬牙切齿,有些则在痛哭。埃迪趁此机会准许自己啜泣。男孩们凝神看戏,喧哗着,吸收了他悲痛的哭声,最后也冲淡了他的悲痛。万物如常。

之后,埃迪表面上继续和收容所的弟兄们亲近,实则和他们渐行渐远。他来来去去,大家一直不太能看透他的心思,却愿意接受若即若离的他,埃迪因此更把他们放在心上。长大后,男孩们各奔东西,年纪较大的几个去了第一次世界大战的战场,帕迪·卡西迪战死于法国兰斯。很多弟兄去了西区码头,有的成了搬运工或劳工(差别在于平常喝多少酒),有的当上了警察,有的成了酒店老板、议员、工会干部,有的沦为不折不扣的流氓。在滨海地区,扮演不止一种角色是有可能的,很多人身兼数职。和达内林一起被救起的巴特,读完高中后进入大学,然后攻读法学院,其登峰造极的成就令大家肃然起敬,每当大家的话题转向他时,音调就会压低,和提及凯文·迈克摩尔时一样。小天使凯文在十一街上被脱节的火车厢碾成了两半。现在,巴特在州检察署上班,只不过埃迪多年没见过他了。达内林从风筝那儿得到消息,巴特正在调查意大利帮。埃迪怀疑这是达尼一厢情愿的想法。这里所谓的风筝是谣传和影射交织成的情报网,比《三叶草》杂志还灵通。

令友人猜不透的是,埃迪走向了歌舞杂耍界,在台上跳舞、乱唱一通以制造笑料,学蝙蝠倒挂于剧场的橡木之上,表演大魔术师霍迪尼的逃脱术。有一段时间,他和富利丝歌舞团的舞蹈演员同台表演,爱上了一位刚从明尼苏达州大麦农场逃脱(阿格尼丝的原话)的女团员。婚后,他改当剧场经理,想报考股票交易员。他计划在场外交易所买座位,因为比纽约交易所便宜。钱并不是问题。埃迪已经找到心目中最完美的碰运气游戏,以融资玩股票,卖了再买更多——也收购了合乎新贵水平的许多身外之物。他送给阿格尼丝一件俄罗斯黑貂大衣和一串布莱克·斯塔·弗罗斯特[1]的珍珠项链。他们在第五大道租了一个公寓,厨房水池里满是摩纳哥王子牌香烟,全是小两口饭吃到一半急着进卧室

---

[1] 美国珠宝奢侈品牌。

把香烟捻熄在餐盘里的结果。埃迪雇用了一位女佣,请她下午进公寓打扫。他从英国订购西装,也和一位裁缝师合作密切,并在阿格尼丝表演完后,在嘿嗨酒吧和莫里茨大饭店买香槟犒赏她和另外十几个人。他对致富之道懵懵懂懂,乃至于误认为自己是富豪。夫妇俩带长女安娜出席宴会,让她睡在堆积成山的大衣中。莉迪娅则不同,当然。他们雇用一名爱尔兰裔洗衣女工晚上来公寓,在洗全家衣服时顺便照顾她。

然而,纵使在埃迪夜夜笙歌之际,在他几乎没注意到百老汇巷弄尽头有船只出没的那段时间,他仍和弟兄们维系着淡如水的关系,例如和工会干部一同出席守护天使教会的圣餐礼早餐会,也会在哥伦布骑士会[1]的聚会上露脸。此外,他也花大钱买年度晚宴舞会的门票,向登峰造极的同伴致敬。他的动机之一是想炫耀妻子有多美,毕竟阿格尼丝的鬈发如小明星,更拥有舞者的婀娜身段。大家常笑说,爱尔兰女孩一到婚礼退场式就变得老气横秋,因此埃迪喜欢旁观弟兄们既艳羡又害羞的错愕神情。

谢天谢地的是,弟兄情谊维持得当——谢天谢地啊!股市崩盘之后,埃迪发现票券上的数字全是泡影,而搞派头的奢侈品——黑貂皮大衣、珍珠项链、公寓、情侣款卡地亚香烟盒——一个接一个地不保,饭碗也砸了(剧院倒闭),那时幸亏有达内林欢迎他回归,买下他的杜森堡车,给了他一张工会证。当时,失业民众每天集合排队,企盼着打零工的机会,等候着雇主前来。埃迪每天去两个地方排队,左耳夹着一根牙签,以保证他至少进得去船的货舱,且更有可能争取到待遇较好的装卸工作,否则一家只有喊饿的份儿。到了一九三二年,船运无以为继,达内林留住他,让他穿细纹西装,在工会供人差遣,把杜森堡车借给他跑腿用。某日下午,埃迪开车行驶至华尔街,发现转角的苹果贩子有点眼熟,车经过苹果摊之后他才想到,那人以前是他的股票交易员。

安娜听到了父亲拿钥匙开锁的声音,她睁开眼睛,窗外的幽静浓

---

[1] 罗马天主教志愿者慈善组织。

得化不开，她知道现在已经非常晚了，连市内有轨电车的叮当声都没有了。在阴暗的前厅里，有一面他们为布里安娜姑姑保留的中国屏风，安娜踮着脚尖绕过去，陡然站住了。她看见父亲正光着上身站在厨房水池前，用肥皂洗上半身。安娜看得出神。厨房亮着灯，他看不见暗处的安娜，霎时间气氛诡异，他俨然成了安娜不认识也叫不动的人，一个瘦削俊逸的陌生人，正为某事烦恼。

他进了走廊里的厕所，安娜在厨房等候。当他回到厨房，看见穿着睡袍的女儿时，陡然一惊，随即，所有的烦恼似乎都烟消云散了。他还是他。安娜亦然。

"甜心，"他轻声说，"你怎么还没睡？"

"等你呀。"

他抱起她，踉跄了一下，差点没站稳。她闻到了父亲口气中的药味，知道他喝多了。

"你越来越大了。"他说，挨着门框以维持重心。

"是你越来越小了。"她说。

他抱着女儿，穿过前厅，来到她的卧室门口，步伐有些不稳。前厅的窗帘没放下，父亲靠在窗框上，仍抱着她。父女俩凝望着窗外的夜色。安娜觉得市区在他们周遭延展，纵横的街道触及河流和港口。

"那么静，你听见没？"他讲得很小心，仿佛在蹑手蹑脚地走动，"那是大萧条期间港口的声音。"

"没船。"她说。

"没船。"

"我听见一只小鸟在叫。"

"哪里来的小鸟，拜托。太早了。"

然而，确实有一只孤鸟开始啁啾，是力抗寒冬的最后一只。就在这时，东方的天边泛起一抹光晕。

"你整晚都待在外面。"她语带疑问。

"我们可以睡到去教堂之前。"但他并没动，继续和怀里的安娜倚靠着窗框。还能再抱女儿几次呢？即使是现在，她都可以说已经长得很高了。

　　"我想睡在这里。"她说，双手环绕着父亲的脖子。父亲刚洗过的皮肤散发出象牙雪花牌香皂的味道。她把脸颊贴在父亲裸露的肩膀上，合上了眼睑。

第二章

影子世界

Shadow World

05

　　一切全从安娜看见她的那一刻开始。那一天,在海军造船厂上班的安娜不顾上司沃斯先生的反对,出去买午餐。沃斯先生建议员工各自从家里带午餐来,坐在自己的位子上吃。女工整天都坐在同一张高脚椅上测量零件。安娜意识到,他好像担心如果没管好这群女孩,她们恐怕会在造船厂里像鸡群一样乱飞乱窜。她们的厂房位于二楼,环境干净,一整排的窗户,采光极佳,适合午餐,没错,而且还有空调嗡嗡送出的凉风能吹到各个角落。安娜九月刚来这里报到时天气炎热,幸好这里有冷气。此刻,她多想开窗让新鲜的十月空气灌进来,可惜窗户全被封死了,以防灰尘和脏东西影响测量的精准度——还是她们测量的小零件需要一尘不染,否则会失灵?没人知道答案,沃斯先生也不喜欢员工问东问西。报到之初,安娜对自己托盘里的零件有疑问,于是说:"我们测量的到底是什么东西啊?用在哪一艘军舰上的?"

　　沃斯先生扬起浅金色的眉毛。"答案和你分内的工作无关,克里根小姐。"

　　"知道的话,我可以做得更好。"

　　"抱歉,我听不懂。"

　　"知道的话,我就能理解我做的是什么东西。"

　　已婚的同事们忍住不笑。安娜自愿或被迫扮演的角色是调皮捣蛋的小妹妹,她演得心旷神怡。她常不知不觉地找沃斯先生的小碴,只要不是直接违抗命令就好。

"你负责测量并检查零件,以确保它们规格一致,"他耐着性子说,把安娜当笨蛋,"规格不对的零件摆一边。"

不久后,安娜得知这些是"密苏里号"战舰的零件。将近一年前,珍珠港事件发生之前,船的龙骨早已在四号干船坞[1]完工。后来,"密苏里号"的船体漂过瓦拉鲍特湾,进入船台。巨大的铁壳里是交错的窄道,近似科尼岛云霄飞车。安娜在得知她检测的零件即将被装进史上最现代化的战舰里后,工作起来的确多了一份动力,但她还嫌不够。

上午十一点三十分,午餐哨声响起,她坐不住了,想去外面透透气。为了有借口离开厂房,她故意不带午餐来上班。她知道这诡计唬不住沃斯先生。但话说回来,他总不能叫下属饿肚子吧?他只能以落寞的眼神看着安娜走向门口。已婚女工们则打开包裹三明治的蜡纸,聊起在新兵训练营里或被调派到海外的丈夫,谈论着有谁收到了信,有谁掌握了线索,或者预感到、梦到她们心爱的老公身在何方。她们多么焦急、害怕啊。说着说着,不止一个女孩哭诉起来,害怕自己的丈夫或未婚夫一去不回。安娜听不进去了。她越听越生气,气到心里不舒服,总觉得她们太脆弱。幸好,沃斯先生禁止上班期间谈论这些话题,令安娜由衷感激。现在,大家边工作边唱大学时代的歌。她们曾就读于亨特、圣约瑟夫、布鲁克林等学院。安娜是布鲁克林学院的学生,在校期间懒得学校歌,现在终于学会了。

墙上有个大时钟,做提醒之用,安娜临走前对了一下腕表的时间。封闭式的厂房里静悄悄的,一出门,造船厂的嘈杂声总令她震惊。起重机、卡车、火车的引擎声;附近的船体车间里,钢铁被切割敲打时的刺耳声响;男人们为引人注意大声吆喝着。一阵阵巧克力味从法拉盛街的工厂飘送而来,挟带着煤炭和油的恶臭。那家工厂已停止生产巧克力零食了,现在改做军粮,以免军人饿肚子。安娜听说,这种巧克力军粮

---

[1] 位于地面以下,有开口通向水域以进出船舶,并设有闸门,闸门关闭后将水排干以从事造修船工作的水工建筑物。

的味道像水煮土豆，可以避免士兵们忍不住偷吃，但闻起来还是香喷喷的。

她匆匆沿着位于四号厂房的船体车间前进。这一栋楼有上千个肮脏的窗户。走着走着，安娜看到一个女孩跳上自行车。乍看之下，安娜没注意到她是女孩，因为她跟大家一样都穿着素蓝色的工作制服。但她的举止，和她坐上自行车时的风采，吸引住了安娜。安娜看着她轻盈地骑远，羡慕得打了一个哆嗦。

来到码头附近的食堂，她买了四十美分一盒的午餐，今天是鸡肉、土豆泥、罐头豌豆和苹果酱。她拿着餐盒走向C和D码头，想去那里站着吃，边走边吃也行，因为那里离她的厂房足够近，她可以在十二点十五分之前赶回工位。昨天，一艘大船停泊在C码头，突然出现的高耸船身，仿若来自冥界。安娜每朝大船跨出一步，船似乎就会跟着节节升高，最后她必须九十度仰头才能顺着船头的曲线看到远远的甲板。士兵们挤在甲板上——玩具兵似的制服和军帽让他们显得千人一面，个个靠在栏杆上，呆呆地看着下面。与此同时，一阵调笑声传进安娜的耳朵里。安娜一愣，抓紧了午餐盒，随即发现，士兵们起哄的对象另有其人——那个骑自行车的女孩。女孩骑着自行车从码头下面沿着船身往回骑，漂成金色的一绺卷发被风吹得从围巾里跑了出来。安娜看着她骑过来，想判断她喜不喜欢被注目的滋味。安娜还没来得及判断，自行车轧到一片砾石打滑了，女孩摔到了铺着砖块的码头上，引来士兵们一阵欢声叫好。如果士兵们在女孩身边，保证会争相冲过去英雄救美。奈何他们的位置太高，唯独嘴皮子有一争长短的机会，于是爆发出喧哗的笑闹声。

"哎哟，可怜的宝贝摔车了。"

"没穿裙子，多可惜啊。"

"喂，人长得美，连哭相都有看头哟。"

但女孩没哭，她气呼呼地站起来。受到侮辱却顽强不屈，安娜当场被她迷住了。跑去救她的念头掠过脑海，幸好安娜按捺住了冲动，没冲过去，否则两个女孩与一辆自行车奋战，绝对比一个女孩更好笑。何况，这女孩用不着别人帮忙。她挺直肩膀，扶着自行车，慢慢走上安娜所在的码头，假装没听见士兵的喧闹声。安娜近看才知道她有多漂亮：两颊有酒窝，蓝眼睛烁亮无比，一头鬈发就像性感影星珍·哈露。她长得也有点眼熟——或许是因为在安娜的想象中，妹妹如果生得健健康康，说不定也能出落得这么标致。正因这个缘故，世上有很多陌生人能勾起安娜的姐妹之情，例如影星贝蒂·格拉布尔。但女孩没理安娜，气冲冲地从她身旁走了过去，安娜这才认出她的长相。今年九月，造船厂开始招收女工的第一天，记者曾挑选出几个女孩做特别报道，她便是其中之一。安娜在《布鲁克林鹰报》上看过她的照片。

女孩平安走过轮船后，跳上自行车，骑走了。安娜看了一眼腕表，赫然发现迟到快十三分钟了，赶快以百米冲刺的速度回到厂房，心知这么一跑，难保不会再上演一小场好戏。厂房的一楼是检验员工作的地方，全是男人，踩着楼梯测量大零件。回到工位时，时间是十二点三十七分，她的连身工作服里，腋下早已汗涔涔的了。托盘里放着今天等待她测量的小零件，她定睛看着，尽量让喘息缓和。邻桌的萝丝已婚，和她交好，给了她一个警告的眼神。

千分尺的用法简单无比，傻瓜也会：夹住、转紧、看尺寸。安娜起初欣然接受这项任务，是因为被分派去焊接、和铆钉为伍的女工需要受训六个星期，而检测工只须接受一个星期的能力倾向测验。她们这一批都是女大学生，沃斯先生在介绍时称她们为"精英"，她听了好高兴。最重要的是，她厌倦用双手干活。然而这份工作才干了两天，安娜便发现她越做越不屑。先拿千分尺测量，然后在托盘附带的一张纸上盖章，以确认零件合乎规格——工作内容呆板单调，却需要专注力；平凡到令人头皮发麻，却又重要到非在"无尘室"里作业不可。眯眼看千分尺看得她头痛。有时候，她只想用手指掐算尺寸是否合乎规定。但她只能瞎猜，猜完再测量，看自己猜对或猜错。无所不知的沃斯先生曾看见她闭着眼睛工作，问她："克里根小姐，容我请教，你在做什么？"为娱乐已婚同事，安娜调皮地回答后，他又说："我们有仗要打，哪儿有时间瞎搅和？"

换班时间到了,大家换回便服,沃斯先生叫安娜去办公室。从来没有员工被叫进他的办公室。大事不妙了。

"要不要我等你?"萝丝问。其他已婚女工则祝她好运,匆匆下班了。安娜知道萝丝急着回家带孩子,便回绝了她的好意。

上司的办公室布置简朴,实用至上,符合造船厂的常态。沃斯先生见她进来后,起立片刻,才又坐回金属桌后的座位上。"午餐结束后你迟到了二十分钟,"他说,"严格来说是二十二分钟。"

安娜站在他面前,心脏简直要跳出来了。沃斯先生是造船厂的大人物,指挥官曾不止一次来电找过他。他一气之下可以开除安娜。上班几星期以来,安娜以带刺的话寻他开心,从不太担心受罚,这时才猛然惊醒。毕竟她已经从布鲁克林学院休学,如果不能来上班,她只有回家帮母亲照顾莉迪娅这一条路了。

"对不起,"她说,"我保证以后不会再犯。"

"请坐。"沃斯先生说。安娜在椅子上坐下。"如果你的职场经验不多,必定觉得这些规则和限制很烦人。"

"我从小就开始工作。"她说,可惜这话听起来并没有说服力。她心中充满羞愧,就像她路过商店橱窗瞥见自己的模样时,觉得那里面的她可笑至极。一个渴望为战争贡献的女大学生,一个"精英",想必沃斯先生是如此看待她的。她脑海中浮现出《造船工人报》的口号:"后方每省几分钟,前线就多活几条命。不工作的人就是为敌工作。"

"我国可能打不赢这场战争,你应该知道吧。"他说。

她眨眨眼。"哦,知道,当然。"报纸不准带进造船厂,以免挫伤士气,但安娜每晚都会在桑兹街的侧门外买一份《纽约时报》。

"斯大林格勒[1]被纳粹包围了,你了解吧。"

她点头,惭愧得抬不起头来。

"日本也控制了从菲律宾到新几内亚的太平洋战区。"

"我知道。"

---

[1] 苏联时期城市名,现名伏尔加格勒。

"我们在这里为盟军修船造舰,海军、飞机、炸弹和护航舰才有办法到达战场,你了解吗?"

她内心滋生出一丝烦躁。他还想啰唆几遍?"了解。"

"战争开打至今,盟军商船接连被鱼雷击中,已有几百人丧生,每天都有更多商船中弹,你了解吗?"

"我军舰艇的损失没有以前惨重,而且越造越多。"她低声说,她近日在《纽约时报》上读到过,"上个月,恺撒造船厂十天就建好了一艘自由轮[1]。"

这话说得放肆,安娜等着挨骂。沃斯先生只是停顿了一下后说:"我注意到你没带午餐来。你不是住家里吗?"

"是的,我住家里,"安娜说,"不过我母亲和我为了照顾妹妹忙坏了。她是重度残障。"

这话是真的,但不尽然。母亲每天为安娜准备早餐和晚餐,多煮一份午餐让她带去上班并非难事,而母亲确实也曾问她要不要带午餐。进沃斯先生的办公室之后,安娜的态度变了。和陌生人或不太熟的人相处时,安娜常不自觉地摆出毫无防备的态度,就像现在这样。此话一出,只见沃斯先生脸上闪过一丝诧异。

"这……很遗憾,"他说,"你父亲不能帮忙吗?"

"他走了。"她几乎绝口不提这件事,事先也没打算提起。

"从军去了?"他面露疑色。一个女儿已经十九岁的男人绝对不年轻了。

"他只是……走了。"

"他抛家弃子?"

"五年前。"

坦承此事如果会令安娜的心掀起波澜,那么她也会掩饰得很好。但是她完全无感。五年前的那天,父亲出门时的情形和往常没什么两样,她根本不记得当天的状况了。父亲一走了之的事实渐渐降临,像夜幕一

---

[1] "二战"期间量产的美国商船。

般。当她发现自己正在等父亲归来,她才领悟到,她已经等了好几天了。几个星期过去了,几个月过去了,他仍然未归。安娜十四岁,接着十五岁。希望变成希望的过去式,变成麻木的、死气沉沉的一片。她不再能清晰地描摹出父亲的样子。

沃斯先生深吸一口气。"呃,辛苦你了,"他说,"你和你母亲一定非常辛苦。"

"我妹妹也是。"她下意识地说。

寂静在两人周遭延展开来,令人忸怩不安,但不至于难受。情势逆转了。沃斯先生卷起袖子,安娜注意到他手背上的金毛和矩形的强健手腕。安娜能感觉到他对她的同情,奈何两人谈话的局限性,没有为情绪畅流留下渠道。而且,安娜要的不是同情,她盼的是能出去吃午餐。

换班的嘈杂声平息了,夜班检测员大概开始忙着测量托盘里的零件。安娜不禁想起那位骑自行车的女孩。她忽然想起来了,是霓尔——在报纸的图文说明上。

"克里根小姐,"沃斯先生总算开口道,"今后,只要你愿意留心时间,工作全力以赴,我可以准许你外出吃午餐。"

"谢谢。"安娜跳起来惊呼。沃斯先生被吓了一跳,接着站起来,微笑着。安娜从未见过他的笑脸。这一笑,让他变了一个人,仿佛之前他在厂房里展现出的凶神恶煞是个藏身处,藏着这位挥手说哈啰的和蔼可亲的男人。唯独嗓音不变。

"你母亲一定着急等着你回家帮忙吧,"他说,"再见。"

翌日早晨七点四十五分,桑兹街的侧门外排起了长龙,大帽小帽连成一片帽海,霓尔的淡金色鬈发格外显眼,安娜一眼就看见了她。快来不及打卡了。厂房规定八点前打卡,不管迟到三十秒还是三十分钟,一律扣一小时的薪水。门外有几十个水兵在排队,穿着为船员上岸度假定做的紧身制服。安娜听说,这种定做的长裤裤管旁边有拉链,方便快速穿脱。从他们动不动就反胃的白脸来看,多数水兵休假时通宵灌酒。有两人脱队冲向围墙靠在上面,脸色铁青。

大家排着队，等海军陆战队队员做安检。霓尔排在中间那行，安检员名叫哈迪。哈迪常打开热水瓶闻里面是不是酒精，有人看到过他的鼻水滴进瓶子里，所以他的队伍总是最短的。安检员也会打开包裹搜查，解开绳子，剥开一层层的纸，寻找炸弹。德国间谍和阴谋破坏者一定很想潜入造船厂。尽管安娜觉得这种假设有些牵强（一眼望去，安娜在这里认得很多人），但是有德国间谍在美国城市里潜伏却是不争的事实。今年一月，德国间谍掌握了美籍商船"罗宾莫尔号"的航程信息，致使该船在非洲外海遭鱼雷击沉，有三十三人因此入狱服刑。

霓尔通过安检后，陆续有三人通过旋转栅门，但在安娜跟进、出示通行证时，霓尔的香水味仍未消散。安娜打开钱包让哈迪检查。安娜猜霓尔未婚，线索之一是霓尔安检完后驻足看腕表，举止造作。其他线索包括她的指甲修剪得弧形优美，而且她的发型整齐，一看就知道她是别着满头发卡上床的，换言之，她下班后一定赶着去约会，因为厂房规定员工包头，头发卷得再美也无人欣赏。安娜不是个喜欢打情骂俏的女孩，但她不介意那些女孩打情骂俏。她挺喜欢看那些女孩把男人玩弄于股掌之上，而可怜的男人还自以为在掌舵。安娜也想打情骂俏，可惜她的技巧太差。都怪她是个直肠子。

"你叫霓尔。"她追上去说。霓尔点点头，看样子是已经习惯被人认出来了。"我叫安娜。"安娜伸出手，两人边走边匆匆握了一下。霓尔的表情既烦躁又困惑。和多数爱和男孩调情的女孩一样，霓尔觉得没必要和女孩认识。女孩若非竞争对手，就是跟班。安娜猜霓尔必定在想她究竟属于哪一类。"我昨天看到你从自行车上摔下来了。"

"噢，昨天。"霓尔翻了个白眼。安娜抓住了她的注意力。

"车是你的吗？"

"不是，罗杰的。他和我在同一个厂房上班。"

"你认为他愿不愿意借我呢？"安娜问。

霓尔瞥了她一眼。"他会借我，我可以借你。"

现在话题演变成安娜有所求，而霓尔帮得上忙。她显得自在了些。两人在第二街上急行的同时，安娜问："你的厂房里有很多女工吗？"

"我上班的放样间里有几个,全是讨厌鬼。"

"已婚吗?"

"你说对了。单身女孩多数是焊接工,不过焊接会弄得脏兮兮的,我才不要做。"

"放样间里是做什么的?"

"我们……我们做模子。"霓尔说。工作内容太复杂,她显然没兴趣解释。

"船的模子,对吧?"

"错,冰激凌车才对。别犯蠢。"

安娜庆幸她们已经到了霓尔的厂房,因为聊过之后,她没那么喜欢这个女孩了。"我怎么借自行车呢?"

"一听到哨声,赶快来四号厂房的入口找我,"霓尔说,"我会推车过来。"

"你们的主管不介意你外出吗?"

"他喜欢我。"霓尔说。安娜猜,这解释能套用在她日常生活里发生的大部分事上,而且很可能就是这样。

"我们的主管叫我们别乱跑。"安娜说。心知自己有点戏多,因为她描述的是变脸前的沃斯先生。安娜应征的似乎是跟班的角色,也许霓尔只容得下跟班。

"涂口红试试,"霓尔说,"很有效哦。"

"他不是那种人。"

霓尔的脸上满是爽朗的弧线,一副随时要笑出来的模样。然而,当她凝视别人时,蓝色的眼睛里埋伏着心机。"不然还有哪一种?"她说。

正午时分,两人见面时都穿着连身蓝制服。霓尔的鬈发全被拢进鼓鼓的围巾内,脚下是长官鼓励大家买的钢头安全靴。《造船工人报》常刊载一些小新闻,倡导这种靴子能避免灾难,但安娜迟迟不肯买。她工作时操作的东西都没有二十五美分硬币大,买那种靴子能避什么灾?

"骑完了搁在这里就好。"霓尔说,给安娜推来一辆状似身经百战的黑色施文牌自行车,"我回头再来推走。坎伯兰街侧门边有个女士卖鸡蛋沙拉三明治,味道很棒。店就开在她的公寓外面。从法拉盛街就能看到有人在排队。"

"谢谢。"

"鸡蛋沙拉三明治容易湿软,你没法打包带走。"

"有两辆自行车就好了。"安娜说,她对这位爱慕虚荣的慷慨女孩产生了极大的喜爱之情。

"最好不要,我骑烦了,"霓尔说,微笑着又补了一句,"何况,我们一起骑会引发骚乱的。"

安娜以前骑过自行车。在展望公园,十五美分就能租一辆。就读布鲁克林学院时,不分男女,周末都爱骑车进展望公园兜风。这辆车不同。别的不说,这是一辆男车,有条横杠,很不方便,安娜只好站着骑,以免横杆碍事。也许差别就在于站着骑。这些全是题外话。在安娜踩下踏板、车轮在砖道上颠簸前进的那一瞬间,她感觉像被闪电触及。自行车动起来后,周遭的事物随之变幻,杂乱排列的景象糅合成和谐的一体,她能像海鸥般从中飞过而不被人看见。她骑得很猛,似笑非笑,任凭满是煤烟的风灌满自己的嘴巴。头一次有车可骑的当天,她兴奋得没吃午餐,又担心回去上班迟到所以不敢冒险去买鸡蛋沙拉三明治。十二点十分,她坐回工位,之后饿了整整一个下午,握着千分尺的双手频频发抖,但一股异样的欢乐如电流般蹿遍全身。

隔天早上,她铆足力气工作,好让时间走快一些。哨声响起时,她已经赶完了托盘上四分之三的零件。出来时,霓尔正扶着单车等她。这天,安娜骑向船台,数度经过船台的铁架,在忽明忽暗间瞥见大如史前巨兽般的船体。那是"密苏里号"战舰。进入造船厂上班后,安娜屡次听见大家喃喃念叨着它的大名,此刻终于见到了庐山真面目,她却觉得毛骨悚然,有些害怕。

她现在工作速度快,分内的数量完成后,她开始帮助动作较慢的同事。某天午后,沃斯先生给她一卷蓝图,让她送去七十七号大楼的造船厂指挥官办公室。看到已婚同事目瞪口呆的样子,安娜感到更加振奋,急忙沿莫里斯街往南走,然后转进第六街,来到这栋无门面的新楼前。整栋楼唯有最顶层有窗户。她搭电梯上到十五楼,发现周遭整面墙全印着地图。窗外只看得见天空,安娜有股想凑近看风景的冲动,被身穿便服的秘书瞪了一眼后才作罢。隔日下午,沃斯先生派她去同一间办公室领一份包裹。安娜递来送去,跑了几趟,内心悸动不已,怀抱着她猜不透的秘密,甚至是诡计。她觉得自己像个间谍。

虽然在几次交接自行车的过程中,安娜和霓尔顶多寒暄了两三句,但两人却渐渐建立起了某种交情。这种友谊不像安娜和邻居斯黛拉·约维诺和莉莲·菲尼之间的感情,大家一起玩纸娃娃、跳绳、帮忙照顾弟妹之类的。霓尔也不像她大学时的朋友——她们都很用功,家住皇冠高地和湾脊区。霓尔不是好女孩,她有秘密瞒着安娜。这反而让安娜在霓尔身边时感到自在——安娜终于能卸下那副和其他女孩相处时总戴着的虚假面具了。遇见霓尔后她才发现,面具戴了那么多年却不自知。

霓尔迟到时,安娜会在四号厂房旁边等她。四号厂房的门像谷仓门,起重机进进出出,吊臂下悬挂着巨大的金属板,安娜不时闪躲,以免被金属板锯齿状的边缘碰到。她喜欢窥视里面的焊接工。他们戴着厚重的手套,拿着焊枪。有时候,当焊接工摘下防护面罩,安娜才赫然发现,原来这是个女孩。这群女焊接工背靠着墙,坐着吃午餐,钢头靴前伸。看着她们,安娜感觉到她和某种迫切、基本的东西之间有隔阂,这令她烦躁。甚至在珍珠港事件之前,这种感觉就困扰着她。今年夏天,造船厂征收女工的消息一传开,安娜就深受造船厂吸引。然而,即使进了造船厂工作,大战依然抽象,遥远到无法感知,气得她想跺脚。安娜渴望能靠近去感触它;她意识到别人也有同样的渴望。有一次,萝丝从托盘里拿起一根铜管,偷偷用指甲锉在上面划了几道,被她瞥见了。下班后,安娜等萝丝进更衣室换便服,问她刚才在做什么。萝丝红着脸说:"你的口气好像沃斯先生。"

"我不是故意的,"安娜说,"只是好奇而已。"

刚生了儿子的萝丝坦白,她把儿子的姓名缩写刻在了铜管上,希望他的名字能跟随盟军的舰艇出航。

骑车时，安娜尽可能骑远——只要能在四十五分钟之内来回即可。无论安娜往哪个方向骑，总躲不过码头的吸引力：西边是A码头，东边隔着瓦拉鲍特湾有G、J、K码头，离她的厂房非常远。她骑上码头，起初有些迟疑，把头发藏进小帽，决心不要像霓尔那样沦为笑柄。后来安娜发现，自己的头发是棕色的，即使随风飘扬，也不至于引人注目。她的皮肤近似意大利裔，而多年来抱莉迪娅让她的肩膀锻炼得如男性般结实紧绷。用帽檐遮住眼睛，她可以骑上码头而不被人留意。

一股熟悉的气息包围住了她：鱼、盐、燃油——一种工业版的咸咸的海味，既复杂又独特，恰似某个人的体味，勾起一段她已记不太清楚的往昔。父亲的西装仍挂在他的衣柜里，翻领棱角鲜明，肩膀刷洗过，彩色的领带以鲸骨[1]支撑，看似主人随时可能回家穿上。他走时，留下了一个装满钞票的信封和一本存折，母亲从不知道这个账户。那一年，他开始出差，起初这笔钱令母女俩相信他这趟行程比较久，这只是有备无患。无音信的头几个月，他的离家仍是未定之数，好像他就在隔壁房间里，或在同一条街上。安娜曾绷紧神经等着他。她常坐在消防梯上，目不转睛地瞪着楼下的街道，自认看见他了——她相信只要脑筋动得够勤，就能逼父亲出现。她等得这么苦，他怎能狠心不回家？

她一次也没哭。在她仍相信父亲就快回家的那些日子里，没有什么好哭的，最后断念时，想哭已经太晚了。他的离家已经钙化成硬壳。每当她发现自己的思绪又围绕在父亲的去处和所作所为上时，她就会逼自己停止想念。他不配。她最起码还能如此报复。

她猜母亲也走过类似的心路历程，但她根本无从确定。父亲从她们的生活中莫名其妙地蒸发了，也从她们的谈话中消失了。现在提起他，感觉一定很怪，而且也没必要提。

有一天午休期间，安娜向霓尔借车，说："对了，有时候，车你可以留着自己骑。"

"绝对不要。"霓尔说。

---

[1] 几种鲸上腭的角质薄片，旧时用以支撑衣服。

"就因为你摔过一次？"

"你摔过吗？"

"那天你摔下来，看上去若无其事。"

"故意装的啦。"

安娜推着自行车，和霓尔并肩走向C码头，但她不确定是自己跟着霓尔走，还是霓尔跟着她走。

"厉害哦，"霓尔露出狡猾的神色说，"你没涂口红，主管就放你出来了。"

"条件是我不能晚归。"

"你要是涂一点口红，能弄到什么东西可想而知哦。"

几个男人信步走过时，压低了讲话声。和霓尔一起走的感觉非常不一样——如果能变成霓尔，不知道是什么滋味？C码头今天无船停泊。两人走到尽头时，霓尔从工作服口袋里掏出的银色香烟盒在阳光下闪耀。安娜猜是她男友送的。"这里能抽烟吗？"她问。

"男人常在码头上抽烟啊。我又没看见'危险'的标语。我的意思是——嗯，你站对地方了，正好挡到风——拜托，你看看，四面都是水啊！"

霓尔一副娇柔细致的模样，却用皮靴底划火柴，动作粗鲁而老练，和外形迥异。火柴点燃她叼着的一根白色细烟，她呼出的烟气呈可口的乳白色，仿佛她想出了一个吃巧克力风的好办法。"上级如果逼我们穿这种丑不拉唧的制服，就应该准我们抽烟才对，"霓尔说，"要不要来一根？"

安娜住的那条街上，唯有男孩抽烟——女孩嫌香烟脏。"谢谢，"她说，"来一根吧。"

霓尔另叼起一根新的，和刚点燃的烟头相触，直到把两根烟的烟头都吸得啪啪闪橙光。霓尔秀丽的脸庞在燃烧的烟气中显得突兀，却让安娜感到很兴奋。霓尔把她新点燃的烟递给安娜——烟嘴湿润，沾着口红。"第一口先别吸进去，"霓尔说，"不然头会晕。只不过，我喜欢头晕的感觉。"

安娜吸了一口，含在嘴里，享受着热气，然后让烟随风飘散。确实脏，不过是她喜欢的一种脏，类似女焊接工席地吃午餐。她陪霓尔默默地吸烟。安娜远眺对面的瓦拉鲍特湾，看着塔式起重机在天空下伸伸折折。几天前，她看到起重机从地面吊起一辆水泥车，轻松得有如举起一个模铸玩具。更远处是威廉斯堡大桥，接着是曼哈顿岸边的矮楼房，窗户在灰蒙蒙的天空下犹如金屑。

"改天晚上，你应该跟我一起出去玩。"霓尔说。

"你都去哪里？"

"看表演啦，看片子。去餐厅。你去闹市区吃过晚餐吗？"

安娜就读布鲁克林学院期间，曾和住在第三大道兄弟会的男同学们喝啤酒，但她意识到，霓尔指的绝非大学生喝酒的地儿。"我的日子过得封闭而守德。"她说。

霓尔翻了个白眼。"太可惜了。约你出去，你也不知道该怎么穿。"

"我想办法就是了。我向你保证，不会害你没面子。"

霓尔的蓝眼睛乐得眯了起来。"今晚可以吗？"她说，把烟蒂扔进海湾，"再怎么说，今天是星期五——谁管明天还要不要上班。"

沿着C码头往回走的路上，安娜注意到，一号干船坞尾部附近有一艘驳船，有异于普通的疏浚船，上面不见钩子、索具和肮脏的棚子。这一艘驳船上空荡荡的，两个男人正在一端协助第三个人穿上一套厚帆布装，很像乡绅为即将作战的骑士着装。附近另有两名男人正转动着一个长方形大箱子上的曲柄。

"咦，他们在做什么？"安娜问。

"那个穿衣服的是潜水员吧，我想，"霓尔说，"他们要去水下修船。说不定他们还在学习——他们好像在驳船上受训。"

"潜水员！"这是安娜第一次听说这个行业。她看得如痴如醉，见助手捧着一个圆形的金属头罩，罩住潜水员的头。不知为何，安娜本能地熟悉这套潜水服，像是梦见过，或想象过。霓尔见安娜看得目不转睛，也跟着看到底有什么值得关注的事要发生。

"你怎么知道他是潜水员？"安娜问，没有从潜水员身上移开视线。

"听我们工厂罗杰说的，海军正在招人，希望老百姓自愿加入，罗杰也想去，他贪图这份工作的危险工种津贴。"

潜水员站起来，笨重地走向驳船边缘，然后倒着走下一架通往水里的梯子。整座海湾看似坚如磐石，他却能直接走进去，直至只剩头盔露在水面上。最后，他整个人都不见了，徒留一颗颗闪耀的气泡。

霓尔看到一半离开了一会儿，从食堂带回两盒午餐，递给安娜一盒。"你最好快点吃。"

安娜嚼着肉丸意大利面，定睛看着水面，等着潜水员浮上来，却一直没等到。潜水员能在水下呼吸。她想象着潜水员在海底的模样——用走的，还是用游的？海底有什么东西？嫉妒和渴望冲击着她的心。"海军肯让我们潜水吗？"她喃喃地说。

"你想吗？"

"你不想吗？"

霓尔呵呵一笑，表示不敢置信。"海军绝对不会准许的。不过呢，照现在的情形看，男人整批整批地走，海军倒是有可能逼我们潜水。"

安娜将这想法当作幸运币，珍藏在心里。根据《造船工人报》，今年九月，造船厂有两百七十名工人被征召。每星期都有越来越多的男人离开工作岗位。

"男人走光的那天，我也永远不回来了。"霓尔说。她从工作服里取出粉饼，补鼻子上的妆，然后涂口红。

安娜回食堂归还刀叉之际，内心依旧天摇地动。她恍然明白了一件事：她从小就想当潜水员，盼望着能行走在海底世界。可意愿坚定归坚定，潜水单位会不会拒收女孩令她忧心。

午休后，沃斯先生派她去七十七号厂房。这项外务已成常态，已婚同事也见怪不怪了。上到十五楼，安娜问指挥官的秘书，可不可以让她看看窗外的景色。安娜想看潜水用的驳船。

"噢，当然可以。"秘书说，接触几次后，她对安娜的态度变得友善了些,"我看惯了,觉得没啥稀罕的,有时候一整个星期都忘了看看外面。"

安娜走向窗前。十月底,艳阳高照,她眼前的造船厂精确如图表:规模各异的舰艇停泊在有四个深水泊位的耙子形码头里。在干船坞,船被数百条单纤维绳索固定,犹如格列佛被束缚在海滩上。东边是塔式起重机的吊杆,西边是室内船台。在这些设施的周围,铁轨团团环绕,呈佩斯利花纹状。潜水用的驳船不见了。

"每次我从这里向外望,"秘书走过来,站在安娜旁边说,"我总想,我们怎么可能打不赢?"

安娜回到厂房时,沃斯先生在办公室里。她把包裹放在办公桌上,转身想走,沃斯先生这时说:"坐一下吧,克里根小姐。把门关上。"

上次交谈后,两人有将近一个月不曾私下谈话。安娜在同一张硬椅子上坐下。

"想必你喜欢天天外出吃午餐,是吧?"

"非常喜欢,"她说,"而且我没有一天晚归。"

"的确。你也成了本单位绩效最好的检测员,男女都算。"

"谢谢长官。"

这时对话出现了空白,安娜感到疑惑:沃斯先生把她叫来办公室,只是为了闲聊谈谈心吗?"我见到'密苏里号'了,"她打破沉默说,"在船台里。"

"啊,"他说,"下水仪式会多么盛大啊。你错过了'爱荷华号'的下水仪式,对吧?"

"我晚了三个星期。"她越想越难受,罗斯福夫人也到场观礼了。

"看着战舰从船台滑进水里,场面很动人,现场所有人的眼睛都是湿的。"

"连你也哭了?"她本想问得更直接一点;很难想象沃斯先生这种人会为了一艘战舰落泪。但这话问出口时,多了一分调皮的意味,把他逗得哈哈大笑——这是头一次。

"就连我可能也掉了一两滴眼泪,"他说,"信不信由你。"

她对他笑了笑。"我敢打赌，你的眼泪是冷的。"

"冰的。我的眼泪一掉在砖地上，就像玻璃珠似的碎了。"

安娜回工位时脸上仍带着笑意。她觉得自己离开得太久，所以开始加快干活速度。赶工几分钟后，她才留意到四周出奇地安静。周围静了多久？她看向前后左右的同事，没有一位已婚同事和她视线相接，就连萝丝也一样。但安娜觉得大家的注意力都在她身上。

这时她才恍然大悟：已婚同事已经开始风言风语了。

06

安娜和霓尔约在罗克西电影院见面,等着看八点的《玻璃钥匙》,由艾伦·拉德主演。然而,安娜一见她的打扮即知,约在这里的用意并非看电影。霓尔敞开的大衣下,露出一件乳白色的低胸装。

"我想到了另一个点子,如果你愿意听听看。"霓尔的语调异常轻盈愉悦。安娜回应说她无所谓,霓尔继续道:"我有个朋友是'私酿'夜总会的常客,他包了一张桌子,邀请我们一起去。"

"我穿的衣服不合适吧。"

"我事先警告过他,你的打扮很土。"

安娜笑了。事实上,她包在大衣里面的衣服并没有那么土。今天她告诉母亲,造船厂有位女性朋友约她去看片子,但觉得她没有合适的衣服。母亲一听,急急忙忙为她改出一件素蓝色的洋装,为她加垫肩和裙摆。这件洋装是安娜去克莱因百货商店买的,好让莉迪娅下次看医生时穿。在母亲改衣服的同时,安娜也忙着在衣领处缝上一片绿松石色的小珠子。母女俩像在对决。真正懂服饰的人一眼就能看破修改的部分,但缝纫的用意并非供人仔细挑毛病。套一句珀尔·格拉茨基浮夸的口头禅:"我们的作品以印象取胜。"

霓尔拦下出租车,请司机送她们到东五十三街。"过六条街就到了!"安娜抗议,"干脆省下车钱,走过去就好。"

这番话招来了一阵假笑声。"别担心,"霓尔说,"付了车钱后,今晚我们一毛钱都不必花。"

在时代广场以北的市区,即使天色已暗,路灯微明,遮檐黑压压一片,照样灯火通明。安娜鲜少在入夜后进出曼哈顿,看到这里四处是军人,不禁感到诧异。穿着厚重大衣的军官,还有她认不出军种的穿着制服的男士们,个个走得匆忙,仿佛要去赶赴一场盛会。

"提醒你一件事,"霓尔转向同在后座的安娜说,"你不可以提起我们做的事。"

"我们做——"

"嘘!"霓尔用手指压住她的嘴唇。霓尔下班后把指甲涂成了血红色。

"你指的是造船——"

"嘘!"

"为什么不能提?"

"哎,少来了,"霓尔以快乐的假声说,"别跟我装傻。"

"谁跟谁装傻?"

两人一阵无言。"你明白我的意思。"霓尔用回正常的嗓音,她认真凝视安娜,车窗外的灯光投射在她的酒窝上,"我想确定你不会乱来。"

"别担心啦,"安娜说,"我保证不会丢你的脸。"

出租车在麦迪逊大道以东靠边,停在一道闪亮的白色门前,守门人戴着高礼帽,热烈地欢迎她们,宛如她们的到来已令他心满意足、别无所求。她们一踏进去,鼓噪喧哗的场面把安娜吓到了,就像从安静的闭锁式厂房里出来时,被造船厂的噪声震到了一样。

她们脱下大衣和帽子去寄存,霓尔上下打量她,称赞说:"比我想象中好。"接着说,"好太多了。"

"哇,我松了一口气。"安娜说,但霓尔听出她语带调侃,于是注视着安娜的眼睛,歪头微笑。"你很风趣嘛。"她说。

"你也是。"安娜说。霓尔牵起她的手,拉她走向乐声和人声同样鼎沸的区域。安娜猜想,对霓尔而言,这种互动大抵是她和任何女孩相处时，一种宣示友谊的方式——就像十岁的安娜和莉莲·菲尼情同亲姐妹。能建立这种交情的关键在于霓尔穿着乳白色绸缎装，低领斗篷微露酥胸，销魂的美貌令男士倾倒，光彩绝不可能被安娜抢走，一丁点也不可能。

夜总会在地下室，阶梯低缓，越往下走安娜越觉得这里和真实世界截然不同——仿佛她被推过一道隐形墙，掉进了一部电影中。她需要预先做好心理准备，慢慢融入，可惜时间不允许；一口将她吞噬的是一组管弦乐团、一座喷泉、一片黑白格子地板、一千张如蜂窝般嗡嗡作响的小红桌。霓尔翩翩穿梭于桌子之间，不时稍事停留，和酒客热情地尖声嘘寒问暖一番。焦虑的安娜紧跟在她身后。

她们的桌子在拥挤的椭圆形舞池边。安娜发现这桌有三位男士正在等她们，打扮得都差不多，胸前口袋全露出银色手帕，领带夹看起来很名贵。唯一不同的是，其中一人相貌英俊，剩下两位长相一般的男士中有一位是全桌最老的。大家见面后，连珠炮似的喊着问候语，嘈杂声中只听得见只言片语。

"……庆祝……"

"……日本人做的……"

"……坐那儿……"

"……香槟……"

"……行行好……"

安娜拼命地去听，唯恐被人笑太矜持。她向来没有插科打诨的本事，那感觉就像跳大绳时，韵律感不够的她缺乏自信跳进去。在夜总会里，尽管到处是穿制服的军官，战争却似乎不存在。霓尔较年轻的两位追求者为什么没被征召？

烤蛤蜊和香槟一起上桌了。侍应是个男孩，手明显抖个不停（体检4-F免役，安娜猜），吃力地斟满五杯酒。安娜从未试过香槟。在男同学的兄弟会里，她只喝过啤酒，家里的烈酒全是威士忌。她酒杯里的淡金色香槟吱吱冒泡。她举杯浅尝，酒顺着喉咙汩汩滑下，甜中带着些许苦味，宛如软垫里暗藏的一根几乎不刺人的小针。

"哇，真美味！"她惊呼。霓尔上气不接下气，转头回应她："很棒，对不对？我喝一天也喝不腻。"安娜差点开玩笑说，应该用热水瓶装香槟带去上班，问题是能不能通过安检。幸好她及时想起了霓尔的告诫。

安娜很快就喝完了一杯，但男侍应没走，立刻为她添满。下一刻，就如同转动烤箱上的刻度盘时感觉一阵热气迎面扑来，安娜周围的场景渐渐柔和，融合成一抹光晕——音乐、气泡、欢笑——糅合成珀尔·格拉茨基口中的印象，全是眼角瞥到的光影，不是真实的世界。这种变化消解了安娜格格不入的感觉。她被投掷进新的环境里，心脏雀跃着，脸颊火热。

乐团开始演奏一首舞曲。不帅的年轻追求者再度自我介绍，说自己叫路易，并邀请安娜共舞，以快活的言语攻克了她的婉拒。"乱说，每个女孩都会跳舞，快进舞池吧。"路易说着牵起她的手，拉她踏上贴着黑白地砖的舞池。安娜注意到他有点跛。原来如此。安娜会跳的舞全是母亲传授的二十世纪二十年代的复古舞——皮博迪、德州汤米、摇摆舞——而现场演奏的是本尼·古德曼式的摇摆舞曲，安娜担心自己跳得不协调，但她的忧虑一闪即逝。在路易的带领下，跳舞变得简单起来，虽然他表面上舞得毫不费力，但她意识到他其实暗中努力着——可能想掩饰跛脚。他舞得毫无缺陷。

"你玩得开心吗？"他问，"确定吗？"路易显然以主人的身份自居，全桌人快不快乐的责任都由他承担，"霓尔呢？她玩得开心吗？她啊，怎么都猜不透。"

"她也很开心，"安娜请他安心，"我们都很开心。"

回座位后，所有人的酒杯又满了。霓尔和帅哥跳完舞，也回到座位上。安娜猜帅哥一定是她的心上人。后来，霓尔和她挤着去上女厕时，霓尔悄悄地说："约我的人没来，那个人渣。"

"噢，"安娜脑筋没转过来，"他是——"

"他长得像克拉克·盖博，大家都这么说。我们去入口找找看。"

在门口没找到人后，霓尔火气更大了。"那坏蛋真该死！"

"他不太可靠吗？"

"他啊——不太自由。他不是说出门就能出门的。"

"'不自由'的意思是……"

霓尔点头。"不过啊，他妻子是个悍妇。"

"他们有小孩吗？"

"四个。不过他在家差不多是个死人——只是按分钟倒数着时间，想着还要多久才能和我再见面。"

"听你的口气，好像爱情广播剧里的女主角。"安娜说。

"你不应该听那种东西，"霓尔说，"听多了，脑筋会烂掉。"

"是我母亲常听。"

"他怎么没来啊？咱们那桌的三个讨厌鬼的存在，就是为了让我不至于等得发愣。"

"路易不是讨厌鬼，"安娜说，"他是个温柔的男人。"

"他们全是同一个模子刻出来的。"霓尔说。

安娜回到座位上，决心和帅哥共舞，因为她知道他和霓尔不是一对。但带她回舞池的还是路易。不过她不无聊，路易指出各种名人给她看，有海军陆战队准将、州级参议员、著名黑人学者。她也认出了拉尔德·克雷加，今年春天她看过他主演的电影《合约杀手》。琼·芳登也在场，她曾以《深闺疑云》赢得奥斯卡金像奖，安娜也看过那部电影。安娜最爱看纽约市暗潮汹涌的故事了，因为这种片子让人走出戏院后，一听背后有脚步声就紧张。

"你认识所有人啊，路易！"她说。

"我想是吧，"他说，"可惜的是，他们不认识我。"

安娜打量他：身材单薄、小脸，显得牙齿过大。跛脚。"你在哪一行高就？"

"精算师。"他喃喃道，一语带过这个话题，不让安娜请他解释，"你呢？"

几度避谈造船厂的安娜早有准备。"秘书。"她说得很含混。

"我猜，这种场所的目的就是让人们忘掉我们自己的工作，"路易说,"'私酿'正有这种调皮的气氛。"

"哪里有?"安娜大喊,"哪里来的调皮气氛,我怎么没看到?"

"啊,重点就是你看不到。这里的楼上有赌场,只准下大赌注。百家乐、凯纳斯特、扑克都有,朋友告诉我的。而且这里的人形形色色,连帮派分子也有。不用说,你们女孩最爱黑帮老大喽。"

"我从没遇到过老大!"安娜说,"你能指一个给我看看吗?"

"这个嘛……这家店的老板就是黑帮老大。据说是。或者是在禁酒时期[1]混过帮派吧。他平常都坐那一桌。"路易眯眼指向舞厅深处的角落,"德克斯特·斯泰尔斯,他名下有好几家夜总会,所以不是天天待在这里。"

"德克斯特·斯泰尔斯。"安娜说,她知道这个名字,"他长什么样?"

"像拳击手,高大的壮汉,头发接近黑色。他现在可能就坐那边,我看不清楚。"

帅哥马尔科终于邀请安娜跳舞了。他长得像反派角色,顶着深色鬈发,眼神仿若有心事,嘴角下垂。他是意大利裔——没被征召的原因或许是这个。他随口大骂一句墨索里尼是猪,仿佛在什么表格上打了个钩,然后他成了哑巴。他的视线在舞池中游走,安娜不久后发现,他在紧盯着霓尔看,因为霓尔正和不是路易也不是帅哥的人跳舞。和马尔科共舞,安娜跳得很差,马尔科也是。被他踩到第三次后,她失望透顶,索性告退。她没有回座位陪路易,反而走向舞厅深处的角落,也就是路易刚才说老板常坐的那桌。有四个男人正围着桌子坐。安娜被香槟冲昏了头,误以为自己成了半隐形人,直接朝那桌走了过去,并低头看着那四个人。四个人在同一瞬间注意到了她。她立刻就认出了斯泰尔斯先生,在认出长相的那一刹那,她也想起自己小时候曾见过他。

"化妆室在最前面。"其中一人说。

"不是,我——对不起。"安娜说着,作势要走。德克斯特·斯

---

[1] 美国在1920年至1933年期间施行全国性禁酒。

泰尔斯就是多年前走在海边的男人。伴随这个发现而来的是一阵冷热交替的冲击，让安娜失去了方向感，仿佛舞厅翻倒了。一段失落的往事浮上脑海：坐在父亲开的车上。和另一个女孩玩耍。这个男人，德克斯特·斯泰尔斯，站在冰冷的海边。这种巧合很神奇。安娜不假思索，马上又冲了回去，想告诉他这件事。

男人们再度抬头看她，冷淡的眼神传达出一致的信息，别怪我们下逐客令。香槟导致的醉意被一扫而空，她觉得自己完全暴露在众人面前，斯泰尔斯先生同伴的敌意从正面侵袭过来。他是其中最年轻的一个，双下巴，还有一头左右不对称的蓬乱头发。"你烦人烦习惯了吗，宝贝？"他说，"还不滚？"

德克斯特·斯泰尔斯立刻起身，站在安娜和桌子之间。"我能为你效劳吗，小姐？"他的口气客套而疏远，视线几乎没扫到安娜的脸。他当然不记得她。曼哈顿海滩之旅的印象早已淡出，遁入遥远的往年，宛如吃剩的苹果核被扔到火车窗外。重提这段往事显得荒谬。寂静在两人之间蔓延、滋长。

"我在造船厂上班，在布鲁克林。"安娜终于开口说道，讲到一半就后悔莫及。

"是吗？"德克斯特·斯泰尔斯说，游移的目光总算安分下来，"我在报纸上读到过，女孩们也开始在那边上班。你负责什么差事？"

"我拿千分尺检测零件。"她说，"不过，也有女孩负责焊接、打铆钉……"

"女生会焊接？"

"就和男人一样。她们不脱下面罩，你绝对分辨不出男女。"

"男女一同工作，这样自然吗？"他凝视着她。

"我不知道，"她说，有些慌乱，"我的同事大多是女工。"

"很高兴和你聊天。怎么称呼你？"

"敝姓菲尼，"她脱口而出，同时伸出手，"安娜·菲尼。"

"德克斯特·斯泰尔斯。"

握手后，他伸手碰了一下侍应的手臂，说："吉诺，麻烦你带菲尼小姐回她那桌，然后送一瓶香槟过去。祝你好运，菲尼小姐。"

她被打发了。德克斯特·斯泰尔斯回到自己的位置，安娜穿过人群，耳际萦绕着刚才那件事的奇异之处。重点并非她冒用了莉莲·菲尼的姓——假名和这家夜总会似乎很搭调——而是她用假名模糊了两人之间的关联。斯泰尔斯先生假如认得她的本姓，有可能追忆什么往事？

安娜回到座位后，尽管路易努力逗她讲话，她依然若有所思。从她坐的这桌，她看不见德克斯特·斯泰尔斯，今后也可能永远不会再见到他。假如当时报了本姓，她设想，对话会如何发展下去？想到这里，她才明白一时冒名背后的原因。令尊近来如何？他最近去哪里了？正在忙什么？据实表明身份必定会引来这些问题。一想到该如何应对，安娜就心慌。

侍应送来一瓶新香槟。霓尔和马尔科从舞池回来，马尔科显得很满足。

"怎么了？"霓尔在安娜身边坐下，问她，"你是不是放不开？"

"大概吧。"她觉得正好相反：香槟没喝够，浇不熄突然涌上心头的伤感——其实是空虚。

"我想走了。"霓尔说。

对路易而言，今夜到此结束等于危机当头。"哎呀，别急嘛，小姐们，"他惊呼，"喝点香槟嘛——老板刚请我们喝香槟呢！我等了一辈子，终于等到老板请的香槟！"

"好善良的路易老哥。"霓尔说。

"我以取悦人为目标嘛。有人一副伤心的表情，这不表示我待客不周？"

他表现得很开心，但安娜感觉到了他内心深处的焦急与慌张。"你待客很周到，路易。"安娜说着伸手搂住他瘦削的肩膀，亲吻了下他苍白冰凉的脸颊。

"呜——啦——啦。"路易大喊。

霓尔从另一边拥抱他。马尔科和年纪最大的那个人同时笑了起来。教人不祝福路易也难。

"我快乐昏头了，"路易说，"如果我昏倒，麻烦两位小姐扶住我，好吗？"

夜总会里的喧嚣声丝毫没有渗漏至东五十三街，就像从一个世界踏进另一个世界。安娜看了眼表，宛如被电到：深夜一点多了。"我该回家了。"她说。

霓尔没回应，神态萎靡，和今夜见面时强打起精神的模样如出一辙。"你明天见得到他吗？"安娜问。

霓尔摇摇头。"他周末出不来。所以今天他没来，我才气成这样。大骗子。"

"你身上这件是他送的吗？"

"在棕榈滩[1]送的，"霓尔说，"那次他去迈阿密出差，带我一起去了。这下你得被我吓到了，对不对？"她说，没有掩去话语间的忧郁。

"有一点，"安娜承认，"感觉很……危险。"

"只有他危险——我没什么好失去的，何况他说，为了我什么风险都值得冒。"她的微笑有气无力，"别告诉我，你本来以为我是天使。"

"没有，没那么想过。"

"反正天下没那回事。"

安娜不语。

"在我看来，所谓的天使全是骗术最高明的坏女孩。"霓尔落寞地说。片刻之后，她问："你是天使吗，安娜？"

安娜听到秋叶在人行道上翻滚的声音，闻到霓尔喷的栀子花香水味，从来没人这么问她，大家都下意识认定，她是个好女孩。

"不是，"她说，"我不是天使。"她和霓尔视线相接，两人之间产生了默契。

---

[1] 美国佛罗里达州东南部城镇。

霓尔握着安娜的手臂，心情好转了。两人路过一栋栋像手工珠宝盒一样的民宅。"你掩饰得非常好嘛。"她低声说。

"我猜那样挺好。"

"你适合当间谍或侦探，没人摸得清你的底细，也弄不清你为谁效力。"

"我想当潜水员。"安娜说。

07

德克斯特·斯泰尔斯驱车行驶在布鲁克林区八十六街上,见副驾驶座的巴杰先看了一眼腕表,然后伸出毛茸茸的手去调收音机,可能想听凌晨五点半的新闻。德克斯特打掉了他的手。

"干吗打人?"巴杰抱怨道。

"在没征得车主的允许下,不准乱碰东西。难道你在芝加哥没学规矩吗?"

"抱歉,老大。"巴杰口气乖顺,但顽强、快活的眼神透露出他的另一番态度。果不其然,他继续说:"只不过啊……我坐进这辆车,不就算碰到了吗?你懂我的意思吧。我往后靠,不也碰到座椅了?"

"想讨打的话,为什么不直接叫我打?"

"对了,你怎么整晚都对我很恼火啊?"

德克斯特瞥了他一眼。巴杰有多项讨人厌的特点,一是能相当准确地读出德克斯特的心情。他确实心情郁闷——但想不起原因何在。也许是因为德克斯特最爱的时刻即将降临,而巴杰却还待在车里。德克斯特喜欢独自享受黑夜与黎明之间的时刻——在四处无光的环境中感受天色乍亮。

他想到了。"那个女孩,"他说,"菲尼小姐。她过来我这桌,你对她不礼貌。"

巴杰错愕得合不拢嘴。

"如果是在'地狱钟',那另当别论。"德克斯特说。"地狱钟"是他在布鲁克林的弗莱兰兹区经营的郊区夜总会。离开"私酿"后,他们去巡视"地狱钟"。"甚至在'松林',只不过你不会听见希利先生对顾客用那种口气,但在'私酿'就是不行。"

"太高级吗?"

"可以说是。"

巴杰叹了口气。"在芝加哥不是这样的。"

"所以我告诉你了。"

连续七夜,巴杰都在称赞芝加哥的杜松子酒吧有多棒,淑女全都举世无双,湖景有多迷人,更是对帮派和执法界之间若即若离的默契赞美连连,唠叨到德克斯特耳朵长茧。巴杰爱芝加哥,可惜芝加哥不爱他。巴杰在芝加哥不知闯了什么大祸,若是别家运气不好的小子,老早就被沉到密歇根湖底喂鱼了。多亏巴杰的母亲是Q先生最疼爱的外甥女。几经协商后,Q先生把这个孙子辈的亲戚安然接来布鲁克林,交给德克斯特调教指导。照常理,巴杰应该为他开车才对,但德克斯特宁可聘这小子当律师,也不愿让他握方向盘。这辆凯迪拉克六二系列新车,挪威灰,是底特律车厂在倾力生产军用品之前的最后一批车。德克斯特岂肯让别人开。德克斯特热爱开车。他猜,全纽约比他更常开车的不到十人,或者说,比他消耗更多黑市汽油的人没几个。

"呃,老大,你开错方向了。"

"对或错,要看我想去哪里。"

"我以为你要载我回家。"巴杰住班森贺区,睡在Q先生年迈未婚的胞妹的客房里。

刚才巡视过位于格雷夫森德的"松林"后,德克斯特想都没想就驶进了湾脊区。几星期前,他去汉密尔顿堡后山上拜访一位生意上的友人后,发现了一个眺望纽约湾海峡的绝佳地点。当时,他正要回车上,恰巧看到黑漆漆的上湾,船只和滨海区附近的所有建筑全都熄了灯。黑暗中,他察觉到一列东西在移动。忽然间,他破解了这列神秘的行进物,巨大的船只正悄悄地从港口出航,一艘接一艘,两船之间保持等距,宛如野兽或幽灵。舰队出发了。静静航行的舰队意义非凡，甚至不像地球上的事物。他等最后一艘船通过海峡后才走。他数到二十八艘，但在他到之前，队伍究竟有多长，没人知道。最后，小小的守门船驶来，拉上反潜艇网。经历过这次后，他养成了每隔几夜就来这里一趟的习惯，希望再看到另一支舰队。

"你年轻又健康，巴杰，"他在引擎怠速时说，"为什么不从军？"

"我又不是当兵的料子。"

"你是不折不扣的士兵。我也是。"

"不是你讲的那种。"

"你舅公是我们的将军。"

"不是齐步走的那种。"

德克斯特转向他，面色严厉。"如果Q先生叫我们走，我们就齐步走。如果他叫我们穿燕尾服，我们就乖乖穿上。你该不会是体检没过吧，巴杰？"

"我？"巴杰尖声辩解，"怎么可能？我的眼睛和暹罗猫的一样精，从德雷克大饭店楼顶，我看得见密歇根湖中间的闪光信号。"

又是芝加哥。巴杰在一边滔滔不绝，德克斯特看着港口，反刍刚才在"地狱钟"和"松林"听到的消息：营收减少。汽油不够，车开不到闹区以外的夜总会。今晚和星期一，他会去长岛和帕利塞兹巡视夜总会，情况很可能相同。

他在"松林"的部下希尔斯向他报告了另一件事：名叫休·麦基的发牌员被开除后心生不满来找麻烦。这个人赌得很凶，借了很多钱，侵吞的公款数目庞大，最后被炒了鱿鱼。结果现在他威胁希尔斯，如果不高薪把他请回去上班，他就要供出他上班八个月间的所见所闻。他自称能害所有人被关进辛辛监狱[1]。德克斯特试着想象休·麦基的长相，他总能把姓名和脸孔连在一起，但有时候单靠姓名还是不够。

---

[1] 该监狱曾以极度严厉的狱规而臭名昭著。

"至于那个赖着不走的贱货，"巴杰懒散地问，"她后来到底要什么？"

"留点口德。"

"她又听不到。"

德克斯特对他的傲慢感到不可思议。直到这一刻，他才领悟到一件事：巴杰自恃有靠山。Q先生对他伸出援手，他误以为Q先生给了他豁免权，显然他不知道Q先生的胞兄在他高升的过程中失踪，另外至少有两个亲戚也从此不见人影。这份误解能说明巴杰为何以过分恭敬但隐含嘲讽的态度对待德克斯特。

"滚下车去。"德克斯特说。

年轻的巴杰面露困惑。

"等什么？还不快滚。"

巴杰抗议了几声，但他心里必定知道，德克斯特不是在开玩笑。他打开车门，踏进黑夜里。德克斯特漠然急驰而去，只看了后视镜一眼。黑暗中依稀可见巴杰凝望着扬长而去的车，身上穿着廉价西装。西装是德克斯特上星期去克劳福德买给他的。就算他记得住处的地址，也势必要尝点苦头才回得了家。这下子，他那双穿得吱嘎叫的新工作靴，很快就能合脚了。遇到这种臭小子，一定要给他一记迎头棒喝，否则他学不乖。打得越重，学得越快。巴杰在芝加哥究竟陷入了什么困境，还得劳驾Q先生营救，德克斯特不得而知，但在纽约，如果他不遵守从属关系，下场一定会水深火热，绝对比在芝加哥难熬。纽约岂有豁免权这种东西？有恃无恐，不啻自杀。

德克斯特大概能摆脱这臭小子两三天，让他舔舔自己的伤口，这是好事。德克斯特喜欢女性下属，这是事实，因为女人比较容易相处。他希望让女人掌管手下所有生意，只可惜找不到强悍一些的女人，类似他青年时期那些地下酒吧的女老板，如得州的吉南、贝尔·利文斯通。这种女老板为躲避缉私警察，不惜攀越屋顶逃跑。反观现代女孩，她们似乎不太喜欢枪械，而且平心而论，女装里也难以藏手枪。德克斯特没有佩戴肩枪套；花大价钱去邓恩定做西装，却在里面塞一把手枪，笔挺的线条岂不全被糟蹋了？至于把枪藏进钱包，那种事只在电影里看得到。枪械就该贴身用。

驱车接近曼哈顿海滩之际，神奇的时刻降临了：天空高涨着新希望，德克斯特的胸腔也跟着扩张。他喜欢等待东方天际投射下的第一道光辉。以前东边有一家豪华大饭店。德克斯特小时候，老爸在东方大饭店的厨房工作，后来在他十一岁那年，饭店被拆了，但他依然记得一清二楚——仿佛大饭店的幽魂仍面朝大海，伸出双臂，有遮雨棚、尖塔、随风飞扬的旗帜。大饭店里，纵横数公里的红毯走廊里浸满了一种嗡嗡的低吟声，可能来自在饭店幕后工作的数百名员工，他老爸也在内。东方大饭店的海滩不准闲杂人等进出，德克斯特一步也没踏进过。

今年二月，在珍珠港事件爆发后不久，海岸防卫队曾封锁曼哈顿海滩东端，在度假小屋之间兴建训练中心。天空露出第一道光的此刻，德克斯特望着东方，闲晃过训练中心大门。天色的转变是渐次的，但感觉绝不是如此。在前一秒进入后一秒之际，黑夜转变为白昼。

他家在曼哈顿海滩的西端，前门从来不上锁。女佣米尔达在厨房为他预留了一壶咖啡，他把咖啡放到炉子上加热，然后为自己倒了一杯，拉开那几扇面朝大海的窗户的遮光窗帘。他对白天景象的认知，全来自从这些窗户向外望。黎明时分，每过十五分钟，船只就变得越发密集：小型驳船、普通驳船、油轮，还有部分抛锚等待检疫的船只。木质扫雷艇在安布罗斯海峡的两岸来回移动。拖船犹如马戏团小丑，穿梭在航向上湾的大船之间。

他端着咖啡，带着双筒望远镜来到后门廊，因为从这里能看到海。几分钟后，女儿塔芭莎来了，披着镶褶边的粉紫色睡袍，睡眼惺忪。德克斯特很高兴。女儿星期六一般都会赖床。她的赫红色头发遗传自她的母亲，仍有发卡的痕迹，想必是怕被父亲取笑而临时摘掉的。"塔比猫，"他说，亲了一下女儿凑上来的脸颊，"不会吧？你要偷喝我的咖啡吗？"

"里面大部分是牛奶。"她缩进父亲身旁的椅子里，把两腿抱在胸前。她内衣单薄，不是海风的对手。

"昨晚没睡衣派对吗?"

近日来,塔芭莎似乎常有朋友相伴(通常是他放不下心的纳塔莉),或者找两三个女生一起,以融蜡制作西装领针,或把裙子泡进一锅染料里,缠在棍子上,然后风干,制作"扫帚柄裙子"。成品只能用"丑"字形容。

"昨晚有没有影星啊?"她问。

"嗯,我想想看,有艾琳·麦克马洪,也有温迪·巴里,金像奖演员琼·芳登也出现了。"他只提女星,故意吊她胃口。

"没其他人了吗?"

"这个嘛……我有瞄到加里·库珀,他来得非常晚。"

她拍拍手。"他干什么了?"

"快快乐乐坐在妻子身边,陪她喝马丁尼酒。"

"你每次都讲同样的东西!"

"每次都是真的。"几乎每次都是假的。夜总会二楼有个暗窗,德克斯特从那里看到的人、事、物都不会告诉任何人,而是把说出去的任务交给温切尔先生。温切尔是他的朋友,也是常客,讲话专精若有似无、语带玄机之术。

"还有谁呢?"她期盼听见的明星是维克多·迈彻。去年《醒时尖叫》上映时,她和纳塔莉去看过,他穿泳装时的成熟魅力迷住了她。现在,他帅气的照片仍被她用玻璃纸包好,装饰在课本里。

"没看见维克多的影子。你指的是他吧?"他说。

"才不是呢,"她虔诚地说,"他有比去逛夜总会更重要的事情。他已经加入海岸防卫队了。"

从前,塔芭莎还习惯早起的时候,多数早晨她会捧着一杯牛奶,陪父亲在后门廊上看海。塔芭莎很精明,对小事深思熟虑,深得他的心,他进而想象有朝一日和她在事业上的合作——当然是合法的行业。无奈的是,过去这一年来,女儿开始模仿维罗妮卡·莱克的发型,沉迷于通灵板,他对女儿的期待也渐渐消退。然而,每隔一两个星期,仿佛是为了遵守某种仪式,女儿早晨仍会来后门廊报到。

"今天有什么规划啊，塔比？"

"和纳塔莉有约。"

"做什么？"

"看场电影。可能去逛街。"她刻意闪躲他的目光。由此可见，她们一定约了男孩。纳塔莉是花痴，而女儿长得越来越美，这令他忧心。并非他宁愿亲生女儿是丑小鸭，而是他认为外在美容易让女人养成依赖性。他希望女儿能拥有内在美，那种近看才可辨认出的。她把阿司匹林盒子涂上红色指甲油，做成领针，叫它心愿盒。显然，盒子里藏着一张纸条，上面写着秘密心愿。女儿有秘密，他一想这事就微愠。

"想不想看一眼啊？"他举着望远镜给她。她摇摇头。她不知从哪里找到一个指甲砂锉，正在锉指甲，想锉成完美的椭圆形。"用话回答，麻烦你。"他说。

"不想看，谢谢你，爸爸。"

"有很多大船哟。"

"我看得见。"

"你一直盯着指甲，看得见才怪。"

"我天天都能看见它们。"

他举起望远镜，扫视紧张的灰色海面，寻找潜水艇的指挥塔。封锁海峡的防雷网能保护上湾，但就德克斯特所知，U形潜水艇可以绕过蒂尔登堡所在的微风点，潜行到他家下方的海水和岩岸交接处。怀着担心潜水艇入侵的心情监看海面，有时感觉像是预期到了潜水艇会来，甚至希望潜水艇快来。

"来，"他说着，把望远镜推向女儿，以破解她自恋的魔咒，"看紧德军，别让他们上岸，他们在阿默甘西特海滩登陆过。"

"德军干吗上岸，爸爸？我们这里又没啥重要的东西。"

"你的指甲好像很重要嘛，他们可以帮你修指甲啊。"

她一气之下，拎起睡袍的下摆，走回屋内。德克斯特气她虚荣，也气自己冲动。这是他的一个弱点。

咖啡凉了，被他洒向石堆。他走进屋子，来到他的更衣室。他从脚踝的枪套中取出手枪，锁进专用的柜子。他把长裤和西装外套挂进衣柜，把衬衫扔向角落待洗，只穿着苏卡尔牌平口内裤，站在洗手台前，用冷水洗身体。洗完后，他进入有麝香味的下沉式卧室。妻子哈丽雅特的祖先是清教徒，卧室如军营般简朴，他反其道而行，把夫妻俩的床铺设计得宽敞奢华。他听见了妻子的呼吸声，悄悄躺到她身旁。更衣室的灯照亮了她宽阔的颊骨与柔美的嘴唇。非常美，他的哈丽雅特，美到令人出神。他怎么会糊涂到以为女儿会比她少一分姿色？即使在睡梦中，哈丽雅特依然端庄；引她放荡是德克斯特的职责。自她十六岁起，他运送私酒时就会求哈丽雅特同行，中途在长岛翘班，在月光下的南瓜田里上她，将她名门闺秀的洋装掀起，盖住她的头，到处都是叶子。今天一整夜下来，烦心事不断，在他心中蓄积，令他如同在起跑栅里蠢蠢欲动的赛马。这事能消火，每次都灵。哈丽雅特还没醒，但他已经压在她身上了。

"早安，宝贝。"她嗓音沙哑，她少女时期嗓音就是如此，令人不安，幸好长大后有美貌衬托，"叫早叫得好粗鲁啊。"

"今晚比较烦。"德克斯特说。

翌日清晨弥撒前，新任教会神父拉德克斯特到一旁商讨大钟的事。神父说，教堂钟上出现了"细得看不见的裂痕"，不仅影响钟声，更有可能破裂坠落，压到信徒。教堂需要修缮时，神职人员总认定找德克斯特好商量，毕竟德克斯特的事业免不了沾染罪恶。德克斯特已经听过祭坛石板缺了一角、唱诗班男童想换新袍，这次是换钟，德克斯特倒觉得钟声听起来还好。老实说，德克斯特巴不得教堂能少敲几次钟。

在圣玛吉教堂外，神父把他拉到枝叶茂盛的角落里。德克斯特说："神父，不会吧？这教堂还不到二十五岁。"

"在经济大萧条期间，我们一直没修缮过。"神父喃喃说道。

"不对吧。前任神父贝尔托利才找我商量过新祭服和新圣杯的事；

挂在后殿里的苦路十四处[1]换新，想必也是找我。"

"多亏您的慷慨，我们才有今天。"神父吟咏着，垂下视线。

借助明朗的日光，德克斯特仔细打量他：年纪轻轻就有了眼袋，脸红得不合时令，八成是贪杯。酗酒在爱尔兰裔神职人员里较常见，意大利裔较少，但也时有耳闻，尤其是终身禁欲的教士。德克斯特的事业靠饮食男女的欲望成就，对于教廷不顾情理，坚持教士不能满足最原始的欲求这一点，他只能摇头。贝尔托利爱赌小型马，德克斯特曾两度在贝尔蒙特撞见他，更曾在他的"信仰静修期"见到他出入扎拉托加跑马场。前阵子，他被调到了一座没有赛马场的城市。如今，接替的人是酒鬼，薪水不够丰沃，买不起上等酒，老对信徒伸手。谁能怪他呢？

布道的内容是什么，德克斯特听不进去。宗教，他才不在乎；他之所以皈依圣玛吉教堂，是因为他不想被拉去岳父家做礼拜的圣公会教会。跟那些清教徒在一起，他才不愿意。如果非得进教堂待一小时，鲜血淋漓、焚香味浓郁的天主教会是他唯一的选择。他发现，弥撒期间适合深思生意之道。今天，他考虑该如何对付负债累累的发牌员休·麦基。兔崽子居然敢威胁希尔斯。希尔斯是这世上最和善的家伙，但他一旦心烦，对手就有颜色看了，而希尔斯就快心烦了。

弥撒结束，和邻居在教堂外照例嘘寒问暖之后，德克斯特叫全家上车，准备开车远行至位于萨顿的岳父家。车才刚驶出停车位，双胞胎就开始拿树枝比剑。"爸爸！"塔芭莎尖叫，"叫他们别再打啦！"

"小子们。"德克斯特呵斥道。双胞胎立刻不敢动了，互使眼色，愉悦的情绪犹如发电报般在两人间传递。这两兄弟经常这样。

"昨天在狩猎俱乐部，"塔芭莎说，"他们在露天平台玩回力球，被人骂了才停下。"

"不要乱告状。"哈丽雅特说。

"我们玩得很安静啊。"约翰-马丁愤恨地说。

有件事德克斯特一直不理解，他的两个儿子为何喜欢参加有奖竞赛

---

[1] 天主教为缅怀耶稣受难而设置的崇拜路线，描绘了耶稣受难的过程。

活动。这种活动通常在戏院举行。他们会跳踢踏舞，会翻跟斗，会倒挂金钩，也会用齿缝吹口哨。获胜后他们捧着奖品回家，无外乎小军号、口琴或溜冰鞋之类的，全是家里已有的物品，或是花小钱就买得到的东西。德克斯特担心他们是生性不够认真。

"狩猎俱乐部不认为回力球是运动，对吧？"他忍不住调侃妻子，"没法和障碍赛马相提并论吧？"

"都好几年没障碍赛了，"她说，"你又不是不知道。"

哈丽雅特小时候曾被母亲带去看障碍赛马，因为母亲期望她能遇到门当户对的对象——最好是前来参加牛津-剑桥-罗卡韦团体竞赛的英国人。哈丽雅特最初对罗卡韦狩猎俱乐部的描述是："不过是一群老太婆喝得醉醺醺的，色眯眯地猛看马球选手。"她和德克斯特只去过狩猎俱乐部几回，每次都刻意至少在一个新地点履行夫妻义务。但近几年来，不知何故，哈丽雅特爱上了狩猎俱乐部，常去和被她揶揄过的老太婆们共饮粉红佳人，听她们有气无力地追忆花样年华时期觐见维多利亚女王的往事。哈丽雅特也打起了高尔夫球。这些小事加起来，让德克斯特莫名地心烦。

"我们就不该去，"约翰-马丁抱怨着，"我们根本就融不进去。"

"打打马球嘛，"德克斯特说，"你们一定能融入。"

"我们又没马可骑。"菲利普提醒父亲。

长岛海峡与东河在地狱门相接，哈丽雅特的双亲从住处饭厅可俯瞰地狱门南边的东河风光。哈丽雅特的母亲贝丝·伯兰吉尔坐在长餐桌的一头，一张典型的老太婆脸，状似干旱的三角洲，遍布龟裂纹，支流交错，下面有一张杜宾犬似的嘴，从不主动张口。她的眼珠呈淡蓝色，只须瞪一下，便能驱使丈夫。她的丈夫亚瑟坐餐桌另一头。他们育有一子三女，聚餐时必定全员出席，也带配偶和几个小孩一起来。子女总共为他们生了十四个孙辈，较年长的孙子在外地上学，不便出席。贝丝偏爱的两个罗马尼亚裔用人负责为大家切烤肉并端上桌。大家长亚瑟·伯兰吉尔带领全家祷告，接着是一阵肃穆的咀嚼声，混杂着东河船只往来的哗哗声。随后，小朋友们的言语打破了沉默。

点心是淋上奶油的烤苹果奶酥。大家吃完后，女眷退席进厨房或书房，小孩们进育婴室或卧室，只剩男人们围坐餐桌旁。以亚瑟为轴心，习惯的坐法是独子亚瑟二世（库珀）坐父亲右边，德克斯特坐岳父亚瑟左边。亚瑟的大女婿乔治·波特是外科医师，坐德克斯特左边，而库珀的右边是三女婿亨利·福斯特校长。接下来一小时是德克斯特期待了一整个星期的对话。

德克斯特留意到，女儿塔芭莎在饭厅门边徘徊。饭厅门是从门框内滑出的隐藏门。德克斯特见岳父首肯，才对女儿呼唤道："过来吧，塔比，陪我们坐一下。"

他搬来一张椅子摆在他和岳父后面的角落里，让女儿坐下。库珀抽香烟，岳父抽烟斗，乔治抽雪茄，烟雾缭绕，呛得塔芭莎轻声咳嗽。德克斯特和亨利不吸烟，这是亚瑟两个女婿之间少有的共同点。身为校长的亨利穿着有补丁的粗呢西装，开的是破烂不堪的福特T型车。

亚瑟为所有人倒了一杯波特甜酒。第一次世界大战后，亚瑟以海军少将身份退役，投身银行业。他即使保持着挺拔的军人身段，也无法为平庸的身高增加多少英寸[1]。他手小且红润，白发稀疏，服装剪裁合身（布克兄弟牌），但如果穿萨维尔街裁缝店的衣服，必定更有气势。他驾驶一辆一九三九年产的土色普利茅斯车。尽管身外之物件件不起眼，但他无形中却别具风范，是德克斯特在其他男人身上从未见过的气魄。他毫无保留地仰慕岳父。

"儿子、女婿们，"亚瑟略过塔芭莎说，"最近听到什么风声了吗？"

他指的不是报纸上的消息。他在罗斯福担任州长时就认识他，近来也常去华盛顿，因为他在那里操作发行战争债券，协助拟定盟国租借法案。他的海军故交正指挥着几大舰队。换言之，亚瑟·伯兰吉尔知道的事多不胜数，他明白，他的人脉之高深凌驾于多数人的毕生体验之上。

先报告的人是三女婿亨利·福斯特。他在韦斯特切斯特镇的奥尔

---

[1] 1英寸合2.54厘米。

敦预科中学担任校长。亨利说,镇上有一名妇人认定比邻而居八年的家庭假冒美国人,其实一窝子全是德国间谍。"她认定邻居隐藏了德国口音,连小孩也是,"亨利说,"她自认为听见了冒出来的德国腔。不得已,只好送她去精神病院。"

"你有何想法?"亚瑟问大女婿乔治医师。

"心智脆弱,难以负荷大战的高压,"乔治说,"康复的概率很高。"

德克斯特观察着女儿的反应,只见她正低头剥着一片柠檬皮。

"邻居该不会真的是德国人吧。"库珀暗示道。亚瑟皱了下眉。

"我们寄宿学校今年感恩节不放假,"亨利继续说,"因为有些学生家长不在国内,有些学生的母亲在上班……学生放假没地方可去。"

为了让塔芭莎有话可讲,德克斯特说:"我们夜总会里来了几个女孩,据说在海军造船厂上班,地点就在布鲁克林,做焊接、管道工程……听说有好几百个。"

岳父面露狐疑。"好几百个?"

"听起来很危险。"库珀瞥了父亲一眼后说,但大家不清楚他指的是"对女孩有危险"还是"对世界有危害"。可能库珀自己也不清楚。和他父亲相比,库珀显得软弱,远不及他父亲聪明,体现了直系传承的局限性。亚瑟心知肚明这一点;库珀就在他的银行上班,他不可能不知道。在父亲对儿子失望的时刻,德克斯特难免自鸣得意,因为他认为和岳父培养情谊是得心应手的事,岳父和他的交情也很稳固。从库珀嘴里出来的消息,亚瑟·伯兰吉尔不可能没听过,但德克斯特亲眼见过、知道的一些事,是亚瑟在不牺牲个人原则的情况下不可能获悉的情报。德克斯特比较接近泥土,惯于在盐巴、矿物质中打滚,这是近几代伯兰吉尔家族的人无法体验到的经历。此外,德克斯特是唯一不向岳父伸手的女婿。

"唉,库珀,"亚瑟对儿子轻声说,"怎么会危险呢?"

"女孩对造船术不熟练。"

塔芭莎看着外公,但外公的视线不曾逗留在她脸上。这是亚瑟那一代的弱点：他们不明白女人的价值。

"那些女孩男性化吗？"乔治问德克斯特，嘿嘿一笑。他常带妻子雷吉娜去"私酿"夜总会。雷吉娜是哈丽雅特的胞姐，个性凶悍。他们开的是一九二三年产的二手杜森堡，把车漆成了雪纺绸黄。躲在暗窗里的德克斯特知道，这位潇洒的医师也曾带其他女人上夜总会。乔治知道德克斯特心里有数，因此两人之间培养出了一份温馨的默契。

"不过是很普通的女孩罢了，"德克斯特说，"常在自动贩卖式餐厅看见的那一型。"

"我不去那种餐厅，"亚瑟说，"描述给我听听。"

把菲尼小姐描述成几个女孩是一项艰巨的工程。假如让他描述别人，他能下意识地把一个女人讲成两三个——长久以来，他凭借这个伎俩化解岳父对他是否花心的微小疑虑。乔治出身世家，父亲是牧师，他偷偷搞外遇是一回事，对德克斯特而言则是另一回事，他没有通融的余地。当初亚瑟同意把二女儿许配给德克斯特的条件之一就是他必须从一而终，而德克斯特当时也欣然同意。如同在许多方面一样，岳父在这方面算是帮了他一个大忙。拈花惹草和酗酒吸毒没什么两样，对男人的危害之惨重，德克斯特见多了。

"二十出头吧……深色头发，爱尔兰裔的姓，"德克斯特说，"身心健全的好女孩，不崇尚时髦。"

"时髦到去泡夜总会。"亨利说。他不喜欢夜总会。

"她们看起来的确有点突兀，"德克斯特边回想边说，"我猜是被人带去的吧。"

"长相听起来都是一个模子里刻出来的，"岳父亚瑟哈哈一笑，说，"你确定她们不是双胞胎吗？"

德克斯特脸红了。"大概是我看得不够仔细。"

"对了，不如我打电话给造船厂指挥官，"亚瑟说，"我和他一起在菲律宾待过。等格雷迪从安纳波利斯的海军学院回家，我请指挥官安排我们参观造船厂。"

"好！"塔芭莎惊呼，吓了大家一跳，"拜托拜托，外公！我想参观造船厂。"

德克斯特既惊讶又骄傲,差点头晕。

"格雷迪什么时候回家过感恩节?"亚瑟问库珀。

一听"格雷迪",所有人都侧耳倾听。格雷迪是库珀的爱子,是他平淡人生中的一颗星。其他人又为何如此关注呢?格雷迪是伯兰吉尔家族的长孙,格外出众,仿佛亚瑟的机智、狡黠、亲和力全略过库珀这一代男丁,隔代遗传给了库珀的长子,令人激动不已。大家常说,格雷迪注定要做大事,德克斯特难免羡慕库珀有这么一个出色的儿子。

"感恩节前两天回家,"库珀说,微微挺起胸膛,这是话题转到格雷迪时他的习惯性动作,"不过他为了提前毕业,最近忙得不得了——我要先问一问玛莎。"

"那就约在感恩节前一天好了,"亚瑟说,没有理会儿子的犹疑不决,"我明早打电话给指挥官。你也会去吧,塔芭莎?"亚瑟喊她名字时的口气出奇地正式。

"我会的,外公,"她说,神情比刚才惊呼时收敛了许多,"我想去。"

"对不起,我恐怕会待在学校,"亨利说,"不过,我相信碧琪会想去,如果有人能去车站接她的话。"

"当然。"德克斯特说。亨利听了明显如释重负。碧琪是哈丽雅特的胞妹,原本一直是完美的校长夫人,没想到八个月前生下第四个小孩后,竟变得"精神不胜负荷"——亨利的说法。碧琪找家教,开始学俄文,朗诵普希金的作品,不时嚷嚷着想去环游世界,想住一住蒙古包。可怜的亨利束手无策。

乔治的两个女儿相貌平平,名叫伊迪丝和奥利芙,正在门口打毛线。两卷土色的羊毛线垂在钩针下,是打给士兵穿的。"害我们等了好久。"奥利芙骂塔芭莎,塔芭莎只好站起来跟她们走了,德克斯特则为她刚才的不俗表现而沾沾自喜。

女孩走后,德克斯特问岳父:"您呢,亚瑟,您听到了什么消息吗?"

"嗯。和各位不同的是，我实际上什么也没做，只是在门外听，"亚瑟说，"不过，我倒听说，有事情即将发生。和我军前线有关。"

所有人都愣了一会儿才听出玄机。连库珀也明白了，父亲指的是参战。"欧洲还是亚洲，老爸？"他问。

"称职的指挥官决不会泄露这种事，"亚瑟粗暴地说，"当然，可能的地方也不止这两地。"

德克斯特当下猜到他指的是北非，因为在北非，英军终于鼓起士气反抗德军隆美尔元帅。"我们需要那种战斗经验。"他边说边动脑筋。

亚瑟的视线掠过他的眼睛。"没错。"

若亚瑟所言属实，那么能抢先取得这份情报着实令人震惊。到目前为止，亚瑟·伯兰吉尔告诉他们的大小事后来都得到了证实。德克斯特以前常感到困惑，为何岳父愿意向他们透露机密，毕竟库珀不够聪明、欠缺判断力，而德克斯特的事业游走于法律边缘。德克斯特曾这么想，岳父可能提供的是假情报，为了试探儿子和女婿，或者是想利用他们散播他想散布的谣言。但德克斯特从未对外透露亚瑟说的一个字；岳父的势力实在太强大了。关键就在这里。亚瑟·伯兰吉尔对儿子和女婿畅所欲言，理由和不锁前门的德克斯特相同：他的权势大到让他们值得他信赖。不同的是，德克斯特的权势来自蛮力，亚瑟的权势则早已升华为空气。在伯兰吉尔家族戴礼帽赴歌剧院的年代，德克斯特的家族仍躲在干草堆后面交媾。德克斯特期许有朝一日自己的权势也能淬炼成无色无味的气体，把血与土的往事摒除在外。

"盟军一定能打赢这场大战。"亚瑟说。

"这话……断定得太早了吧？"乔治问。

"嗯，我并非逢人就讲这话，"亚瑟说，"不过，事实就是事实。"

库珀说："海军会认同这个看法吗？我怀疑。"

"儿子，海军的任务不是认同。陆军也一样。海岸防卫队也是。军队的任务就是打胜仗。洞察先机的任务应该交给银行业。这是银行业的第二大任务。第一要务是资助这场战争。"

对亚瑟·伯兰吉尔而言，举凡人类史上的成就，远自罗马帝国的霸权地位，近至美国独立，全是银行业者谋略下的副产物（罗马靠税务制度茁壮，美国借路易斯安那购地案萌芽）。动不动炫耀本行的论调难免引来家人无奈的叹息，亚瑟的这番见解亦然。德克斯特却百听不厌。对德克斯特来说，潜藏在事实之下的不可告人的真相以隐喻的方式浮上水面，令人着迷。在他十五岁那年，他首度尝到这种滋味。那时候，父亲在科尼岛开餐厅，每三个星期的星期一，总有两个男人来找他父亲。另外还有个男人来的次数比较少，但每次来总穿着全新的鞋套，胸前口袋必露出红手帕。德克斯特的父亲不叫酒保倒白兰地给这人，而是亲自端酒奉上。

每次这些人走后，老爸就会变得面无表情，难掩屈辱和愤怒的神色。小德克斯特知道，最好别问他为何心情不好。然而，小德克斯特却想接近这些人。他们目光深沉，拍打他的时候也有一分沉重的意味。他急着讨好他们，为他们添酒，在父亲不注意时在他们桌子旁徘徊不去。渐渐地，他们凭无声的动物直觉，注意到了少年德克斯特的存在。他们是Q先生的手下。后来，参与第一次世界大战的士兵回国了，德克斯特从那些退伍军人残破的眼神和困倦的举止中感受到了他最初所仰慕的Q先生的部下身上的那份特质。长大后的德克斯特知道，那特质趋近暴力血腥。

"当然，"亚瑟呵呵一笑接着说，"自经济大萧条以来，我们银行业者闲暇日子多的是，过得可以说是……孤寂，所以有机会思考未来的局势。南北战争的产物是一个联邦政府。第一次世界大战让我们成为债权国。身为金融业者，我们必须预测第二次世界大战将为美国带来什么样的冲击。"

"你预测会发生什么事？"亨利问。亨利信不过罗斯福。

亚瑟上身前倾，深吸一口气。"我预见美国的地位扶摇直上，升到古今没有一国能爬升到的位置，"亚瑟轻声说，"高过罗马帝国，高过加洛林王朝，胜过成吉思汗的蒙古帝国，还有拿破仑时代的法国。哈！你们干吗这样看着我？我前脚踏进了疯人院不成？你们问，美国怎么可能？因为，美国的支配地位并不来自征服其他民族。美军一定能全身而退，凯旋；美国也势必会成为全球银行业的枢纽。美国将输出我们的梦想、语言、文化、生活形态，全世界都将难以抵抗。"

德克斯特听着，一把忧虑的黑伞在他心中缓缓展开。二十多年来，德克斯特奉行层级指挥制度，以确保他效命的团体能蓬勃兴盛，成为影子政府、影子国家。最起码也是一个部族、一个派系。如今，倏然之间，人人都是美国人。为了对抗共同的敌人，性质大相径庭的族群也可以同床共枕。有风声传出，"幸运儿"卢西亚诺[1]已在狱中和FBI谈妥条件，愿意根除滨海地区的墨索里尼支持者。第二次世界大战结束后，德克斯特家族将何去何从？

亚瑟·伯兰吉尔说："到时候，我的角色必定重不到哪里去，一定活不到开花结果的那一天。"他挥手挡掉众人的否定，"到时候，责任将落在你们的肩膀上，孩子们，全是你们的责任，必须要预先做好准备啊。"

他的口气随性，仿佛提醒大家渡轮即将启航。随即而来的空当中，德克斯特听见一阵急促的拍击声，像时钟暴走。他猜是自己的心跳声。

亚瑟双手拍了一下桌子，然后起身。午餐到此结束。饭厅里烟雾朦胧，大家握手道别，各自融入自家的妇孺喧闹声中。

和岳父的对话结束后，德克斯特心里七上八下，只想把车开上空旷的道路奔驰回家，吃一顿简单的晚餐——吐司配汤，接着全家一起收听星期日惯例播放的刑侦广播剧。然后好好睡个觉，抛开一切，深入梦乡，以弥补他整个星期没睡饱的遗憾。

他正想找哈丽雅特，却见她妹妹碧琪冲出书房并把门轰然关上，整个人险些和他撞个正着。碧琪冲过他身旁，几秒后，大姐雷吉娜和二姐哈丽雅特从书房开门出来，脸色难看。

"不好好管教她不行，"雷吉娜说，"可怜的亨利拿她没辙。"

"她自愿去当军人的伴游。"哈丽雅特告诉德克斯特。

"什么？"

---

[1] 查尔斯·卢西亚诺，别号"幸运儿"，是当时美国犯罪集团势力最大的头目。

"哎哟，就是陪士兵逛纽约啦，"雷吉娜说，"某些二十岁的女孩才会做的事，生了四个小孩的韦斯特切斯特主妇做那种事成何体统！"

"我们得想办法阻止她。"哈丽雅特说。

妻子的这种态度，德克斯特一时难以适应。长久以来，被姐姐管教的总是哈丽雅特——雷吉娜喜欢唠叨妹妹，而这次哈丽雅特居然和她一起唠叨碧琪。今天哈丽雅特穿高领装，外形看着很拘谨，也让德克斯特看着不太习惯。

"上车去。"他说。

和奥利芙、伊迪丝打毛线打得有气无力的塔芭莎一听，立刻跳起来，急着想上路。可是双胞胎不见人影。已有几小时没人见过这两兄弟了。孙子辈的小孩开始到处搜寻他们，打开镜子颜色斑驳的壁橱，趴下去检查床铺底下，翻遍了整栋房子。"菲利普……约翰–马丁……"绝对有可能是他们躲着不出来。如果真是如此，德克斯特可要揪他们出来打屁股。

上到顶楼，德克斯特望向后窗外，见油轮从长岛海峡南下。他又听见了紧凑的"啪啪啪"声，像恐慌时的心跳。不是他想象力太丰富，确实有这种声音。德克斯特循声走向房子的前半部，从圆窗向下望约克街。

双胞胎就在马路上，凝神拍打着联结在拍子上的小红球。

啪啪啪啪啪啪啪啪啪啪啪啪啪啪……

他们一直在练习回力球。

德克斯特忍俊不禁。

08

德克斯特·斯泰尔斯家位于巷尾，是整个巷子里最大的一栋，巷子尽头是海。接近自家之际，德克斯特的车经过了一辆老旧的道奇双门车。这辆车停靠在路边，车上只有一名男子，独自坐在驾驶座上。德克斯特不认得这辆车。

德克斯特没转头，甚至没看后视镜，但他突然本能地警觉起来，神经紧绷。外来的车不会停在这一区。附近的儿童不会在路上玩耍。更不会有人不带家人就来拜访德克斯特的家。

"怎么了？"哈丽雅特问。

"没事。"

哈丽雅特只是挑挑眉，也没转头。

进屋后，德克斯特直接走进更衣室，打开放手枪的柜子，取出手枪，收进枪套里，固定在小腿上。然后他回到楼上。前门门铃即将响起，他想预先摆出一派居家和乐的景象，以暗示不速之客：无论想谈什么事，此时此地皆不宜。

双胞胎正在大客厅的地板上玩，搭建林肯木屋。德克斯特急忙捧着《纽约新闻报》，坐进安乐椅。星期日的报纸里有厚厚一沓四格漫画。"小子们，过来，"他说，"爸爸读笑话给你们听。"

双胞胎走近时面露疑惑，德克斯特这才想到，他好久没读四格漫画给儿子们听了。可能有一年多了。现在，儿子们长高了，特别是约翰-

马丁。哼,只须表演到门铃响就好。两个小子被德克斯特抱过来,重重地跌进了他的怀里,令他一时呼吸困难。拿着报纸抱两个孩子并不容易,抱好后想看清楚漫画更是不可能,但在德克斯特不懈的奋战下,他总算能从双胞胎脖子之间的空隙里看到漫画了。他眯着眼朗读《瓦利安特王子》。双胞胎开始蠕动窃笑,再度沉浸在欢乐的二人世界里,令德克斯特讨厌。他命令儿子安静,然后尽力把《吉格老爹》朗读得轻快活泼些。双胞胎闷闷不乐,不再烦他。德克斯特看向前门——不速之客星期日来打扰他,还迟迟不敲门,这更令他恼火。

终于,门铃响了,哈丽雅特去应门,时机和语调抓得恰到好处,把德克斯特想营造的假象展现得淋漓尽致,给他带来了小小的满足感。可惜,表演得再逼真也无济于事,因为来人踏进门槛后,显然目的明确,无心其他,完全没把慈父教子的景象看在眼里。

德克斯特放走两个小兄弟,他们松了一口气,跑去迎接客人。这人容貌消瘦,近乎皮包骨头,五官给人一种撑得紧紧的感觉,倒比较像小丑妆:嘴阔,眼睛呈新月形。德克斯特一眼便认出了他是谁。

"真是意想不到的惊喜啊,麦基先生。"德克斯特说。认识德克斯特的人一听便知,这种语调是申斥兼警告。他握了握休·麦基沉重的手。"什么风,居然没把夫人一起吹来?"

"她回娘家住几天。"麦基说得有些勉强。

"我们马上就要吃星期日晚餐了,"德克斯特冷冷地说,"你该不会想和我们一起吃吧?"

麦基紧张地瞥了他一眼,一副心事重重、走投无路、没力气跟你客套的表情。他仍戴着帽子。"不会不会,我不能久留,"他说,"我只想商量一件事。上个星期我去曼哈顿的夜总会想见你,在门口被拦住了。"

德克斯特只有一个想法:赶麦基走。让这家伙进来有辱家门,他在大客厅地板上撒泡尿都比这好。"对了,我答应女儿要陪她去海边散步,"德克斯特勉为其难地说,"你也一起过来吧。"

麦基满面愁容地看着他。德克斯特以这种妙招游走于黑白两界,却被麦基以苦瓜脸戳破,令德克斯特怒火中烧。维持表象有时比展露真情更重要。内心的事如船过水无痕,破水而出的事则会被烙印在大家心中。

他大可赶走麦基,赶得他像被热水烫到的狗。从他愁眉苦脸的表情来看,德克斯特预料他会落荒而逃。但话说回来,谁能料到他下一步棋会怎么走呢?不行。上策是去海滩散散步,把他从家里支走。太阳快西下了。

德克斯特留他在前厅,由哈丽雅特陪同,自己上楼去敲女儿塔芭莎的卧室门。她正坐在华而不实的梳妆台前打扮。这个梳妆台是她的十六岁生日礼物,镜子周围亮着一圈灯泡,让镜中人误以为自己是更衣室里的好莱坞小明星。这类怂恿女性去强调一些不该被重视的特质的商品,还有什么更好的叫法呢?

"塔比,"德克斯特唐突地说,"我们去散个步。"

"爸爸,人家不想。"

他深呼吸,沉住气,来到女儿椅子旁边半蹲下来。华而不实的生日礼物还包括一瓶香水,被镜子周围的灯泡烤得花香更为浓郁。他没记错的话,应该是里茨查尔兹牌的。

"爸爸想求你帮一下忙。"他说。

女儿的心是一口深井,水面通常离井口很远,但"帮忙"两个字一出口,德克斯特听到了扑通的水声。

"家里来了一位绅士,是我在生意场上认识的,他正在为一件事不高兴。如果你能陪我们去海边散步,他就不会提那件事。"

"就因为我在场?"

"对。"

她从梳妆台前站起来,钻进衣柜——美其名曰"更衣室"。几分钟后,她戴上水手帽走出来,穿着麻花针织毛衣以及色彩缤纷的拼花裙子。显然,她以为这个任务的要点之一是娇滴滴的扮相。

下楼后,父女俩看到哈丽雅特和麦基沉默地坐在大客厅里,麦基凝望着窗外的海景。"这位是我的女儿塔芭莎。"德克斯特为他们互相介绍。麦基注视她的眼神中满是按捺不住的倦意,仿佛在打量一只不得不扛上肩的包袱。他无法——也不愿——出演自己该演的戏份。

三人离开家，踏上通往海边的步道。德克斯特有意让女儿走在他和麦基之间。在渐暗的天色下，沙子白得出奇，近乎月色。通常德克斯特会待在步道上，但女儿向海水走去，他也只好跟着踏进沙地。

"爸爸，你脱掉鞋子吧，"她说，"又没那么冷。"

她自己的鞋子不比拖鞋复杂到哪里去，已经被她脱掉了。德克斯特这才理解，刚才女儿换衣服的目的之一就是脱掉羊毛袜，以便赤脚踩沙子。毕竟这是片沙滩嘛。在海沙上，她纤细的小脚丫显得更为白皙，泛着白光，德克斯特不禁动了脱掉牛津皮鞋的念头，但他随即想到小腿上的手枪。"不要紧，塔比，"他说，"我还是不脱比较好。"

塔芭莎并没有建议麦基也脱鞋，因为她难以相信一脸倦容如小丑的麦基也有脚。

海滩上没有"静"字。海风、海鸥、浪涛声充斥着对话的空当。微风点方向可见船只，船灯已经熄灭。德克斯特开始松懈心防。他意识到，麦基正想找时机开口，却嫌女儿碍手碍脚。三人往东走，朝暮色前进。塔芭莎边走边小跳步两下，所以超前了几步。

麦基把握住良机。"我的立场变得相当困难，斯泰尔斯先生。"他以高亢的嗓音抱怨道。

"难为你了。"

塔芭莎停下来等他们，德克斯特加快步伐。他能感觉到，麦基正拼命想以言语倾吐一整座水库的苦水，却不愿淹没海滩散步的平静。麦基最起码尽了这份心意。

"我不认为这种状况可以这样继续下去，斯泰尔斯先生。"他以较为和悦的口气再次提起话头，这次塔芭莎听得一清二楚。

"最好不要。"德克斯特搭腔道。

"我想告诉你的是，"麦基说，"现状不能再继续下去了。"

德克斯特被这句话呛到了，一时无言以对。有女儿在场，他不得已只好呼应麦基的和悦语气。"麦基先生，这事恐怕由不得我做主，"他说，"你应该找希利先生才对。"

"希利先生和我互相不理解。"

他的语调中带着哄骗、挫折、威胁的意味，令德克斯特反胃。"我认识希利先生二十年了，"他说，"他从来不在星期日登门找我，一次也没有。"

"不然，我又能怎么办？"

这段对话有一种随性的味道，仿佛两人聊的是棒球赛的比分。德克斯特移向女儿和麦基之间，话音强硬而清晰，意在结束这场对谈。"我帮不上你，麦基先生。"

"你不妨帮帮看嘛，"麦基说，"说不定能省去日后的烦恼。"

"烦恼？"德克斯特轻声说。女儿牵起他的手，触感冰凉、细致如手镯。

"我知道一些事，"麦基说，"不过，假如这些事被别人知道，他们做何感想，我就不知道了。"

麦基眼皮半垂，心虚的目光直视前方，看着夜幕逐渐降临的东边。德克斯特开始耳鸣，他突然想对着沙地吐一口痰。在暮色之中，他看见夕阳的余晖在海岸防卫队训练营围墙上闪耀。这时，他想到了应变之道。

"我再研究看看好了。"他勉强说。

"哇，听你这样讲，我好高兴。我——松了一口气，"麦基说，"谢谢你，斯泰尔斯先生。"

"不客气。"德克斯特也松了一口气。当前唯一的难题是，他仍和麦基同处于一片沙滩上。假如他能预料到这后果，他处理这事的方法会截然不同。他绝对不会叫女儿跟来。

"快来看我捡到了什么东西。"塔芭莎说着，拾起一片扇贝的贝壳，浅橙色的。她把贝壳高举向天空，仔细地看着波浪状的轮廓。

"不错嘛，好美。"麦基说。

"我们回去吧。"德克斯特说。

掉头回家的路上，迎面而来的是"张灯结彩"的西边天空，几道俗丽的桃红色彩带高挂于天际，如同烟火结束后的余晖。海沙也被染成了桃红色,仿佛沙子刚吸收了夕阳,现在正缓缓地释出光与色泽。

"他爷爷的,你看,不得了啊。"麦基对着天空说。听到宽心的回答,他卸下了重担,现在的他似乎改头换面了。

"好棒,对不对?"塔芭莎惊呼道。

德克斯特尽量走在他们之间,他不希望女儿再和麦基交谈。不料,女儿见麦基心情好转,竟然缠着麦基。

"你家有小孩吗,麦基先生?"她问。

"我有一个女儿,名叫莉莎,年纪和你差不多,"他说,"她喜欢泰隆·鲍华。他的新片《黑天鹅》就快上映了,我答应带她去看。你喜欢泰隆·鲍华吗?"

"当然喜欢,"塔芭莎说,"维克多·迈彻这个月也有新片上演,《放假七天》,是他在加入海岸防卫队之前拍的。"

德克斯特望着宛若庆典的异样的天空,女儿和麦基的对话仿佛远在天边。麦基提起自己也有个女儿,这并未激发德克斯特的同情心,而且适得其反。一个有家室的男人居然背离黑帮里人人奉行的金科玉律,错上加错。神通再广大的人也不会这么做。有些人自以为厉害,等招惹到杀身之祸后才追悔莫及。

麦基是个杂碎,不懂得保护家人,家里少了他,妻小反而更省事。德克斯特会交代希尔斯那批弟兄去处置他。处置完毕后,他会和这事保持距离。现在他已置身事外,仿佛处置已经发生。在他决定的那一刻,这事就已经发生了。

"我有个表哥叫格雷迪,他是海军军校生。"塔芭莎说着。

"嗬,大学生啊。我儿子是陆军。"

"他本来应该明年六月毕业,不过现在提前到了十二月,因为海军需要更多军官。"

"对啊,海军当然要,被派去所罗门群岛的军人有那么多。"

德克斯特想叫女儿走开,不要再跟这个喋喋不休的饭桶讲话。回家的路仍很遥远,德克斯特快急疯了。家里的遮光窗帘早被哈丽雅特拉上了,整栋屋子看上去像无人居住。

"对了，不如这样吧，"麦基突然对塔芭莎说，"干脆我也把鞋子脱了吧。"

"好耶！"塔芭莎拍手欢呼。

"我们该回家了。"德克斯特嘟哝道，但女儿和麦基已经结盟，稳固到他无法撼动。

麦基在沙地上坐下，卷起裤管，慢慢脱下袜子，有条不紊，仿佛在拖延时间。塔芭莎对父亲开怀大笑，想必是自认为打了一场漂亮的胜仗，因为两个大人没吵架。

在麦基脱袜子的漫漫几分钟里，粉红的黄昏消失了，像被人从餐桌上抹掉，只剩下纯净似琉璃的满天水蓝色，看似拿汤匙一敲就会叮叮作响。

"我不太常做这种事。"麦基叹气说，他抬头，以倦怠的小丑脸望着德克斯特，"你呢，斯泰尔斯先生？"

麦基语意不明。他问的是鞋子，还是海边？

"大概不吧。"德克斯特随口答道。

麦基站起来，一手拎鞋，另一手按住头上的帽子，一双白色的大脚大剌剌地踏在沙滩上。德克斯特看不下去了。

"我们用跑的，麦基先生，"塔芭莎说，"我们在沙滩上跑步吧。"

"不会吧，跑步？"麦基问，旋即轻轻笑了起来，空洞的笑声飘进德克斯特的耳朵里，宛如丧钟，"好吧，就依你，我们就在沙滩上跑步。有什么不行？"

就这样，塔芭莎和他一起跑，一次次激起白沙，他们呼喊着，消失在暮色中。

第三章

看 海

See the Sea

09

安娜和母亲两人联手,才有办法帮莉迪娅穿上这件有小花图样的茶会洋装。这件衣服有着彼得潘衣领和领巾,可以遮掩她佝偻的脊椎。为了看迪尔伍德医师而盛装打扮,这是公园大道女人的传统和骄傲——去波道夫定做女装,斥资一百二十五美元买利伯曼名鞋。可惜,莉迪娅排斥女装,抗拒胸罩、套裙、丝袜、袜带。对安娜来说,妹妹的抗拒能传达母女三人的感受。

受霓尔的启发,安娜趁妹妹熟睡时,用发卡固定她的鬓发。现在,她梳着妹妹的金发,好让头发垂在蓝色贝雷帽下,微微遮住一只眼睛。"噢,安娜,你把莉迪娅打扮得好漂亮,"母亲一面称赞,一面在莉迪娅耳后涂万花香水,"真像维罗妮卡·莱克。"

安娜下楼,走去第四街打车。住在这个街区的孩子们穿着上教堂时穿的服装,在人行道上小心地玩耍。从第四街搭车回家的途中,她去穆贾隆尼先生的杂货店接少年西尔维奥。他头发梳得很整齐,袖子卷起,正坐着等安娜。西尔维奥头脑简单,连帮他父亲收银找零都不会。来到安娜家的公寓,他一脸专注,毕恭毕敬,抱着莉迪娅下到一楼。他多数的神情透过二头肌流露出来,肌肉在卷起的袖子外面起起伏伏,控制着呻吟乱踹的莉迪娅。莉迪娅讨厌被西尔维奥抱。安娜怀疑问题出在他的体臭上:每下一段楼梯,洋葱、矿物质的臭味就会变得更浓,这是十六岁大男孩身上常有的气息。抱过莉迪娅的男孩只有他——极可能一辈子都不会再有别的男孩抱她了。

他抱着莉迪娅走出公寓大楼,把她放进出租车,街上的小孩像鸽群似的,围着西尔维奥的腿乱啄。在这之前,安娜已抢先冲下楼,在出租车后座坐定,以免司机逃走。母亲从另一边架着莉迪娅,等司机把折叠好的轮椅收进后备厢。十一月中旬的这一天天气晴朗。出租车驶过布鲁克林大桥,转进东河大道,河面的一隅是瓦拉鲍特湾,有船,有烟囱,有塔式起重机。"妈妈,快看!"安娜大喊,"海军造船厂在那边!"

等母亲转头看时,造船厂已被抛向车后方。不重要,反正母亲不太感兴趣。尽管母亲下厨时总不忘切下肥油留给肉店,也常帮忙缝制血压计袖带,但母亲似乎并不太关注战争。安娜总觉得,母亲喜欢成天和邻居一起收听广播连续剧——《指路明灯》《突破风暴》《青年医师马隆》。晚餐时,安娜会把频道转向《〈纽约时报〉新闻快报》,急着收听美军登陆法属北非的消息。美军登陆后,整个星期造船厂都洋溢着新希望。安娜甚至听见有人说,这是大战的转折点,期待已久的第二战线终于出现了。

安娜也既期待又紧张,但她的理由和同事们的不同,是因为德克斯特·斯泰尔斯。在夜总会认识老板两个星期以来,她的想象力长了腿,已踮着脚尖踩进种种危险刺激的情境里。父亲该不会不是离家出走吧?该不会是被黑帮射成了蜂窝吧?他该不会在临死前说"玫瑰花蕾",像电影《公民凯恩》中的场景吧?她读了好多埃勒里·奎因的推理小说。安娜百读不厌的是步上邪路者逐步解除危机的故事。如今,她的世界好像也栽进了推理小说的天地里;拖得老长的十一月天的阴影充满暗喻,街灯照在造船厂的砖头上,反射着幽光,看得她心头一阵阵发紧。这一份新的预感中有一种麻痒的生机,充满干劲,宛如服药后一觉醒来时的感受。

迪尔伍德医师的诊所位于公园大道上,设在公寓的一楼。候诊室的地板上铺着东方地毯,沙发布上有织锦。是"维多利亚时代"的设计风格,安娜母亲如是说。窗帘上有金流苏,墙上挂着几幅被厚重画框关得喘不过气来的小型画作。有时,候诊室里还有其他几位病人,有的驼背，或在椅子上直不起腰，有的持拐杖行走，仿佛是和莉迪娅共患难的近亲。今天是星期日，候诊室里十分冷清，只有安娜一家。她和母亲合坐在一张双人沙发上，莉迪娅则坐在自己的轮椅上。在每年两次的行程里，最令安娜期待的是等候迪尔伍德医师、知道医生即将出现时的心情。医生快来了！医生快来了！

医师的话音轻轻飘出，接着他开口说："日安，日安。欢迎大家。"迪尔伍德医师身材圆硕，白色的小胡子上抹了蜡，相较于他的灰色医袍，与他头上的礼帽更为相称。他先问候了莉迪娅，轻轻为她拨开挡住一边眼睛的头发。"哈啰，克里根小姐，"他说，"很高兴又见到你。还有你，克里根大小姐。"他和安娜握手，"当然还有克里根夫人。"克里根先生近年来去向不明，他从不开口询问。

诊疗室在隔壁房间，装潢较朴素，但也温暖舒适。诊疗室一角有一整套滑轮和皮制束带，但莉迪娅从来用不着。医师把她从轮椅上抱起来，和她一同站上体重计，由安娜负责调整砝码，直到横杆悬空水平。小时候，安娜很喜欢这项任务。随后，医师把莉迪娅放进柔软的检查椅上，双手抱住她的头，轻轻地将它向左倾向右摆。她静静地躺着，几乎快睡着了，任由医师检查口腔，嗅闻口气，用听诊器检查心肺。医师也检查了她的头发和指甲，扳弄她全身，包括手臂、大小腿、躯体、手脚。他也小心地摊开莉迪娅的各部位，测量长度。假如莉迪娅能站直，她的身高会比姐姐高大约五厘米。

"她晚上是不是不太安分？"医师问，"我可以开几份樟脑药水给她，平静她的心情。她吞咽有困难吗？进食可能会变得困难，我知道。她的体重居然没有减轻，这很好。许多病患到这个阶段都会开始体重下降，她如果开始变瘦是很自然的现象，你们不用紧张。"

莉迪娅以前常笑呵呵的。她以前常望向窗外。她以前常模仿周围人讲话，虽然讲得语无伦次。她以前精神一来，能维持很长一段时间。但最近，这些欢乐时光和习惯一个接一个地消失了。每次某个老习惯不见了，安娜和母亲都会调适心境，不再预期同一个现象再出现，当作是忘记了。

如今，安娜在清醒着的时刻，不禁对妹妹产生了另一种想法。成天收听广播剧，难道不会把脑筋听成痴呆的吗？莉迪娅何必提起精神听呢？

检查完毕，迪尔伍德医师拉过一张椅子靠近莉迪娅，把她纳入对话中。"两位的努力持续取得美好的成果，"他对安娜和母亲说，"值得嘉奖。"

泪水从母亲的眼眶中流下，这是这一阶段常见的景象，只不过她从不哭出声音。"您认为她快乐吗？"她问。

"当然，那还用说吗？从小到大，莉迪娅都备受呵护，可叹的是，有许多相同处境的病患都缺少这份福气。"

以前，安娜有时以为，自己可能爱上了迪尔伍德医师，因为他总能把漫长苦路讲成康庄大道。但今天，也许是她注意到他医袍底下穿的是马靴，不禁想，医生该不会在中央公园养了一匹马吧？进而在心里嘀咕：我们花大钱，又不是叫你往我们脸上贴金。紧接着，仿佛有另一个声音插嘴：轻轻松松就能赚钱，好羡慕哦。

"她为什么一天不如一天？"安娜问。母亲听后缩了缩脖子，安娜察觉到了。

"莉迪娅的这种症状无药可医，"迪尔伍德医师说，"你是知道的。"

"对。"安娜承认。

"对她而言，她的进程很自然。我们常说的'好转''恶化'都不太能适用于你妹妹。"

"我们可以为她多做一点事吗？"安娜问，"比如说，再多带她出去透透气？她连海都没看过——到现在一次也没有。"

"新奇刺激的事物对任何人都有益处，对莉迪娅也是，"医师说，"何况，海风富含矿物质。"

"该不会害她着凉吧？"母亲绷着嗓子说。

"这个嘛，冬天最好不要。不过，像今天这样的天气很适合，如果她穿得够多的话。"

"我宁愿等到春天。"

"为什么?"安娜问母亲,"何必等呢?"

"何必急呢?"

母女俩大眼瞪小眼。

"我倾向克里根小姐的意见,"迪尔伍德医师柔声说,"毕竟光阴似箭,一转眼又是明年五月,看诊的日子又到了。何必等呢?"

一般而言,看完医生后,一股安乐感总像纱布般裹着安娜和母亲,维持数小时不减,是母女相处时少有的欢乐时光。今天,母女推着莉迪娅回公园大道,谁也不看谁。来到诊所外,安娜整理好妹妹的头发,母亲则为她重新缠上领巾。

"好了。去逛公园吧?"母亲问。

"为什么不去海边?"

"什么海边,安娜?"

安娜不敢相信自己的耳朵。医生刚讲的话,妈妈全当耳旁风吗?"科尼岛或布莱顿海滩!我们可以叫出租车。"

"会耗掉一整天,而且会花一大笔钱,"母亲说,"买尿布和食物的钱都不够用了,而且你怎么突然急着要带莉迪娅去看海呢?她的眼睛几乎看不到东西。"

"说不定是因为值得她看的东西不够多。"

在饱满的秋光中,母亲的面容显得极为憔悴,光彩全被昨夜才缝到帽子上的鲜绿色羽毛抢走了。"你吃错什么药了,安娜?"她哀伤地问,"和平常一样,好好享受今天,不行吗?"

安娜让步了。母亲说得对,尿布和饮食更重要,而且这件事必须事先规划好。她们走进中央公园,里面满是带小孩的母亲,也有吃着德式香肠的士兵,吃得小心翼翼的,以免芥末酱弄脏制服。安娜以嚼糖果的方式小口啄着眼前的喜悦。马的鼻息和呼哧声。爆米花香。枯叶从树上飘走。莉迪娅垂头睡着了,亮丽的金发遮住了脸,看似只是一个行动不便的女孩,没有其他毛病。此景引来的同情心比较温和,不像大家见她罹患恶疾时的反应。安娜几乎听得见军人交头接耳的声音。多可惜啊,这个小女孩长得这么漂亮。

但安娜的心思已固执地飞向海边，然后飘向德克斯特·斯泰尔斯。当她向下看着通往毕士大喷泉的阶梯时，她问母亲："你认为爸爸会回家吗？"

母亲至少有一年没提起他了，但母亲没有露出错愕的神色。也许母亲也在想念他吧。"会，"她说，"我有预感，他会的。"

"你找过他吗？去码头或工会厅找过他吗？"

"当然。你当时也知道。不过爱尔兰人绝对不会讲真话。'好遗憾啊，亲爱的阿格尼丝，真的很遗憾……'蓝眼珠闪烁着，谁知道他们脑袋里在想什么。"

"说不定是发生意外了，在码头上。"

"唉，他们不会隐瞒这种事啦！他们擅长应付寡妇和孤儿。最令他们苦恼的是妻子。"

"该不会是——他被人打伤了？"安娜心跳加速。她看到母亲一脸讶异。

"安娜，"她说，"我认识他那么多年，他从没有招惹过谁。"

"你凭什么确定？"

母亲似乎思索不出答案，久久之后才说："他临走前把事情安排得妥妥当当，现金、存折……全都有交代。如果是你说的那种情况，根本不会有预兆。"

安娜一时忘了这些证据。现在她回想起父亲离家的迹象，内心怅然若失，空虚到不得不扶着栏杆。沉默半晌后，她才说："你觉得他逃去了很远的地方吗？"

"如果他躲在附近，不可能不回来看我们。"

"躲着做什么？"

"我哪里知道。"

"你想想看啊。"

母亲瞥了她一眼。"我已经不想他了，安娜。这是实话。"

"那你在想什么？"

红晕浮上母亲的脸颊。她在生气。安娜也是。怒火烧得她更坚强，仿佛她在梗着脖子对抗怒火。

"你明明知道我在想什么。"母亲说。

西尔维奥抱莉迪娅上楼回家（回程时她总是比较乖顺），不久，有人多此一举地敲了敲门，推门进来的是安娜的姑姑布里安娜。爬楼梯爬得气喘吁吁的她重重地坐进椅子里，甩开外套，四周泛起玫瑰和茉莉的花香，夹杂着些许药味，类似金缕梅。湖夫人牌香水。就安娜记忆可及之处，姑姑一直喷这种香水。姑姑总爱说，没有一个男人能抗拒它，话中有自我挖苦的意味，尽管这话仍有几分真实性。

把气捋顺了，布里安娜站起来亲了下安娜母女俩，算是打招呼，然后怜爱地偏头看向莉迪娅。"做苦工的日子怎样啊？"她问安娜，"还在为我们的好战总统添机油吗？"

"呃，我正想向你推销战争债券呢。"

"可以啊。想得太美了吧。"

"我们的绩效落后费城和查尔斯顿。妈妈不让我加入百分之十俱乐部。"

"你女儿讲的是战争术语吧。"布里安娜对安娜的母亲感叹道。母亲正在喂莉迪娅。"抱歉，我听不懂啊。"

"她想把薪水的一成换成战争债券。"母亲淡然道。母女俩已经话不投机几个小时了。

"我敢打赌，如果你买的债券够多，就可以领个什么没价值的奖品，对不对？"布里安娜说，"从实招来。"

"有一个卷轴会跟着'爱荷华号'军舰出海，我已经在上面签名了。"尽管知道会被姑姑讪笑，安娜仍说得满脸荣光。

"听听你女儿的话啊！被他们灌了迷魂汤啦，乖侄女。这场战争本来又不是我们的，是日本人故意引罗斯福上当——如果当初是我们的黄鼠狼总统捧钱让日本人干的我也不意外。"

"你的口气真像库格林神父。"安娜的母亲说。

"他们不应该撤掉神父的广播节目。林德伯格当初也应该出来竞选，和罗斯福对打，把该骂的罗斯福骂得狗血淋头才对。"

"姑姑，林德伯格现在改口支持参战了。"

"哈！他敢讲真心话吗，早被人赶出国了，他自己心里有数。"

"库格林神父是只乱咬人的疯狗。"母亲说。

"希特勒就欠人好好打他一顿屁股，"布里安娜说，"就因为他喜欢在游戏场上以大欺小，美国的男孩就该上战场捐躯吗？我指的不只是士兵和海员，商船的水手也包括在内。羊头湾新开了一个海事训练营，人山人海啊，粮食、武器、毛毯、帐篷有那么多，怎么运到战场去，你认为呢？被鱼雷暗算的商船一次就十几艘，水手连自我防御用的枪都没有。"她激动到脸红。

"所以才该踊跃购买战争债券啊，姑姑。打打希特勒的屁股。"

"好吧。多少？"

"一美元？两美元？"

"五美元好了。你打算什么时候复学？"

"谢谢姑姑！"

布里安娜从钱包取出一张五美元的钞票，又拿出一瓶查尔特勒士利口酒。这几年来，她有个"特别的朋友"，是龙虾批发商，出手阔绰，能供她光顾亚伯拉罕和施特劳斯百货公司，买得起十美元一瓶的查尔特勒士，但她怕丢脸，不敢让安娜母女认识龙虾商。

安娜和母亲迟疑地相视一笑。有布里安娜在，母女俩才觉得两人异少同多。布里安娜四十七岁了，体格壮硕，嗓音沙哑，涂抹着早已过时的血红色的唇膏，宛如《爱丽丝梦游仙境》里的有嘴无脸奸笑着的柴郡猫。十七岁那年，布里安娜改名为"布里安娜·贝莱雷"，多了一点法国味，加入富利丝歌舞团。八年后，安娜的母亲才加入，但布里安娜不久后就因为和"Z先生"闹翻而退出，转战情色味较重的歌舞团——乔治·怀特的"丑闻剧场"和厄尔·卡罗的"俗世剧场"。照布里安娜自己的说法，她的一生像一场持久不退的高烧，其间经历过几场热恋、死里逃生、失败婚姻、在七部片子里跑龙套、因醉酒或在舞台上裸露而触犯到法律。除了苏格兰威士忌外，以上没有一个缠着她不放，言下之意是在指控人世间的无情善变，唯有威士忌苏打最能满足她的心。男人是最大的败类，全是大老鼠、小虱子，个个一无是处。怎么能怪他们呢？都怪造物者偷工减料。对婚姻来说，可能最佳的结局是成为一个富裕且无子的寡妇，而布里安娜只捞到了膝下犹虚的好处。

她调好两杯酒，把一杯递给安娜的母亲。"对了，你够大了，可以来一杯了吧？"她对安娜说，"我还没到十九岁就喝了。"

"你十九岁就嫁了。"安娜的母亲指出。

"就离了！"

"不用了，谢谢姑姑。"

布里安娜叹了口气。"太乖了。搞不好是受你熏陶，阿格尼丝。"

"总之没被你带坏。"

安娜有时禁不住诱惑，差点就接下酒喝了，只为看看姑姑和母亲的反应。她在家里的角色被稳稳地定位为乖乖女，连她也不记得是从何时开始的。在大家的观念里，周遭的恶习全沾不到她身上——她的骨子里、内心里、牙齿上都只有一个"乖"字。其实从十四岁那年起，她就已经和她们心目中的"乖"绝缘了。在两位长者的陪伴下长大，安娜早该淡忘那年的事，但她始终放不下。

母亲将一只手搭在她的肩膀上，算是和解。安娜伸手碰了一下母亲的手。"我们帮她换衣服吧，该上床睡觉了。"母亲说。

"坐下嘛，喝完酒再说，阿姬[1]，"布里安娜命令道，"莉迪娅又不会溜走。"

阿格尼丝坐下，态度异常温驯，两人举杯畅饮。桌子另一边的莉迪娅瘫在轮椅上。布里安娜从不动手照顾她，因为这不符合她的作风。已经长大的莉迪娅还裹着尿布住在家里，姑姑认为这不像话，安娜猜。然而，就算母亲意识到布里安娜不认同，她也不以为意。

"好悲哀啊，"布里安娜悠然地啜饮了几口酒后说，"还记得

---

[1] 阿格尼丝的昵称。

那个带位员米尔福德·威尔金斯吗？戴假发的那个。他不是立志唱歌剧吗？"

"对，记得。"阿格尼丝说。

"我前几天在阿波罗戏院看到他了。他正在收门票，他染上毒瘾了。"

"不会吧！"

"看他的眼神就知道，错不了。"

"唉，好惨，"阿格尼丝说，"他的歌喉真的很棒。"

"他以前是边唱歌边带位吗？"安娜问。

"不是，不过有时节目结束后，他会唱歌给我们听。"阿格尼丝说。

布里安娜摇摇头，目光消沉，但安娜几乎听得见姑姑正绞尽脑汁，寻找下一个悲剧人物，找一个她们在富利丝歌舞团时期认识的舞者或其他人出来聊。新鲜的惨事讲完后，布里安娜总能翻出旧事来避免冷场。奥利芙·托马斯和她的饭桶老公吵架后，喝下氯化汞自尽了。她老公是杰克·皮克福德，美女影星玛丽·皮克福德的胞弟。阿琳·金发福了，戏服穿不下，从五楼跳窗结束了生命。莉莲·洛兰勾魂功了得，是Z先生长年的情妇，如今是无可救药的酒鬼，仍在几家酒吧出没，被人当笑话。儿时的安娜把这些悲剧美女想象成天仙，和默菲特小姐[1]、吉尼维尔王后[2]、睡美人一样如梦似幻。长大后，她懂事了，慢慢理解出另一层深意：这些奇女子当年都是大明星，姑姑和母亲只是普通的歌舞团演员，只有在人家背后讲闲话的份。

"两个星期前，我去过一家夜总会，"安娜说，"造船厂的一个女同事带我去的。"她讲得漫不经心，其实渴望借这个机会和姑姑讨论一下德克斯特·斯泰尔斯，"叫'私酿'。你去过吗？"

"法律禁止像我这样的人进夜总会，"布里安娜说，"我在门口就

---

[1] 一首摇篮诗中的人物。
[2] 亚瑟王传奇中亚瑟王的妻子和其骑士朗斯洛的情妇。

会被铐走。"

"少来啦，姑姑。"

"我只知道，那家店的老板是赚黑钱的大哥。最高级的夜总会通常都是这样——记得欧尼·麦登吧？他是'银拖鞋'的老板。记得'埃尔菲'吗？"她问的是阿格尼丝。阿格尼丝正在往温牛奶里加医师今天开的樟脑药水，准备喂给莉迪娅喝。

"和绰号得州的女明星吉南主持了夜总会的演出，记得吗？"布里安娜继续说，"'哈啰，各位傻子！'"她叹了口气，"可怜的吉南，竟然被痢疾扳倒了。"

安娜渐渐不耐烦了。"哪一个大哥？"

"德克斯特·斯泰尔斯，你遇到过他吗，阿姬？"布里安娜问，"他比我们年轻。"

"我比你年轻，"阿格尼丝提醒她，"小你八岁。"

"对啦，他年纪跟你差不多。几年前，我有个男友在他的夜总会里担任小号手。"

"德克斯特·斯泰尔斯。"阿格尼丝说着摇摇头。

"'赚黑钱'到底是什么意思？"安娜问。

"这个嘛，以前是卖私酒，"布里安娜说，"现在是和政府勾结发横财。"

阿格尼丝起身，握住莉迪娅轮椅的把手。"我抱她上床，"她告诉安娜，"你负责晚餐。"

昨夜母亲已煮好肋排和德式酸菜放在冰箱里，用毛巾盖着。安娜打开烤炉，把煮好的晚餐放进去，然后把两罐四季豆罐头倒进锅里加热。她不想让母亲听见，所以压低嗓门问："我爸认识他吗？"

"谁？斯泰尔斯吗？八成不认识。"

"他们生意上没有往来吗？跟工会相关的生意？"

"工会绝对不可能。他们全是爱尔兰裔，而斯泰尔斯是意大利佬。"

"可是，他的姓名——又不是意大利文。"安娜觉得自己莫名其妙地不愿说出这个事实。

布里安娜笑着说："斯泰尔斯是意大利佬没错啦，相信我。至少有一点意大利血统。亲爱的，姓名是人取的，想改就能改。姑姑我难道没教过你这个道理吗？不过，我取艺名时做了件蠢事。那时候，我不想要爱尔兰味道的艺名，而本名'布里安娜'比我的本姓'克里根'的爱尔兰味更浓。早知道，要改应该改名啊！"

"改成什么？"

"贝蒂、萨莉、佩姬，美国佬的名字就对了。'安娜'还不赖，不过'安'更好——好上加好的是'安妮'。"

"呵呵。"

"对了，你干吗问个不停？"

姑姑目露精光，仿佛天下所有事物她都至少见过一次，问题只在于再见到时能否记得上次是在哪里见到的。安娜转身检查烤炉里的肋排，没回头。"我好像听到有人提了他的名字。"

"他经常上名流专栏，"布里安娜说，"实际上是四百人当中的一个。不过呢，说实在话，有些人和他拉关系，其实只是想叫他安排一个靠电影明星近一点的桌位。"

阿格尼丝回来了，换了件连身洋装，没有束腰也没穿袜子。"你们在聊谁？"

"当心一点哦，阿姬。你女儿对黑帮感兴趣喽。"阿格尼丝笑了一下。布里安娜又说："她呀，的确需要沾点坏习惯。"布里安娜沉思后又说，"煽动战争不算的话。"

晚餐期间，安娜整理着脑中酝酿的思绪。父亲认识德克斯特·斯泰尔斯，这是事实，然而母亲和姑姑都不知情，也不清楚两人为何有关系。这足以说明，两人的交情必定是秘密。问题是，两人当初是怎么认识的？

布里安娜又挖掘出一个她刚听到的悲剧：巨星伊芙琳·内斯比特沦落到加州以制作陶土器皿为生。"一口气降了好几级哪。"她哀叹着。

"说不定人家喜欢玩陶土呢。"阿格尼丝说。

"伊芙琳·内斯比特？"布里安娜放下酒杯说，"她可是传奇美女。为了她，哈利·索欧不惜谋杀斯坦福·怀特啊。[1]怎么会落魄到捏陶弄土？"

"的确令人难以置信。"阿格尼丝总是会接几句，让布里安娜继续讲下去。她是布里安娜的五月柱[2]，供布里安娜在上面缠缎带般炫耀她的知识、风言风语和惊人的内幕。

"不可能没人越爬越高吧？"安娜说，"你们有那么多同事。"

"阿黛尔·阿斯泰尔嫁给了苏格兰贵族，升格成贵妇喽，"阿格尼丝说，"我猜日子应该过得很有趣。"

"听说苏格兰既冷又阴暗，"布里安娜一边说，一边吸吮着排骨，"而且怪人满街跑。"

"呃，别忘了佩姬·霍普金斯·乔伊丝，她不是每离一次婚，财产就翻一番吗？"

"变肥了，天天怕没人要她，"布里安娜语气愉悦，"快变成妓女了。"

"鲁比·基勒嫁给了阿尔·乔尔森。"

"离婚了，改嫁给了无名小卒，养别人家的拖油瓶。"

布里安娜吃酸菜之际，阿格尼丝思索了片刻后说："对了，玛丽恩·戴维斯和比尔·赫斯特还在一起吗？"

"躲起来了，两人丑闻罩顶。"布里安娜悠然说着。

布里安娜把她的"特殊朋友"亲昵地称为龙虾王。安娜母女曾多次透过布里安娜接受他馈赠的现金。布里安娜发誓说，男友知道也准许她送钱，安娜母女不太相信。无论龙虾王是否知情，他的钱把安娜送进了布鲁克林学院。莉迪娅的轮椅坐不下了，也托他的福换了新的。布里安

---

[1] 伊芙琳·内斯比特是美国知名模特，富商哈利·索欧的妻子。哈利因嫉妒建筑师斯坦福·怀特与妻子余情未了，愤而枪杀了对方。三人均赫赫有名，此案轰动一时。

[2] 五朔节（5月1日）当天英国男女青年围绕着跳舞的彩柱。

娜主动提供的协助太多了,但阿格尼丝并非每次都接受。

"拜托你,改天带他来这里吃晚餐嘛。"阿格尼丝恳求她,三人正在吃碎凤梨罐头当点心,"我会再煮肋排。很好吃,对吧?"

"他是个渔夫。"布里安娜四两拨千斤地说。

"批发商不必亲自下海捕鱼吧?"阿格尼丝问。

"他浑身鱼臭呀。"布里安娜藏男友的手法很狡猾。她常偷偷陪男友搭游艇,或坐火车私人包厢,多年后才介绍他们是"老朋友"。"我拍胸脯担保,我们的交往一切都正常得不得了,"她说,"才不是你家女儿想的那种乱七八糟的关系。"

"我又没有乱想。"

"那是因为你根本不知道从何想象起!"

就寝前,安娜躺在莉迪娅床上陪睡,隐隐听到厨房里母亲和姑姑把酒斟满了高球杯,谈论着安·潘宁顿膝盖上的知名"酒窝"。"……穷到一文不值,"她听见姑姑喃喃地说,"全在赛马场输光啦,可怜的女人……"

"莉迪,"安娜细声说,"我想带你去海边。"

有微光自窗帘周围渗漏进来,她看得见妹妹睁着眼,嘴唇一动一动的,好像想回应。

"我们一起去看海。"安娜低吟着。

看海看海看海看海。

莉迪娅内心似乎传出一阵反应,仿佛她成了收音机,接收到了远方的频率。她知道安娜所有的秘密;就像向井里抛硬币,安娜喜欢把秘密丢进妹妹的耳朵。在第一次被父亲拒绝带去帮工会跑腿后,安娜转而开始向莉迪娅吐露心声。安娜讲破了嘴皮,以使坏做要挟,想逼父亲屈从,但就寝时间一到,她就会抱着妹妹,把脸埋进妹妹的头发里哭个够。她讨厌被困在家里,讨厌不得不和邻居家的小孩玩,不再能去特别的地方。十二岁的小孩不太容易找到乐子。男生拿报纸包住木块当球,玩木棍球、街头棒球或足球,女生则在一旁呐喊助威。安娜觉得这种游戏很无聊，便拿莉迪娅当借口不参加，等着父亲恢复理智，明白她是一个少不了的帮手。她装成一副满不在乎的模样。过了几个月，过了一年，她的确渐渐不在乎了。

"陵格雷维欧"是分组抓犯人的捉迷藏游戏，仍然能让街上的小孩不分男女打成一片，升至中学还照玩不误。在安娜就读八年级的那年的三月，她躲进某家人的地窖里，蹲在几桶秋苹果之间，这时她听见有人悄悄地说："你躲那里会被抓到哦。"

声音来自储藏用的围栏里，木板围墙很高，门用大锁扣住，但安娜设法爬上苹果桶，翻墙而过，掉在她以为是原木堆的东西上。里面黑漆漆的，她看不清楚，摸了才知道是卷起来堆放的地毯。

"闭嘴，他们来抓人了。"

安娜这才听出，躲在围栏里讲话的是一个男孩。安娜从木板的缝隙向外窥视，看见来人是三个对方阵营的，其中一人是莉莲的哥哥谢默斯，他对安娜有意思。谢默斯先去了她躲过的苹果桶，然后来到她现在躲着的围栏边，摸索着木板，想找入口进去。安娜闻到了他衣服上的樟脑丸味，也闻到了他嘴里的多汁水果口香糖味，唯恐他也闻得到自己的气味。安娜直挺挺地躺着，还担心自己被人发现和男孩一同躲在密闭的空间里，成为他人无情嘲弄的对象，她刚过完十四岁生日。敌人去地窖其他地方抓人后，安娜松了口气。一团浓密的寂静笼罩下来。躲进围栏是男孩想出的办法，所以她在等男孩策划退场的方式。然而，她躺得越久，越不急着离开。这里温暖漆黑，躺着很舒服，远远还能听见火炉的声响，身旁是男孩的呼吸声。

最后，男孩握住了她的手。安娜没动，她不想反应过度，随后她想，没有立刻缩手才不应该。她怕被握住手吗？显然不怕。男孩的手很暖，像心脏在她的手指间脉动着。我也有可能没在这里，安娜心想。男孩这时把她的手拉向他的长裤，摸到裤裆纽扣被撑起的部位。她当然可以缩手，但她等着，想着，这也可能不是我。苹果酒香混合着地毯散发出来的灰尘味加小麦味。男孩移动她的手时，安娜从原本好奇将发生什么事，演变成知道会发生什么事，而且自己也想要。最后，他像触电似的痉挛了一阵，然后侧躺向另一边，似乎事情到此为止了。但他错了，刚才两人之间的不明因子也挑动了安娜。她握住男孩的手，拉他按住百褶裙，移动他温暖的手指，直到强烈的快感在她体内席卷而过。

男孩叫利昂，她之后才意识到，或许她一直都清楚。"我先出去。"他说。

他们先后重回游戏。他十六岁。事情应该到此结束了吧，安娜心想。但并非如此。

利昂的父亲是墓碑匠，他放学后帮父亲雕刻墓碑，但各行各业都不景气，墓碑生意也冷清，他常常能翘班。有几次，安娜和邻居玩捉迷藏的时候，发现他一溜烟不见了，去围栏那儿才发现他在等她。有时候，她会苦等等不到人，或得知他没等她。一旦两人同时躲进围栏里，他们鬼祟的动作便如贪婪的小偷般。起初他们只是想重温第一次接触时的激情，但不久后，衣物一件件脱掉，美妙的肌肤跟着展现。利昂从母亲的寝具箱里偷了一床羽绒毯，平铺在地毯上。每次往前踏出一小步后，安娜总向自己承诺，够了，不能再进一步了，以后再发生只能到此为止。然而，他们屈从的大道理之中另含一份高深莫测的意念，驱使他们前进。安娜无法想象他们正在做的事，足以证明她的天真无知。即使她天天企盼重温黑暗中的美梦，她仍觉得那件事其实发生在其他地方，而女主角不是她。在幽暗的围栏里，她的本尊像一支针，掉进了地板缝。我不懂你在讲什么，我没做过那种事。她想象自己这样说着，坦诚相告，而对方是一个有声无影的指控者。我甚至不知道那种事是什么。

有几次，他们险些被逮个正着。有时是房东好巧不巧地进了地窖，有一次是洗衣婆，也有几次是储藏苹果准备酿酒的意大利裔人家。安娜和利昂的行为极端，所以隐瞒起来相对轻松，因为没人能想象到他们做得出那种事。以邻居小孩而言，乱摸、偷偷接吻、强行索吻的事件不是没发生过，有一次更爆发了三男二女躲在迈克尔·法索家衣柜的插曲，人人都在谈论，谈了几个星期。也有两小无猜的男女被警觉的家长盯得很紧，一分钟也不准他们独处。以安娜和利昂而言，他们有计划地幽会了好几个月，在炽热的夏天浑身赤裸地躺着，这种事外人难以想象。假如安娜有意告诉莉莲和斯黛拉，她们一定以为安娜在说谎或发神经。她只对莉迪娅说过。

失去处子之身的那天，她带了一支木尺去赴约。斯黛拉从已婚的姐姐那儿得知，做那件事会痛死人。她转告过安娜。疼痛来临的时候，她像狗似的猛咬住木尺，让白齿深戳进尺子里。她从头到尾没哼一声。

他当然懂得及时抽出来。所有男生都知道。

有时候，这秘密在她内心澎湃激荡，她多想捂住耳朵呐喊。假如被父亲发现，他肯定会和她断绝父女关系。安娜意识到父亲有所警觉，他留意着女儿的言行。她担心被父亲猜出底细。幸好，他不可能知道。父亲工作太繁忙，常到外地过夜出差。偶尔，他试图以昔日两人熟悉的模式和安娜聊天，可惜她已戒掉和父亲交谈的习惯，也不再想和他聊天。她感受得到父亲的失望，却也爱莫能助。先让她失望的人是父亲。

父亲不告而别后，安娜反而只有如释重负的感觉。事隔一两个星期后，父亲缺席的严重性开始阵阵袭上她的心头，令她反胃，于是她去地窖找利昂，以排解思念。

校内不时传出某个女孩忽然休学去"亲戚家住一阵子"的风声。其中一个女孩名叫洛蕾塔·斯通，现在比她落后一个年级。她生性内敛，独来独往，有关她堕落的流言是同学间享用得津津有味的大餐。幸好安娜运气佳：朋友之中仍未来例假的人只有她一个。

十一月，也就是在她初访围栏八个月后，房东找来一群亲戚，挖空地窖，准备改建成一间酒吧——他说生财之道只剩这一条。他们用麻布袋装石头、泥土、破木桶、煤炉零件，然后扛到路上。安娜和几个小孩正好在外面看到。在不留情面的日光下，她看到了一堆被蛀烂的地毯和上面铺着的一床有血迹的脏床罩。她走进自家的公寓大楼，将自己锁进一楼的公厕里，吐了。

表面上，她和利昂是陌生人，暗地里却亲密得令人肉麻，彼此出现在对方的梦里，两人都因此感到困扰。她注意到了利昂的脏指甲和大齿缝。此时，安娜的父亲已经失踪两个月了，但安娜甩不掉的忧虑还是怕父亲被利昂吓到。从此，安娜不再和利昂接触。严格地说，是两人继续假装互不相识。翌年,利昂全家搬去了西部。

酒吧始终没兴建。

中学接下来的日子里,乃至于就读布鲁克林学院一年级的那年,安娜尽量假装成无知的女孩。这女孩假如被男孩逼到墙边,被强行索吻,她会如何反应?男孩隔着毛衣摸她的胸部,她会害怕吗?她丰富的经验对她不利。她体验过的一切假如被男孩知道,哪怕只隐约知道一点,她的遭遇绝对会和洛蕾塔·斯通的一样,像石头般被扔得远远的。该谨慎的事情太多了,安娜怎么也放不开。男生笑她是冰山,甚至骂她性冷淡。"我看得出来你在害怕,不过你放心,我不会伤害你,"有一次约会时,男孩说,"我只是想让你尝尝真正初吻的滋味。"但安娜知道,亲吻能释放出太多东西。这一类约会的结果通常是男孩气呼呼地走掉。父亲一直没回家,安娜等得心死,但偶尔仍会想起,他是见证她贞洁的证人。她会说:"看吧?我根本不放荡。"

然而,无论是过去还是现在,她的见证者唯有莉迪娅,而妹妹只听不应。妹妹无法给她建议,也无法回答最困扰安娜的问题:要等到多大才不必假装?或者什么时候才能真的遗忘?

10

感恩节前的星期三早晨,在奥尔敦高中,德克斯特和妹夫亨利站在秋叶凋零的树下等人。男学生的交谈声在空中回荡,但不见学生人影。

"抱歉,让你久等了。"亨利说,紧张地向家里瞄了一眼。他家的房子是破败的木质屋,有一小片不起眼的草坪,周围是宿舍。"今天碧琪梳洗的时间比往常久。"

和多数新教徒教友一样,亨利不擅长表达心情,但德克斯特从他哀怨的神态中看得出,家里的情况并没有改善。"别放在心上。"德克斯特说着拍了拍亨利的肩膀,同时偷瞥了一眼表。岳父大人的叮嘱相当明确:不许让海军造船厂指挥官久等。"小婴儿情况还好吧?"

"漂亮的小东西,"亨利说,"她很爱哭,碧琪受不了。"德克斯特注意到,身为校长的亨利双手在频频颤抖。

"过一阵子就好了。"他说。

"是吗?"亨利那双温柔的蓝眼睛锁定德克斯特,异常炽烈,仿佛很重视德克斯特的回应。

"当然。"德克斯特说。

终于,碧琪出来了。假如穿这身衣服的是塔芭莎,德克斯特绝对会叫她回去换。碧琪穿了低胸兔绒毛衣和有褶饰的丝绸裙,打扮得像和主管有染或有意勾搭上司的速记员。碧琪的头发呈黄褐色,眼睛像猫咪,都和她二姐哈丽雅特一样。但碧琪的个性非常谨慎,总能避免打扮得和二姐太相似。这次，碧琪没用发卡，只戴了一顶小帽子，任长发飘扬。德克斯特对亨利使了个眼色——可怜的老古板亨利。德克斯特的眼神诉说了两件事：一是承认碧琪的穿着不够淑女，二是告诉亨利，他才不在乎碧琪怎么穿。何必管那么多呢？反正待会儿岳父在场，他想怎样管教自己的女儿，由他去吧。

关上凯迪拉克车的车门，碧琪的香水味呛得德克斯特差点断气。他加速在林荫大道上奔驰，想弥补等人的时间，碧琪竟在车里抽起了烟，惊得他一时怔住。假如她是男人，德克斯特一定会从她嘴里抢走香烟，直接丢到车窗外。未经车主同意不能抽烟，这是基本道理，何况这车的座椅是奶油色小羊皮，车是六二系列的新车，抽烟更是大忌。碧琪拿着整包烟请他抽一支，他断然摇头拒绝。

"你戒了啊？"她语带失望。

"几年没抽了。"

"你对我不满。亨利跟你谈过了。"

"一个字也没谈。"

"谅他也不敢。"

"亨利很欣赏你，你知道吧。"

"我配不上他。"她叹气道，吐出一团白烟。

"那你为什么不对他好一点？"

碧琪不回答。德克斯特瞥了她一眼，赫然见到她泪水直流，双颊被睫毛膏染成了大花脸。"碧琪。"他说。

"一切都被我搞砸了。"

"别讲傻话。"

"我是个糟糕的母亲。我只想单独静一静。我但愿能逃离，改头换面，重新开始。"

她开始啜泣。德克斯特听见哭声里夹杂着歇斯底里的颤音，他想在林荫大道上靠边停车，尽量安抚她，可惜时间不允许。几分钟后，他见碧琪仍未停止哭泣，训诫她道："听我说，碧琪。你一定要振作起来，好好想一想。你是个窈窕女孩，全世界都在你的掌握之中。你只不过是……"

她安静下来,似乎在竖耳聆听。德克斯特觉得她和亨利一样,等着听他的诊断。可是问题在于,他丝毫不清楚碧琪哪里不对劲。"……精神不胜负荷。"他失望地讲完。

她"哈"一声,语带怨气地说:"亨利也这么说我。德克斯特啊,你怎么越来越像他?我做梦都想不到。你和哈丽雅特都是。看样子,你只是外表狂野,内心根本不是这么回事。"

"老了不中看。"他说,其实已被她的评语刺伤。他继续开车,"伤"得越来越严重,不知不觉在心底争辩(油门踩到极限):校长夫人居然笑他不够狂野?难道她忘了讲话的对象是谁吗?天啊!

接下来一路,两人没交谈几句。碧琪抽的是好彩香烟,总共抽了十四根。唉,谁管她抽了几根?她拿着小粉盒,费心补妆。当德克斯特把车停在造船厂门外时,离约定时间只提前了三分钟,他觉得好像自己抽了一整包烟。连小羊皮的色调也被熏黑了一度,他确定。

四位陆战队士兵在门口迎接他们,分派大家坐几辆车参观。德克斯特赶紧略施小技,安排碧琪坐另一辆,自己和岳父共乘。前座三人分别是驾驶员、岳父和塔芭莎。塔芭莎多次提到她多么期待参观造船厂,让德克斯特重拾了对女儿的信心,认为女儿够庄重。拿自己的小孩和别人家的比较是傻子才会做的事,但德克斯特暗暗称许塔芭莎,赞赏她把头发盘起来,显得成熟,神态认真且兴致高昂,可圈可点的程度和她表哥格雷迪不相上下。格雷迪坐在后座德克斯特的右边。

行程的起点是造船厂医院,外面有一行男女正排队等待献血。船体装配工组成的乐队正在演奏《追忆珍珠港》。德克斯特望向队伍里的女孩,怀疑自己能否认出几星期前在夜总会认识的那一个,但此刻她要么不在场,要么就是德克斯特印象不够深刻,认不出她的长相。接着,大家下车,参观一座被塔式起重机吊起的大如有轨电车的炮塔横渡海面,装设到港内战舰的甲板上。碧琪握着姐夫乔治的手臂。乔治的妻子雷吉娜没跟来。谢天谢地,让乔治去负责看管碧琪一阵子吧。

大家观看起重机之际,德克斯特问格雷迪:"离毕业还有……三个星期，对吧？"

"是的，长官，还有三个半星期。"

"格雷迪，你喊我长官，我还以为背后真有一个军官呢。"

"我一直劝他改口。"库珀喜滋滋地说。

"习惯了，没办法，长——"格雷迪及时打住，莞尔一笑。他身材高挑英挺，眼距较宽，双眼投射着顽皮的目光。

"什么时候出海，你知道吗？"德克斯特问。

"越早越好，"格雷迪说，"我们有自己的仗要打，却窝在教室里写文章论述古罗马布匿战争，真的受够了。"

"我们不急着送你走。"库珀拖长音说，一手搂住儿子的肩膀。格雷迪的肩膀明显比父亲的宽阔。"以后你能打的仗多的是，不愁没的打。"

被父亲一搂，格雷迪僵住了。"我受训就是为了上战场，爸。"他说。

下一站是一百二十八号厂房。这里是一大间机械厂房，里面有众多活塞、涡轮、滑轮，全在输送带上抖动着，宛如软骨，用途不明。风从河面灌进厂房，卷起缤纷的枯叶，塔芭莎冷得发抖。德克斯特没穿外套，格雷迪正拿着大家长亚瑟的外套（他居然不怕冷），于是走过去披在了塔芭莎肩膀上御寒。他握着外套的手在塔芭莎身上多逗留了几秒，抱着她，她也侧脸向上回望他，唇角露出隐秘的微笑。德克斯特见状呆住了，盯着女儿和她表哥，机械声重击他的耳膜。我没看错吧？他暗忖。他想起女儿的心愿盒领针，外面被漆成红色，里面蜷缩着一个秘密。

回到车上，德克斯特思考着疑问。格雷迪将近二十一岁了，自七年前就读康涅狄格州寄宿学校乔特中学起，绝大多数时间都住外面，现在无异于成年人。反观塔芭莎，还是个未满十六岁的小女孩。然而，表兄妹今年一起在新港过暑假，一同搭库珀的游艇玩，打完网球后也一同在俱乐部休闲。他们之间可能擦出什么火花？格雷迪很乖顺，没错，但也偶尔爱作怪，这是他的迷人之处。德克斯特越想越钻牛角尖，差点爬不出来。表兄妹接吻又不是新闻,但前提是不能再进一步。

难道这一切全是想象力在作祟?

四号厂房是船体车间,有八百名女工。这里是最后一站。一眼望去,很难分辨性别,尤其是焊接工,戴着厚手套和面罩。关键在于体型。一行人从一区参观到另一区,德克斯特渐渐能分辨出哪一个是女孩了。握着喷火枪的女工、切割金属板的女工、以木块制作船舶零件模型的女工。即使是美女,工作起来也是有板有眼。正眼看太轻佻,不看又太做作。她们用布裹住头发。德克斯特常感叹现代女孩太娇嫩,但眼前的这些女子各个看起来都能耍左轮手枪。穿那种连身工作服,戴肩部枪套,绝对没人看得出来。

"很厉害吧?"他对塔芭莎说。

女儿转头,红着脸。"什么?"

"这些女工。咦,你不是吵着想来参观吗?"他语气尖锐,"今天大家来造船厂,不正是为了看女工吗?"但他问了也是白问。他知道答案:女儿当时兴奋,是因为可以和格雷迪重逢,而非参观造船厂。全是冲着格雷迪。

"我不记得了,爸爸,"她说,心不在焉地摸摸自己的头发,"我还以为,想来参观的人是你呢。"

终于快轮到安娜献血时,她听见队伍最前面的同事德博拉在讲话。德博拉已婚,被萝丝取笑是"水龙头"。德博拉问护士,能不能保证把她的血直接给到她的丈夫。

"对不起,这是不可能的,"护士说,"何况,你和他的血型又不一定相同。"

"相同啊,"德博拉带着哭腔说,"我相信是同一血型。"

"水坝要垮喽。"萝丝低声说。

"你敢确定吗?"护士以安抚的口吻一边说一边拿针戳进德博拉的手臂,"万万不能做的事就是输错血型,输错血是会要人命的,除非他是可以接受任何血型的AB型。你该不会知道你先生的血型吧?"

啜泣中的德博拉回答时口齿不清。护士以灵巧的身手按住她的手臂，让鲜血从针头流过弯曲的透明塑料管。造船工人乐队正在演奏《苹果树下坐不得》。

"等她结婚超过五年再说吧，"萝丝小声告诉安娜，"她就不会哇哇哭成泪人了，我保证。"二十八岁的萝丝比多数已婚女工年长，犹太裔，乌黑的鬈发人见人羡。萝丝每次提起丈夫，就开始讲损人的俏皮话，翻着白眼，还说丈夫不在家她反而睡得更饱。两人的幼子名叫梅尔文，是她口中的"讨厌鬼"，但从她洋溢着母爱的表情，安娜明白，萝丝是有苦水却无处吐，只得以揶揄的方式宣泄。

安娜看着自己的血顺着管子蜿蜒而去，问护士说："血这么红，正常吗？"

护士笑了。"不然血是什么颜色的？"

"这颜色太……鲜艳了。"

"因为里面含氧。色调不对就不妙了。"

安娜望向一字排开的献血椅，看到鲜血顺着相同的管子从胖瘦不等的手臂传输出去。她在找好友霓尔。从上星期起，霓尔就无声无息地消失了。午餐时间，安娜在四号厂房旁边连续等了她五天，最后只好进放样间询问。她不知道好友姓什么，自觉丢脸，幸好大家都知道霓尔是哪一个。一提起霓尔，众女工霎时噤声，这种静安娜很熟悉，是她自己的厂房里惯常的情景。主管说霓尔一个星期没来上班了，以后也大概不会再出现。

这事没什么好大惊小怪的，但安娜怎么也无法释怀。也许霓尔是被自行车宠坏了。现在连安娜也有受困的感觉——屈居造船厂的砖巷内，即使在午餐时间，被切成块状的太阳光也几乎照不过屋顶。如今已婚女工全看安娜不顺眼，工作气氛变得枯燥乏味。同事除了萝丝外，全对她很客套，敬而远之，仿佛丈夫们全在睡梦中喊安娜的名字。安娜自我安慰的方式是遐想逃离这栋厂房，跑去当潜水员。每天下班后，她就直奔C码头，想在天色变暗之前寻找驳船。她想问主管沃斯先生自愿潜水的事，却又担心显得不知感恩。

献完血，硬性休息片刻后，安娜和萝丝搭巴士回桑兹街侧门。她们已经换回便服——献完血的女工可以自行回家。护士建议她们多喝果汁，萝丝得出推论，这表示她和安娜午餐后可以一起去喝杯葡萄酒。"本来就是果汁嘛，原汁原味。"她说。

安娜建议走桑兹街，因为她对水兵常去的店心驰神往，但萝丝抱有一般人的见解：即使在大白天，好女孩走那条路也难保自身安全。于是，她们搭电车到亨利街上的圣乔治酒店，再乘电梯上百慕大露天平台。这里能将布鲁克林区尽收眼底，晚上也能跳舞。她们点了意大利面——菜单上最便宜的午餐——又点了一小壶红酒。安娜在斯黛拉·约维诺家尝过葡萄酒，不喜欢那种味道，但她意识到，如果陪萝丝把酒言欢，或许能把话题带到另一种层次。果然，侍应过来添酒后，萝丝说："女同事们都在讲你闲话，你非知道不可，是针对你和沃斯先生的。"

"我大概想象得到吧。"

"她们说，沃斯先生离婚了，原因是你。"

"他又没戴戒指。"

"起先有啊——那是她们讲的，我没注意。是真的吗，安娜？"

"当然不是。"

"我就说！我对她们说过：'她才不是那种女孩。'"

"我在想，沃斯先生知不知道被传这种谣言。"安娜说。

"那是他自作自受！"

"他会因为谣言遭殃吗？"

萝丝瞪着安娜，令她自觉既无知又虚假。"最可能遭殃的是你自己呀，安娜，"萝丝说，"你常被他叫去办公室，常被他派去跑特别的公差。事情一定会没完没了。总有一天，他会指望你有所回报，事情还没演变到这种地步已经挺令我惊讶的了。我以前在电话公司上班，同样的事听说过十几回：迟早他会要求你报恩，到时候你就惨了。如果你拒绝，他不甘心，说不定会炒你鱿鱼，说不定会散布难听的谣言。如果你屈服了，哼，到时候，你就成了另一种女孩。"

"谣言又不是真的，怎么会伤到我？"

萝丝一脸震惊。"是真是假不重要啊，"她说，"女孩的名誉一旦扫地，好男孩就看不上了。"

"只因为他们会以为她犯过错？"

"对，大概就和你说的一样吧，我猜。哎呀，安娜，谈这种事好痛苦啊。"

"我会假装不知道。"她转向窗户。从这个高度看出去，繁忙的东河显得静悄悄的。她想告诉萝丝一件事，却不知如何启齿，生怕显得自己经验太老到，或脑筋迟钝到无可救药。沃斯先生并非对她有意思，安娜从他那里完全感受不到男女之情，这一点安娜十分确定。

"一个女孩，如果名声扫地，大家会认为她是个麻烦。"萝丝柔声说，安娜则看着河景，"大家会看着那一对，会想，他娶了个麻烦。因为懂得自爱的男人不会愿意交这种女朋友。"

"可是，现在几乎所有男人都从军了，"安娜说，"等战争打完，还会有谁记得谁好谁坏？"

"名誉有它自己的生命力，"萝丝说，"恶名会跟着你到处走，会在你最冷不防的时刻杀出来搅局，而且怎么洗也洗不清。战争结束以后，世界又会恢复成小世界，人人又会彼此认识，和以前一样。"

两人的目光再一次相接。安娜从萝丝的表情中看到了诚恳和用心，感受到她对萝丝滋长出的深厚友谊。"你用不着操心，"安娜说，"我已经交到一个好男孩了。"

"噢！"

"他是我的邻居，"安娜继续说，"我们是小学同学，定情很久了。"

"哇，安娜。你怎么从来没提过？"

安娜已有多年不曾凭空捏造故事了。现在，她感觉仿佛回到了过去，回到了常苦于无借口可用的那个时期。此外，她看着萝丝如释重负、喜悦的脸，心想，人根本就是见鬼说鬼话。

"他一定是被派到海外去了吧。"萝丝说，安娜点头，差点补充说

"海军",不料喉咙哽住,眼睛不知为何疼了起来。她把视线固定在桌上的一朵红色康乃馨上,看到花渐渐变得模糊。

"你把他藏得很仔细,我看得出来,"萝丝说,握住安娜的手,"我不会泄露给同事知道。"

安娜走去卫生间,匆匆拿餐巾拭泪,想不通这股情绪从何而来。一定是因为葡萄酒。

她们一起等电车,去萝丝家看小梅尔文。在电车上,安娜思考着沃斯先生的事。他特地挑中了她,但原因大家都想错了。沃斯先生到底有何居心?安娜反复思索这个疑问,最后终于想通了,答案并不重要。他对她有所求,而她对他也有所求。

午宴设在指挥官家的椭圆形饭厅里。这是一栋殖民时代风格的黄色豪宅,附设温室,位于一座青草葱郁的山丘上,以前能瞭望纯净无瑕的海岸线,如今视觉盛宴成了烟尘滚滚的烟囱林。水壶中有切片柠檬,卷曲的黄油躺在冰枕上,每个人都有专属的盐巴罐——海军高层深谙午宴之道。亚瑟·伯兰吉尔坐在指挥官右边;这两人在一九〇二年曾一起在菲律宾服役,席间一言一语全部意在启发在场的二十余名宾客——其中不乏银行业者和政府官员,也包括少数几位夫人。

"要我说,能把群岛收复,该有多好啊。"亚瑟嘿嘿笑着说。他指的是菲律宾。

"我相信我军一定会的。"指挥官说。健谈而圆润的他是退休少将,奉命重回军旅。德克斯特注意到,指挥官身负的重大责任没有影响到他享受阉鸡大餐的胃口。

"麦克阿瑟将军鲜少接受别人对他的拒绝,这倒是真的。"亚瑟回应。

德克斯特和姐夫乔治互使眼色,两人都知道岳父鄙视麦克阿瑟。今年三月,他被日军从菲律宾赶走,之后岳父损他是"防空洞小麦"。

塔芭莎和格雷迪坐在德克斯特对面,漠视彼此的态度太刻意,令德克斯特怀疑表兄妹的脚是否在桌下交缠。他考虑效法喜剧谐星的做法,故意让餐巾落地,弯腰看个明白。

"十一月是盟军至今最辉煌的一个月,要谢就谢像他这样的男孩们,"指挥官举杯敬格雷迪,说,"我们在斯大林格勒包围成功,抢滩北非也大胜。敌军已经尝到苦头了:两万日军死在新几内亚的科科达小径战役中!疟疾、丛林溃疡……皮肉发肿烂臭,连军靴都穿不进去,只好赤脚在泥地里行军。"

"泥巴最容易滋生寄生虫,"乔治说,提供外科医师的观点,"细菌能钻进皮肤的小伤口,一转眼就会感染痢疾、绦虫……"

几名宾客放下餐叉,但亚瑟越讲越起劲:"北非托布鲁克的那些咬人蝇呢?德国佬习惯打森林战,从没见过沙漠蝇,被咬得发炎,没几天就拖着满是坏疽的手脚,在沙漠上慢慢走!"

"俄罗斯的冬天,"指挥官以雄厚的口气说,挥手又点了一盘阉鸡餐,"德国佬被冻伤的手指一根一根掉,活像熟石膏!"

哈特夫人——在场为数不多的女性之一——听后脸色惨白。德克斯特意识到话题不改不行,于是说:"对了,将军,我很高兴见到海军造船厂里有这么多女工。"

"啊,很高兴你注意到了,"指挥官说,"这批女工超越了我们原先最乐观的期望。我很讶异,她们居然有不少长处——你听了也会惊讶的。她们比较瘦小、灵活,能钻进男人进不去的空间。另外,她们手脚比较灵巧,因为做惯了家事,例如打毛线、缝纫、织袜子、切蔬菜……"

"我国对待女子的态度太温柔了,这倒是事实,"桌尾一位看起来难以被取悦的男士高声说,"在苏联红军里,女子担任医务兵,负责背伤兵离开战场。"

"她们也会开飞机,"有人说,"轰炸机。"

"是真的吗?"塔芭莎问。

亚瑟嘿嘿笑着说:"苏联女孩受到的教养和你的有点差别,塔芭莎。"

"我们可别忘了,"指挥官说,"苏联红军有一整个师的任务是拿枪对准其他士官兵的背后,想叛逃的人一律枪毙。他们可不是温柔的民族。"

"将军,希望你别让女工做所有男人能做的事。"库珀说。

"当然不会,"指挥官说,"费力或环境太极端的工作绝不让女孩碰。在工商业界,女孩是我们所谓的'帮工'——协助级别比她们高的男人。而且,我们也禁止女孩上船。"

一直不开口的碧琪忽然开口。"女孩不能上船?"她问,"有这条规定吗?"

"有啊。我们相当坚持。"

"在造船厂,女孩也不能上船吗?"

众人转头看碧琪。她脸泛红晕,金发被风吹起,看起来十分亮丽,宛如她坐立难安的怨气烧旺了心中的一把火。德克斯特看着岳父亚瑟,怀疑亚瑟会不会当场约束女儿,但亚瑟无动于衷地看着她,继续听指挥官口沫横飞地说着环境密闭、空间狭隘之类的道理。"你们应该能理解。"指挥官说了不止一次,客人听了点头如捣蒜,除了碧琪。她愤恨不平地瞪着指挥官。

宾客吃完碗装的蜜桃雪糕后,指挥官夫人主动带客人四处参观。一百年前,这里的屋主是佩里海军准将。塔芭莎和格雷迪以及其他几位客人跟随她去参观。德克斯特本想也跟着去,但一见库珀起身跟进就改变了主意,因为库珀栽培儿子的苦心已让德克斯特看得眼睛发麻。指挥官取出白兰地与雪茄,话题转回镇压菲律宾起义。几位宾客听得十分入迷。

食材丰盛的午餐令德克斯特肢体迟钝,他想去洗把脸。一名老黑人侍者带他去卫生间,发现里面有人,于是带他到厨房附近的另一间。这间门也锁着,德克斯特告诉侍者他愿意等。这里有一道双开玻璃门可通往外面的温室,德克斯特正要推开门出去,这时听见背后传来声响。他往回走向浴室门,靠近聆听。悄悄话、呻吟、娇喘——里面在搞什么毫无疑问。他当下想到的是女儿和格雷迪,脑袋里的血瞬间流失殆尽。

"哦……哦……哦……"

有节奏的女子呻吟声越来越高亢,越来越急促地从浴室里传出。德克斯特抽身逃走,从玻璃门踉跄出去,踏上枯黄的草地。因为眩晕的缘故,山下的造船厂成了哈哈镜中的乱象,他瘫向温室,喘着气,最后弯腰,用双肘撑住膝盖,让血流回脑袋。刚才他几近晕厥。

"爸爸?"

他赶紧直起腰,两眼猛眨几下。塔芭莎的喊话声从楼上传来,他仰头望去,见女儿正在顶楼窗口招手。倏然大松一口气的同时,另一波眩晕感席卷而上,他感觉膝盖都软了。他脑袋一定有毛病,不然不会胡思乱想出那么荒唐的事。

"爸爸,你怎么了?"

"没事,"他有气无力地喊,"好得很。"

"上来看风景啊。在这里,四面八方都看得见。"

"待会儿上去。"他大喊,跌跌撞撞地进了屋,这时候浴室门正好打开,姐夫乔治走出来,似笑非笑地调整着西装背心,刚洗过的双手仍湿淋淋的。他看上去和德克斯特同样错愕。乔治急忙关紧浴室门,刚才的女伴应该仍在里面。德克斯特猛然醒悟,里面的女人是碧琪——隔着门传出的呻吟声和他在车上听见的歇斯底里的哭声,两者音色相近。他赫然震惊的神情遮不住,被乔治看到。乔治别扭一笑,德克斯特也微笑回敬,奋力装得事不关己,正如他一贯的作风,假装对姐夫不检点的私生活视若无睹。两人默默走回饭厅的途中,德克斯特觉得有必要讲讲话,以缓和刚才目睹了惊涛骇浪的心情,但他想不出该说什么才好。

他和姐夫分开坐下。片刻后,碧琪回来了,一反早上和午餐时的模样,显得心平气和。她坐在父亲旁边,一手揽着他,脸颊贴上他肩膀。对塔芭莎的疑虑消解后,德克斯特轻松得晕头转向,但这份心情渐渐转变为不祥的预感,因为他想到,姐夫以这种方式背叛岳父——背着长女偷腥,对象是小女儿,而且不忌讳岳父在同一屋檐下,地点更是将军的家,而将军以贵宾的规格款待他——这种大胆的行径恐将陷所有人于不义。被岳父亚瑟发现了那还得了?早在盟军登陆北非前几个星期,亚瑟·伯兰吉尔就能洞察先机。有什么秘密能瞒得过他?接着德克斯特想到,乔治·波特死定了。

但毕竟领域不同,唯有在黑帮,才有人为这种事赔上一条命,在岳父的领域里则不会发生——除非或许只是打个比方。然而,德克斯特甩不开近在眼前的危机感。他想起了刚才在浴室门外听见的娇喘声。令他既羞耻又困惑的是,那阵有韵律的女声现在煽动起了他胯下的欲火,他不由得一想再想,盼望追求那份浑然忘我的火爆酣畅,即便要冒粉身碎骨的风险也在所不惜。

德克斯特知道追求禁果的危险。八年前在前往圣路易的火车上,有一女子教他初尝禁果。当时他睡在头等舱卧铺,半夜过后,女子轻敲他的门。在那之前,德克斯特和她在餐车厢看对眼,在走廊聊过几句话。她戴着结婚戒指,他也是。她的项链坠子是个金质小十字架,但放荡的情欲在表象之下澎湃,德克斯特一眼便看出,十字架和婚戒反而像避邪物。她夜访卧铺,激荡起一阵巫山云雨,一直延续到白天,在德克斯特的记忆中糅合了窗帘外飞掠而过的冰雪农场的景色。直至今日,每逢一月,德克斯特驱车穿越新泽西州或长岛时,经常会被车窗外一闪而过的遍野冰霜逗得心痒。

那天下午,他和女子在印第安纳州安杰尔镇下车,意图——什么?意图再续前缘。他们在车站附近,冒名琼斯夫妻,投宿在一家豪华的老酒店。转瞬间,德克斯特觉得心情变了。现在,严冬酷寒的景象不再是浮光掠影,他置身其中,于是欣赏冬景的热情锐减,其他心烦的事物也接踵而至:突然讨厌她的香水味,突然讨厌她的笑声,讨厌床上方的吊灯有蜘蛛网,嫌他在饭店附设餐厅里吃到的猪排太干。做完爱,她倒头呼呼昏睡,但德克斯特睡不着,听风摇着松动的窗玻璃,听着狗吠,也许是狼嗥。他所知的一切似乎都变得遥不可及,回不去了:哈丽雅特、儿女、Q先生嘱咐的交易——一去不复返。他觉得,相隔数千里的空间,从生命中翘班是件多么容易的事啊。

破晓前天色晦暗,他摸黑穿好衣裤,扣好行李箱,走出房间,轻轻地关上门。他步行到火车站,天上是瘫软的电话线,垂吊式信号灯随风飘摇。他买最近一班火车的车票。这班车的去向是辛辛那提,和圣路易的方向相反，但他照样上车。临走前，他在柜子上留下一张二十美元的钞票，但前脚刚跨出酒店门他就后悔了。现在想起来依然悔恨。她又不是妓女。她和他一样都是人。

他抵达圣路易时，行程已被耽搁将近两天。他接到妻子哈丽雅特的紧急电报：儿子菲利普因盲肠炎差点夭折。Q先生交代的人没等到德克斯特。此行是白跑一趟了。德克斯特以突然发高烧为托词，谎称在火车上出现了幻觉，不省人事，被送进医院。这种借口一生最多只能奏效一次，而且事情只能发生在远方，没人有理由怀疑。他后来回想，这借口其实离事实不远。

在指挥官豪宅的环形车道上，参观车队的驾驶兵正等着送宾客回大门外，想赶在换班人潮涌现前完成任务。码头上的军舰抛下单调的影子。碧琪决定在父亲家过夜，换言之，德克斯特摆脱她了。谢天谢地。当然，乔治夫妇和岳父家只间隔几户，对碧琪很方便。"你怎么越来越像亨利？"碧琪曾这样说。也许是吧。

塔芭莎也要去外公家，帮忙煮明天的感恩节大餐。德克斯特二话不说准了，和女儿吻别。现在回想，女儿和表哥格雷迪的打情骂俏显得好纯真——和他在浴室门外见证到的丑事相比，更显得纯洁健康，他有点宽慰。

独自站在桑兹街侧门外，德克斯特感到心头的重担非卸下不可。他决定打电话给哈丽雅特，然后再开车去夜总会。转角有一家理查德烧烤酒吧，里面有投币式电话。有位水兵正在投币，央求着话筒另一端的对象出来玩。德克斯特躁动着，望向窗外。侧门外突然涌现人潮，几千名穿着工作服的男工，里面有少数几个穿女装的女孩，正簇拥在桑兹街上，宛如球迷在散会后离开埃贝茨球场。德克斯特看向窗外的人群，羡慕他们的同袍情谊。他们正在为战争效命。从他们松散、随性的步调可见，他们知道自己身负这项任务。也许，他们意识到了岳父亚瑟在午宴期间描述的光明前景，觉得自己也有功劳。

人群来得急，散得也快。水兵挂断电话了，但德克斯特想找妻子谈心的意愿已经流失。哈丽雅特是个头脑冷静的女人——远在他走私朗姆酒的那几年，车外子弹咻咻而过，她竟能在他的车内咯咯地笑。但是，如果德克斯特把碧琪和乔治私通的事告诉她，她不是被迫守着罪大恶极的秘密，就是散播秘密，害死一票人。不行。万万不能告诉哈丽雅特——天啊，我脑筋有毛病吗？不能告诉任何人。就让这段婚外情顺其自然发展，然后盼着它早点收场，不给双方造成严重的割伤或瘀伤。德克斯特习惯于保守机密。

他走出烧烤酒吧时已近入夜时分。他走向停车处，一名面熟的女孩在人行道上快步行走，和他方向相反。"菲尼小姐。"他对着她的背影呼唤。造船厂有女工的事是他听菲尼小姐说的，他一直在找她。

她转身，满脸惊愕。

"我是德克斯特·斯泰尔斯，"他说，"你急着去上班吗？"

"不是，"安娜说，终于展露笑颜，"我刚献完血，提早下班。"

"要不要我开车送你回家？"他迫切需要找人陪伴。

安娜看着德克斯特·斯泰尔斯的脸。上次见面认识后，安娜动不动就会想到他，现在她觉得，他的面孔异常熟悉，充满隐晦不明的含义。他站在他的黑帮车旁边。

"不用了，谢谢你。我想去找我的主管商量事情。"安娜说，庆幸有借口可讲，而且这借口碰巧是真的。她想去找沃斯先生，表达自己想报名参加潜水队的心愿。她一直在等换班的时间。

"不客气。祝你晚安，菲尼小姐。"

在他轻拍帽子示礼的一刹那，安娜忽然渴望能把他留在自己的视线里。"你的好意，"她脱口而出，"我可不可以改天再接受？"

德克斯特差点哼出声音。拥有一辆他坚持自己开的好车，意味着他要接二连三地为别人服务。邻居家的儿子牙痛，拜托他开车送去看牙医。希尔斯的老母亲半夜需要降血压药，他送希尔斯去药房买。别人开口向他请求，他当场难以婉拒，非预想借口不行。"什么话，当然可以。再遇见的话，我乐意之至。"他说完准备打开车门。

"我妹妹身体不好。我答应带她去海边。"

"如果她病了,最好等到春天再说。"

"不是生病,是脚瘸了。有个大男孩可以帮忙抱她下楼梯。"

瘸子。大男孩。楼梯。苦情的字眼一个个如石头般坠落在德克斯特四周。菲尼小姐穿着素面羊毛外套,袖口都脱线了。意识到他人的贫苦是他的一项弱点。

"你本来打算什么时候带她去?"他语气沉重。

"星期日,随便哪个星期都可以。我星期日不上班。"母亲每星期日外出,留安娜在家照顾莉迪娅。

德克斯特已经在盘算了:如果能带瘸子去海边,就有借口不上教堂,就能躲过索求无度的新神父(又找他捐款修理教堂长椅),也来得及回家吃午餐。何况,帮瘸子做善事是个好榜样,能提醒自家被宠坏的子女自己有多幸运。

"这星期日如何?"他说,"赶在冬天来临之前。"

"太好了!"安娜说,"我们家没电话,不过,只要你告诉我时间,我就能叫大男孩来我们家抱她下楼。"

"菲尼小姐。"他以斥责的语气说,等待着。

她看着他的脸,但街灯照在他的后脑勺上,使他的表情不甚分明。

"我这样子,还需要找人抱她下楼吗?"

11

"你有兴趣啊。"阿克塞尔上尉说。他抬头看着站在办公桌前的安娜。士兵带她进办公室至今,上尉不曾起立。

"是的,长官,"她说,"非常有兴趣。"

"你哪里来的印象,以为潜水很好玩?"

她犹豫着,不太确定。"我看过驳船上的潜水员,"她说,"从C码头。在午餐时间,在我下班后。"她每讲一句顿一下,等着上尉露出理解的迹象。

"你在午餐时间看过潜水员。"他终于说。

由于上尉的回应并非问句,也由于她讲的话从上尉身上反弹回来有一种荒谬的味道,因此安娜保持沉默。在相视无言期间,她察觉到,她是以女高男低的姿势看着上尉。也许上尉也察觉到了,他陡然站了起来:矮小的海军上尉穿着制服,胸肌发达,满面风霜,却也有一副古怪的孩子气,没有胡楂的影子。"不介意我问你吧,克里根小姐,这是谁出的主意?"

"是我自己,"她说,"完全是我自己的意愿。"

"完全是你的意愿。可是,纯粹是你的意愿的话,昨天怎么能劳驾指挥官打电话给我,要求我接见你呢?"

"是我的主管,沃斯先生他——"

"啊,你的主管。沃斯——先生。"他故意把称谓拖长,仿佛正在啃骨头，想咬掉最后几丝肉，"我猜他想取悦你，而你也急着取悦他，对吧。"

嘲讽来得突然，但侮辱的蛮横稍候才发作，宛如烫伤。这番话让上尉显得精神失常——她注意到，这栋小建筑变得鸦雀无声，静得不自然。她怀疑上尉是否正在表演给躲起来的观众欣赏。

她冷冷地说："贵单位有没有测试的方法，考考看谁能潜水？"

"没有考试，只有服装。我们先试穿看看尺寸。"

"要我试穿？"

"错，叫那边的那个因纽特人穿穿看。"

沃斯先生曾劝她不要来。"他们不会收你的，"他致电指挥官之后告诉安娜，"我担心他们会给你难堪。"安娜当时傻傻地以为沃斯先生舍不得她走。

她跟随上尉进入一道走廊，两旁有几道门斜敞着，若有所指。接着，上尉带她到外面。五百六十九号厂房依偎在船台西面的围墙边。她骑车逛造船厂时从未逛过这一区。电力公司的厂房耸立在前方，五支烟囱吐着看似湿气饱和的浓烟。

阿克塞尔上尉带她走到西街码头最上面，来到长椅前，这里叠放着一套潜水服，外观笨重而僵硬，感觉像有生命，像一个直不起腰的人。安娜一见潜水服就加快了步伐。

"格里尔先生和卡茨先生是你的照应员。"上尉说着指向附近两个闲着没事做的人。从他们故作冷淡的表情来看，他们极有可能刚才偷听了办公室的对话，然后赶在上尉过来前冲回岗位。"两位，克里根小姐有兴趣潜水，请帮她着装。"

这道指令下得直截了当，但其中的用语——照应员、着装——让安娜怀疑，这些用语到底是真是假，用意该不会是让她一头雾水吧？阿克塞尔上尉回办公室去了，她的心情松弛下来。

"潜水服套在你这身衣服外面就好，亲爱的。"姓格里尔的男子说。他体形瘦小，下巴单薄，有秃头的迹象，戴着结婚戒指。"脱掉鞋子就可以。"

另一人姓卡茨，姿态大摇大摆。"是这一套吗？"他问。他和格里尔一同把潜水服举在安娜面前。现在的安娜已脱掉鞋子，脚上只剩袜子。"怪事，格里尔。她的潜水服尺寸和你的一样。"

格里尔翻了个白眼。帆布潜水服的表面用橡胶处理过，散发出一股谷物的味道，还有一种土臭味，令安娜联想起外公外婆在明尼苏达州的农场。她踩进宽敞的黑色领口，把脚伸进僵硬的裤管里，而裤管的尽头呈袜子形。在着装过程中，她不得不扶着卡茨和格里尔，姿势别扭，但他们似乎不以为意。他们联手抬起橡胶领口，向上拉到她的肩膀，让她把双手伸进袖子里。袖子末端是三指手套。两手各有一条窄皮带，他们帮她套住手腕并扣好。

"皮带应该更紧一点，"卡茨说，"她的手腕这么细，手套不系紧，可能会脱落。就算你似乎很有能耐，格里尔，用你那双淑女的小手。"

"卡茨先生很自豪自己的身高，"格里尔以告密的语气告诉安娜，"因为他自卑于体检被判不及格。"

安娜以为卡茨会生气，没想到卡茨一转身就重整旗鼓。"格里尔喜欢提这档子事。他羡慕我下巴端正。"

"即使下巴有看头，也照样娶不到妻子。"格里尔反唇相讥。

"你如果看到格里尔多怕妻子，就知道我为什么不急着结婚了。"

两人你来我往互相贬损，安娜尽量保持愉悦的神情，但他们几乎没注意到，因为他们站在她背后，正用力绑紧裤管后面的几条系带。"对了，你为什么体检没过关？"格里尔问卡茨。

"耳鼓膜破了。小学二年级挨了老师一记耳光。"

"小学二年级就爱叽叽呱呱了啊？"

"太过分了。"安娜说，但她立即意识到自己不该插嘴。卡茨首度露出丢脸的模样。"对潜水来说，这毛病反倒是优势，"他过一会儿说，"那边耳朵没耳压。"

他们帮安娜穿"鞋子"。所谓的鞋子由木头、金属、皮革制成。他们务实的手法传达出一种亲密感。卡茨甚至手脚着地，帮她束紧鞋带外面的扣环。"这双鞋重十六公斤，"他告诉安娜，"整套潜水服重九十公斤。你体重多少？"

"难怪你交不到女朋友。"格里尔摇头嘟哝。

"大概四十五公斤吧，我猜，"卡茨继续说，不理会搭档，"我体重一百多公斤，穿这套衣服几乎走不动。给你参考一下。"

"因为你的平衡感太烂啦，"格里尔说，"一定是耳鼓膜的关系。"

"我其实远不止四十五公斤。"安娜说，但这话听起来像是在吹毛求疵，她再度后悔讲错话。她坐着。两人捧着一片铜制的护胸板，从她的头套进去，锐利的边缘戳进她肩膀和颈部间的皮肉与软骨里。

"糟糕，"格里尔说，"我们没给她……"

卡茨脸上挂着邪恶的奸笑。"没给她什么？"

"你知道，就是……"格里尔脸红了，红到后退的发际线，"少来了，卡茨，正经一点。"

"噢，猫咪软垫，"卡茨终于说，他以"猫咪"影射阴部，"你说得对，我们忘记了。那是一种特制的枕头，"他朝安娜的方向说，但不正视她的眼睛，"垫在领口，能保护领口部位的皮肤。等我们帮你把帽子戴上，你就用得着了。这两个加起来重二十五公斤。"

安娜不想开口要求他们把猫咪软垫拿过来——更不会直呼这个名字。格里尔的头皮已红得发亮。两人开始奋力把帆布衣的橡胶领口向下拉，以遮盖护胸板。橡胶表面附有一连串的小洞，他们将长型双头铜螺栓扣进去。每个橡胶孔里都有螺栓后，他们把铜扣环扳向螺栓扣住，和蝶形螺帽固定在一起。用T型扳手锁紧螺帽的时候，格里尔在安娜前面，卡茨在后面，彼此喊话沟通，合力封紧领口周围，确定铜和帆布之间的橡胶紧密不渗水。

"接下来是腰带，"卡茨微笑着说，"三十八公斤。"

腰带上附着几块铅。安娜坐着，他们拿腰带围住她的腰，在她背后扣紧，然后用两条皮带在她胸前交叉，绕到肩膀上。"站起来，弯腰，让我们帮你绑裤带。"卡茨说。

在护胸板和铅腰带的重量下,站起来变得更加吃力了。她弯下腰,感觉到束带从两腿之间通过,向上顶着胯下。究竟这是正常的穿法,还是这两人在刻意羞辱她,她无从得知。自从提起猫咪软垫之后,格里尔就不曾正眼看她。

"坐下,"卡茨说,"戴帽子的时刻到了。"

"帽子"是球状的黄铜头盔,近看比较像水电设备或机器零件,倒不像人类穿戴的物件。两人各捧一边,举到安娜头上,令安娜难以置信地兴奋起来。接着,头被罩住,她闻到了潮湿的金属味,嘴里的味蕾几乎都能感应到。两人扭转着头盔底部,像装电灯泡似的,把头盔转进护胸板。锐利的领口压着安娜,压得她难受,她扭动身子适应着,想移开或变换姿势。有人敲了头盔两下,圆形的前窗打开,凉风扑鼻而来。格里尔在她面前。"感觉快晕倒的时候,一定要告诉我们。"他说。

"我感觉还好。"她说。

"起立。"卡茨说。

她想站起来,但护胸板和头盔,还有铅块腰带却把她固定在长椅上,唯一起立的方法是冲着领口挤压肩膀的两点往上升。而这样做的感觉就像指甲掐进皮肉里,痛得安娜眼冒金星,压得她随时可能腿软,但她一鼓作气站直,每一秒都逼自己重新和自己交涉,能否再挺过一秒。可以。可以。可以再坚持一秒。可以可以可以。

卡茨从护面板的开口望进去。她注意到卡茨的上唇右边有一道细细的由上而下的白色疤痕,同时心生一丝恨意,恨卡茨弄痛了她的肩膀。卡茨倒很快活。"走。"他说。

"她会晕倒。"

"让她走走看。"

"我不会晕倒,"安娜说,"我长这么大,从未晕倒过。"

两边肩膀痛得厉害,又要顶着沉重的头盔,她踩稳重心,拖着鞋子在砖地上走,每移动一步都感觉像被脚镣铐住。接着,再移动一步。头皮上满是汗水。九十公斤。头盔和领子重二十五公斤,鞋子十六公斤,腰带三十八公斤。咦,鞋子该不会是一只十六公斤,一双三十二公斤吧?

又向前一步。然后再一步。鞋子拖着地往前走，不知目的地在哪里，也不清楚为什么。她已经痛得顾不了那么多了。

有人在她的三指手套里塞东西。"解开它。"

"边走边解吗？"她大喊。

格里尔出现在头盔的前窗口。"你不用再走了。"他轻声说。他神态忧虑，安娜猜自己的脸必定扭曲难看。安娜举起手里的东西看：一条绳索，被打成了复杂的绳结。她调整三指手套里的手，小指和无名指共穿一指，食指和中指共穿第二指，大拇指独占第三指。她用十指的指尖共同推弄着绳结。隔着闷热、略为潮湿的手套，安娜探索着绳结的轮廓，肩膀的痛楚突然被抛向天边。再难的绳结都有一个推得动的地方，推得够用力，推得够久，就能破解。安娜闭上双眼，任双手带领她走进纯然是触觉的境界，恍然与世隔绝，宛如推倒一堵墙，发现另一边有一间密室。她摸到了绳结的弱点，就像摸到有轻微碰伤但仍未腐烂的苹果。她用手指钻进去。解绳结一开始总像遇到天大的难题，可到了某一阶段也必定会出现不解开也难的情况。安娜从小就解过不少纠缠似老鼠窝的绳线，玩惯了翻花绳，打结的鞋带、跳绳、弹弓更难不倒她，邻居家小孩打不开的总是找她代劳。眼前的这个绳结正在做最后的困兽之斗，不肯退让的态度使它显得几乎有生命力。随后，它投降了，绳索在她双手中松绑。

她举起绳索，有人拿走了它。卡茨来到前窗看她。安娜以为他会摆出敌意，幸好他开口时显然语带惊喜。"表现不错。"比他的赞赏更惊人的是安娜志得意满的表情；显然，她原来根本不想打败卡茨，只想让他佩服而已。

他们旋转头盔，从她头上取下，接着解开腰带和护胸板。重担解除了，安娜觉得自己仿佛进入飘浮状态，甚至飞了起来。轻快感也传给了照应员，仿佛她的成功也属于他们，他们已将她划为同类。两人帮她脱鞋，解开腰带，脱下潜水服，心情和一开始一样好，差别在于先前是消遣安娜，此刻则是视安娜为伙伴。不久后，她换回工作服，站在码头上，恢复最初的模样。他们没留意到天色变暗了。

"你去向他报告?"格里尔问卡茨。

"他该不会怪罪我们吧?"

"他一定会怪罪谁。"

"你去报告,"卡茨说,"他对你比较偏心。"

"多数人都偏心我。"格里尔对安娜眨了眨眼说。

阿克塞尔上尉蹙眉听着格里尔报告安娜的成就,然后以严厉的态度叫他退下。格里尔向安娜轻拍了一下帽子,把她纳入同伙。

"坐下,克里根小姐。"上尉说。

安娜浑身轻飘飘的,脸上藏不住喜悦,但她决心克制住微笑的冲动,不露出得意扬扬的神情。上尉审视她半晌,手指在桌面咚咚敲击着。"你穿过潜水服了,"他说,求和的语调令她心惊,"不过,这不能和潜水相提并论。"

"你说那是测试。"

他耐着性子,深吸一口气。"人在水底活动需要耗费极大的心力,"他说,"我知道这可能难以令人相信。你见过美美的海浪,白花花的泡沫。你喜欢游泳。但是,水面下的世界跟这些不是同一回事。水很重。水的压力很蛮横。我们不知道女人的身体如何应付水压。"

"让我试试看。"她说,口舌突然干涩。

"你是一个坚强的女孩,克里根小姐,你证明了自己的能耐。不过,我不会准许自己的女儿潜水,基于良心,更无法让你下去。"

他富有保护欲与同情心,满怀歉意,和之前语带讥讽的他判若两人。安娜比较喜欢先前的他。和眼前的他对抗,安娜似乎毫无胜算。

"让我试试看,"她又说一遍,"不失败,怎么知道会不会成功呢?"

"你见过潜水病患者吗?"上尉倾身问,宛如想拉近距离,"困在血液里的氮气泡非得找一个出路不可,最后只好从软组织钻出来,导致眼睛、鼻子、耳朵出血。听过挤压伤吗?潜水员全身都被大海的压力踩扁了,缩成只剩你戴的头盔大小。所以说,在海面十五米下失败和在陆地上失败不是同一回事。"

"任何人只要失误,下场都一样,"安娜说,"不只有女孩才会。"话虽这么说,注定失败的预感令她感到郁闷。

上尉微笑着,露出白牙,皮肤黝黑,脸上无胡须。"我欣赏你,克里根小姐,"他说,"你充满斗志。我的建议是,回你的厂房,发挥你在造船厂的专长,在工作岗位上奉献一切,协助我军打赢这场战争,以免战后的星期日晚餐吃德国人和日本人吃的维也纳炸肉排与章鱼干。"

他拍了一下桌子,显然相信对话到此为止。但安娜似乎无法动弹。眼看就要得手了。绳结解开了啊!时间似乎延长了,又多给了她几秒考虑所有可行之道,衡量结果。发脾气只会倒尽他的胃口;泪水攻势能勾起同情心,却也只会证明她个性软弱;打情骂俏只会让她退回原点。

上尉等着她离开办公室。

"阿克塞尔上尉,"终于,她声音平静,不愠不火地说,"你要求我做的事,我全都完成了,你怎么可以赶我走呢?没有理由啊。"

"既然我们摊牌讲,克里根小姐,我告诉你好了,你根本就没有机会担任潜水员。"他收起父辈的哄劝语气,现在改以不带情绪、毫无掩饰的态度说话,如同安娜,"你的沃斯先生一定是被爱冲昏头了,怎么以为我会准女孩下水?指挥官来电时,我就向指挥官报告,绝对不可能。我说我可以准你穿潜水服,让你有机会亲身体验一下。"

"可是,我穿过潜水服了,"安娜说,"也走过几步路,而且也解开绳结了。"

"你超乎我的意料,这一点我承认,"他说,"不过,准你潜水是从来都不可能的事,现在也不可能准。很遗憾,我能想象你多么气馁,但是,事实就是事实。"

两人隔着办公桌互看,确认双方理解无误。安娜从椅子上站起身。

她自行离开五百六十九号厂房,完全不记得何时穿上的外套,也不记得出来时有没有再见到卡茨和格里尔。在黑夜中,她踏上走回桑兹街侧门的长路。考试过关乐昏头的滋味全被冷风刮走了。她路过船台,几团人造光显得里面的死船壳格外庞大。

不准就是不准。

安娜一生从未遇到过如此赤裸裸的歧视。"事实就是事实。"上尉说。只不过,哪里来的事实?安娜走着,失望和苦闷凝结成一块硬如石头的反抗意志,糅合了她先前对卡茨的恨意。上尉击不垮她;假以时日,她一定能击垮上尉。上尉是她的仇敌。如今安娜觉得,她似乎从小就巴望能有个仇敌。

她想象着刚才手里的绳结,它纠结成团,看似有生命力,但一定有弱点,问题在于能不能找到。

事实就是事实。

根本没有事实。问题只在他身上。一个人。连胡子都没有。

12

四天前,德克斯特同意接送菲尼小姐的残疾妹妹去海边,约定在星期日上午见面,然而此刻,原本意愿就极低的德克斯特已经毫无进行海滩之旅的兴趣。这个星期日,子女不在家。在感恩节晚宴上,岳母贝丝·伯兰吉尔宣布星期日全家去约克大道上的圣莫尼卡教堂做礼拜,然后去"送暖会"当义工。送暖会是公园大道女孩们的活动,被德克斯特鄙夷的是这不过是打着支持前线将士的名义的名流交谊会。最近风行这一类活动。

岳父亚瑟和德克斯特一样避之唯恐不及,所以邀请德克斯特去尼克酒吧吃午餐、打台球。德克斯特难以抗拒这场邀约,原因有二:一是酒吧的壁画令人赏心悦目,二是能看到清教徒认出他长相时一脸惶恐的模样。假如菲尼小姐家有电话,他早就打电话延期,为取消海滩之行铺路。无奈她家没装电话。此外,由于正值长假,寄信可能会被延误。唯一的办法是干脆不现身,但德克斯特再黑再坏,也不是临阵脱逃的孬种。于是他告诉岳父,他答应星期日上午开车载员工的残疾妹妹去海边。他向岳父承诺,一结束就立刻赶去尼克酒吧。

因此,没有女儿塔芭莎,没有双胞胎,也没有哈丽雅特。星期日到了,十一月底的这天出现了秋老虎,他无法以天候恶劣为托词。菲尼小姐家的街道如他所料,他的凯迪拉克车尚未停妥,就引来了儿童围观。他们就算看过六二系列,也不可能常看到。德克斯特下车,把帽子戴好，仰头望着楼上的窗户，反光刺得他眯起了眼睛。有人在楼上挥手，打散了他最后一丝希望。他本来还期盼菲尼小姐忘记了海滩之行的约定。

他推开吱嘎响的前门，进入门厅，室内仍充斥着星期五的炸鱼香味[1]。这栋公寓的一切都显得熟悉，最熟悉的莫过于在楼梯间回荡的脚步声。天啊，总共几楼？逼瘸子住这么高，太野蛮了吧？

菲尼家的公寓小而拥挤，陈设局促，装潢充满女人味，连低级护壁板都是。香水、女人头发、指甲、经期——把他包裹在一朵腥臭、亲昵的云里，令他头晕目眩。在这团婆娘瘴气之中，菲尼小姐出现了，站在那里，几乎令他惊喜。她有一双弓形眉，握手时手劲像男人。这团瘴气似乎与她无关。

她带他走过昏暗的厨房，进入前厅，挺过经济大萧条的每一样漂亮的装饰品全展示在这里。东西不多，一块刻画着圣帕特里克驱蛇图的彩色玻璃、一柄钉在墙上的羽毛扇，旁边是迪翁五胞胎年历。墙上另有几个长方形的空白处，原本大概挂着照片，现在只剩钩子。他差点过问，但答案不难从这套房子的女性气息推断出：家里无男人。不是死了，就是走了。从照片被取下这一迹象判断，极可能是后者。人人都喜欢怀念死者。

老时钟的嘀嗒声中夹杂着街上儿童的叫嚣声。时钟底部有几尊金天使像，走慢了二十分钟。老钟想必是镇宅之宝，是火灾时全家一致会抢救的东西，如同德克斯特母亲的铃铛。母亲以前常用不标准的英文说："铃铛为我拿来。"德克斯特便会跑去拿铃铛，按住里面的铃舌。心爱的铃铛是母亲从波兰带来的，流水般的清脆铃声能为她唤回童年的景象：教堂、积雪，黑天在结冰的池塘上溜冰，从烧红的烤炉里取出热腾腾的面包。他不习惯想起母亲。熟悉的公寓居家环境，加上楼梯间的脚步声，激起了他对母亲的怀念之情。又或许和有残障人士在场有关吧？

"你妹妹在哪里？"他问。

---

[1] 当时美国东北部的餐厅多数在星期五供应炸鱼。

安娜带他走进一个几乎挤不下两张窄床的房间,里面只有一扇窗户,窗帘合着。一个美丽的女孩躺在其中一张床上,手脚摊开,躺着的姿势隐含情色的意味。半暗不明的光线中,散落在床上的金色鬈发犹如散落的硬币。这幅景象令德克斯特忐忑不安。他靠近了一些,眨眨眼,想眨掉面前的景象。女孩的表情竟像惊恐万分,仿若正在鬼门关徘徊。她的手脚在他眼前抽动了一下,这是长期缺乏控制力的表现。她穿着蓝色丝绒洋装和羊毛袜,看似在熟睡。德克斯特想象着,为她穿衣服得多费事啊。他庆幸自己依约前来帮忙。

"她看起来……一切安好。"他说,因为他觉得对方期待他发言。

"就是啊。"她凝视畸形儿的眼神中充满爱心与骄傲,令德克斯特怀疑自己是否不该误闯这家子的苦海。但话说回来,这又由不得他做主,一手策划的人是菲尼小姐。

"好。接下来呢?"他问,急着想做点什么。

"我去拿我们的外套。"

他差点跟着她离开卧室,因为他极不愿被丢下来和瘫子独处。他去窗前,拉开窗帘,向下查看凯迪拉克。接着,他瞥了一眼床,见女孩仍闭眼躺着,这才放下心。他设身处地地想象了下菲尼家的父亲日复一日照顾残疾女儿的滋味。多么痛苦啊。也许他曾在那美丽的金发一侧如此耳语过?如果她们的父亲真的一走了之了,这就是他离家的原因吗?德克斯特喜欢爱尔兰人,喜欢接近他们,只可惜一次又一次发现爱尔兰佬不值得信赖。原因并非他们生性狡诈,而是他们天生软弱,可能是酗酒的缘故,也可能是因为酗酒导致软弱。找他们帮忙构思诡计,可以,但到头来,还是需要意大利佬或犹太人、波兰佬来执行计划。

菲尼小姐回来了,弯腰将妹妹瘫软的双手套进剪裁时髦的海军蓝羊毛外套里。她手法娴熟,可见她花了多少时日照顾她。德克斯特猜,从小照顾到大吧。

他从床上捞起瘫子,抱在怀里。唯有在她的气息扑鼻而来之际,他才发现,他多么怕嗅到病房里不通风的病臭。幸好,她的气味清新,甚至宜人,散发着女用乳霜、洗发水才有的花香。她的气味像她今早才躺在浴缸里，从泡泡里伸出腿刮去腿毛。他当心不让她的头撞到门框，歪着身体抱她进入前厅，金发撒在他的袖子上。

"她叫什么名字？"他问。

"对不起，没介绍给你认识。她叫莉迪娅。莉迪娅，这位是斯泰尔斯先生，他好意主动带我们去海边。"

不尽然吧，德克斯特闷哼了一声，准许自己干笑一下。他抱着妹妹，跟着安娜走出前门。他低头再看莉迪娅时，发现她睁眼了，正定睛看着他的脸。这份交流令他心头震了一下，仿佛整个人被两只手攫住。她的蓝眼珠灼亮，眨也不眨一下，如同塔芭莎小时候玩的洋娃娃的眼睛。

下楼时，他看着污秽的墙壁，转弯时用脚摸索着下一阶，抱得笨手笨脚。"她好平静，"健全的姐姐从背后赞美，她抱着折叠好的轮椅——重量似乎大于莉迪娅，"西尔维奥抱她下楼的时候，她都会哭闹。"

"过奖了。"

来到公寓外面，她喊了一两个小孩的名字，和他们打招呼。他调整了下怀里女孩的位置，正准备开后座车门，姐姐急忙说："如果方便的话，我们想坐前面。"

"后座的位子比较大。"

"我想让她欣赏风景。"

"随你吧。"她的急促影响到他，他赶紧去开副驾驶座的门。姐姐先坐进去，然后德克斯特把妹妹放进她怀里。即使车子是六二系列，两人坐前座依然很挤。直到车门关上，他才领悟到他原本多么想能退至司机的角色，不必贴身陪伴这对姐妹。

善事无须借口。老爸常如此叮咛小德克斯特。父亲开餐厅，附近的巡回游艺团周围常有无业游民和流浪汉逗留，父亲叫他盖住吃剩的肉丸，端去给他们吃，他总是抗拒，觉得丢脸。现在，德克斯特把笨重的折叠轮椅放进后车厢时，喃喃自语着父亲的告诫：善事无须借口。

他开车脱离围观的儿童，前往弗拉特布什区。照目前的进度，午餐之前抵达尼克酒吧应该没问题，他想着，心情轻松不少。他听见前座传来低语声。"她会讲话吗？"他问。

"以前会。不是讲话，只会模仿而已。"

"那不算会讲话吧？她能听懂多少？"

"我们不太知道。"

我们。想必家里有母亲，否则姐姐怎可能白天去造船厂上班，晚上泡夜总会？像这样的残障小孩必定需要全天照顾——正常而言，这种小孩应该被送去住疗养院吧，他怀疑。他回想起菲尼小姐在人行道上的急促脚步，本想问她母亲是否知道今天的海滩之旅，但他按捺住了冲动。不干我的事。对于这家人，他无意更深入地认识。

驶过大军广场，车沿着展望公园驶向海洋大道。德克斯特的母亲仍在他脑海里盘桓，仿佛她刚被心爱的铃铛唤回，现在还不愿告别。德克斯特七岁那年，弟弟胎死腹中之前，母亲的身体还很健康。死产损害了母亲的心脏，让她原本坚固的内心变得极度脆弱，宛如砂糖做的时钟。由于内心脆弱，德克斯特的母亲有别于别人家的妈妈。在别人家，妈妈要么无视喧闹的子女，要么一气之下常反手赏小孩耳光。母亲可能会提早离开人世，这是母子俩假装不知道的秘密。她退出德克斯特父亲开的餐厅——终于是他专属的餐厅了——把所有时间交给德克斯特。大部分时间她都在睡觉，睡到午餐时间，直到听见德克斯特跑回四楼公寓才醒来。别人家小孩的午餐是牛奶、面包、火腿，搁在桌上自己吃，德克斯特却能吃父亲昨夜从餐厅带回家的全餐——放进烤炉热一热就能享用。德克斯特回家午休时，母亲会以新问题关心他，问个没完，对他笑，亲吻他，直到返校的时间，她才倒回床上，拥抱丈夫特别为她定制的枕头，补充元气，期待儿子放学回家。

德克斯特敬爱母亲的程度在邻居男孩里是绝无仅有的。她是随时都有可能消失的人，但她又总是在那里：看似完全拥有，却又那么遥不可及，这两种感觉交织在一起，令他沉迷。她是怎么办到的？巫术吗？撒仙女粉吗？后来他从父亲那儿得知，医生说死产后，母亲的心脏不好，拖不过一年。然而，六年过去了，德克斯特已经十三岁了，母亲依然健在。他开始憎恨她,放学不回家,去打棍子球直到天黑。他去偷苹果、薄荷、粉笔,做尽微小的叛逆之举,担心当她以纤细的双手捧他的脸时能识破他的罪过。后来,她的健康断崖式下降,仿佛岁月找她讨债似的,也像心理时钟早已崩垮,肉体拖到现在才醒悟。

沉默半晌后,安娜说:"对了,我一直没问,我们要去哪里?"

"曼哈顿海滩,"他告诉安娜,"在科尼岛附近,不过比科尼岛的海边更干净,很隐秘。我家就在海边——你其实可以带她到后门廊上,完全不用走沙地。"

"听起来好棒。"安娜尽量语气轻盈,重返曼哈顿海滩令她内心挣扎。四天前,双方一言为定后,安娜就一直苦恼着一个沉重难耐的问题:是否应该告诉德克斯特·斯泰尔斯多年前的一面之缘?在最后一刻,安娜决定隐瞒,她的目标是搜集消息而非奉上。在德克斯特登门前,安娜匆忙取下墙上的照片:身穿舞蹈服装的母亲和布里安娜的留影,以及父母的结婚照。还有一幅是《任凭子弹飞》的剧照,布里安娜缩头躲在门口,一个男人的身影落在她身上。

然而,搭乘德克斯特·斯泰尔斯的汽车,回到她多年前认识他的地方,如此狡诈的居心太荒谬了,她无法长久隐瞒。她想告诉他,想把一切都摊开在阳光下。但是其实不然,她害怕告诉他事实。她想要的情境是,自己已经告诉过他事实。

她紧抱着莉迪娅瘦弱的身体,双手搂住妹妹的腹部,感受到妹妹的心脏在胸腔里碰撞着软骨。莉迪娅睁着眼,似乎在看车窗外展望公园里的灰色枯树。安娜感觉到妹妹来精神了,一股期待的心情油然而生:她要带妹妹去看海了!她们即将一同去看海!她未经思考地向德克斯特提出要求,为的只是随便编个借口不让他溜走。如今,他正载着她们出发,母亲和姑姑则在一起逛街,去修瑞福餐厅享口福,再看个早场的时事讽刺音乐剧《明星与袜带》。她感受到无心插柳的前景多么丰富,一定不能破坏这前景。换言之,必须拖到海滩之旅结束,她才可以说出过去那一段。

"你喜欢在海军造船厂上班吗?"德克斯特·斯泰尔斯先生突然

问,"你的工作究竟是什么?"

"我负责测量大船里的小零件。"安娜开始说,每讲一个字,被压抑的事实就急着出头。但他似乎对她的话很感兴趣,又或者只是厌倦了不讲话的气氛。她讲得越多,口气就显得越自然。她说她多么讨厌测量零件,心愿其实是潜水。最后,在他的追问之下,安娜说出昨晚和阿克塞尔上尉交手的过程。

"那个痞子,"他说,听口气是真心在愤怒,"全是一群没用的废物。叫他们跳河算了。"

"那样的话,我就没班可上了。"

"什么鬼工作,不要也罢。来我这里上班好了。"

安娜抱着莉迪娅没有动,妹妹似乎也在聆听。"辞掉造船厂的工作?"

"不行吗?我加薪挖你。"

"我周薪四十二美元,不包括加班费。"

他似乎大开眼界。"呃,我可以比照着给。"

安娜忽然感觉冥冥之中爸爸近在身旁。父亲的影像不能全然地浮现于她的脑海,因为她仍无法唤回他的模样。这比较像驻足在一个她知道父亲曾来过的火车站,猜测他搭哪一班列车。父亲缥缈的身影显出痕迹,搔弄着她的心,空气也活跃起来,这是多年来不曾有过的现象。

"你的员工做的是什么工作?"她问得很谨慎。

"我做的生意很多。其中一个,你见过了,就是夜总会,在纽约和其他城市也开了几家。另外,有些事业……和夜总会有关联,可以说是透过它们流通。"

"了解。"安娜说,其实不然。

"从法律的角度严格来说,我做的事业不是每一种都合法。我的观念是,人不能任凭法律为他们做决定,应该做自己高兴做的事。你也许有不同的看法,当然,并不是人人都能接受这种事。"

"我的接受度很高。"安娜说。她觉得自己成了梦游仙境的爱丽丝,门越钻越小,不知门里是什么世界。

"所以我才给你一个跳槽的机会，"他说，"你不必急着答复，有兴趣的话，我可以为你安排职位。"

在安娜的印象里，斯泰尔斯先生的家是一座城堡，位于悬崖的凸岩上，四周尽是白雪和大海。他停车时，安娜见到的是市区的一角，有几个独栋民房，很豪华，没错，但气势难比她在布鲁克林学院附近见到的豪宅。失望的情绪在她心中停顿了一下。

"我去搬轮椅。"他说。当他从后车厢取出轮椅时，车跟着晃动了一下。

"我们到了，莉迪，"安娜细语着，"我们就快到海边了。"

车门大开，斯泰尔斯先生从安娜怀里抱走莉迪娅。安娜下车。在辽阔的灰色苍穹下，她意识到这条街的尽头是海，像是有人在那里熟睡。她用来固定鬓发的发卡被海风刮走，掉在柏油路面上。她搬着轮椅，跟随斯泰尔斯先生走进家门。莉迪娅仍在他怀里，他扭动前门把手，推开门。

莉迪娅静静地靠在他身上，等姐姐在前厅打开轮椅，为她做好准备。德克斯特越来越习惯她扭曲的脸、不眨眼的凝视。轮椅准备好后，他把莉迪娅放进去，由安娜以束带和腰带固定。椅背有一个U形的架子，能扶着她的头。她手腕畸形，双手扭曲。他有一股强烈的冲动，想把她的手腕扳直。"她怎么会变成这样？"他问。

"出生时发生的。"

"我问的是怎么发生的。"

"空气不够。"

"怎么会呢？空气怎么会不够她吸？"他难以压抑不耐烦的态度。解不开的问题总令他满腔怒火。

"没人知道。"

"总会有人知道吧。一定有。她应该有医生吧。"

"同一个，看好多年了。"她说，做着他刚想做的事：把弯曲的手腕扳正，以便把双手固定在椅子上。她的动作快速而轻盈。

"医生对她有帮助吗？"

"这种病无药可医。"

"眼睁睁看着病情恶化吗？哪门子的医生？"

"我认为，医生能让我们心情舒坦一点。"

"轻轻松松就能赚钱，好羡慕。"他嘟哝着，见安娜陡然一惊。这种说法大概是老生常谈。

"可以带她去外面吗？"她问。

"当然可以，"他压抑情绪说，"门廊就在这里。"

他带安娜进前厅，走向通往门廊的门。窗外的海景是一片平坦暗淡的幻彩，显得很平静。但门一打开，一阵疾风迎面袭来。椅子上的莉迪娅像挨了一巴掌，震了一下。

"太冷了，"安娜惊呼，"我帮她穿的衣服不够暖和。"

"不用紧张，我们家毛毯多的是。"

德克斯特不太确定女佣把毛毯放在哪里。照惯例，女佣米尔达星期日回哈勒姆区陪伴家人，星期一清早才回来为斯泰尔斯家准备早餐。他打开衣柜，在抽屉里翻找毛毯，此时暗暗庆幸家里没人。莉迪娅的状况太凄惨了，家人恐怕看不下去。他不希望子女见到她。

他现在才知道二楼有个寝具柜，从里面翻出几条折叠整齐的毛毯。姐夫乔治去芬兰的拉普兰区狩猎，送给他们一条特大号的兰德瑞斯羊毛毯。德克斯特拿了这条羊毛毯，连同另外四条，直奔楼下。他和安娜用毛毯紧紧裹住莉迪娅。她的帽子单薄得可笑，德克斯特用较小的毛毯包住她的肩膀，用大羊毛毯裹头，连帽子一并包进去。裹头之前，他必须先用双手捧住她的头，使其脱离U形架。小女孩的头有一份人头才有的异样重量，头发柔软得不可思议，底下的头骨却很粗糙，凹凸不平。扶住头的瞬间，德克斯特觉得原有的排斥感立刻消散了，不再生闷气，不再敷衍了事，打定主意要帮助她，让这个小倒霉鬼体验一下海洋风光。他静思这件事的重要性，这项使命的专一性。他感觉如释重负。

莉迪娅被裹得密不透风后，安娜再次把她推上门廊。被海风一吹，莉迪娅的眼睛猛然睁开。安娜弯下腰，让自己的视线降到妹妹的高度，看着妹妹眼中的景物。她只见水和天，看不到海陆交界线——岩石水泥防波堤在下方，距离他们太远了。总之，没有海滩。

"斯泰尔斯先生，"安娜说，"我想推她到沙地上，可以吗？我自己抱她去就好。"

"什么鬼话。从阶梯下去有一条步道，能通向一片我们家专用的海滩。"

两人各抬着轮椅的一边，走下阶梯。步道很宽，铺着密实的小石子，维护得够周到，安娜能轻易推着轮椅前进。妹妹闭着眼睛，也许睡着了。安娜怀疑，费了这么大的功夫，莉迪娅该不会无福享受海滩的乐趣，该不会继续沉浸在她平常的昏睡状态中吧？安娜濒临气馁边缘：但愿妹妹能多做一点事，能多一些变化。

离开步道，再走几步路就能抵达沙滩。德克斯特独力连同轮椅抬起莉迪娅，大口吸着海风。轮椅笨重，再加上莉迪娅的重量，他很乐意测试这身肌肉的能耐。沙子是枯骨的灰白色。轮椅一放下，海沙似乎上升了，包围住轮子的底部。"我来帮你搬。"安娜说。他怀疑她大概无法搬远。离海水还有一段距离。但她竟然搬得动。德克斯特很佩服她的力气。

安娜请他稍等一下。她脱掉高跟鞋，并排放在沙子上。帽子戴了也是白戴，干脆摘下来，用鞋子压住，然后她迅速把头发扎成麻花辫，塞进外套的领子下面。和德克斯特继续抬莉迪娅前行时，她隔着袜子感受到沙子冰凉的滋味。海风逗弄着他们，捶打着他们，仿佛在挑衅他们，不让他们再挺进。

他们再次停下，这次是休息。德克斯特把莉迪娅的羊毛毯裹得更紧一些，只让她露出眼睛迎风。她睁着眼，但神情茫然，宛若空屋的窗户。

终于走到水边了，他们把轮椅放下。安娜喘着气，低头挨着妹妹的头，观看一道长浪出现，掀高到透明透光，然后才向前翻跟斗，崩裂成乳白色的泡沫，在沙地上缓慢移过来，几乎碰触到莉迪娅的椅子。接着，又有一道浪凝聚而上，扩充，伸展，表面形成一条银波，接受薄弱的日光的轻抚。奇特、凶猛、美丽的大海：这是她一直想带莉迪娅来看的风景。大海能触及全球任何地区，是一道波光潋滟的幕布，遮掩着谜团。安娜双臂搂住妹妹。"莉迪，"她隔着毛毯，对着妹妹的耳朵说，"你看得见海吗？你听得见海吗？海就在你面前啊——要把握机会哟。看啊，莉迪，趁现在！"

看海看海海

就在念前啊。莉迪！莉迪！

宁得见海妈？

呼唰 呼唰 呼唰 海[1]

"看那艘船，"斯泰尔斯先生说，指向海面，"好大一艘。"

安娜望去，仍搂着妹妹。她看到常见的拖船和驳船，也见到几艘看似静止的货轮和油轮。更远的海上另有一艘巨无霸轮船——规模大到她起先无法辨识，浅灰色的，正以不可思议的航速通过微风点。安娜确定，前一分钟，轮船不在视线内。"这是什么船啊？"她问。

"运兵船，"他说，"邮轮。我猜是'玛丽皇后号'。他们用精致的木制品将其全遮了起来，然后载满军人，能载一万五千人，一整个师。"

他曾在婚礼后携哈丽雅特搭'玛丽皇后号'横渡大西洋，三天后抵达英国南安普敦，和岳父会合。岳父的姨妈嫁给休伊特贵族，目前在肯特繁殖赛马。德克斯特的任务是赢得她的祝福，最后大功告成。

"它跑得太快，所以没有护航船跟着。"他继续说，只不过在造船厂上班的安娜一定知道。他想趁大船还在的时候解释、谈论一下。"护航船的航速必须比照最慢的一艘船，也就是时速十一海里[2]——如果舰队里有一艘自由轮的话。如果有燃煤轮船，速度会更慢。不过，'玛丽皇后号'能飙到时速三十海里，号称'灰色幽灵'，潜艇抓不到它。"

---

[1] 这里是安娜在模仿莉迪娅的说话方式。后文同。
[2] 1海里合1.852千米。

一阵怪诞的渴望袭上他的心头,仿佛他希望能上船。但不是和士兵同行。是渴望重回战前的日子吗?也不是。也许还是想和士兵同行吧。

吐烟的大船脱离视野后,她问:"你有没有做响应战争的生意?"

"如果娱乐长官、减少配粮的痛苦也算,那么,我们是加倍付出。"他说。

安娜哈哈大笑。"你是个投机商。"她说,显然不含批判的意味。但他不喜欢这个字眼。

"我比较喜欢标榜自己是'鼓舞士气者',"他说,"我能振奋民心,让大战期间的人民高兴。"

"你愿意多贡献一些吗?"

似乎是件稀罕事:一句真心的、出于好奇的提问,别无心机。她站直,两手放在妹妹的肩膀上,翘起眉毛看他。他的目光明亮清澈。

"当然,"他说,"我愿意。"他发觉这是他长久以来的心愿。他急着想做却仍未顺遂的心愿。

安娜觉得双手一震,好像重重关上抽屉时的感觉。她赫然弯腰看着莉迪娅的脸,发现妹妹眼睛圆睁,正看着此起彼落的海浪。"莉迪,"安娜惊呼,"你知道这里是哪里吗?"

看海。看海海海。

"她在讲话,"安娜惊呼,"快听!"

德克斯特沉思着安娜的问题,一时忘了莉迪娅的存在。他视线转回莉迪娅身上,看到她只有蓝眼睛露在羊毛毯外,几缕金发丝随风飘动,她看起来像蒙面美女,谜一样的女人。他凑近听羊毛毯里传来的呢喃声。

"我刚感觉到她醒了,"安娜说,"她刚才吓了一跳,好像被人摇了几下。"

德克斯特望着银色的波涛。海风呼呼地拍打着他的大衣,海鸥在头上鸣叫。"这里好美,"他说,"难怪她会提起精神注意看。所有人一生至少都应该欣赏一次。"

"我有同感。"她说。

我要你看海。看海海海

她勾暖活妈?

鸟叽叽呱呱,你知道什么是鸟吗?记得窗台上的小小鸟吗?记得吗?

叽叽鸟叫。

风转强了。

看得出她在看。

对,她看得见。她刚才还笑出了声。

她港柴晓出声音。小雏鸟。鸟叽叽叽。

亲

噢,莉迪!

亲

亲爱的妹妹你好久没亲过我了。看,我一拉开毛毯,她就亲我。

她亲亲亲。

真的亲了一下。你看见了吗?

是啊。可怜的孩子。

她的嘴唇好柔软啊。

安娜

听,她在讲话。她想讲话。出门走走,对她有好处。

安娜 爸爸 妈妈 莉迪

她在对你讲话。她正在看你。

她哪儿知道我是谁。八成是在猜这个陌生人是谁。

摸生人谁 我是谁 爸爸

"谢谢你带我们来海边,斯泰尔斯先生。"安娜哭喊着,忽然情绪上涌。从来没有人带她们一起来海边。"谢谢你带我们来。我们感激不尽。"她握紧他的双手,踮起脚尖想吻他的脸颊,可惜只吻得到他的腮帮子。

"没什么的。"他喃喃地说,其实心里洋溢着一股异样的感动。残障女孩的转变太大了。最初见到她时,她还躺着,不省人事,仿佛刚从高处坠地,而现在她能独自坐直,头也不再需要用架子支撑。莉迪娅迎向海景,嘴唇嚅动着,羊毛毯从她脸上落下。她宛如神话动物,能念咒召唤风雨和有翅膀的鬼神,狂野的蓝眼定睛凝视万世。

他忘了留意时间。十二点三十分。没有比预期拖更久,但已经来不及去见岳父了。唉,算了。他其实不太在意——庆幸自己不必赶场。他站在姐妹俩旁边,看着海。仔细看的话,每一天的海景都不尽相同。带可怜的妹妹来看海是明智之举。能呼吸海风,对任何人都有益处。

亲安娜

鸟叽叽叽

看海浪　呼唰　呼唰　呼唰

看海海海海

亲安娜

蓝鸟咻

呼吸

哗哗　啦啊

看看看海海海

我不想……她什么时候才能……

爸爸

我是谁　摸生人谁

亲安娜

亲莉迪

爸爸　摸生人谁

她可能怕离开。

呼唰　呼唰　呼唰

不急。想待多久就待多久。

第四章

黑 暗

The Dark

13

星期日下午近傍晚时分,安娜的母亲逛完街回家,打开前门,直扑莉迪娅。从母亲明显慌张的神情可知,她在爬上五楼的过程中已得知公寓前的名车、陌生男子,以及她们长时间的离家。莉迪娅坐在窗前,看着消防梯上的一只鸟。她转头对母亲微笑。

"我的老天啊,"母亲惊呼着,抱住莉迪娅,"你带她去了什么鬼地方啊?"

"是这样的……"安娜说。

母亲见莉迪娅变了,惊喜不已,安娜见状轻松地把谎言一个接一个搬出,像从野餐篮里取出器皿。在德克斯特送她们回家的路上,安娜精心编造着谎言:主管沃斯先生突然开车前来拜访,载她们去逛展望公园,让莉迪娅(当然是裹得紧紧的)坐在户外透透气。随即,安娜灵光一闪,附带说沃斯先生有个妹妹也和莉迪娅一样,所以他才过来关心她,安娜才信任他抱莉迪娅下楼。

"公园很冷吧,"母亲说着,摸摸莉迪娅的额头,"不过,她显得精神很好。"

"说不定她喜欢吹冷风。"

莉迪娅的眼神充满了洞察力——不只是听懂了姐姐的满口胡言,也知道姐姐没胆向斯泰尔斯先生揭露双方已认识的往事。从曼哈顿海滩回来的路上,德克斯特打开收音机听新闻。法国舰队在土伦的自沉事件压不过昨夜波士顿夜总会失火的消息。"椰林"夜总会里的一棵人造棕榈树着火，引发重大火灾。斯泰尔斯先生似乎已经得知消息，但听见细节仍不免心惊：三百人死亡，数百人送医抢救，全是歌手、舞蹈演员和顾客们惊慌推挤无门可出的后果。

"白痴一堆，"他喃喃地说，"伤天害理。天啊，我们自己把民众活活烧死了，何必劳驾德军攻占？"

"是你开的夜总会吗？"安娜在车上问。

他狠狠瞪了她一眼，回答说："我开了那么多家夜总会，从没死过一个人。"

他抱莉迪娅上楼后，似乎急着走，因此安娜没说出父亲的事。安娜并不后悔——实际上她很得意自己没有吐露任何事。尽管如此，莉迪娅仍盯着她。莉迪娅和普通人不一样，不会觉得尴尬，该转开视线的人是安娜自己。安娜本想等妹妹注意力转移，但她等不下去了，自己改看其他地方。当她把视线转回来时，发现莉迪娅依然盯着她。

星期一和星期二，安娜上班期间，西尔维奥抱莉迪娅下楼，由母亲推着她，一路散步到展望公园，然后走回来，全程总共数小时。母亲说，风势很强劲。入夜后，莉迪娅持续念叨着鸟、亲吻、安娜、妈妈。"她一直提起海，"母亲说，"我想不透她指的是什么。"安娜和莉迪娅相视一笑。

星期三，安娜下班回到家，发现母亲和姑姑布里安娜正陪一位客人在前厅喝高杯酒，客人名叫沃尔特·利普，布里安娜介绍说是"老友"。他脸色灰黄，一撇小胡子细如铅笔，令安娜联想起霓尔在夜总会的朋友路易。据了解，沃尔特今天开着他的福特轿车载阿格尼丝、布里安娜、莉迪娅去乔治·华盛顿桥下野餐。莉迪娅坐在自己的轮椅上，被外套团团包住，看着繁忙的船只往来。她欢笑着，絮叨着，吃掉了从摊贩那儿买来的大半颗红薯。阿格尼丝描述着今天的事件，沃尔特凝神听，偶尔点点头，仿佛想证实她的说法。他缺乏布里安娜多数"老友"的欢乐气息，一杯酒都没喝完。

"巴不得他早点走。"布里安娜以旁人听得见的悄悄话说道。沃尔特的脚步声才刚消失在楼梯间。

"我欣赏他,"阿格尼丝说,"他有气定神闲的幽默感。"

"就像在说,有趣得不得了的女孩。"

"那你干吗找他?"安娜问。

相处最愉快的男人开车技术最差劲,姑姑解释说:"战争期间呢,男人买不到新的白壁轮胎,只好补一补旧轮胎。"她信得过沃尔特这男人不会开车载着莉迪娅肇事。

莉迪娅坐在椅子里,宛如一朵盛开的花。第二次去看海果然也让她心情愉悦。四人全都半夜不睡,开着窗户,让十二月的冷风进进出出,欣赏着本尼·古德曼悠扬如丝绸般的单簧管乐曲,看着昏暗、冒烟的市区夜景。莉迪娅渴求刺激,这一点显而易见,但如今的难题在于如何延续下去。布里安娜有其他的老古板和讨厌鬼可以应召前来接送她们。她们讨论着,照这样发展下去,莉迪娅会不会学步学讲话?她说不定能结婚生小孩吧?安娜观察着姑姑,怀疑布里安娜是否真心以为莉迪娅前景无限好,随即怀疑自己为何怀疑。她逐渐想通了:想象和添油加醋的人是她和母亲,布里安娜只不过从旁怂恿几句,好让她们母女尽兴聊。布里安娜成了五朔节的花柱。布里安娜相信开心最重要,而母女俩正聊得开心。

第二天早上,莉迪娅的精神有些不振,安娜和母亲一致认为是因为昨夜让她睡得太晚。不许再熬夜了!同一天晚上,安娜下班回家,发现妹妹的状况更加萎靡,提不起胃口。她不咳嗽、不发抖,也没打喷嚏。她没有发烧。她只是静止不动,态度疏离。

"我好害怕,"母亲说,"她不太对劲。"

"你明天再带她出去好了。"

"恐怕是因为带她出去伤害到她了。"

"妈妈,她没病。"嘴上这么说,但安娜的心里泛起一丝恐慌。

隔天,莉迪娅很难被叫醒。安娜在造船厂上班,焦虑到不想在午餐时间出去;即使是和态度带刺的同事共处,也总比在十二月的长影下独自用餐来得好。下班后她快步回家,一路上焦急地默念着祷告词,盼望母亲能以笑脸迎接她。然而,在她上到最后一个转弯处时,门砰的一声打开了,母亲冲进过道。"她恶化了,"母亲握着栏杆向下以气声说,"我不知道该怎么办才好!"

安娜心头一紧,但她尽力以镇定的口吻在公寓里对母亲说:"得打电话找迪尔伍德医生。"

"布鲁克林区不在他出诊的范围内啊。"母亲尖叫。

安娜颤抖着,走进姐妹共享的卧室。母亲在门口短暂踌躇了一阵,旋即离开。安娜听见她在啜泣。安娜在莉迪娅身旁躺下。从小到大,安娜如此躺在妹妹身边不知多少个夜晚。"莉迪,"她低语着,"你醒醒啊。"

莉迪娅眼睛半睁,目光懒散,整个人似乎静得很不自然,仿佛呼吸与心跳变慢了。

"莉迪,"安娜沉声催促着,"妈妈需要你,我也需要你。"

字字附带着她内心的恐惧:无论莉迪娅出了什么差错,全怪她一人。她怕得差点呕吐。然而,莉迪娅还活着。她仍有呼吸,心脏仍在跳动。安娜在妹妹旁边缩成一团,关注着在妹妹体内活动的生命,仿佛这样做能留住一条命——吸收莉迪娅,或被莉迪娅吸收。她的思绪飘浮在往事中:外祖父母在明尼苏达州开农场,有两年夏天,她和母亲曾带莉迪娅下乡探亲,留父亲看家。一群聒噪的表兄弟躲着莉迪娅,把她当成稀奇的怪物。表兄弟们在树林里追逐玩耍,学印第安人哇哇鬼叫,安娜有莉迪娅拖累,觉得自己像搁浅在孤岛上。表兄弟们似乎永远是集体行动。大人对他们讲话时,把他们当成一个人,挨骂时也集体挨骂,有奖赏也集体领——打架争着领赏。他们集体朝莉迪娅推挤而来,研究她的头发和安娜在她洋装上缝的蕾丝领子。"她能做什么事啊?"他们问。

"她什么事也不能做。"安娜说,语带憎恨妹妹的意味。

但随后几个星期,一个现象逐渐成形:表兄弟们仿佛首度脱队独行,悄悄过来陪莉迪娅坐坐。他们求安娜多给一些时间,安娜渐渐觉得自己的地位提高了,开始为表兄弟们排班。他们自称莉迪娅对他们吐露了一些事:她喜欢吃派,害怕蜘蛛,最爱的动物是兔子。不对,是山羊。鸡。马。猪。她从来没见过猪啊，呆瓜！

年龄最小的弗雷迪握着莉迪娅的手十五分钟后说："她想家。"

"她想念谁？"安娜问，等着表弟说她爸爸。尽管表弟住的地方离最近的湖有八十公里远，他仍说："她想念海。"安娜这才意识到妹妹从未见过海。

那天夜里，安娜的母亲放好洗澡水，让安娜帮妹妹洗头。她们希望温水可以让莉迪娅感觉舒畅，刺激她恢复意识，未料效果适得其反：莉迪娅浮在浴缸里，眼睛闭着，嘴角有淡得不能再淡的微笑。安娜有一种异样的感觉，眼前这副扭曲的躯壳里已经没有妹妹的存在，即使有也残缺不全。莉迪娅原本一直半身活在神秘世界里，如今，仿佛神秘世界的拉力太强，难以抗拒，莉迪娅正慢慢遁入那个世界。

隔天早晨，安娜睡过了头，一路冲到造船厂，赶在八点前报到。莉迪娅在床上无异于木偶的影像一整天都在侵扰安娜。她测量零件时凝神沉浸其中，进入恍惚状态，近似在祈祷。恐惧与希望交缠在她心中，形成一朵雨云，包围着她的心。拜托，让今天出现转机吧。拜托，让她今天好转吧。

回到家，她发现公寓门内挂着一件没见过的外套和一顶帽子，一支手杖斜倚在墙边。安娜放下钱包，脱掉鞋子，穿着袜子静静地走进卧室。迪尔伍德医师坐在床边的厨房椅上，母亲坐在安娜的床上。莉迪娅躺在自己的床铺上，身体直得不甚自然。在她紧闭的眼睛周围，多了一种前所未有的空虚。她盖着被子，胸部起伏着，宛如一个慢吞吞的钟摆。

迪尔伍德站起来，和安娜握手。走出豪华诊所的他看起来和任何一个出诊医生没什么两样。他提来一个僵硬的黑色手提包，一直没打开，言行也没有特别像大夫，他却能带来一份秩序感与安全感。安娜刹那间恢复了对他的信心。只要有医生在，一切都不可能出状况。

她跪在两张床之间的狭窄空地上，将头靠在莉迪娅的头旁边，闻到了昨夜洗发水的花香。

"早知道我就不应该带她出去，"母亲说，"吹太多风了。"

"说什么傻话。"迪尔伍德医师说。

"害她的情况恶化了。"

"您千万不要自责,克里根夫人,"他以沉静的、具有权威的语调说,"自责不仅不对,更可能造成伤害。在莉迪娅圆满的一生当中,您再度给予她一个愉快的经验。"

"你怎么知道?"母亲追问,"你从哪里看得出来?"

"看看她。"医师说,母女一同转头看。安娜抬头看着妹妹晶莹剔透的肌肤、纤细的脸骨、浓密卷曲的秀发。她的眼球似乎在修长的睫毛下迅速转动,仿佛能看穿眼睑,正在静观大家。

安娜的母亲崩溃了。她弯下腰,发出野兽般的嚎叫声,安娜从未听她发出过这种声音,听了让人害怕,唯恐母亲不是濒临发疯,就是想跳窗自尽。恐慌在安娜心中奔腾——全怪她不好!然而,她并没有做错事,医师说了,而且医师在场,所以她敢确定。

迪尔伍德医师握住母亲的双手。他的大手宽厚粗糙如劳工。安娜看着他的手看得出神——怎么从来没注意到他的手如此之大?

"请您务必相信我,克里根夫人,"他说,"您已经竭尽全力了。"

"尽全力还不够。"母亲哭着说。

"已经足够了。"

他的话在空气中飘荡,宛如回音。医师告辞,省略了出诊结束时喝咖啡的惯例,带走外套、帽子、手杖,安娜看着他杂乱的银白眉毛。他分别和母女俩握手,三人都领会到,以后不可能再见面了。他的脚步声消失在楼梯间。安娜和母亲回到卧室,看着莉迪娅,医生的话犹在耳际:已经足够了。

母亲表情茫然。"他连手提包都没打开。"她说。

圣诞前的星期日天气冷冽,克里根家在办丧事。在教堂里,安娜坐前排,好友斯黛拉·约维诺和莉莲·菲尼坐在她左右,母亲坐在布里安娜姑姑和珀尔·格拉茨基中间。自从两年前格拉茨基先生过世后,珀尔变得比较像朋友而非上司。祭坛上插着珀尔致赠的一盆白色的百合花，香味弥漫在教堂里，麦克布赖德神父把莉迪娅比喻为羔羊、天使等善良纯洁的事物。

妹妹死后，安娜变得身心麻木。这是好事，因为这能让她完成许多丧事期间的例行任务：向造船厂请几天假，安排葬礼和入土仪式以及随后的午餐，购置坟地，买棺材。莉迪娅该葬在哪里？这个问题让母女俩一时忧愁得无法动弹。娘家人全部葬在明尼苏达州，她们不忍心把莉迪娅埋葬在陌生人之间。最后不得已，她们选择新加略山墓园，坟地由珀尔赠予。格拉茨基先生去世时，珀尔在丈夫的墓旁另买了一块坟地给自己用，两旁的面积够大，足够安娜和阿格尼丝用。珀尔主动安排，非常上心。"他们可以互相照应啊。"珀尔哭着说，如释重负的口气里含有贪图的意味，想必她自信能因此延长自己在世的时日。

即将离开教堂送葬时，安娜赫然发现，仪式进行期间，教堂里的长椅上多了许多人。这些人是哪里来的？她本以为前来致哀的人顶多五六个，不外乎穆贾隆尼家、约维诺家、菲尼家，但教堂里却额外多了数十人，眼熟却不容易喊出名字。住在对面楼房里的几名老妪也出席了，她们平日倚在浴巾上，从窗口向下监视邻居的动态。另外还来了几位邻居，安娜只对他们喊过早安。西尔维奥·穆贾隆尼在母亲怀里啜泣。药局老板怀特先生顾不上面子了，以手帕掩面痛哭。几十位女人戴着教堂帽，不断掀面纱拭泪。邻居的男孩全被征募走了，当然无法出席。许多男孩的家长不是为了响应战争去了外地，就是因为星期日轮班而无法前来。与如此众多的女人一起站在灰色的天空下，安娜逐渐体会到集体的哀恸：在数不清的变局当中，莉迪娅是最后的一个静止点。

姑姑布里安娜负责主持丧礼午餐会。她安排邻居带菜肴过来，自己则带来大量啤酒和威士忌，请客人尽情饮用。客人在公寓里挤不下，只好站到过道里，甚至被挤到楼梯间，用布里安娜从酒吧偷来的鸡尾酒纸巾端着家常菜。纸巾来自羊头湾一家名为"情迷牧人"的酒吧，上面的卡通图案是一个牧羊人，眼睛呈心形，他手持曲柄手杖，另一手端着调酒器，身边有一群羊。

安娜和莉莲、斯黛拉爬上消防梯，三人都穿着大衣戴了帽子，瑟缩在冷冰冰的铁梯之中。和老友相依偎的滋味多美好。回忆儿时，她们曾一起躲进碗橱。晚上太热时，家人到屋顶纳凉，她们也曾共睡一张床垫。她们互相编辫子，用托妮家用卷发器卷头发，拿约维诺先生的刮胡刀互相刮腋毛。莉莲的圆脸蛋上有雀斑，看起来像十四岁，是个速记员，随姨妈住在曼哈顿。美女斯黛拉刚订婚，不断伸出修长的手指欣赏泪珠形的小钻戒。她的未婚夫在离家前往新兵训练营之前，向她单膝下跪，为她套上了这枚戒指。

"我欠谢默斯一封信。"安娜告诉莉莲。

"我哥认为，如果他能以英雄的身份回来，你一定会嫁给他。"莉莲说。

"我会的，"安娜说，"如果是英雄，一切好说。"

谢默斯从军后，菲尼夫人曾号召邻居写信给他。如今，安娜常和这个她几乎不认识的邻居男孩通信。

"我妈叫我们在信里不要提斯黛拉订婚的事，"莉莲说，她们在一起时，常模仿电影对白的腔调，莉莲这时用的正是这种调调，"给男孩们活下去的希望。"

"千万不能剥夺士兵的美梦。"安娜以同样的电影腔说，但不太提得起兴致。

"老实说啊，姐妹们，越听你们讲，我的头就越大，大得快像大气球喽。"斯黛拉拉长语气说，但气氛越来越冷，大家聊不下去了，低头看着街景。

"你爸爸有没有消息？"莉莲问。

安娜摇摇头。

"他还不知道莉迪娅的事，挺惨的。"斯黛拉喃喃地说。

"我猜他八成死了。"安娜说。

两人转向她，一头雾水。"你听到风声了吗？"莉莲问。

安娜思索着该如何答话。自从她去海军造船厂上班后，三位好友聚少离多——大战让所有人都忙不过来。安娜想告诉她们德克斯特·斯泰尔斯的事，想说明自己为何改变想法，却觉得难以解释。有太多事情必须从头讲起。

"不然他为什么不回家？"她终于反问，"他怎么能……全部忘记？"

斯黛拉牵起她的手。安娜觉得好友的手指十分温暖，订婚戒指如一小块冰晶。

"你的意思是，对你来说，他算是死了。"斯黛拉说。

夜深人静，安娜被母亲摇醒。"我们又不认识格拉茨基先生啊！"她用气声对着安娜的耳朵说，"如果他是坏人，那怎么办？"

"他是好人。"安娜睡眼惺忪地说。

"你听信的是珀尔的说法啊。我们又没有见过他。他从来不下床啊！"

"我见过他一次。"安娜说。

母亲吓得目瞪口呆。"你见过格拉茨基先生？"

"他给我看了他的伤口。"安娜说。

翌日清晨，星期一，安娜在节约能源的黑暗中强迫自己下床。厨房料理台上散放着牧羊人纸巾。布里安娜昨晚借住在这里，安娜听得见母亲卧室里传出的喧嚣的鼾声。

刚搭上电车时，她觉得自己手脚不稳，感觉不适，幸好当她来到桑兹街侧门外混进人群后，觉得体力恢复了不少。初升的冬阳从法拉盛街射进她的眼睛，阵阵咸风也赋予了她活力。莉迪娅从未来过海军造船厂。除了主管沃斯先生和同事萝丝，这里无人知道她的存在。

当天晚上，她下班回到家时，发现钥匙插不进锁孔。母亲开门让她进来，给了她一把新钥匙，上面仍沾有金属屑。"就算你父亲正好回家，"她说，"这个家也不再欢迎他进门。"

安娜不敢相信自己的耳朵。"你一直在等他啊？"

"不等了。"

接下来两天，母亲清走了壁橱和柜子里父亲的所有衣物，包括安娜协助裁缝修改的高级西装，以及上等皮鞋、外套、彩色领带、丝质手帕，全被胡乱折叠进麦片和博斯科巧克力风味糖浆的箱子里。在母亲合上箱盖绑紧之前，安娜从箱中取出一件西装外套。这种西装已经不合潮流了，肩膀不够方正，也不是现在流行的军装款式。西尔维奥把箱子搬去教堂，托神父转赠给穷人。

表面上，安娜的日子几乎没变。她如常摸黑上班（母亲仍在睡觉），踏着暮色返家。圣诞节来了，又走了，年份转到一九四三年。晚上，母女俩用缝纫打发时间：一件是绣花翻领的居家袍，送给斯黛拉庆祝她的婚礼；另外几件是送给安娜比较年长的几位表哥的，作为他们的孩子的受洗礼服。几个乡下表兄弟原本浑身泥巴，如今全上了战场，他们中有些人的妻子已经怀孕了。母女俩收听着《反击间谍》《午夜曼哈顿》《萨维奇博士》。邻居送餐过来，她们加热之后当晚餐。母女俩的日常生活构成一道脆弱的应急桥，横跨深渊。安娜的母亲白天住在深渊里，散发出一种死气沉沉的气息，患有一种安娜唯恐自己也被传染到的麻木症。救她脱离深渊的是上班，她以噤声自闭的态度测量零件。大家全知道她家刚办过丧事，已婚同事对待她的态度也有所好转。但是，安娜以前扮演的调皮小妹妹角色已杳然无踪。

奇怪的是，少了莉迪娅，家里反而感觉更小了。安娜和母亲在家同时去冰箱、窗前和料理台时，经常撞个正着。有些晚上，她下班回家时发现母亲仍在睡觉，毫无迹象显示母亲除了进过道上洗手间外做过任何事。有一次，母亲不在家，安娜找遍整个家，不断深呼吸，发现家里只有她自己时如释重负，然后又因为如释重负而感到内疚。原来，母亲去了怀特药局打公用电话给老家的姐妹们。现在她经常打电话回明尼苏达州，用咖啡罐收集来的硬币喂养贪得无厌的接线员。

有一天晚上，安娜注意到有几件母亲的旧舞蹈服被摊开放在床上：一条黄羽毛短裙、一件绿翅膀紧身马甲，还有一件以亮片装饰的红色马甲。隔天晚上，床上的衣服全不见了。"珀尔想帮我卖掉。"母亲说。她们正在吃穆贾隆尼夫人做的意大利肉馅卷，收听《随和夫妻》。"现在富利丝歌舞团已经解散了,据说那些舞蹈服变得价值不菲,有人考虑把它们放进博物馆。"母亲不敢置信地哈哈一笑。

"你有没有再穿穿看?"

"太胖了。"

"你再跳舞的话,一定会变瘦。"

"都四十一岁了,别人一眼就看得出我早过气了。"

面对母亲的苦恼,安娜自觉应该感受到一团贴心和怜悯的云雾缭绕眼前,只可惜她抓不到。她反而退缩不前。母亲心灵脆弱,但安娜不然。每天早上,她赶着上班,通过桑兹街侧门时,一股事不干己的气氛笼罩在她周围,她对此欢迎之至。她试图忘却家中的一切。

一月,在她重返工作岗位三个星期后,沃斯先生把她叫进办公室,问她是否仍有兴趣学潜水。"呃,我有兴趣,"她慢慢地说,"当然。"

阿克塞尔上尉想要找更多志愿参加的潜水员,因为有太多人在受训过程中半途而废。"他记得你,"沃斯先生说,"你一定给他留下了深刻的印象。"

"我记得他。"安娜说。

几天后,有一天她下班上楼回家,隔着门就闻到了家里的饭菜香,这是十二月初到现在仅有的一次。她打开门,下意识地望向前窗,也就是莉迪娅原本的位置。空椅子已被折叠起来靠在墙边。安娜的胃紧缩,仿佛被人踹了一脚。

"哈啰,妈妈。"她呼唤着,却带着哭腔。母亲搂她进怀,半晌没放手。

母亲煮好了一份大餐:牛排加马铃薯泥,搭配胡萝卜、四季豆和葡萄柚汁。"吃了那么久邻居给我们煮的菜,咱家的配粮券多到淹脚踝,"她说,"所以今天下午,我送了几张给菲尼家和约维诺家。"

"怎么了,妈妈?"

"我们先用餐吧。"

在温馨的厨房里进食令安娜昏昏欲睡。母女俩吃完樱桃罐头加香草冰激凌后,母亲才放下勺子,说:"我觉得我们该回老家了。"

"老家?"

"明尼苏达州。和我父母、姐妹一起生活一段日子。当然还有你的表兄弟。"

"回乡下的农场?"

"安娜,你的负担一直很重,我非常感激你。但现在,你总算有机会放下重担了。让老家的人照顾我们一段时间吧。农场工作很忙,希望他们拨得出空。"她压低声音补上最后一句。

"你讨厌农场啊!"

"那是好久以前的事了。何况,你从小就喜欢农场。"

"只住几天当然可以啊,可是——我不能走,妈妈,"她说,饭后的瞌睡虫被她赶走了,"长官准许我潜水了。"

"长官准许什么?"

安娜从未向母亲提起潜水一事,以免因母亲的冷淡态度扫兴。"我不能离开。"她再次说道。

母亲一见到障碍——即使是一个不明的横阻——立刻满脸惊愕。"我跟家乡所有人都商量过了,"她以高亢而单薄的嗓音说,"大家都很乐意接我们过去住。"

"你自己去吧。我想待在这里。"

母亲跳了起来,椅子被顶向后方。"不可能。"她说。安娜霎时明了,牛排大餐加樱桃点心是因为母亲担心她反对。或许,连久久不放的拥抱也别有居心。

在安娜认识的人当中,有谁是独居的单身女子呢?老小姐不算,例如二楼的德威特小姐,那个人被邻居家小孩认定是巫婆。她想不出其他人,因为未婚女孩不会独居——除非是那种女孩,而安娜不是。邻居会做何感想?下班回家,有谁迎接她?谁来为她准备早晚餐?坏人从消防梯爬进来怎么办?她生病或受伤怎么办?安娜告诉母亲,她可以住女子青年旅社,学母亲初抵纽约时的权宜之计。行是行,但时代不同了,如今德军可能发动闪电攻势,安娜能往哪里逃呢?假设敌军从海上入侵,怎么办?去年十一月,港口不是才关闭过,引起一阵恐慌吗?去年夏天，德军不是才在阿默甘西特海滩上岸吗？更何况，女子青年旅社里的秘密远超你的想象。

由于母亲迫切想走，安娜打定主意想留，两人都清楚这场辩论会如何收场。安娜从一开始就知道结果，因此能平心静气地安抚母亲，让她明白自己各方面都无须她担心：三楼有菲尼家，约维诺家和穆贾隆尼也住附近，珀尔·格拉茨基家靠近区政厅，莉莲·菲尼住曼哈顿；她可以留言给住在羊头湾公园的姑姑；主管沃斯先生对她有求必应；潜水的工时很长，回家倒头就睡。此外，布鲁克林满街都是丈夫在海外的女孩，安娜独居，和她们又有什么差别呢？

因此，莉迪娅下葬五个星期后，一月底的某个星期日下午，安娜帮母亲把两个行李箱送上了出租车。母亲将搭乘百老汇列车并在车上过夜，然后到芝加哥转乘四〇〇号列车（感谢龙虾王破费）至明尼阿波利斯市，于隔天晚上抵达终点站。

宾州车站满是提着同样行军袋的士兵，烟雾绕梁，人声鼎沸，令安娜暗中感激。在大厅里，安娜坐在母亲旁边，看着鸽子在蜂窝纹路的天花板下振翅。安娜觉得，母女之间应该讲些话，但她想得出来的东西似乎不用多费唇舌。母女俩徘徊着，等候着，然后不得不匆忙赶至冷飕飕的中央大厅，下了楼就是月台。前方，两名军人提着行李箱。安娜跟随他们下楼，越发期待起来，宛如她也即将搭乘火车。难道她也想去明尼苏达州？不想。她是巴望母亲快走。

母亲也渴望和女儿进行有意义的交流，所以昨晚才提早向布里安娜和珀尔道别，让安娜独自到车站为她送行。"一想到留你孤独一个，我就受不了。"她在月台上手足无措。

"我不会的。"安娜说。安娜的个性如此独立，难以想象她会孤独。

"我会每天写信给你。明天一到芝加哥，我就寄第一封信。"

"知道了，妈妈。"

"电话想打就打，我给你留了一整罐的铜板。电话在你外祖父家里，我不在那里的时候，他们会按铃通知我。"

"我记得。"

这些话怎么说都不对劲,但阿格尼丝似乎停不下来。"穆贾隆尼夫人非常乐意为你做饭。我已经付了这星期的菜钱。你明天下班回家的路上顺便过去拿晚餐。"

"好啦,妈妈。"

"记得早上把盘子还给人家。"

"知道。"

"你的配粮券一定要给她。"

"当然。"

"你会去看莉迪娅吧?"

"每个星期日都去。"

火车鸣汽笛了。阿格尼丝觉得女儿急着送她走,反而更让她想和女儿黏在一起,仿佛紧抱住安娜能唤醒女儿需要被拥抱的本能。阿格尼丝死命搂住她,想用蛮力撬开安娜深藏心底的蚌壳。瞬间错觉乍现,她误以为肩膀肌肉发达的女儿是丈夫。阿格尼丝一生中拥别过无数次:丈夫、女儿,以及她最疼爱的弱不禁风的小女儿。她踏上二等舱卧铺车厢,从窗口向安娜挥别。火车启动,激起大批挥动的手臂。阿格尼丝发现,此处正是她十七岁时抵达纽约的车站,甚至可能连月台都是同一个。当年的她来纽约奔前程。如今,在挥别的空当,她心想,故事到此结束。

火车绕过弯道,月台上的手不约而同地放下,仿佛牵动众手的一条绳子被斩断了。大家迅速离开月台,好让下一拨乘客进去等车,方便他们的亲朋好友送行。安娜留在原地,看着空荡荡的铁轨。最后,她上楼回中央大厅,侧身让士兵与家人冲下月台。一种新奇的意识逐渐盘踞心中:她没必要赶去任何地方。短短几分钟前,下楼时,她像每一个急来急往的人,而现在,她却没有匆忙的理由,甚至连走路都是多余的。回到第七大道上,这份奇特的感受更加强烈。她站在暮色中纳闷,不知该左转还是右转。上城区还是下城区?她的钱包里有钱,想去哪里都不成问题。她原本多么渴望自由自在,无须挂念母亲!终于,自由的时刻来临了,她却有一种松懈之感,宛如火车转弯消失之际挥别的手同时落下的感觉。

她抬脚往北走,踏向四十二街,决心去新阿姆斯特丹戏院看一场电影。她抵达时,电影《辣手摧花》才开演十分钟。她可以坐在同一厅,或许同一张椅子上,宛如小时候看母亲表演。但安娜无心坐下来看恐怖片。她想效法四十二街上的所有人,随心所欲地做自己想做的事:几群欢笑着的士兵、几个头发上有发卡喷胶的女孩、几对老夫妻、身穿皮草的女士,全在昏黄的天色中疾行。安娜看着他们,探索着他们的内心。他们怎么知道该往哪里去?

她决定回家。她走向第六大道上的地铁站,路上经过跳蚤马戏团、中式炒面店、解释巨星鲁道夫·瓦伦蒂诺病逝原因的广告牌。渐渐地,她留意到还有孤单的身影在门口和遮雨棚下踯躅,看似不知何去何从。透过第六大道转角处格兰特餐厅的玻璃幕墙,她看见有军人和海员在独自用餐,甚至也见到一两个女孩。安娜从窗外看向窗里,背后有卖报人正咆哮着晚报头条新闻,"的黎波里攻下了!""俄军挺进罗斯托夫!""纳粹说德意志帝国不保!"对安娜而言,这些标题听起来倒像是在为眼前独自用餐的画面做解说。一场大战打散了许多人。在餐厅独自用餐的全是被大战打散的人。如今她也是。她意识到,被打进昏暗的纽约市区并彻底消失是件多么容易的事啊。这种可能性震撼了她的身体,如暗潮般隐隐抽打着她的腿,令她畏惧。她急忙走向地铁站入口。

然而,当她走到地铁站时,对自身处境感到好奇的安娜在楼梯口裹足不前。她朝第五大道继续走,微弱的路灯在昏暗如洞窟的街上发光。耸立的市立图书馆宛如停尸间。图书馆原址是水库,父亲小时候见过改建的过程。紧随这件往事而至的是父亲的嗓音,嚅嚅细语,来得随性,好像一直没离开过:马路上到处是高帽子……马儿被宠坏了,喂它们胡萝卜都不肯吃……广场大饭店原本是一个独栋豪宅,你能想象吗?父亲的嗓音即兴而贴心,疲惫且不带感情,因抽烟而沙哑。即使她不听,他的嗓音仍充斥车中。

失散多年后，父亲的影子重新回到安娜的身旁。她看不见父亲，但她能感受到自己被父亲抱起时，腋下被他的指关节弄疼的滋味。她听到了父亲长裤口袋里硬币叮叮作响的声音。无论到哪里，就算是去她不想去的地方，他的大手总是她的小手的归宿。安娜停下脚步，震撼于自己的这些想法。她不加思考，举起双手轻抚脸颊，期待能闻到父亲那温暖的烟臭味。

14

德克斯特的父亲开餐厅时被Q先生的走狗强行索要保护费，德克斯特却因此对他们产生了兴趣，若从那时算起，德克斯特与Q先生的往来可以说长达将近三十年。在如此漫长的光阴里，怪事之一是，德克斯特鲜少当面见Q先生。除非遇到难题，否则一年至多见四次。然而，Q先生却无所不在，他是德克斯特所有生意的沉默伙伴兼头号投资人。双方的资金流动持续不断且动向巧妙，有些以合法的支票支付，有些是神不知鬼不觉来去的包裹，而德克斯特最终的任务是保护主子庞大的非法盈利，不许需索无度的国税局觊觎。没有人吓得倒Q先生，但税务与稽查机关的力量则另当别论。连强势的黑帮大哥阿尔·卡彭[1]也对国税局甘拜下风。没有一个黑帮集团能击倒国税局。

在不知情者的眼中，Q先生仍是十九世纪农业经济体系的一分子。十九世纪中，年轻的他搭乘快帆船移民美国，发现布鲁克林遍地是农场。他以班森贺为家，生产葡萄酒、果酱、牛奶、奶酪，在半公里外一个不起眼的店面销售，由四个儿子经营。

现在，德克斯特按照每星期一的惯例驾车前来，停靠店前。唯有星期一，他才和全世界一样早起。他胸前口袋里有一本支票簿，其他口袋里分别装着几袋包裹整齐的钞票。他推开店门时铃铛叮叮作响，坐在

---

[1] 别名"疤面"，是美国恶名昭彰的黑帮老大。

柜台里面的是Q先生的长子弗朗基,外表接近六旬(没人确切知道他多大)。弗朗基的三个弟弟分别叫朱利奥、约翰尼、乔伊。弗朗基头发稀疏,抹了美发油,面无表情。四兄弟身上全是丁香或胡椒味,总之是干货的气息,但也可能是这家店本身的气味。德克斯特几乎不曾在店外见到他们。

"早安,弗朗基。"

"你早。"

"周末愉快吗?"

"是啊。"

"昨天好冷,对不对?"

"咦,是啊,你不讲,我还没注意到。"

"夫人好吗?"

"好得很。"

"孙子呢?"

"噢,很好,他们很健康。"

"越来越大了吧,我猜。"

"没错。"

每逢星期一上午德克斯特来店内,无论是和Q先生的哪个儿子交谈,对话内容总不外乎气温、季节、家人(最小的乔伊尚未当上祖父)。四个儿子全是Q先生完美的代理人,令人很难不把他们视为工蜂,认为他们的一举一动都受到父亲遥控。然而,德克斯特偶尔自认能从他们空洞的神态中看出层层往事、知识和高见。

他开了一张一万八千美元的支票给Q先生,这是他上星期的合法进账。他挥手扇干笔墨,对弗朗基说:"打仗对夜总会有好处,这是事实。"

"老爸知道后会很高兴。"

"汽油短缺,郊区夜总会的生意不太兴隆,幸好市区的夜总会收入绰绰有余。"

"厉害。"

"对了,今天我想见你爸,如果他下午有空的话。"

"你知道该去哪里找他。"

"我下午三点过去吧。"

约定得如此随便,严格说来几乎不算是约定,但即使是在公司里,即使是由精通速记的秘书学校毕业生在主管日程本上打的文字,也不见得比这更可靠。

德克斯特道再见前,塞给弗朗基三个饱满的现金袋:上周未列入账册的盈利。最厚的一个信封外面用铅笔注明了"一号",每次都是赌博的营收。

正要转身走,德克斯特说:"对了,你最近有没有看见巴杰?"

"他嘛,最近常来这里。"弗朗基说。

"刚来纽约,混得还可以吧?"

"够好了,我敢说。"弗朗基说着嘿嘿一笑,意思只可能是巴杰正帮老大赚钱。钱从哪里来?去赛马场当扒手吗?他似乎连扒窃也不会。去年十月,臭小子巴杰被德克斯特赶下车后,始终没再出现,令德克斯特颇感意外。德克斯特耳闻的风声是,巴杰投奔了Q先生的小将之一奥尔多·洛玛。洛玛以老派的手法敲诈勒索,德克斯特表面上与他和和气气的,暗地里却谨防与他交手。

德克斯特回到凯迪拉克车上,前往希尔斯家,在路上就开始为下午拜访Q先生做准备。多数主子泡在社交俱乐部消磨光阴,或和手下大将聊闲事,Q先生则不然。就德克斯特记忆所及,很早就有谣传,说Q先生玩不下去了,已沦为老疯癫一个,终日与小黄瓜种子为伍,穿卧室拖鞋驾马车,车上载着玻璃罐装的西红柿酱。然而,Q先生的权势神掌能运筹天下,近自班森贺,远至奥尔巴尼、尼亚加拉瀑布、堪萨斯城、新奥尔良、迈阿密,不靠神力如何在如此广泛的地盘上协调运作?这么大的地盘能自我运作吗?Q先生少说也将近九十岁了吧,怎么可能有空监管?难道他背后另有指使者?Q先生难道隐然成为某个幕后主宰者的代理?Q先生的钱都花哪儿去了?据说他买下了南美一小国,是真的吗?

每隔几年,德克斯特便能领悟一件令自己赞叹的大事,所以他才受

Q先生器重。而这次，顿悟发生在感恩节过后，就是他带残障女孩看海的那天。随后几个星期，他越想越有道理：这是行善所带来的意想不到的收获。

希尔斯从小到大都住在戴克高地，目前在家照顾病弱的老母亲，家里有各式各样的纪念品和人工水晶，蕾丝窗帘上布满蜘蛛网，令人难以分辨究竟何为蕾丝，何为蜘蛛丝。听人说，希尔斯决心终身不婚。应门时，他穿着有丝绒翻领的缅甸晨衣，最后一绺黄白发被用美发油涂成金银细丝，覆盖在雪亮如瓷器的头皮上。香烟被套在象牙长烟嘴上。"抱歉，老大，"他说，"老母亲今早要求很多，我甚至没空换衣服。"

"这件是苏卡牌吗？"德克斯特问，指他的睡裤。睡袍遮不住睡裤上的绿松石色绲边。希尔斯的品位不俗，这是德克斯特重用他的众多原因之一。他有几件骆马毛大衣。

"定做的，"希尔斯说，"我觉得苏卡有点太粗糙。"

"你是一朵娇柔的花儿。"德克斯特故作正经地说。

"来杯咖啡吧，老大？"

希尔斯去煮咖啡时，德克斯特在大客厅坐下。直立式钢琴上摊着肖邦乐谱。德克斯特一向以为钢琴是希尔斯的母亲在弹，但她最近已卧病在床数星期。见希尔斯端咖啡回来，德克斯特说："希尔斯，你该不会弹肖邦吧？"

"只在神经绷太紧的时候弹。"

希尔斯主管的业务只有"松林"一家，但近两三年来，他已跃居德克斯特的左右手，德克斯特手下位于纽约的夜总会全由希尔斯掌管。每天上午过半，他和德克斯特都会补眠几小时，然后两人便会一起讨论一长串的问题——令人头痛的问题。今天，最先讨论的议题是昨夜"地狱钟"遭警方临检一事。三位发牌员和一位赌台庄家被关进俗称"坟墓"的拘留所，希尔斯将会去保他们出来。

"同一个副队长？"德克斯特问。

"同一个。"

"和他讲过话吗？"

"试过,不过他自称不通我们的语言。"

"是拒不合作还是耍花招?"

"花招吧,我敢说,因为他没要求什么。他也提到'扫荡''道德沦丧''人间渣滓'。"

德克斯特翻了个白眼。"爱尔兰佬?"

"姓费伦。"希尔斯奸笑着。他本姓希利。

"交给我处理。"德克斯特说。

和执法人员搞好关系的道理不言自明,也是德克斯特最大的营运开销,下至喜欢定期收一瓶酒、偶尔拿个红包的基层警察,上至辖区分局局长及更高阶的警官,每一层级都需要妥善打点。在这种互动下,警政高官才能与工会领导人、州政府政客相互往来,德克斯特的事业和家庭才有机会产生交集。毫无疑问,岳父具有高官背景,更与总统关系密切,为暗中交付保护费的德克斯特外加了一层保护膜。就他从事的行业而言,无人能比他更接近"所向无敌"的境界。反过来说,世上总免不了一两个满腔理想的年轻警官,急着想打响自己的名号。只要用对甜言蜜语,这种人就容易打发。至于洁身自爱如费伦这一类型的警官,会被长官调到其他辖区去。

下一个问题:休·麦基的太太。她带警察来过"松林"两次,高声要求调查丈夫为何失踪。

"天天都有人远走高飞,"德克斯特说,"就算他们不恐吓前雇主也一样。"

"她说她先生绝对不可能离家出走,说他是个尽心尽力的好丈夫,是爱护子女的好父亲。"泪水攻势。

"她有什么要求?"

"和他以前要求的一样吧,我猜。"

"这还不容易。用钞票堵住她的嘴。"

接下来另有几个问题。一位领班涉嫌少报获利数字,一位主管可能染上毒瘾。在断崖区的"轮盘",有两位赌桌女侍应大打出手。"尖叫、乱抓、扯对方头发,"希尔斯说,"给客人好戏看,我们应该加收一点钱才对。"

"为了什么事打架？"

"互控对方抢赌客。其实，两个女人争的不外乎是个条件好的男人。"

"她们可以交给你处理吧？"德克斯特快坐不住了。

"我车上有巧克力和香槟，如果没作用，那我只好两手各抓一个头，让她们互撞。"

"不然又能怎样？"

又过了三十分钟，德克斯特才回到凯迪拉克车上，处于一种缺乏耐性、定不下心的状态。女侍应打架、便衣警察、出言恫吓的麦基夫人，全是芝麻小事，和他刚萌芽的生意点子相比，显得无足轻重。他渴求更上一层楼，一步步脱胎换骨实现理想。似乎太久没有这份冲劲了。

三点整，他在Q先生门外停车。Q先生的家是一栋不起眼的黄色木质结构的房屋，一边有塌陷的迹象。Q先生已有多年不曾牵新娘嫁人，也多年不曾在施洗时亲吻号啕大哭、湿淋淋的婴儿。近日，他只为了去店面巡视离开过家。他家不设门铃，也没有电话。他也喜欢自夸从来没发过或收到过电报。想找Q先生商量事情的人只能来他家敲门，等他的爱犬苏格兰梗犬萝莉高声宣布有客来访。

狗吠了三分钟，Q先生才开门，以温馨的拥抱迎接德克斯特，浑身散发着果香。他的体形既像高山又像山洞，肤色呈棕褐色，如桃花心木。岁月以有机物、矿物质生成的方式扩充他，就像树干，或者附生在洞窟中的盐晶。他粗重费力的呼吸流露出年迈的事实。

"坐吧。"他低声说。兴高采烈的萝莉在两人腿间穿梭，狗头上的白缎带不停抖动着。"我去……煮咖啡。"

将近十六岁时，德克斯特在父亲的餐厅里解开了加密的信号，从中得知了Q先生的住处，循线来到门口，狼狈似流浪犬。自那以后，每次Q先生都会以煮咖啡作为开始，用的煤炉也是同一个。煮咖啡的手法相当细腻，而Q先生的双手像手套一样松软，看似难以胜任，但德克斯特从未见他洒出一滴咖啡。

当Q先生在炉前低着头沉默地煮咖啡时，德克斯特（大概所有访客亦然）凝望着后窗外，整理思绪。岩造的鸟浴缸堆满上星期下的雪。穿冬衣的桃树和梨树是果园残留的遗迹，生长得如同一个拳击手挥拳停在了半空中。更受Q先生溺爱的是他移民时带来纽约的六株葡萄藤——根部包覆着泥沙，外加一层黏土，再套一层麻布，外面再裹上意大利西西里岛的报纸。这六株葡萄藤象征着年轻时的他。唯有被他视为家人的人，他才会要求帮忙采收葡萄。德克斯特帮他采收过无数次。即使是现在，德克斯特仍能想象出采摘时那股酸涩的气息，能感受到被太阳烘热的柔软的葡萄在他掌中的重量。这种采收是象征性的，因为Q先生以橡木桶混合酿造的酒多数来自他整箱买来的葡萄。

咖啡在炉子上咝咝作响后，Q先生倒了两小杯，端到桌上。"你气色不错，"他轻声说，拍拍德克斯特的脸颊，"不过，这是……人长得帅的好处。你感觉怎么样？"

"很好，"德克斯特说，"非常好。"

"健壮吗？你看起来很健壮。"

"对。健壮。"

虽然Q先生的音量不比悄悄话高多少，他的嗓音宛若远古地表喷发的浑浊气体，隆隆作响，气势凌人。他几乎从来不笑，却有办法传递出火山般的热情。受他影响，与他共处一室的人也养成了不笑的习惯。Q先生发表见解或认同某件事时，一出口就算数。德克斯特的确健壮。德克斯特向来都知道，尤其是现在。

"你是我……最健壮的部下，"Q先生说，在句子中间停顿喘息，"我希望你不介意做……一些罐头……"

"是我的荣幸，老大。"

他曾协助Q先生制作过一次罐头，素材来自Q先生自家的桃树。在Q先生家帮忙做的几种家事中，制作罐头属于难度适中的一种：比进大温室采收蔬菜来得辛苦，比从名为"苹果"的马车上铲粪肥来得轻松。Q先生所在街区后面的一整块地全是他私人的农田，总面积约三亩，不知是租来的还是抢来的。最辛苦的一种家事是挤奶。Q先生有一头名叫安杰利娜的母牛，橡皮似的乳头被马蝇萦绕，上面青筋暴突。更倒霉的是挤羊奶。Q先生家的几头羊爱踢人，喜欢嚼领带，挤奶的成果和辛劳不成正比。Q先生的手下大将难得共聚一堂，在他家见面时，总能被这些家事逗得一阵轻笑，笑得如此谨慎，是因为没人想比别人笑得更大声。

今天，Q先生想把温室的黄菜豆制成罐头。"尝尝看。"Q先生对他说，德克斯特正切掉豆子难嚼的两头，用的砧板是一块身经百战的大理石板。黄菜豆尝起来和普通豆子差不多，但他高声赞美，整根吃掉。"你可能听说过了，"德克斯特边忙边说，"几个月前，我给巴杰尝了一点必要的苦头。"

"巴杰，"Q先生喘了口气，"他精力充沛。"

"后来再没见到他了。"

"套一个我犹太朋友的用语：厚颜。"

"可以说是。"

"听说他搞了一点点……赌局。"

德克斯特庆幸自己的视线能固定在菜豆上，因为这消息令他错愕。巴杰来纽约才三个月，就能自己出来组赌局？不可能，他一定是帮洛玛照顾生意。Q先生赋予爱将的自治权和独立性超乎常态。德克斯特对Q先生的其他大将敬而远之。以红钩码头为例，那些人的行为像野兽，德克斯特完全不想和他们沾上边。Q先生的帝国无远弗届，因此得以避人耳目，麾下大将间不太有机会好奇彼此的营生，更不会有讲闲话的空余时间。基于此理，德克斯特庆幸听见老大说："我想让巴杰……把他的赌局带进……你的两三家夜总会。"

"当然可以。哪几家？"

"由你做主。"

德克斯特点点头，感到满意。他想把巴杰盯紧一些。

炉子上的大锅用文火慢煮着，整个小厨房满是蒸汽。Q先生抖着双手，捧起切好的菜豆，放进锅里。

"老大，我最近想到一个新点子，"德克斯特说，"依我看，可以作为我们的下一步计划。"

Q先生的脸上出现一股活力，宛如一声惊雷响彻天际，最后凝聚在他湿润的褐色眼睛里。"你知道我……一向重视你的点子。"他说。

早在一九三三年禁酒令结束之前，德克斯特就算准了夜总会将变身为摇钱树。当时，许多黑帮人士活像被热水烫到的狗，叫苦连天，德克斯特不愿坐困其中。依照德克斯特的点子，如果多开几家合法的夜总会，就能洗白Q先生买卖酒的巨额营收，并且，除了能借此规避国税局的稽查，还能从其他合法的和非法的附属事业中赚钱——例如寄存衣物、卖烟、做媒，这是德克斯特提议的几项。最重要的是，德克斯特要自己担任名义上的老板，因为他不曾被逮捕过，妻子身世显赫，而且他的姓名改得早。早在大家明白姓名的奥妙之前，饶舌难念的姓名就被他缩短了，并且改得颇为新潮，你也许也这么认为。

结果，他的构想大获全胜！计划实施之后，双方在合法的顺水推舟之下，德克斯特跻身电影明星、报业人士、州级与联邦级的民选官员之林，Q先生的影响力也潜移默化地作用于这些人的口袋上，从各个角度来看都完美极了。这套计划只出过一次差错：埃迪·克里根，德克斯特入行二十七年来唯一的一次误判。行话是，有人因此受伤。幸好最后，这场风波击垮了一位对手，Q先生全身而退。想必是由于结局皆大欢喜，三年前Q先生才以远古火山沉吟般的语调宣布："事情忘了算了，我们今后不会再提起。"事后，德克斯特坐进自己车里，在四下无人之时，他才如释重负地哭了一场。

菜豆煮得够熟了（Q先生似乎凭本能知道），由德克斯特负责舀出来，让它们垂直立在广口玻璃罐中。等所有玻璃罐里拥挤如超载的电梯时，Q先生教他用滚水淋菜豆，让水位高至罐颈。

"现在，我们把盖子扭上去……紧一点，但不能太紧……然后我们……把罐子放进高压制罐锅里，"Q先生说，上气不接下气，而他做的动作并不多，"然后呢……你说说看……你的点子……说给我听听。"

德克斯特本想逐步切入正题，像华尔兹的舞步一样，一直跳到无处可转，才做出无可避免的结论。无奈的是，烹煮菜豆过程繁杂，打乱了他事先想好的舞步，也许因此正中Q先生下怀。在这样一个热气腾腾、开诚布公的气氛下，心理准备全是白费，最后只能直接说出心里话。他协助Q先生扭紧广口罐盖，小心地把罐子放进一个涂过焦油的锅里。这口锅看似是从海底捞上来的东西。Q先生把锅盖好，大火加热，然后坐进椅子里，气喘如牛。

德克斯特拿手帕擦脸，在Q先生对面的椅子上坐下，隔着小餐桌开始陈述："我想去找山姆大叔[1]商量，向他们提供服务，和他们做生意，为大战尽心力。"

Q先生没有立即回应。他从来不会。这个点子的奥秘必须由德克斯特揭开。

"盟军获胜是迟早的事，"德克斯特说，"到时候，美国的权势将膨胀到前所未有的规模，胜过古今全球任何一个国家。"

他刻意引用岳父亚瑟的说法；有幸贴近岳父和老大，令德克斯特很是得意。德克斯特结婚时地位太低，请不动Q先生出席。就德克斯特所知，岳父和Q先生从未见过面。但他从双方对对方旁敲侧击的好奇心可知，岳父和Q先生极可能瞒着他有过往来。这份推测令他越想越高兴。

"到时候，斯大林先生难道不会……讨赏吗？"Q先生问。

"他不会落得两手空空。不过，他的国家会变得残破。"

Q先生压低下巴，这是他在表示同意。

"欧洲国家，"德克斯特继续说，"破产了，意志力涣散。剩下的只有大叔。我希望我们——你——取得合法的角色，预先在胜仗中插一脚，在庆功宴上抢位子。"

Q先生鼓起气力，讲起哲理，有时候同样一套哲理到下一次见面还在讲。"只要我们……有钱在手，"他说，"我们就有……位子可坐。"

"在台面上，"德克斯特说，"不是台面下。"

"好处是？"

---

[1] 这里指美国政府。

"权势。合法的权势。"

"合法的……权势。"

"是的,合法。这样一来,我们就能以现在行不通的方式扩大权力。"

德克斯特想说出他的臆测。他怀疑,战后,美国国力增强,可能想通过法治,让黑帮无以为继。坦慕尼协会式微了,这是大家意想不到的事。尽管Q先生不喜欢瞎紧张。然而德克斯特意识到,这个点子已逐渐在老大心中扎根。

"卢西亚诺和大叔谈好了条件,"Q先生说,"帮大叔封闭……港口。"

"他很可能因此离开康斯托克监狱。"

"是大叔主动找的他。"

"我们可以主动去找大叔。"

"拿……什么去?"

该切入正题了。德克斯特长长吸了一口气,倾身向桌面。"我们以优惠价买进一期战争债券,通过我们事业的每一个触角卖出。用尽所有资源买进。卖掉我们不想要的东西,转投资债券。我们的事业成了买卖战争债券的生意。"

"我们变成……银行。"

"就某种方面而言是如此。暂时如此。等战争一结束,我们的黑钱就干净了,想转移到哪里都不成问题。"

高压制罐锅开始从锅顶的小孔咝咝冒烟。Q先生从椅子上摇摇晃晃起立,用夹子夹起一个重物,盖住通气口,并把盖子压下去。锅子侧面的指针开始跳动。他那柔和的棕眼珠转向德克斯特。德克斯特意识到,打出王牌的时机到了。

"老大,如果你为大叔效劳,国税局就不敢惹你,可能永远都不敢。"盖妥的高压锅在火炉上发抖,位于德克斯特脑袋的正后方。"还要煮多久?"他语气平和地问。

"久到……热死肉毒杆菌孢子,"Q先生说,"水滚了还不够,罐子一定要……承受某种高压。"他保持直立的站姿，拿着亡妻安娜丽莎留下的防烫垫布，稳住制罐锅。

"你是……爱国主义者。"Q先生说，他以关爱的眼神审视德克斯特。

"这是美国人应该做的事，"德克斯特说，"我们能讲这种话的机会又有多少？"

"我们的利益和……大叔的利益……一致。"

Q先生如此轻易心动，德克斯特很讶异。难道Q先生原本就有类似的盘算吗？制罐锅在铸铁炉子上像笼中的松鼠般挣扎着，作势想挣脱Q先生颤抖的手。德克斯特起身，以防锅子打翻被热水淋头。

"我们全都想赢。"Q先生在嘈杂的厨房里说。

德克斯特忍不住笑起来。Q先生同样在笑，他的笑容却不太对劲，好像少了什么东西——一般人产生的第一个念头是他缺牙，但他的牙齿全在，只不过非常非常小，嘴巴无异于一个阴森森、不甚对称的空洞，脸反倒比较近似一个破洞。德克斯特一见他这么笑，立刻收起笑容。

"你有没有……找大叔……商量过这个构想？"Q先生问。

"当然没有。"德克斯特惊呼，庆幸制罐锅的尖叫声掩饰了他的讶异。Q先生难道以为他笨到——或不老实，或发神经——瞒着老大去找政府商量？

Q先生熄火，嘈杂声停息，一阵深沉的肃静笼罩下来，静得德克斯特想张嘴平衡耳压。

"问题是，"Q先生喘息着，"你打开一个管道……现在，管道有了。很难管制……进出这管道的东西……很难控制东西的……流向。"

德克斯特不语。Q先生到底指的是什么？

"这可能是你的……盲点。"

克里根。Q先生曾说他不再计较克里根事件，这次是他首度重提往事。显然，Q先生并没有忘掉克里根事件。

现在，老大捧着德克斯特的脸颊，双手柔软、笨拙、热血饱满。

"将来我们会有很多计划，"他说，"很多、很多计划。"

德克斯特僵住了。Q先生的话带有玄机：重复词意味着反义。"很多计划"讲两次，相当于：这计划不采用。

"很多计划。"Q先生再次说，拖长每个字的音节，以和蔼的目光凝视德克斯特的眼睛。

零计划。

神不知鬼不觉，接下来的过程变得效率十足，片刻之后，德克斯特发现自己已经走出Q先生的家，驻足前门外。老大以欢迎他的态度拥抱他，热情不减，甚至更盛。他偏心德克斯特，器重他，德克斯特知道。

"啊！我忘了……一个东西，"Q先生说着用指关节敲了敲额头，"你这星期……吃过几颗……熟西红柿？"

"没吃到几颗。"德克斯特嘴上说着，心里却在极力分析刚才发生的事。他站在门廊上等，Q先生回屋去了。微弱的日光在铲成堆的雪上闪耀。本地小孩在玩耍，远离这一带。除了Q先生家的牲口叽叽呱呱的声音，附近鸦雀无声，只有远方港口传来的声响。Q先生的马车停在路边。他仍驾马车运送蔬菜至店里。近年来，唯有送奶工仍在用马车，因为他们还未找到像马车一样听话的汽车。用马车送奶时，送奶工提着牛奶瓶下车，将它们放在订户门口，马儿会自动走到下一户去，汽车则不然。

最后，Q先生回到门廊，往德克斯特手中塞了一个小纸袋，里面装满成熟的西红柿，还有一罐无标签的桃子酱。如果德克斯特没搞错，这罐是他多年前帮Q先生舀进罐子里的同一批果酱。天啊，灭菌能维持多久？"谢谢你，老大。"他说。

"很高兴见到你，孩子，"Q先生气喘吁吁地说。刚跑了一趟的他倚着门框喘气。德克斯特认为，和几个月前相比，老大的身体大幅恶化了。在赤裸的冬阳中，Q先生看起来近乎苍白。"你应该……更常来。更常……来。不要……让老头子孤零零的。"

言下之意是，这次会面后，隔几个月再见面吧。德克斯特收下果酱和西红柿，对老大的双颊各吻了一次，然后走向自己的车。

他开着车，不太清楚去向。他想好好思考一下，但他非动不可，非做点事不可，结果反而难以思考，除非是在开车的时候。提议被Q先生断然回绝，他愣住了，不知所措。Q先生真的拒绝了吗？明明白白地拒绝了吗？他叫德克斯特等几个月——除非老大召唤，否则他连想都不敢想提前求见——意思等于是拒绝？Q先生真的能完全理解他的提案吗？

不久后，他发现车开到了科尼岛，一切活动都因冬季而暂停，蛤蜊浓汤和热狗摊全数封闭。小时候，德克斯特最喜欢冬天来科尼岛，因为这时候见不到一日游的旅客，只有本地居民，只有光顾父亲餐厅的各地食客。

他把车停妥，登上荒凉的木板道。海岸防卫队的哨兵正在巡逻海岸线，黄浊的海浪自下湾席卷而来，扑打着雪沙。他想起老爸：胸怀烹饪热忱的他，全心服务的他。德克斯特原本很尊崇父亲，直到十四岁那年母亲去世。当时，他对父亲的敬爱忽然急转弯，父亲变成一副唯命是从的嘴脸，令他不忍直视。德克斯特无法忘掉那副嘴脸。

德克斯特首度找上Q先生的黄房子后，没有告诉老爸，但这事如蛇般盘踞在德克斯特心里，蜷曲的蛇身华丽地变换着姿势。事隔几个月后，老爸得知了此事，气得揪着德克斯特的耳朵把他拉进办公室。当时，德克斯特已经十六岁，个头比他老爸还高。父亲瞪着他，鼻孔扩张。"这是我活在上帝的土地上最害怕的一件事。"父亲说。

"比老妈死还怕？"德克斯特顶嘴。钱够多的他换了新鞋罩，硬邦邦的，他的脚在鞋子里扭动着。

"更怕。"

"比破产还怕？"

"更怕。你一收下那人的钱，从此一辈子就得听他的命令。"

"与其缴钱给他，我倒宁愿收他的钱。"

对父亲如此放肆，德克斯特通常会挨一耳光，但心急的老爸倾身过来。"你还没成年，"他说，"你趁现在抽身的话，他会放过你的。"

"抽身！"

"赶快抽身，一刀两断，把错推到我身上。"

德克斯特发现父亲是真心惶恐——为了他的前途。小德克斯特想安慰他，不假思索地说："Q先生是个老头子，爸。他不可能永生不死。"

父亲赏了他一记耳光，力道强到泪珠从德克斯特眼眶飞洒而出，状似马嚼苹果时激射而出的汁液。

"我不禁止你用那种口气讲话，"父亲轻声说，"我禁止你有那样的想法。不然你迟早会被他猜到你咒他早死。迟早会被他闻出来。"

"你又不认识他，老爸。"小德克斯特声音颤抖。

"Q先生已经在道上混很久了，我见过有些人某天突然消失，仿佛从来不曾在这世上走过一遭。你以为我在开玩笑吗？你以为他是个老头子，常帮他妻子制作鲜果罐头？哈！"

"你又没亲眼见过他。"

"突然人间蒸发啊。没有人再提起他们的名字，就好像上帝从来没有造过他们。"

"说不定，该小心一点的人是你。"

"我又不拿他的钱。"

"你的心思可能被他看穿。"

"我宁愿当面告诉他。"

"说不定你会消失，老爸。你有没有想过？"

他多想让父亲感受一下Q先生的势力有多庞大，相形之下父亲的势力有多渺小。然而，父亲的恐惧已经流失，心中仅存嫌恶。"给我滚。"

德克斯特走出餐厅，去心已定，尽管日后仍进进出出。为Q先生效命的那几年过得岂止神奇，一笔功劳应记在明尼苏达州国会议员安德鲁·沃尔斯特德等人身上，因为他们相信美国会因酒亡国。立法通过时，德克斯特还未满十九岁，和禁酒令作对令他爽得语无伦次。他酷爱在乡间道路上驾驶名车，飙车技巧一流。即使遇到最糟的情况，总有森林可以躲，而他狂奔的速度惊人，最后倒在溪涧边，借潺潺流水淹没喘息声，尽情嗅闻青苔、松香、榉树的气息，头上繁星点点——壮丽的景观和亢奋的心情远超他的想象。

在科尼岛上，德克斯特回到车里，往北行驶，经过几条街，来到美人鱼街和西十九街的交叉口。餐厅已在一九三四年倒闭。德克斯特有意出资挽回，但父亲不肯接受回笼的保护费。癌魔在他五十八岁时夺走了他的生命，只不过在银行查封餐厅之前，德克斯特从未听到过他咳嗽。

他已有多年未曾驻足这个街角了，这里却奇迹般地没有变化：歪斜的窗帘、布满灰尘的吧台，拗口的家姓被以金漆涂在窗户内侧，已见斑驳。单独一张破桌子，四脚朝天。德克斯特必定曾端着父亲的名菜海鲜意大利面上过这张桌子，一条熨烫整齐的白餐巾挂在他的前臂上，为客人斟葡萄酒。当年的他因发现新大陆而振奋不已，在暗号与脉络交错而成的组织里攀爬，日常世界顿时萎缩无形。有时候，他自以为真能听见Q先生的权势在日常生活中脉动，和狗哨一样无声无息。天塌下来，也无法拦阻他去追寻声音的源头。

"德克斯特，我对你有个期望，"Q先生第一次见面时告诉他，"你应该自立门户。你自己就是老大。"Q先生以炽热厚重的双手捧着德克斯特长着细毛、松软如桃皮的脸颊，凝望着他崇拜成痴的眼神，"你自己就是老大，懂吗？"

德克斯特当时听懂了，也相信他的话。但直到现在，他才明了重复暗示即相反的奥秘，总算痛悟出Q先生的弦外之音。

他是个老头子，德克斯特思索着，回想起下午在老大门廊上的情景，想起他吃力的喘息声。他不可能永生不死。此时，他再度感受到父亲那一掌的辣劲，当时和现在的眼眶有多湿、多酸痛。

15

　　受训的第一天上午,安娜才明了阿克塞尔上尉叫她回来的原因。上尉对着三十五名自愿接受潜水训练的老百姓喊话:"潜水服重九十公斤,头盔重二十五公斤,两只鞋子共重十六公斤。在你们心里开始嘀咕这不算重之前,我要你们知道,站在那边的那个女孩——她虽然不算矮,但也不是谢尔曼型坦克,是那种你在这里常见的女性——她呢,不仅穿上潜水服不叫苦,穿着潜水服走路不叫苦,更能戴着三指手套解开'单套结'。各位,你们有几位懂得怎么绑单套结?"

　　有两人举起手,其他人用警觉的眼神瞥向安娜。她觉得自己脸红了。一来是害臊,二来是心虚。那天,她连她解开的那个绳结的名称都喊不出来,更称不上懂得怎么绑。这些自愿受训者面对九十公斤的重担,似乎并不畏怯。从他们壮硕的体格来看,多数人来自工商业界。阿克塞尔上尉喜欢让人难堪。他的娃娃脸干瘪无须,令人联想到一个有虐待狂心理的儿童。在训练的第一天,他不断提起受训生的生理缺陷,例如嫌德尔科班胖,嫌格里尔瘦小,嫌哈默斯坦有哮喘,笑梅琼恩是"四眼",笑卡勒兹基扁平足、凡坦诺微癫、麦克布赖德欠缺平衡感、霍根胀气,诸如此类。这批人多数因为超龄无法从军。以海军高级潜水员的资历退役的阿克塞尔上尉认为,这些人八成体检也不合格。对付这些人,最佳方式就是找一个通过考验的女性来动摇他们的心志,让他们担心过不了关。

除了安娜，所有人都必须试穿潜水服。每人必须有两名照应员，如同那天协助安娜着装的卡茨和格里尔。上尉站上长椅居高临下，在雪花轻飘的五百六十九号厂房外吆喝命令。安娜被分配去照应的人姓奥姆斯特德，他是机械工，手腕太粗，穿三号尺寸的潜水服时，袖子的束带差点扣不紧。负责他背后的安娜终于扣上一条束带后，奥姆斯特德夸张地长叹一声，如释重负，紧接着露出奸诈的表情。她继续低头，佯装没看见，庆幸负责前面的照应员似乎是真的没看见。前面的照应员一头金发，面无表情，一副难以取悦的模样。他和安娜合作，将奥姆斯特德的腰带扣上，然后叫他起立，准备"绑裤带"。

"再紧一点，亲爱的，"奥姆斯特德柔声说，此时安娜正把束带穿过他的胯下，递给前面的照应员固定在腰带正面，"再好好拉一下。噢……对，就这样拉，亲爱的。没错，再用力一点……啊……"

"老兄，你如果敢再喊我'亲爱的'，"前面的照应员语调平板，慢条斯理地说，"你的屁眼可要遭殃喽。"

"不是你！是她！"奥姆斯特德惊恐万分。

"拉的人又不是她。"金发照应员眼睛狭长，散发着金属的光芒，宛如鱼钩，看都不看安娜一眼。

奥姆斯特德对着码头吐了口痰，不再多嘴。安娜和金发照应员搬着大头盔，罩在他头上，这时他说："等一下。"他转向安娜问："我被这东西罩住，还能呼吸吗？"

"当然可以，"她冷冷地说，强忍手臂的颤抖，和金发照应员抬着头盔，"里面有点臭，不过呼吸没问题。"

"等一下。"奥姆斯特德又说。

"我们进度落后了，"金发照应员说，"该戴头盔了。"

头盔罩下后，他们对准护胸板领口的螺纹，把头盔扭准位置。金发照应员拍了下头盔顶部，意指奥姆斯特德应该起立让上尉检查。奥姆斯特德从长椅上站起来，开始挣扎。潜水服妨碍了他的动作，而潜水靴则把他定在了码头上，他整个人像一棵被强风刮得直不起腰的树。直到金发照应员设法掀开他的护面罩，他的狂吼声才响彻码头："我没法呼吸。救我出去！我在这里面没法呼吸！"

片刻后，阿克塞尔上尉带格里尔过来，以娴熟的手法摘下头盔，解开奥姆斯特德的腰带、领口、鞋子和潜水服。奥姆斯特德夹着尾巴离开了码头。上尉以近乎欣喜的态度告诉全体人员："各位绅士，刚才那种反应正是所谓的幽闭恐惧症，即害怕置身于密闭的空间。每一批受训生里通常都会有几个幽闭恐惧症患者，我喜欢把他们尽早淘汰掉。这种人没资格参选潜水员。"

"多倒霉啊。"金发照应员嘟哝着。安娜猜他是在自言自语，因为他似乎没注意到她。"我们帮他着装到十全十美，结果落得无功而返。"

第二项考验是增压舱，目的是模拟海底的压力。对曾罹患耳疾或耳朵受过伤的人而言，咽鼓管不幸受阻，将难以平衡鼓膜压力，下水后如果决定"逞强扮英雄"（上尉嘿嘿笑着警告），苦水往肚里吞，耳朵必定剧痛，鼓膜甚至有受损之虞。肺脏有毛病的人进增压舱可能呼吸困难。此外，有一些人的身体在增压情况下无法适应纯氧，会导致休克，原因不详。

上尉见大家被吓得差不多了，才命令大家分组轮流进增压舱，一次六人。增压舱如房间大小，呈圆筒状，里面分成几个区，最大的一区有一张长椅，五个男人挤过去坐下，像电线上的鸽子，他们在安娜左右留下了空间。面无表情的金发照应员也在其中。大家自我介绍后，安娜得知他名叫保罗·巴斯康。

"这一项你也高分过关了吗？"巴斯康大致朝安娜的方向瞥了一眼后问。

"没有，这是我的第一次，"她说，嫌自己语调太轻佻了，"而且，我穿潜水服的表现也不怎么样，长官只是利用我来刺激你们。"

"我就知道。"

这话惹恼了安娜。"不过我解开了绳结。"

温度上升，感觉空气也变得紧缩，众人不再讲话。"吹口哨试试。"巴斯康说。

包括安娜在内的所有人都试着吹口哨，但没人吹得出声响。"搞什么鬼。"有人说。

"是因为压力。听听看我们的讲话声，"巴斯康说，"我向各位保证，我的嗓音平常没有这么尖。"

安娜轻声测试着自己的嗓音，其他人则大声模仿崔弟和兔八哥。大家越忘记她的存在，态度就越自然。

增压舱这一关筛掉了四个人——上尉欣然报告，然后宣布今天到此为止，解散。摩尔勒和萨科耳朵痛，哈默斯坦的呼吸出现杂音。麦克布赖德"感觉头怪怪的"，被立刻踢出名单。

接下来的四天，大家上室内课，由上尉阐述潜水物理学、标准设备与维护、空气成分、水深图。深度达到十米或更深时，潜水员每潜水一小时就必须上岸休息八小时，才算"无碍"，然后才可以再次下水。"不准抄捷径，弟兄们，"他告诫学员们，"逞强的人有活罪可受，因为氮气泡会从耳朵、眼睛、鼻孔钻出来，最后全身的软组织会因此出血。未经增压，潜水十二米深，最多只能待两小时。达到十五米深时，则为七十八分钟。这些数字必须不经思考脱口而出，要把它们当成自己的生日、纪念日或一九四一年十二月七日[1]。"

上尉也阐明了潜在的危机。"潜水员时薪二点八五美元，"他说，"不过我注意到，有些非军职潜水员会忘记'危险津贴'的意思是这工作有危险。"上尉喋喋不休地讲得开心，活像在读甜点菜单，描述着危机何在：输气管失灵、被航行中的小船钩到、被气泡"炸"开、软木塞似的被射向水面、氮醉，另外当然还有"挤压伤"。已婚的利滕伯格和马洛尼，家里都已有几个小孩，下课后一去不回。"回家跟妻子讨论过后，"上尉得意扬扬地说，"每次都有两三个跑路。"

接着，他童稚的眉宇间明显出现了愁容。"对了，卡茨，"他压低嗓门说，"还剩几个学员？"

其中一个是黑人，姓马尔，焊接工，看上去和安娜年龄相仿，每一

---

[1] 珍珠港事件发生的日子。

项测验皆轻松过关。她深切知道马尔的存在,但也积极回避他——这种想法令她惭愧,只不过她意识到马尔也有同感。两人在教室各占一个角落,安娜怕同学盯着她看,所以坐在最后面,马尔坐在前面,以左手抄笔记,字体娟秀,写得巨细无遗。鲜少碰头的两人偶然相遇时,彼此的目光中会流露出认得对方的神态,旋即不约而同地转开视线。

每日下课时,已结训的潜水员会回到五百六十九号厂房,有些人白天在瓦拉鲍特湾执行潜水任务,有些人则负责淡水运输管。这条管线从斯塔滕岛通往港口另一区的海军监管中心。下课后,安娜和其他学员走进黄昏里,有些人从潜水池附近的小门离开,有些人绕远路,从桑兹街的侧门出去。安娜总是绕这条远路去找霓尔,但心态已经没有之前的乐观了。

第五天下课后,她瞧见萝丝从检测零件的厂房走出来,便上前和她拥抱,互相挽着手,走出桑兹街的侧门。"上班没有你,气氛变了个样,"萝丝说,"所有女同事都这么说。"

"闲话的题材飞了。"安娜说。

"她们还说,沃斯先生正在害相思病。他脸色苍白,也瘦了一点点。"

"照这么说,爱上他的人是她们吧。"

萝丝咯咯地笑。安娜陪她走进法拉盛街,和她一同等车,希望好友能邀她共进晚餐。拥挤的电车进站,萝丝跳上车,抓着头上的吊环,在车窗内挥别安娜。

安娜望着电车缓缓移向东边的克林顿山。她回家的车站在哈德孙街上,她转身走过去,一波孤寂淹没了她。白天,孤寂退潮,上课期间,她想回味孤寂的感受,却记不起那滋味像什么。然而,到了黄昏时分,孤寂再度找上她,以阴森的慰藉包围她。这份孤寂有脉搏,有心跳,它的魔爪能抓住安娜,迫使她脱离平常人的世界。在那个世界里,母亲拉着小孩的手走着,男人腋下夹着晚报快步回家。她登上电车,手风琴式的车门在她背后关上。她看着夜色从车窗外掠过。夜景下,有一份危机脉动着,她用孤独的日常形成的最后一道薄弱的防线与之对抗。危机到底是什么?

晚餐饭菜还未凉,正在穆贾隆尼先生的杂货店柜台上等着她。从西尔维奥手里接过盖住的餐盘时,安娜脑海中闪现一件往事,像被小猫缠绕着小腿:莉迪娅在西尔维奥怀里呜咽。回到公寓楼下,她打开信箱,取出邮件。来信频繁的母亲今天又捎信来了,另外有两封胜利邮件来自从军的邻居男孩。她上楼,一手拿信,另一手端着晚餐,经过菲尼家的两间公寓。儿时,菲尼家犹如她家的延伸。现在,孤寂的她伸不出手去敲门。不能敲门啊,她暗骂自己,人家又没请你上门。

她想去怀特特药局打公用电话给斯黛拉、莉莲或姑姑布里安娜时,也有过类似的想法。她和姑姑去看过《卡萨布兰卡》,和朋友去帝国溜冰场溜过冰。然而结束后,她们各自回家,安娜则回到自我封闭的世界。没人能为她赶走孤独。

她拉上公寓门的门闩,放下窗帘,打开收音机和家中所有的灯。她先收听新闻,然后听音乐。她原本最爱的爵士乐钢琴手贝西伯爵和本尼·古德曼已被她弃如敝屣,都怪他们活跃的音符太容易勾起纽约皱纹深沉的夜幕。现在的她扭转收音机,寻找长号手汤米·多尔西、格伦·米勒乐队,甚至安德鲁斯姐妹。以前,她听到她们甜蜜婉转的歌声会想吐。现在,这些音乐有助于安抚她的心,作用近似于走在黑暗的街头吹口哨壮胆。她阅读母亲的来信。母亲的信很简短,多半只提事实:明尼苏达州的严冬、牛羊的健康、安娜的表兄弟受训或在海外的消息。

在每封信中,母亲写到一半似乎都会忘掉自我——忘掉安娜——进入反躬自省的领域:我一直盼望哪天一早醒来会知道路该怎么走下去,就像我高中毕业时知道去纽约闯天下。但是,我现在下定的决心顶多只延续二十四小时而已。

另一封信上写着:

我小时候碰到的男孩现在不是变胖了,就是秃了头,甚至有三人已经死了(一个因拖拉机事故,一个摔下马,一个得了喉癌)。我看着镜中自己的脸,没看到多大变化,显然我是在自欺!

有一封信写着:

这里的月亮太亮了。

安娜吃完晚餐，把穆贾隆尼太太的餐盘洗好、擦干，放在一旁，等着明早归还。她提笔写信给母亲，详述母亲在家没兴趣听的东西，写得心满意足。今晚的主题是阿克塞尔上尉乐于吓唬学员，写到累得能睡着才结尾，然后她封好信封，关掉收音机和所有灯，只留卧室里的一盏灯。她躺在床上，抱着莉迪娅的枕头。自她记事起，晚上，卧室里总会躺着另一个人，散发着热度。她抓紧妹妹的枕头，仿佛在拿它堵伤口止血，深吸着仍依附在枕头上的淡淡清香。

最后，她打开埃勒里·奎因的小说。悬疑小说中场景多样，充满异国风情，但故事背景似乎大同小异——都是安娜隐然熟悉的多年前的景象。每读完一本，她总觉得失望，仿佛故事写得不太对劲，未能符合她的某种期望。她的不满体现在她读过的悬疑小说的数量上，通常，她每星期归还图书馆的小说多达好几本。自从母亲走后，这些小说成了一道道暗门，引安娜通向往昔——那些少女时期陪伴父亲经历的种种往事。在电梯里小手牵大手，看着头发蓬乱、想打瞌睡的老男人拉杆启动它。陪父亲走进空荡荡的走廊，两旁的门上装着磨砂玻璃窗，上面印有金字，父女的脚步声在墙壁之间回荡。从摩天楼的窗户往下看，蜜蜂似的黄包车在灰绿色的雷雨云下穿梭。小安娜懂事，知道背对着父亲的方向，直到她听见纸张的沙沙声、包裹被递向办公桌另一边、抽屉沉沉关上为止。之后，一股自在的气氛突然涌现，大家突然变得高高兴兴。

当年父亲到底做的是什么工作？危险吗？现在的安娜每读一本推理小说——无论作者是阿加莎·克里斯蒂、雷克斯·斯托特还是雷蒙德·钱德勒——往事里的疑问似乎就会透过剧情不停地向安娜打暗号。安娜越发在意更深层的故事，以至于白纸黑字的表面寓意已被抹消，最后她发现自己根本读不下去，只是在捧书空追忆，疑惑着。斯泰尔斯先生是这悬疑空气中的一分子。然而，认识她父亲的斯泰尔斯先生，似乎和带莉迪娅和她去曼哈顿海滩的斯泰尔斯先生判若两人。他的善行是安娜此生最欢乐的回忆之一。如果把他划为夜总会老板斯泰尔斯先生——帮派分子，或者已退出黑帮——感觉像是要放弃那个奇迹似的欢乐的一天。她拒绝这样想。她捧起书继续读，读到睡着。睡到半夜她醒来，熄灯。

隔天早上的教室里，阿克塞尔上尉正在讲课，安娜听到了微弱的喃喃的讲话声，嗓音有别于上尉。坐在她左边的巴斯康直视前方，面无表情，但安娜无形中知道喃喃讲话的人就是他。他在自言自语吗？今天的课程是潜水规范——强调潜水前二十四小时内禁饮啤酒。

"别听长官鬼扯，"巴斯康继续嘟哝着，"血液里的气泡根本和气泡饮料无关。不过和我无关，反正我滴酒不沾。"

安娜直直地瞪着前方，心想上尉八成会听见，错以为讲话的人是她。

"别被他们用这种没营养的东西塞满脑袋。他们以为你是女孩，听了一定会照单全收。顺便告诉你好了，长官完全没有准你潜水的意愿。"

"什么意思？"安娜忍不住以气音搭腔。

"长官想在下星期我们下水时等着看你被刷掉，"巴斯康以平淡的语调说，"是我偷听到的。"

安娜的脉搏开始加速。她注视着上尉，回忆起第一次见面的经过——试穿潜水服成功后，上尉百劝不听。上尉仍打算阻止她吗？

中午下课后，她因此心事重重，忘记在离开厂房前穿上外套，直接走向船台自助餐厅吃午餐。巴斯康拿着她的外套跟上。"穿着潜水服爬梯子才是最艰难的部分，"他喃喃说着，仿佛还在课堂上，脚步和安娜一致，"尤其是轻量级的潜水员。"

"你潜过水吗？"她问，视线维持向前。

"没有，我在皮吉特湾做过照应员。"

"在加拿大吗？"

"美国西岸，靠近西雅图，在华盛顿州。那次的任务是收尸，上级派特约潜水员从两艘航空母舰里拉尸体出来，然后才把航空母舰送进干船坞。一九四二年一月。你想得没错，没错，两艘都是从夏威夷一路拖过来的。"

她瞥向巴斯康,面露疑色。

"这是最高机密。我们当中没有一个是海军。"

"没有另外一个照应员吗?"

"对,小姐,只有我一个。潜水员教我怎么做。他下水把尸首装进尸袋,叫我一个个拉上岸。他的空气补给直接从码头送下去。"

安娜喜欢这种对话方式:交换信息的过程无须面对深邃的泪眼。"所以你才想潜水?"她问。

"大概是吧,"他说,"我一直想加入海军。在西雅图试过,去旧金山又试了一次,然后去圣迭戈,可恨的是我这双该死的眼睛,老看不清楚图表上蚂蚁般的小字。听他们说,非军职潜水员如果本事够强,可以转到海军服役。"

安娜朝巴斯康的脸望了一眼。她首度从巴斯康那张不耐烦的臭脸和凝神专注的状态中读出了力争上游。"你大老远转战这里啊。"她说。

"对啊,没错。想当非军职潜水员,没有一个地方比纽约更理想。一年前,'诺曼底号'失火之后一直在八十八号码头倒放着,形成了三百米长的训练场。长官还设立了一个抢救队,想把它扳正。如果它最后终于能立起来航行,会被送去哪里整修,你猜猜看?正是海军造船厂。另外呢,"他说着,两人逐步接近八十一号厂房的入口,"视力好坏根本没差别,反正下水以后什么都看不见。"说完,巴斯康陡然离她而去,仿佛两人从来没讲过话。

受训进入第二个星期,较年轻的几位学员开始结伴,下课后一同离开造船厂。安娜听见他们在讨论酒吧——里奥的,乔·罗马内利的,椭圆酒吧,方形酒吧——最后两间在桑兹街斜对角打对台,老板是互相较劲的两兄弟。如今,德军终于拱手让出斯大林格勒,士气随之高涨起来。每当同袍情谊在安娜身边凝聚时,安娜总抽身而退,在他们不想邀请她、又怕不近人情的时候,她懂得适时回避。说来也奇怪,万绿丛中的她想消失何其容易。黑人马尔在这方面是炉火纯青。他虽然身形魁梧,却有办法置身于学员间的日常互动之外,在一旁静观学员的言行。

唯有安娜注意到他，但安娜刻意掩饰，因为黑人和女人如果结盟，各自与大团队间维系的藕丝也难保。因此，两人共通的疏远让双方加倍疏离。

多数日子下班后，一个金发稀疏的女孩在桑兹街侧门外等巴斯康。安娜从他与学员的聊天中得知，女孩是他的未婚妻鲁比。去年夏天，他搬来布鲁克林后才认识她。身为布鲁克林本地女孩，鲁比居然不太懂御寒之道，穿着薄外套哆嗦着，见到未婚夫后就以瘦巴巴的手臂为套索，套住他的脖子，额头贴住额头。安娜欣赏巴斯康，可以说是喜欢和他相处的感觉。和他的交流可谓疏淡如水，缺乏凝聚力，让她最有男人和男人交流的感觉。目睹巴斯康被贪婪的手臂缠住，那又是另一回事了，但安娜不嫉妒。她拥有她想要的巴斯康。

第一次潜水的那天上午，十二名潜水员在驳船上集合，由阿克塞尔上尉指挥，绕过船台，推挤着蜡状的浮冰，紧挨着码头边缘前行，避免撞上小船。码头上有路人在看，以前的安娜也做过同样的事。现在的她心情紧张，因为她明白上尉盼望她败下阵来。但话说回来，上尉希望学员全过不了关。这不是秘密。

上尉把驳船停泊在一号干船坞尽头，下锚固定。他解释道，潜水一次两人，每个人有两名照应员，其他人则负责转动巨大的飞轮，为两部空气压缩机提供电力，分别为两名潜水员输送空气。大家轮流下水，更换岗位，直到所有学员都潜过水。

上尉故作随机挑选的姿态，叫安娜和纽曼率先下水。安娜对上尉那张老娃娃脸的研究够深入，能辨识出阴险调皮的神情。上尉一定有花招。也许，和第一堂课一样，上尉的用意是用她的表现来羞辱其他学员，安娜有点希望如此，因为这表示上尉期待她过关。上尉挑选巴斯康和马尔担任她的照应员。这时候，安娜才暗道不妙：马尔的专长是焊接，根本不该出现在驳船上。焊接工和气割工的第一次潜水地点在西街码头的新潜水池：长六米，宽五米，圆筒形，有几个圆窗供卡茨和格里尔观察。她这才恍然大悟。上尉的诡计是硬把她和马尔凑在一起，逼迫这两个尽全力不与同僚接触的边缘人合作，意图动摇两人的心智，以降低过关的概率。

安娜从马尔的脸上看见了自己的慌张。巴斯康无动于衷，但腮帮子的肌肉伸伸缩缩，犹如喘息中的鱼鳃。失败是巴斯康的敌人；他不想和失败有任何瓜葛。就在三人即将被一股不安的苦恼吞噬之际，巴斯康和马尔举起潜水服，安娜轻手轻脚踩进去，尽量不碰触到他们。照应员的任务是支撑引导潜水员，但在这一黑一白两人的照应下，安娜心中的羞怯感被唤醒，显得裹足不前，她相信他们察觉得出她的异状。最初的几个步骤，例如绑上手腕束带、穿鞋、扎紧腿带，三人是加速完成的。然而，当巴斯康与马尔把橡胶领口拉向铜螺栓时，例行事项渐渐中和了安娜的扭捏不安。他们扭紧螺栓上的蝶形螺帽，一前一后隔着安娜的肩膀呼唤。最后，他们抬起头盔，罩住安娜的头，安娜瞬间被金属臭味包围。站起来时，九十公斤的重量向下压制她。她记得这重量的数字，却忘记了重压之下的滋味有多无情。撑得住吗？可以。现在呢？可以。就像有人不断敲门，等待不一样的回应。现在呢？

巴斯康望进护面板。安娜在他脸上看到了她见过的最高兴的表情——他没有皱眉。"不到五分钟，"他说，"纽曼的领口甚至还没完全封好。"

安娜尽量稳住步伐，拖着大鞋子走向潜水梯。输气管与救生索交缠成一条脐带，马尔检查着，她听见空气咝咝灌进头盔。来到潜水梯，他们帮安娜转身，让她背对水面。马尔透过头盔的开口与安娜视线相接，目光活跃而滑稽："很荣幸认识你，克里根小姐。"

"我也是，马尔先生。"

"祝你在水中幸运。"

"谢谢。"

马尔关上护面板并封紧。两人总算完成了第一次对话。

安娜握着弧形潜水梯，开始谨慎地后退爬下梯子，用金属鞋尖摸索每一层阶梯，踩妥后才移动重心。水簇拥着她的腿，充满凛冽的能量，吸吮着紧贴皮肤的工作服的皱褶。浮冰轻推着潜水服。不久，水淹到了她的胸口，接着在护面板最下方荡漾。全身浸水前，安娜向上面看了最后一眼，见巴斯康与马尔从梯子最上面看着她。再下两阶，她全身进入水面以下，从四面窗户可以看见瓦拉鲍特湾绿褐色的水，耳边只余嗞嗞的送气声。

潜水梯共十四阶。安娜踏到最后一阶时稍停，增加空气供应量，潜水服微微膨胀起来，舒缓两腿的水压。她摸索着下降索，左腿缠绕马尼拉绳，让它顺着左手上升，身体被潜水服的重量拖向水底。随着水面渐远，水中世界也变得昏暗。终于，鞋子踩到湾底了。安娜看不清楚，只见自己的双腿消失在黑暗中。一股舒畅感涌上心头，原因为何，她一时想不透，片刻之后才明了：潜水服产生的痛楚消失了。潜水服内部的气压正好抵消了外部的水压，同时维持负浮力，她才不至于浮上水面。在陆地上折腾人的重量，下水后反而允许她在九米深的水里能站能走。如果没有这份重量，她一定会像一粒种子似的被吐出水面。

有人拉了一下脐带，意思是：你还好吧？她拉一下回应，表示她理解问题，目前平安。一切顺利。她发现自己在微笑。进出鼻孔的空气很鲜美。上尉曾描述，嗞嗞的送气声就像"听得见却打不到的蚊子"，安娜却觉得悦耳，求之不得。排气阀设定在两转半，下水后无须调整，但安娜禁不住诱惑，微微扭转星形排气嘴，把更多空气留在潜水服里。她开始微微上升，脚脱离湾底，泥巴吸着潜水靴不放。她内心掀起一股乐浪。这简直像魔术，像在翱翔，宛如置身梦境中。她打开排气阀，放掉多余的气体，直到双脚再次触及水底为止。

下降索缠着一条线，绑着有孔洞的工具袋。在陆地上，这工具袋显得可笑。工具袋漂浮着，里面有锤子、铁钉、五块木头。她的任务是把木块钉成一个盒子。这项考验的难处是防止木块和盒子提前破水而出。当然，每位潜水员都会被计时。"在水里，时钟的嘀嗒声更响亮，"上尉警告过他们，"木块如果浮上水面，你想游上去捡，宝贵的水中时光就飞了。"

安娜稍微打开工具袋，宽度只够一只手探入，木块在她的手腕边互撞，急着想逃脱，但她设法只抓两块出来，发现竟忘了拿铁锤和钉子，只好用左腋下夹住木块，再伸手进工具袋拿铁锤。一块木头从袋子激射而出，安娜伸手去抓，不料腋下的两块也跟着叛逃。在三个逃兵差点漂出她伸手可及的范围之前，她赶紧抓了回来。心中乱了分寸，她感觉头重脚轻。潜水员如果恐慌，或从事费力的工作，会呼出更多的二氧化碳，而二氧化碳被吸入后，潜水员的体力就会锐减。安娜把所有东西都收进工具袋。她深吸一口气，闭目养神，指尖的反应力立即恢复，仿佛刚睡醒。当然。干脆闭上眼睛算了。安娜松开袋口，让两块木头推挤着漂进她的右手，然后用左手抓出铁锤和一根钉子。她把工具袋挂在肩膀上，把木块压近腰带上的铅块，形成直角。人在水中，动作迟缓，她慢慢敲击铁钉，直到它钻进木头，将两块结合成一块。一切由双手做主，她几乎没睁开眼睛看。没多久，她把最后一块固定成盒底。她但愿能多拖延一点时间，不要太早完成，因为她还不想浮上去。

她没向照应员打信号，把盒子收进工具袋，稍微扭紧排气阀以增加浮力，让自己尽情地玩了几步漂浮游戏。她感觉鞋底踩到了瓦拉鲍特湾的隐形垃圾河床。水底到底有什么东西？她想跪下去，用手摸摸看。她牵着脐带以免打结，三百六十度转弯，感受着潮汐、河流的冲刷，以及广阔的海洋。

脐带被使劲拉了三下，为她的游戏画下了句号。准备上岸。八成是气泡泄了她的底。她想象着，巴斯康见气泡远离梯子浮出，一定心烦不已吧。他担心的是计时成绩和表现，希望本队能赶在其他队伍之前完成考验。她寻找下降索。下降索的马尼拉绳有将近八厘米粗，现在居然摸不到了。她伸直双臂，前后左右都扑了个空。她以为自己似乎在原地打转，但不知为何，她远离了原地，下降索脱离了掌握。

照应员拉了七次。他们了解潜水员遇到了麻烦，改以搜寻信号指引她。安娜也拉了七下回应，收到的回答是三下，意思是右转。问题是，照应员怎么知道她面向哪一方？她照他们的意思向右转，开始一面行走，一面伸手乱摸，希望抓到下降索。她听到了自己怦怦的心跳声，想象着自己被救生索拉上岸的耻辱。

接着她灵机一动，浮到水面根本用不着下降索，只须调整控制阀与排气阀即可。她让潜水服充气到足以轻轻上升，鞋子从泥巴里抽离而出。她的两手持续放在阀上，一边供气，另一边排气，让潜水服里的空气只多到能让她在越来越亮的水光中上升，而不至于"爆破"，不会四肢摊开地被冲上水面。

她的头盔破水而出，日光从护面板外倾泻进来。塔式起重机在她前方，也就是说，驳船在她背后。她双臂划水转身，见驳船就在六米外。由于穿潜水服游不动，她只能双脚以骑单车的动作，缓缓地将自己往前推。穿着潜水靴骑车是件很累人的事；乳房之间汗水成河，护面板也起了雾。她心知，她应该稍停一下，排放二氧化碳，但她把最后一丝气力用在了尽量接近潜水梯上。终于，她戴手套的双手握住了梯子。她让全身沉回水下，金属鞋踏在最下阶，努力喘息着。

安娜戴着温度飙高的头盔喘息，意识到刚才出奇招的代价：气力用尽了。她拼命想爬梯子上去，没想到头盔一出水面，她又不得不停下，因为脊椎和肩膀感受到了海面的大气压力。她鼓足力气，再往上登一阶，接着再上三阶，腰部以下仍泡在水中，但她再也无法向上走了。

护面板被猛然打开，巴斯康从潜水梯上面往下看，脸色郁闷如她所预期的。"往下蹲，让水从潜水服中流走，"他告诉安娜，"这样能减轻重量。"

安娜大口大口地呼吸冷冽的新鲜空气。"我想……再下去。"她喘着气说。

"我不想听。蹲下。"

安娜蹲下去，感觉水被挤出潜水服。然而，头盔和领口仍过重。

"上来一阶。"巴斯康说着后退，腾出空间给她。她勉强提起左靴，踩上一阶，但当她试图将全身再向上提十三厘米时，左膝却投降了，她差点向后栽。巴斯康及时抓住她的前臂，使劲把她的双手按在潜水梯的扶手上。两人同时在想刚才差点发生的意外：落水时护面板开着，保证整个人垂直葬身水底。

"你想叫马尔和我拉你上来吗？"巴斯康说，"可以，我们会拉你上来，你就等着那些猪脑袋幸灾乐祸地说，少了她最好。赶她回家去找妈咪。哼。"他狠狠地瞪着安娜的眼睛。他的眼珠非常蓝,冷硬如石英,安娜觉得自己之前好像从未真正见过。"拿出力气来,克里根,"他告诉她,"拿,出,力,气。"

她看得出他心急如焚。"如果我没过关,"她喘着气说,"你不会被扣分。"

他发出不屑的声响。"不干我的事,"他说,"纽曼'爆破'了,萨维诺的潜水服裤管被钉子戳破,凡坦诺的木块顺着河水流走了。莫里西正要上来,不过我怀疑他的盒子没有钉好。照这种情况看,最后能过关的人大概只有我和马尔。"

"我的盒子钉好了。"安娜喘息着说。

巴斯康露出诧异的目光。"干得好,"他说,"还不赶快爬梯子上来邀功?抬起鞋子!很好。换另一脚。上来。上来。"他仍紧握住扶手上安娜的双腕,趴在潜水梯上,像蝙蝠似的倒挂着。"岸上见。"他说着,合上了她的护面板。

他的恫吓奏效了,安娜如同被嗅盐呛醒,也可能是休息够了或呼吸到了新鲜空气。总之,她一步一步登上了潜水梯。她都不知道自己如此坚强。

回到驳船后,马尔揭开她的护面板,她看见阿克塞尔上尉手握两个木盒。大家暂停动作,听他讲话,安娜和莫里西仍戴着头盔。

"今早,我们遇到了太多试炼,"上尉欲语还休,"但我在此欣然向各位宣布,我们当中有两位弟兄是真正的潜水员。"

"其中一个是克里根,上尉。"马尔在风声中呼喊。

即使疲惫不堪,安娜也知道上尉的表情将令她永生难忘。只见上尉的娃娃脸一时惊骇又迷惘。他摇摇头,望向长椅。

"不会吧,"他说,"不可能,不可能。"随即问,"哪一个盒子?"

16

在瓦拉鲍特湾，三名学员未能通过潜水班的考验，遭到阿克塞尔上尉严词退训。但由于驳船四面环海，而且仍需有人担任照应员并帮忙转动飞轮以驱动空气压缩机，因此暂时无处可去的三人继续待在船上，听从上尉指挥进行接下来的活动。潜水员供不应求。他有两个相互矛盾的心愿，一是建立一支稳扎稳打的潜水队，二是解雇所有学员，后者始终是他优先考量的。

剩下的学员全数通过测验后，上尉不情愿地给三名学员再一次机会。这一次，三人如愿把盒子钉好，自行爬回驳船。全班搭乘驳船，兴冲冲地回到西端码头，喜不自胜。他们把潜水箱、空气压缩机、沉重的湿潜水服搬下船，抬回五百六十九号厂房，欢乐的气氛变得更激昂。

"幸好我们及早排除了烂苹果，"上尉对全班说，态度是含蓄的赞赏，"硕果仅存的是最精锐、最能干的潜水员。今后，你们有些人仍有可能被剔除，"他说，语气中的兴奋激增一度，"你们会遇到无可避免的意外、伤害、差错，但现在，尽情庆祝吧，弟兄们。"

每回上尉讲到"弟兄"，目光似乎总会扫向安娜，仿佛暗暗诅咒她赶快消失。在上尉眼里，她是实验失败的废料，很碍事。安娜懂他的心理。五百六十九号厂房连女厕所都没有。为了方便她上厕所，卡茨或格里尔必须先进男厕所清场，然后在外面站岗，姿态扭捏。例假来了怎么办？她很担心。在她以前上班的地方，曾经有已婚女工发牢骚说，桑兹街侧门的卫兵会对她们钱包里的卫生巾多看一眼。要是卫兵见她上男厕，异样的眼光可想而知！

她的临时更衣室是杂物间，正式更衣室在同一条走廊上。在她换回便衣时，她听见更衣室里男潜水员们嬉闹的声音，也听到他们讨论晚上在"鹰巢"酒吧见。今天是星期六，明天不上班。安娜继续躲在杂物间里，等他们喧闹着离开。

厂房安静下来后，她从杂物间里向外窥视，见马尔独自走向出口。马尔一定和她一样，在等其他学员先走。安娜一时冲动，想出去和他结伴离开。正当她的前脚即将踏出杂物间之际，她听见巴斯康在门外喊："喂，马尔，你还在里面吗？"

"还在。"马尔放慢脚步回应。

"弟兄们正要过去，我等你。"

马尔犹豫起来，看了一眼腕表。安娜感觉自己有进入他脑袋的神通，感应到他的犹疑不决和顾忌——掺一脚觉得别扭，却也迫切地想被接纳。巴斯康正在等他，如果他在这个关头退出，难免显得个性乖僻，以后可能没人想再约他。"好吧。"马尔说，毅然决然地朝门口前进。

安娜听到了靴底踏上砖造码头时的嘎吱声，他们的交谈声沉入工地与船只的微弱声响中。寂静在她四周回荡，是搭电车、端晚餐回冷清的公寓的前奏。那景象令她望而却步。一整天下来，她照应过其他潜水员，也接受他们的照应，互动模式令她联想起童年时期：和小伙伴间的推挤打闹，感受到他们的呼吸，摸到他们黏黏的手，闻到他们头皮散发出的近似面包的气味。经过一天密切交流的滋润，她无法回归孤寂的一人世界。

她快步走向以前上班的厂房找萝丝，想约她一起吃晚餐。萝丝家里有小婴儿等妈妈回家，极可能婉拒邀约，但她至少有可能邀安娜陪她回去。可惜，安娜错过了换班时间，上到厂房二楼后发现，萝丝和其他已婚同事全走了，她不认识座位上的晚班工人。

主管办公室的门开着一道缝。安娜敲敲门，不确定里面的人是沃斯先生还是晚班主管。

"进来。"

"沃斯先生！"她惊呼。

沃斯先生已穿上外套，帽子拿在手上。"克里根小姐，"他微笑着说，"我太惊喜了。"

"我今天……我刚从……"她结巴着，想说明来意，"我今天早上在瓦拉鲍特湾潜水。"

"穿那种特大号的衣服吗？"

"九十公斤重。"

"好极了。上尉高兴吗？"

"一点也不，"安娜说，"他巴不得我失败，让他失望是我的乐趣。"口气不全然真心诚意，比较像她过去的讲话方式——小女工和上司之间的插科打诨。

"应该好好庆祝一下，"他说，"我可以请你吃一顿晚餐吗？"

"我得泡个澡。"安娜浑身布满汗水干掉后留下的盐分。沃斯先生穿着灰色高级西装。

"不如这样吧，我先送你回家，然后在外面等你梳洗打扮，好吗？"

如今，沃斯先生不是她的长官，她不忌讳被人看见和沃斯先生同进同出。《造船工人报》定期会刊载造船员工步上红毯的小喜讯。她和沃斯先生并肩走在桑兹街上，终于能满足好奇心，看遍两旁的制服商行和文身店，也看到蒙尘的窗户上挂着"现有空房"的小看板。然而，孤寂宛如窗内的獒犬，正躲在热闹的街景后面对她虎视眈眈。在电车上，她定睛看着沃斯先生，避免和黑夜打照面。

回到公寓，她先放洗澡水。霓尔曾告诉她，百货公司有地方供女孩下班梳洗，让她们打扮得漂漂亮亮地赴约。安娜也有心来个变身。她对自己感到厌倦。她翻找母亲留下的衣服，找出一件海绿色露肩绸缎洋装。浴缸水还没满，她就已经把衣服尺寸调整好了。接着，她泡进热水浴缸，用皂片刷洗身体，刮除腋毛。擦干全身后，她在胸部和脖子上涂爽身粉，为嘴唇上色，用母亲的化妆品打了点腮红。她戴上水珠形钻石耳环，搭配珍珠项链——当然全是人造珠宝，幸好不近看无法辨识真伪。她找到仿绸缎的银色长手套，高至手肘。她拢起头发，拿发卡尽可能夹好——因为头发太重太亮，发卡露出来不好看。然后，她戴上一顶小圆帽，以衬托衣服。她在厨房里照镜子，见到镜中的小姐绚丽夺目，不禁哈哈一笑。伪装成功！为什么拖到现在才想到这一招？镜中的美女成了她的共犯，安娜对着她调皮地眨眨眼。

在凉飕飕的前厅，沃斯先生倚着墙壁，坐着等她，阅读《论坛报》。安娜披着母亲用珠子缀饰的斗篷走下楼梯，他说："克里根小姐，我讲不出话了。"

"为什么呢，沃斯先生？"

"请叫我查理。"

"条件是你叫我安娜。"一丝忧虑在安娜心中油然而生：他对她真的没意思吗？确定？

"我本来打算请你去弗拉特布什街上的迈克尔餐厅，"他说，"这下子，非搭出租车进曼哈顿不可了。"

"我不明白这话是褒还是贬呢。"她的语调转成她和姐妹间爱用的电影腔。

他们在第四大道叫到出租车，不久便上了曼哈顿大桥，底下是蓝黑色的空洞，点点渔火暗示着船只密集。安娜深吸一口气。在独行的人生船上，她习惯以寂寞压舱，如今寂寞一扫而空，这艘船反而顿失重心，让她害怕从桥上坠入黑暗的河流。

"我想问你一件事，查理，"她说，"你家里有个女人正纳闷你上哪儿去了吗？"

沃斯先生转向她，脸色严肃。"没有女人在等我，"他说，"我用人格担保。"

"女同事她们……"

"啊，她们是长舌妇。"

"她们讲的事，会不会伤害到你呢？"

"是事实才会。"

她果然料中了，沃斯先生和她纯粹是朋友，别无居心。"连个女儿也没有吗？"她问，"正在等爸爸回家？"

"目前为止，我膝下犹虚。"

"像你这么英俊的男子，查理，"她娇嗔着，舒舒服服地躺回插科打诨制成的羽绒床上，"怎么可能嘛。"

"运气太背了吧，我猜。直到今晚，上苍终于对我微笑了。"

"同样的台词，你一定讲过一百遍了。一定是幸运签饼[1]给你的灵感。"

"顶多讲过七八十次而已。"

两人哈哈笑成一团，沉浸在机敏应答的气氛中，越讲越离谱。安娜一向想跟男人打情骂俏，如今逮到机会，做起来丝毫不费功夫。

来到东四十六街的钱德勒餐厅，他们吃着汉堡肉加焖洋葱和薯条，餐后甜点是各来一块苹果馅饼、共饮香槟。查理·沃斯懂得发问的诀窍，能把话题限定在安娜心目中的安全范围内，例如潜水测验、阿克塞尔上尉的怪癖、俄军在乌克兰对抗德军的进展。在两人亮晃晃的世界周遭是一片黑暗，他们对此避而不谈。安娜意识到，查理·沃斯也有相同的阴影，和她心心相印。有时候，她觉得自己濒临破解机密的边缘，几乎能看穿他的心事，但她总是落得一头雾水。

晚餐结束后，两人一同走向第五大道，安娜握住他的手臂，这时的心境和早上潜水不愿浮出水面时一样。查理·沃斯一定也有同感，因为他说："时间还早，你最喜欢的夜总会是哪家？"

"我只去过一家。"她说。

"私酿"夜总会有一道上了漆的门，门外有大批客人在等着进场，戴着大礼帽的守门人在人群中精挑细选。安娜忽然想到，她可以拉关系，说她认识德克斯特·斯泰尔斯，其实这话不乏一丝真实性。幸好没必要，因为守门人准许他们进门。安娜对里面的第一印象是，这地方完

---

[1] 一种脆甜的元宝状小点心，空心内藏着印有睿智、吉祥词句的纸条。

全没变，今夜宛如那一晚的延续。在闪亮的黑白格地板上，她寻找她和霓尔坐过的那一桌，现在坐着她不认识的人，四处也不见德克斯特·斯泰尔斯的踪影。黯然失望半秒，安娜庆幸没找到他。带莉迪娅去曼哈顿海滩的往事可以维持原封不动。

领班带他们走向偏远的桌位，查理点了一瓶香槟。管弦乐团的铜管乐器和小军鼓听来像暴雨欲来，也像大军即将压境。一位像流浪女的歌手以颤音开唱，全场安静了片刻。安娜和查理同几十对男女一起冲向舞池。安娜很紧张。她想起去年十月与马尔科共舞的糗态，幸好查理·沃斯带舞的技巧一流。"谢天谢地，你的舞技不错嘛。"她说。

"有赖你的感召。"

"哈哈！撒谎的功夫也一流。"有人可依的快感加上香槟酒助兴，冲得她头晕。阵阵暖气吹袭她的锁骨。

"安娜？该不会是你吧？"

她转身，看见穿着裸肩桃红雪纺绸的霓尔正和男伴跳着舞，男伴比较年长，穿着无尾礼服。安娜脱离查理的怀抱，振臂拥抱好友。"真不敢相信，"她大喊，"我到处找你找不到。"

"我差点认不出你呢，"霓尔说，"怎么了？你变漂亮了！"

霓尔的外表妖媚如常，稍嫌做作，鬓发多了偏红的色调，皮肤白皙到不能再白，好像她足不出户似的。"我敢说，你们两个被赶去坐西伯利亚了。我们这一桌还有空位，"霓尔说，"这位是哈蒙德，我的未婚夫。"

哈蒙德挤出一个微笑，绿眼珠有些呆滞，鹰钩鼻鼻孔张大。安娜猜，他算是英俊吧。她介绍查理·沃斯给他们认识，四人远离乐队，从舞池中的男男女女间穿梭而过。"我们其实没订婚，"霓尔悄悄地说，"我只是想奚落他一下。"

"他是不是……那一个？"

"同一个。他安排我住进格拉梅西公园南边的一个小公寓，好漂亮的。我有钥匙，可以进公园！你有空来找我吧。地址是二十一号。说啊，这样我才确定你记住了。二，十，一。"

"二十一。"安娜照她的意思复述。霓尔显得轻佻,可能喝多了。"你找到更好的工作了吗?"

"我现在完全不上班呀,"霓尔说,"除非打扮靓丽算是一种工作。我成天忙着打扮,以免被哈蒙德扫地出门。"

舞池附近有几桌属于同一群客人,霓尔的桌位就在这一区。马尔科望过来,安娜看见他不禁面红耳赤。他的焦点其实是霓尔。

"哈蒙德真的会赶你走吗?"安娜低声问。

"哈蒙德是一头猪。"霓尔说。安娜听了瞠目结舌,因为哈蒙德近在咫尺,一手正搂着霓尔的香肩。安娜像自己行为不检点似的,回避她的目光。"既然这样,你为什么还——"

"钱啦,"霓尔开朗地说,"他的钱多啊,什么东西都是他帮我付钱。他在纽约州拉伊市有一栋豪宅,单是卧室就有八间,有一个妻子和四个小孩。他永远不会离开他们。也怪我脑袋不正常,本以为他愿意离婚呢。是不是啊,亲爱的,"她对着哈蒙德喊,"安娜是我以前在造船厂的同事。哈蒙德不喜欢听造船厂的事。他认为女孩根本不应该上班,应该成天想着能变什么新把戏来讨好他。"

霓尔在哈蒙德苍白的脸颊上亲了一口,留下一道伤口似的紫红色唇印。哈蒙德像看得见似的,伸手猛擦几次才罢休。他的动作少得很不自然,看着像一个为了掩饰醉酒而走路直挺挺的人。只不过他没醉,他只是想避免其他关系产生危机。

"我们想去洗手间,"霓尔叫嚷着,抓住安娜的手,拉她站起来,"带上你的钱包,安娜,我们女孩非补妆不可啊!"

霓尔表演得太过火了,安娜难以装正经。表演给谁看?不可能是查理·沃斯,因为安娜才和他隔着桌面交换了一个挖苦的眼神。所以观众只有哈蒙德一个。然而,哈蒙德大概是愤怒和恐慌交相攻心,不知所措,无心去揣测情妇为何演戏。

"我们才不是去洗手间,"霓尔拉她离桌后马上说,"在那儿,人人都能偷听,而且女孩个个阴险,想钓哈蒙德的女人多着呢。"

来到一个柱子旁边的人潮旋涡里,她们停下来。安娜掩不住内心的恐惧，开始为好友担忧。"你住在那个公寓里，"她问，"日子过得快乐吗？"

"有好有坏，"霓尔说，"哈蒙德的工作太忙，不太常来找我。"她窃笑一下，"常来找我的人是另外一个。"

"马尔科？"

霓尔大惊失色，发烫的双手颤抖着，紧握安娜的肩膀。"是谁告诉你的？快说，指名道姓。我非知道是谁不可。"她说。

霓尔突然变脸，安娜吓了一跳，干咽了一口口水。"我瞎猜的，"她说，"那天，马尔科不是和我们坐同一桌吗，记得吧？去年十月那次。"

霓尔看了她许久才松手。"对不起。我变得有点……讲也讲不清楚。"

"你是怕被哈蒙德发现吧？"

"对。不过，我不应该怕才对。如果他敢停止养我，我就打电话给他妻子摊牌，他也会遭殃。问题是，到时候，哈蒙德能怎么办？耐人寻味啊。"

"你好像不太喜欢哈蒙德。"

"我讨厌他。他也讨厌我。这就好比结错婚，闹得不愉快，只差没生小孩而已……呃，本来是有可能生小孩的，只是我们不想。"

安娜凝视着霓尔甜美的脸蛋，感叹事情居然演变到了这种地步。"很遗憾。"她说。

"我无怨无悔。我才不想帮猪生小孩呢——生下来，我也不可能爱他。毁掉身材，又没小孩可以爱，太不值得了。"

"唉，霓尔。"安娜说，感到恐惧临头。安娜有预感，好友的未来堪忧。从小，安娜听多了悲剧——奥利芙·托马斯、莉莲·洛兰——这些原本空有姓名的人如今显得有血有肉。姑姑讲的那些下场凄惨的女人，本来也像霓尔这样，全是清纯的女孩。"干脆全都不要算了，搬出公寓，放弃哈蒙德和马尔科，不行吗？回海军造船厂上班嘛！我现在改当潜水员了，你说不定也能潜水。穿那种特大号的衣服，记得吧？我们不是见过他们在驳船上受训吗？"

霓尔爆笑一声，但安娜不肯收手，哪怕苦劝听来像傻话。"霓尔，你难道不能为战争着想吗？"

"你指的是我和哈蒙德的战争，还是大战？"

安娜忍不住笑了。

"我又能怎么办呢？哈蒙德不准我上班。我下班回家，泡过两次澡，香水从头喷到脚，他还嫌我有造船厂的臭味。"

安娜无助地对好友微笑。霓尔忽然拥她入怀，两人的裸肩和裸臂互碰，让这一下变得更突兀、亲昵。安娜闻到了霓尔腋下的异香，感受到了她肋骨下的野性波动。"你变了，"霓尔对着她的耳朵呼气，"变得好标致。"

"真好笑，我本来还想说你变了。"

"这表示，现在我们可以交朋友了，"霓尔说着后退了一步，凝视着安娜的眼睛，"真朋友，不像这地方的蟒蛇。你喜欢辛苦上班，累垮了回家，不过我对那种生活过敏。我妈说，我太自命不凡了，不过不是她讲的那样。我只是想过一过不同的生活罢了。即使看起来没意义也无所谓。"

"即使……很危险。"

"我喜欢的日子是不知道以后会发生什么事，不必定时起床，早上十点想喝香槟就喝。你可别以为我会一直这样走下去。我有远大的计划，别搞错了。"

好友有点亢奋，安娜不是没注意到。安娜多么想说，什么计划？但她比较急着回到查理·沃斯身旁。

"既然一切都摆平了，我们可以去洗手间喽。"霓尔说着便与安娜十指交缠，拉她进入人群。

洗手间的长镜子前挤满了人，大家看着自己的脸，状似惊喜，仿佛从没想到会在这种地方遇见自己。霓尔和几个人热情地打招呼。安娜对她眨眼挥手，退了出去。

安娜走回原桌的路上被一位老侍应拦住了。"您是菲尼小姐吗？"

这个称呼既熟悉又不熟,似乎穿越曲折漫长的空间而来。"是的……"她慢半拍地说。

"斯泰尔斯先生想请您进他的办公室。"

"呃,我——我现在不方便。我想去——"

侍应转身,显然是要她跟着去。她远远地看到了查理·沃斯,想对他挥手,但他一直不往这里看。安娜感到无可避免的命运在敲心门。斯泰尔斯先生当然在这里。她当然会见到他。早在她走进夜总会门口时,就决定见他。

她跟随侍应进入繁忙嘈杂的厨房,走上一道破旧无修饰的窄楼梯,楼上另有一道门,通往一条肃静的走廊。这里的气氛与外面截然不同:地毯软而厚,每一幅油画的画框装着专属的小灯。走廊上有几道关着的门,里面有笑声,空气中充满雪茄和烟斗的烟臭味。

来到走廊尽头,护送她前来的侍应敲门,推开入内。安娜走进一间木板装潢的办公室,发现斯泰尔斯先生坐在看似名贵的办公桌后。"菲尼小姐,"他起身以彬彬有礼的口吻说,"您的大驾光临是我的荣幸。"

安娜觉得他语带不满,好像在指控她刻意避而不见。"我刚找过你,"她说,"我以为你不在。"

"我天天都在啊,"他说,"如果我不在,夜总会保准闹火警,对不对啊,小子们?"

办公室里有四个流氓嘴脸的年轻人,态度不友善,在房间里闲晃着,活像避邪用的滴水兽。他们喃喃表示赞同,显然知道自己只能扮应声虫。

"这样的话,"安娜说,"你留下来,算我们走运喽。"

她心中的插科打诨管道依然畅通;她把对话的方向诱导进这管道,欣然听着自己的连珠妙语。

斯泰尔斯先生以慎重的目光看她,与他愉悦的语调截然相反。"小子们,"他说,"魅力出众的菲尼小姐光临,还不跟她打声招呼?"

他们嘟哝着回应。带她前来的老侍应告辞,把门带上离开了。安娜看着夜总会的黑帮老板,一身气派的西装,模样英俊。她同时感觉到,带莉迪娅游曼哈顿海滩的往事开始溶解,宛如一粒阿司匹林掉进一杯白开水。她渴望打退堂鼓,渴望保护那段回忆,无奈呼来唤去的权力似乎全握在斯泰尔斯先生手上。她忽然一肚子火。

"小子们,走吧,"他说,四个年轻人戴上帽子,"我自己送菲尼小姐就可以。"

年轻人们离开办公室后,他起身,看看办公桌上的一两张文件,然后转向安娜,口气和刚才完全不一样:"能见到你真好,你妹妹最近好吗?"

安娜愣住,注视着空空的双手,尽可能以轻快的口吻回答:"改天再谈她吧,我想赶快回我男伴那桌。"

"管他呢。"他微笑着说。

"他未必赞同。"

"我想也是。"

安娜脑袋里嗡嗡作响。她生德克斯特·斯泰尔斯的气,也能感受到他同样愤怒。她不懂为什么。

"我开车送你回家。"他说。

"谢谢你,但我暂时不打算离开,而且也不需要你送。更何况,"她揶揄地说,"你一走,这地方难道不会闹火警吗?"

"更好,求之不得!"他笑了一声后说。

安娜从他的身旁推开门,走出办公室,进入地毯厚软的走廊。他没有跟上的意思,甚至连音量也没提高,说:"我的车停在外面,衣帽寄存处旁边会有人带你过去。"

她假装没听见。然而,当她在肃静的走廊左转右转之际,她发觉自己正在编借口,想甩掉查理·沃斯。发现自己有这份盘算时,她更加火大。斯泰尔斯先生自以为了不起吗?

安娜走过一道又一道走廊和楼梯,终于找到了前往舞池的出口,和刚才被带走时进的门不是同一个。哈蒙德独守一桌,瞪着舞池,愤怒但无力。安娜顺着他的视线望去,隐约可见霓尔和马尔科正在拥舞。

查理·沃斯隔他几桌坐着，安娜远远看见他，松了口气。他似乎和几个认识的人坐同一桌。"我刚遇见我母亲的老朋友，"她告诉他，"他不赞成我出来玩，坚持开车载我回家，希望你不要介意。"

查理不讶异，更没有显露受伤的神情，但即使他心存这两种情绪，他也设法将其从语气中消除了。"只要你向我保证他是好人。"

"谢谢你今晚的款待，查理。希望以后能再出来玩。"

"我迫不及待。"

等着领衣帽的客人大排长龙，幸好刚才带路的老侍应已经在等安娜。他接下安娜的存根，几分钟后捧着她的外套和帽子回来了，然后带她从侧门离开，那里和大门相隔几户距离。斯泰尔斯先生的凯迪拉克车引擎运转着静候她。

侍应为她打开副驾驶座的车门时，有人走向驾驶座，斯泰尔斯先生摇下车窗，对来人说："哈啰，乔治。"他把手伸出车窗和来人握手，安娜这时坐进他身边的前座。

"这么早就走吗？"乔治问。

"只开车送菲尼小姐回家。菲尼小姐，这位是我姐夫波特医师。菲尼小姐是我的部下。"

医师望进黑暗的车里，看着安娜。她瞧见乔治的小胡子油光闪闪，目光带笑。一个风流男子。

"点一瓶香槟，老板请客，"斯泰尔斯先生告诉他，"我待会儿去找你。如果没遇到，我们明天在岳父家见。"

他摇高车窗，踩油门离去。车开向上城区，车头灯照亮了前方雾蒙蒙的冷空气，他说："后来怎么了，告诉我。"

安娜娓娓道出曼哈顿海滩之行的后果。她从未叙述过那一段往事，讲时斟字酌句。皮座椅的气息有助于让时光倒流回那一天：她抱着莉迪娅温暖的身子，感受着妹妹胸腔深处的心跳。她大受失落感的打击，仿佛妹妹刚被人硬生生从她怀里夺走。她记得，即使莉迪娅不动，她照样能感受到妹妹皮肤底下奔放的生命力。她奢求那份生命力，渴望到令自己虚脱。

她叙述完毕，斯泰尔斯先生嗓子哽塞，说："我很难过。"

车先是开往上城区，随后掉头，转回下城区。来到第五大道，车掠过市立图书馆。安娜送母亲上火车后曾走过这里。就是在这里，当时她首度领会到暗夜的吸引力，感受到它的危险。自那一刻起，她一次次地击退它。与众不同的女孩。身边没别的女孩，你又怎么知道自己是什么样的女孩呢？或许，那种女孩只不过是普通女孩，差别在于没人告诉她们，她们不是那种女孩。

暗夜无处不在，魔爪伸向四处，黑压压一片，灌满车内，将安娜团团包围。但她对黑暗的惧怕已然消失。在莫名其妙的情况下，不知从何时起，她已委身于黑暗——钻进暗夜的一道裂缝里，消失无踪。天下没有人知道该去哪里找她，连德克斯特·斯泰尔斯也找不到。

他开着车，直视前方路况，但安娜意识到身旁的他满腔狂热，如坐针毡。他咽口水时，喉骨的动作如同指关节。他不可能浑然不觉安娜正盯着他看，但他拖了半晌才转头看她。两人之间建立起新的默契。

"一身绿，"他轻声说，"你变了个样。"

"所以我才这样穿。"她说。

17

德克斯特将车窗打开一道缝,让冬风扫过他的脸庞。身旁坐着一位有学识的人,一个脑筋不笨的女孩,能明了他要她明了的事物,兼具外在美和强韧的性格,深得他心。但其实最吸引他的莫过于后者,因为他在生活中见惯了外在美,对他起不了太大的作用。然而他对车上的邻座女孩也有意见。这个时髦的女孩聪明伶俐,价值观正确,响应战时活动,因苦日子和家庭悲剧早熟。他对这女孩有意见的是,她害他满脑子只想做一件事,具体而言就是,他想上她。其余的想法飘荡在不近不远的地方,例如隐约认为她可能愿意为他效劳,或许能善用她的强悍性格,衣服遮不住的精瘦手臂显示她是神枪手的料子,但这些想法拗不过占有她的欲望。纵使欲火烧得他难以专心开车,他同时也思考着:事业上,他憧憬的和谐之所以难如愿,症结就在男女之情上。男人主掌世界,而男人也想上女人。男人说"女孩个性软弱",其实,女孩反过来也让男人软弱。与此同时,另一条思绪展开:为什么想这个?为什么是现在?为什么是她?刚被姐夫撞见,何必冒这个险?但这些疑问属于理论性问题,稍后再辩论也不迟。自从两个星期前拜访Q先生后,德克斯特内心潜藏着不安分的情绪,蓄势待发,如今终于逮到发泄的对象。他同时也在想:可以带她去哪里?隐蔽一点的地方,最好是室内。被欲火烫一下,人人都会变成白痴——德克斯特觉得愚昧罩头而下,仿佛戴了一顶笨蛋圆锥帽。去哪里?去哪里?去哪里才好?

奇怪的是，载菲尼家姐妹游曼哈顿海滩那天之后，他几乎没有再想过菲尼小姐。残障女孩确实令他有些心神不宁，令他几度想起围着羊毛毯的妹妹那双明亮的眼睛，但这种想法只维持了大约一星期。至于她的姐姐，他从来没想过。然而今夜，她身穿一袭绿洋装，令他只看一眼便觉心头紧缩。在夜总会的暗窗里，他监看她，等候紧缩感消退。但他一想到她身旁的友人，紧缩感便有增无减。他对她的友伴看不顺眼：一个是毒瘾妹，已婚男子的情妇，而男伴则是弯的，他敢拿钱打赌。看着一身绿的她，他不禁想起小姨子碧琪在厕所门内的娇喘。

车驶过布鲁克林大桥之际，她告诉他说，她已经当上潜水员了。她口气轻快，为的是打破沉默吧，他猜想，心存感激。这话题有趣，和同一个女孩在同一辆车上聊天也有意思，但这次的目标和上次截然不同。他过问潜水器材，关心她如何在水里呼吸，好奇她是否在海底踢到过死尸。但这些并不重要。

车沿着弧形的海岸线前往湾脊区，德克斯特伸手过去握住她的手并十指紧扣，感觉她小手的指头纤细而温暖。她以拇指按他的掌心，让他仿若被闪电劈中心脏，简直就像她把手伸进了他的裤裆。车里的空气嗡嗡作响，似在颤动。只有一帖良方治得好这种现象，就是把空气耗尽。

德克斯特在海边有一间船库，是他近几年处理几项公事的地点。并非每一件公事都能善终。在这里暗通款曲似乎不恰当。但这里地段偏僻，环境隐秘，门外挂着大锁，因此公事和私通两相宜。此外，这里离他家东边不到一公里，目前为止尚未被海岸防卫队征用。每次接近这船库，德克斯特总担心见到房子被军方夷为平地。

他在冷清的路旁停下，车咔嚓几声，叹了口气，归于平静。暗夜无边无际。他倚向安娜，第一次亲吻，尝尽芬芳。看样子，她是全纽约唯一不抽烟的女孩。他意识到，饥渴在她体内悸动着，宛若另一颗心脏，比心脏更大更软。他按捺不住冲动——无疑是青少年才有的冲动——真想在此时此地动手。但是，这样做太危险了。他打开车门，绕过去为她开门。

"我们看一下。"她说。他明白她想看的是海，这才发现浪涛声有多响亮。他们走向尽头,眺望一排幽灵似的浪花列队行进,像几行头戴白帽的人手牵手纵身跃入深海。德克斯特做出他原本发誓不做的动作:在户外亲吻她。假使气温高一些,他必定想拉她就地躺下。以前年轻时,在科尼岛的木板道下面,他和不止一个女孩做过同样的事。踏浪的游客在上面走来走去,海沙从木板的缝隙掉下。但现在不急。离开夜总会时还不到深夜一点。战时的日出在八点以后,他们有充分的时间做该做的事。

船库在下一条街上,旁边有座短码头。德克斯特用钥匙开锁,使劲推开卡住的门,立即察觉到有人来过。他上一次来这里是几个月前的事了。防风灯永远被放在门边,他拿鞋划着火柴,点燃灯芯,摇晃的火光证实了他的第六感:一个威士忌空瓶和几个烟屁股。他暂时管不着这些异状。他想为屋内增温。这里无电可用,只有一座矮炉,生火后能让屋子快速暖和起来。他将柴火塞进炉子。火种用完了,幸好他找到一张报纸,点燃后才后悔没看日期,无法了解究竟是谁未经他允许,瞒着他进入船库。

炉火烧旺后,他转头看,有些希望女孩在他埋首处理杂事时溜走。但她还在,正在摘下黑发里的发卡。抱住她时,浓密的黑发散落在他手上。另有一些务实的考量,他暂时搁一旁不管:该不该铺外套然后席地躺下?或者取下悬挂在墙架上的小船爬进去躺着?他伸手至芳臀下面交握,抱她到火炉后面靠墙的桌上,让她坐在桌子边缘。这屋里几乎无光。他吻她的嘴和脖颈,然后解开她的外套,剥去套裙,露出长筒袜和吊袜带。他踹掉自己的长裤,平趴在她的裸腹上,柴火在背后的炉里噼啪作响。

"你要吗?"他低声问。

"要。"她说。他一听,盲目愚蠢的想法驱使他上前,如同猎狐会上的猎犬。他拨开她的内裤,徐徐进入她体内,听见自己如释重负倒抽一口气的声音仿佛从房子另一角传来。片刻之后,他中弹似的哆嗦一阵,屈腿死命抱紧她贴身缴械。他急促的呼吸声充满整间屋子。恢复行走能力后,他把两人的外套抛向炉子前。炉子的热度转强了。他帮她脱去上衣和长手套,解开胸罩和袜子的吊带,缓缓卷下丝袜。在炉火的照耀下,她显得稚嫩。她压着外套躺下,闭上眼。现在可以正式开始了,无须言语。他以口周游她全身,直到她似乎无法喘息。当他撑开她的腿时,她的滋味似大海。即使到现在,他仍听得见墙外浪涛扑岸的声音。她的高潮如恶疾发作,他在她退潮之前再次进入她。

两人时睡时醒,德克斯特几度起身去添柴。睡到一半,在淡淡的橙红光中,他被她的双手弄醒,魔力强劲,令他误以为她能在爱抚的同时钻进他的皮肤,进驻他体内。不然她怎么可能知道每个动作能引起他什么样的反应呢?她闭着眼,他也闭着,漂流在甜蜜的苦闷中,感觉维持了数小时都未停歇。等到她终于允许他结束时,他觉得自己的魂魄都飘走了,恢复意识后才呵呵笑起来:活了四十一年,头一次有这种感觉。与此同时,他暗暗掂算着黎明何时到来,急着在天亮前完事。能再玩多久?她爬到他身上,在他的抚摸下宛如弓弦般震颤着,他觉得自己又硬了。他心想,这事不会结束——只可能反复这样下去,没完没了。但他没有傻到相信。

"安娜。"

呢喃声戳破层层睡雾,刺进她的耳朵。她睁开眼睛。沉闷的天光隔着窗帘照进来,炉子里仅剩余烬残火。她觉得冷,尿急。睡前,他为她盖上一条粗毛毯,她感受到两人的皮肤在毯子下接触。"安娜,"他再一次低语,凑近她耳朵,"我该送你回家了。"

她僵成了木头人,眼睛只睁开一条细缝。她怕移动。她想起昨夜霓尔的男伴,他那不自然的僵硬。她现在也有同感,想以迟钝躲避灾难。

"你没事吧?"他问。

"没事,"她说,"对,我还好。"其实不然。平日破晓时分,她总有脱离暗夜苦海的感觉,今天却有大难临头的忧虑。她心跳狂乱,耳鸣不止。

他起身走开。这是她今生第一次见到裸体的男子:一个虎背熊腰的陌生人，黑森森的卷毛从胸部延伸至下腹，丛聚在私处。那器官好似一双用鞋带缠挂在电线杆上晃荡的靴子。安娜从未经历过激情过后的场景，因为和利昂玩禁忌游戏时，两人总是偷偷进地下室藏身处，结束时也是分别离开，他们从未在日光下捡拾衣物，更没有枪。椅背上垂挂着一个枪套，里面有一把货真价实的枪。她和这号黑帮人物做的龌龊事令她倒尽胃口。昨晚喝醉了吗？神智失常了吗？她尽量以理性抚平恐慌：母亲不可能发现，因为造船厂今天休假，她既没旷工也没迟到。然而，她穿着昨晚的服装回公寓，难保不被左邻右舍看见。她急着趁天色半亮的时候离开，去解决内急，洗澡，在自己的床上补眠，然后才好展开新的一天。昨夜的足迹已经被一个个抹净，目前只剩几步，她急着走完，然后彻底抹除。

她等他穿好裤子，才摇摇晃晃起身。她背对着他，穿上内裤，扣好胸罩，扭身摆臀穿上套裙。首饰仍戴着。她的一条尼龙丝袜被炉火烘变形了，只好光着脚，穿上洋装，以撤退的姿势传达无须协助的意思。他其实并没有想主动帮忙。他和她各忙各的，眯眼研究空酒瓶上的标签，从地板上捡起两个烟蒂细看后丢掉。安娜套上斗篷，扣在颈部，戴上帽子。她赤裸的脚上布满鸡皮疙瘩。

她在门边等他检查自己的口袋。两人穿上外套、戴上帽子后，她觉得镇定多了。他来到门边时，她微笑以对，情绪松懈。他以手指抬起她的下巴，给她敷衍的一吻——吻别——然后才打开门闩。接着，他再吻她一次，这次较深，令安娜觉得心中有一扇窗不顾一切地打开了——不管日出在即，只愿再来一次。被他唤醒的饥渴扫除了她内心的大小顾虑——以后再操心吧。重温美梦的急切融化了几分钟前的羞愧。

他插好门闩，摘掉她的帽子，开始解她的外套扣。安娜心想，不费吹灰之力就能继续玩下去。一直玩，一直玩。她多么想继续！

"我们以前见过，"她说，这六个字溜出嘴唇时，她才感觉到这句话的威力，"你可能不记得吧。"

"在夜总会里？"他喃喃说。

"不对。在你家。"

她抓住他的注意力了。他的手停在她外套的纽扣上。即使安娜的心愿是继续,她也明白这句话已经结束一切。

"在我家?"

"几年前。我那时还小。"

他缓缓摇头,定睛注视她。"怎么可能?"

"我父亲带我去的,"她说,"他名叫埃迪·克里根。我认为他可能帮你办过事。"

这姓名传遍整栋船库,仿佛是歌咏而出,也像是出自第三者之口,因为安娜一听见父亲的姓名,宛如瞬间脱离意乱情迷的环境。父亲是埃迪·克里根。自始至终,她和德克斯特·斯泰尔斯的一切纠葛似乎全引领她走向这一刻。

他并未对这姓名有什么反应,仿佛他没听见或不认识。他扭转着手指上的金戒指,把外套翻领拉正,但安娜从他僵直的体态看得出,那是一种充满恐惧和戒心的状态,和她刚醒来时一样。"你为什么不早点告诉我?"他轻声问。

"我说不出口。"

"你说你姓菲尼。"他的口气是困惑多于指责,仿佛正在拍压口袋寻找他丢失的东西。

"他失踪了,"安娜说,"五年半了。"

德克斯特·斯泰尔斯把自己的帽子戴回头上,看表,掀开窗帘一道小缝向外面望。"我们该走了。"他说。

出门后,两人走向停车处,保持距离。黎明是清冷晶莹的蓝。他打开副驾驶座的门,让安娜坐进芳香的车内。他用力甩上驾驶座的门,开车离去。沉默上路几分钟后,他说:"现在才知道这件事,让我处境很尴尬。"

"这么说,你确实认识他,"安娜说,"他确实为你做过事。"她这才明了,自己从未真正相信这事实。那段往事的梦幻意味太浓,也像一厢情愿。

"你早问的话,我一定会告诉你。"

"你记得他带我去你家的事吗？"

"不记得。"

"那时候是冬天，像现在这样。那天我脱掉了鞋子。"

"假如我记得一丁点那天的事，"他说，"我敢向你保证，我们决不会一同坐在这车上。"

"你知道埃迪·克里根发生什么事了吗？"她问。

"我完全没概念。"

安娜看着他，等他转过来看她，但他目不转睛直视前方路况。"我不相信你。"她说。

刹车来得紧急，车胎发出一声尖锐的声响，在幽静的住宅区街道靠边停下。他转向安娜，脸色发白。"你不相信我？"

"对不起。"她结结巴巴地说。

"睁眼说瞎话的人是你啊。我根本不清楚你是谁——不知道你在打什么主意。你是妓女吗？是不是有人拿钱给你，叫你来让我上，讲这些话来整我？"

她使劲掌掴他的脸，大脑拖了半秒才跟上。他的脸颊上泛起了一个红手印。"我没有向你表明身份吗？"她声音颤抖，"我名叫安娜·克里根，是埃迪·克里根的女儿。我一直都是同一个人。"

她以为他会回击。他紧握方向盘的双手上有疤痕，就像拳击师的手。他深吸一口气，然后才转向她。"你想要什么？钱吗？"

她差点再打人，幸好怒火一闪即逝，她镇定下来，思路之清晰是近几个星期以来绝无仅有的。

"我想知道他到哪里去了，"她说，"想知道他是不是还活着。"

"这两个问题，我全帮不上忙。"

"假如你失踪，你难道不要女儿找你吗？"她问，"你难道不期望她找你？"

"我最不希望的事就是她来找我。"

她陡然心惊。"为什么？"

"我会希望她离我越远越好，"他说，"以免连累到她。"

他瞪着正前方。安娜看着他紧握方向盘的手,吸收着他的话。她推开门,跳车出去,浑然不知置身何地。她开始走上车前方的路,以为他大概会开车跟进,以为会听见他喊话,但德克斯特·斯泰尔斯驾车从她身旁驶过,头也不转。

第五章

远 航

The Voyage

18

五星期前

  一九四三年元旦，旧金山，埃迪·克里根登上电报山，来到科伊特塔附近，在哨兵允许的限度眺望内河码头，看见三艘自由轮正在进货。这三艘船的式样当然如出一辙，但他明白中间那一艘是"伊丽莎白海员号"。一小时之内，他必须登上那一艘轮船就职。埃迪心生畏惧。他爬上电报山的本意是登高望远，看扁大货轮，也压扁抗拒心。

  上个星期，他前来旧金山参加三副考试。在廊柱高大的海关大楼内的考场，接受连续五天的测验。拾级而上之际，他仿佛即将面对图书馆或市政府，感觉自己矮了一截。他没怎么受过教育，投身海运工作之前只读过报纸。所幸，船员人人皆有阅读的习惯——在海上，不打牌、不玩克里巴奇牌戏的人不太找得到消遣，因此，埃迪抱着迟疑的心开始读书，发现很合胃口。他翻页的速度仍迟缓，但书读得越多，头脑越活跃，好比一条狗等着人对它扔棍子，等候喘息、翻滚、咬回棍子的机会。他捧起《商船高级海员手册》，熟记其中几部分，结果三副考试的成绩几乎满分。

  在没有望远镜的情况下，他尽可能以肉眼检视"伊丽莎白海员号"。起重臂正吊着大箱子，放进二号货舱，他猜箱内装的是飞机。他看着进货的过程，内心升起一股陌生的警觉，好像等着看进货出差错，抓住机会发火,仿佛离船半公里之遥、仍未上船报到的他已身负军官的监督任务。他为此感到心烦。他责骂自己:没搞错吧,商船队又不是海军。商船上高级船员的称谓也是军官,只是没军服可穿。然而,如今埃迪升官了,即使不是军官,他仍意识到被动沉潜五年半的平静恐将不保。

这并不表示他在船上偷懒成性。他从基层干起,活像苦力,以肉体的苦消弭内心的波澜。他最初的几份工作俗称"黑脸帮",他曾在轮机舱里铲煤、照料锅炉、灭火,也曾在五十二度的高温中清洁并润滑轮船内部的机组,所到之处不是火烫就是有水蒸气凝结,忍受着轰隆隆的引擎声,导致长年耳鸣。肉体的疲惫掏空了他的心灵。卖命八个月后,他从轮机舱升级到甲板,加入水手的行列,起初被炫目的阳光照得讨饶。后来,眼睛适应了强光,他放眼一看,见到了海,竟发现眼前是前所未见的新景象:浩瀚的汪洋颇具催眠作用,看着像鱼鳞、蜡、锤击纹的银器,有时也像皱纹遍布的肌肤。大海具有从陆地上看不到的结构与层面。埃迪面对这片他不熟悉的海面,练就了飘浮在半意识状态的功夫,有意识却又不见得全然清醒。眼球里爆发金星。空虚感"嗡嗡"地盈灌脑门。不思考,不感受——纯粹为了活着,无苦无痛。他记得前半生,但往事全被堆进脑海里的一个房间,而且往事之外另有往事——比埃迪印象里的往事还多。他学会回避那一个房间。过了一阵子,他便会遗忘那个房间在哪里了。

最初几次,他担任非工会船员,曾和多达二十人挤一间大通铺房间。后来发生了大罢工事件,他在西岸求职无门,才结束非工会的日子。埃迪的同事中,有些是罪犯,有些是毒瘾缠身、水手袋里暗藏针筒的沦落人,有些是记忆零零落落的业余拳击手,所有人全睡同一间屋子里,缩在布袋里,有人咳嗽、放屁、呻吟,埃迪竟以为声音出自自己。有一次,他在锅炉舱撞见两个男人相拥在一起,汗水淋漓,喉音深厚,令他反胃之余火冒三丈。他决心采取行动——先抗议,然后找海事律师申诉,但等到他轮班结束,他已经懒得管了。男欢男爱事件成了过往云烟,被搁置在事件发生时的那一片海域,难以拾回。时值一九三七年,船员个个都有难言之隐，但他们也是口舌最勤奋的人，从他们嘴里吐出来的故事唯有一个用意，就是遮掩不足为外人道的秘密。

珍珠港事件的爆发结束了埃迪不稳定的生活。军方迫切征募老手登船运送战争物资，埃迪无须争取，便从普通水手晋级为一等水手。长官强烈地鼓励一等水手再上一层楼，期许他用功应试升为三副。埃迪拗了几个月不从，只盼能维持平静的海上生活，而其中的要素是他自己的消极被动。无可奈何的是，他虽看不见方酣的大战，但在战争期间态度不够积极，令他觉得自己像在游手好闲。他变得无聊，坐不住了。五年多来，他从未下船连续休息两星期，船进旧金山港后，他决定领薪水辞职，搭火车至阿拉梅达，接受为期两个月的高级船员训练。

时辰不早了，埃迪缓步走下电报山。湾里战舰云集，周遭的山坡上点缀着白白的民房，犹如鸟蛋。他黯然发现，此景未能平息他焦虑的新生的戒心。但戒心并不是新的，而是上半生残留下来的古物。埃迪已忘记那份滋味。

三十分钟后，他踏上倾斜的通道，从二十一号码头走上"伊丽莎白海号号"。在他抵达甲板之前，一阵阵熟悉的嗓音冲击着他的耳膜：声如洪钟，言语中不留情面，英国腔，咬字非常清晰。在通道上的埃迪愣住了。他尽量把这嗓音的主人想象成别人，随便是谁都行，只要不是恨他入骨的水手长就好。可惜他无法想象。全世界讲话像这样的人仅此一个。

踏上主甲板，埃迪瞥向忙碌的起重臂、货物、手忙脚乱的陆军搬运工，寻找着水手长的黑色身影。他是尼日利亚人。埃迪遍寻不着，也没有再听到他的吆喝声。埃迪并非头一遭凭空想象水手长。

在船中甲板室里，埃迪向二副自我介绍。二副姓法明代尔，外形气宇轩昂，胡须雪白，姿态高贵如硬币上的伟人侧面像，但埃迪一眼就把他归类为酒鬼。二副露出的马脚不只是步伐过度谨慎——今天毕竟是元旦，步步当心的人比比皆是。泄他底的其实是他毛孔里散发出的异味，近似土壤混合着烂橙皮的味道。埃迪心生反感。

在起居室里，埃迪向船长出示崭新的三副适任证书，上面的笔墨仍未干。青年船长基特里奇一头金发,相貌出众,像饰演船长的电影明星,反而比较不像真船长。在他身旁,埃迪觉得自己好老;以三副而言,他确实超龄。船长显然也有相同的想法,所以才问:"你是退休后复出的吗?"

"不是的,船长,我一直都在海上。"

船长点头,无疑将埃迪列入战前商船上常见的浪人族。基特里奇船长具有美国乐观主义的霸气,习惯把目标定高、定远,自诩最终能达成目标,否则部下有苦头等着吃。船长告诉埃迪,这一趟是"伊丽莎白海员号"第三次出航,前两趟平淡无奇,航行中陆续在小岛停靠,往返于太平洋。

"伊丽莎白夫人是位与众不同的女士,"他眨了下眼睛,"我们的航速一直维持在每小时十二海里。"

"十二海里!"埃迪惊呼。自由轮的龟速远近驰名,时速十二海里视同全速前进。或许在无形中,船长的美国乐观霸气推动了大船。

前墙开着三个舷窗,海风徐徐。窗外,是埃迪印象中的旧金山,色彩缤纷,蓝、黄、粉红,是一座光之城。在工会厅和海员教堂里,大家诉说着东岸的惨事,例如油轮遭鱼雷击中后如焰火筒般迸射火花,例如前往北极圈内的摩尔曼斯克的恐怖的北海航程发生了船难,救生艇上的船员被活活冻死。那种情境令置身西岸的船员难以想象。珍珠港事件后的这一年,埃迪的航程和船长描述的差不多:靠港卸货,虽然无法自由行动,却也没有明显的危机,因为台风季节已结束。

三副的房舱和救生艇甲板在同一层,在右舷后方,旁边是医务室。埃迪的房间小而实用:一张附带抽屉的床、一个小衣柜、一张书桌、一个洗手台。然而,由于埃迪住惯了人挤人的房间,家当全放置物柜,如今三副房舱的空间如此空寂,奢华得反而令他望而生畏。

打开行囊,他发现一个未拆封的信,正面写着"稍后展阅",字迹端正如中小学教师。想必是英格丽德留的。三个星期前,他在旧金山认识了年轻寡妇英格丽德。他心生一阵莫名的烦躁,把信放进书桌抽屉,然后去操舵室开始履行三副的义务。他翻看轮机员记录簿,检查信号旗。自由轮是量产轮船，每一艘的配置完全相同，连油布面的置物柜都毫无二致，而埃迪已在两艘自由轮上担任过水手，因此熟悉"伊丽莎白海员号"的构造。透过操舵室的窗户，他观察到二号货舱仍在进货，和他从电报山上眺望到的箱子一样。正如他所料，箱子里装的是飞机：道格拉斯A-20战机。箱外印着斯拉夫语系的西里尔字母。

他离开船中甲板室，回到主甲板上。在船的后半部，三号货舱正在接收一般货物：袋装水泥、牛肉罐头、蛋粉、成箱的靴子。埃迪爬上后方的炮台甲板，问候值班炮手。这名炮手青涩得不像话，顶着制式平头，招风耳，和所有新兵一样。没有一个水兵的志愿是保护商船，但每一艘货轮依照规定必须有海军炮手的编制，以便遭受攻击时有人懂得操作大炮和机枪。

埃迪从炮台甲板上下来，注意到楼下的舵机舱门没关紧。唯有高级船员才准下去，但甲板水手有办法取得钥匙。埃迪很清楚，因为他自己也做过这种事。舵机舱是烘干衣服的绝佳场所。

埃迪好奇是谁违规进入了舵机舱，正要爬下梯子进入弥漫着熟悉的油味和热气的底层时，差点踩到爬梯子上来的尼日利亚籍水手长。

"什么……你……"水手长破口而出，既错愕又不满，居然语塞了，有违他的本性，"难不成你精神失常，试图加入我的甲板水手队？"

埃迪占据上风，因为他事先听到过水手长的说话声，有了心理准备。"完全不是，水手长，我拿到三副证书了。"他说。这是他第一次真心为升级而高兴。

如同多数水手长，这一位也蔑视长官。他更恨一等水手升任的长官。这类型的高级船员和军官俗称"锚链筒官[1]"。从水手长表情丰富的黑脸上，埃迪看得出他心存鄙夷。"一个锚链筒官！"水手长再以假甜蜜真奚落的语气说，"恭喜啊，长官！此行是您以三副身份进行的处女航吗？"

---

[1] 指那些非军事学校出身获得高阶职位的人。

"没错，是的。"埃迪说。他心跳加速，每次和水手长斗智时都是如此。水手长的言语总让埃迪听了微愠。他的英国腔有专横的味道，从黑人的嘴巴里说出来，埃迪觉得分外刺耳。"对了，水手长，你不必喊我长官。我想你应该明白。"

"噢，此事实我已然心领神会，三副，"水手长快活地咆哮道，"我的'长官'仅为敬语，纯为表达我已有所知悉，为你以火速直登海事天梯而肃然起敬。"

"你有理由进舵机舱吗？"埃迪问。

"当然有，否则我可不愿浪费宝贵时间在那个地方。"

"我想下去巡视，麻烦你让开，"埃迪说，"希望你的理由不是晾衣服。"

水手长的鼻孔扩张，偏胖的身形加上黑得发紫的肤色，即使埃迪从上往下看他，也觉得他的体形比自己大。站在梯子上的水手长并未让步。"或许，借此良机，容我提醒您，"水手长说，字字狠如抽鞭，"以三副而言，而且是新上任的三副，您的职权不及我的，换成大白话，意思就是，你无权对我发号施令。"

水手长说的当然对。三副无法指挥任何人，反观水手长，下属总共十三人：六名一等水手、三名普通水手、三名甲板水手，还有一名木工。此外，三副的直属上司是大副。埃迪曾经是这位水手长的手下，知道他是传统型的暴君——这一类型最受船运公司钟爱，因为能借此从水手身上榨出最多的油水，把加班费压至最低。和多数独裁者一样，这位水手长独来独往，嗜书如命，埋首读书时专心致志，简直像从头到脚都投入其中。多数船员用餐时讨论自己读到的内容，和别人交换书，以扩增微薄的藏书，水手长则不然。他以油布遮书皮，见人靠近就放下书，页面朝下。有人推论，他读的是脏书，也有人臆测，他读来读去只读同一本：《圣经》或《古兰经》或《律法书》，或者以上皆是。他神秘兮兮的态度曾惹恼埃迪。埃迪自视对黑人态度亲善，但他习惯的黑人是低他一等的黑人。商船上的人种形形色色，埃迪初次见到难以适应。在商船上，白人听命于黑人、南美人，甚至中国人，大家见怪不怪。然而，这位水手长不但口才比埃迪好，受教育程度也比埃迪高好几级。他看待埃迪的态度也令他联想起"蠢爱尔兰佬"的损人话。

从前有一天，在其他一等水手的怂恿下，埃迪大胆接近水手长，压抑不住冷笑，问他在读什么。水手长立刻合上书走开了，不吭一声。从此，两人变得针锋相对。水手长没事找事给埃迪做，前一个任务里埃迪被防锈鱼油熏得两眼昏花，下一个任务就是为全船重新上漆，先涂红色铅漆，接着再涂成战舰灰色，连桅杆都不准省略。通常这是甲板工的任务。在强风中，埃迪荡来荡去，虚拟着复仇大计。

如今在"伊丽莎白海员号"上重逢，埃迪对他说："水手长，我有一种感觉，"梯子仍被水手长占据，埃迪的怒火累积着，"你认为我应该听从你的命令。"

"此事我连做梦都不敢，"水手长反驳道，"只不过我心里明白，上一趟确实如此。"

"是啊，情况不一样了，以后也不可能再发生，除非你埋头苦读的书里面有一本是三副考试的教材。"

水手长纵声狂笑，音质介于钟鼓之间。"恕我斗胆，三副，"他高声笑着说，"倘使本人志在升任三副，如今必定早已成为船长。"

埃迪嗅到了占上风的良机。水手长再怎么大摇大摆，再怎么能言善辩，埃迪在美国商船上也从未见过黑人船长，而这位水手长八成也没看见过。两人似乎立即同时感应到这一事实。"好吧，"埃迪语重心长地说，"我想我们双方已达成共识。"

"我们永远都不可能达成共识。"水手长臭骂着。他继续向上爬，强迫埃迪后退。埃迪认为，水手长以卑鄙的手法战胜他，这比战败还可耻。埃迪撤退到甲板上，水手长以肩膀擦过他身旁离开。

最后，埃迪下到舵机舱巡视，丝毫不见晾晒衣服的迹象。

后来，他从厨房后面的门爬下机舱。每下一阶，越深入船腹，气温便逐步上升。下面尽是交缠的管线、走道、木箱、排气阀，但推动螺旋桨的三大活塞没有动作。

在机舱里，地位相当于埃迪的二管轮也有口音，但不是爱尔兰腔。埃迪听他自报姓"奥西斯基（O'Hillsky）"，以为是以"奥"字开头的爱尔兰大姓，于是问他："爱尔兰人吗？"

二管轮笑着回答："波兰人。O-C-H-Y-L-S-K-I。"他是烟斗客，在热乎乎的轮机舱内很少见。"你听到谣言了没？"奥西斯基说，"这趟去俄国。"

埃迪想起飞机货箱外面印着斯拉夫语。"从地理上看，没道理吧。"

二管轮叼着烟斗嘿嘿笑，埃迪意识到这是一个他逐渐懂得欣赏的欧洲冷幽默。"机器不会思考，"奥西斯基说，"而战时航运管理局正是一部机器。"

"去摩尔曼斯克？"埃迪问，嘴唇不太适应这地名。

"先决条件是，上级要发北极装备给我们。你能打听看看吗？"

"我去查一查。"埃迪说。

随后的八天里，"伊丽莎白海员号"在旧金山海岸转靠各码头，继续进货。四号货舱满载铝土矿，一号货舱满载C口粮[1]和箱装小型武器。最后一站是四十五号码头，坦克车与吉普车上船，以不压到板条舱口为原则，放在甲板上，以链条拴紧，固定在板眼上。负责监督进货的人是大副，丹麦人，年约六十岁，知识丰富，帮手是水手长和水手队。埃迪在港口的责任模糊不明，尽量避免和水手长正面冲突。幸运的是，尽管伙食相同，高级船员的用餐场所有别于工作人员。高级船员在餐厅吃三餐，桌上铺着白桌巾。夜阑人静，埃迪独自在房舱里，靠阅读来防止心思擅闯记忆幽谷。读书时，他最有兴趣的题材是海洋。珍珠港事件之前，他跑船的重心在热带，当时《死船》（*The Death Ship*）在船上人人传阅，如今终于传进他的手里。

---

[1] 即第二次世界大战时期的美军单兵口粮，主要是罐头食品，在热食供应困难时供单兵食用。

"伊丽莎白海员号"出航前一晚,埃迪站在浮桥上,身旁是甲板实习生罗杰。罗杰态度积极,神态紧张,曾和机舱实习生斯坦利一起在加州圣马特奥的商船学院受过三个月的高级船员训练,结业后照规定出海实习六个月,这是他们的第一天。实习生同住桥楼甲板,靠近无线电报务员。报务员在船上的绰号通常为"火花",起源于早期无线电设备的传输方式。

"我们船上的火花是怎样的人?"埃迪问罗杰。报务员通常若非守在无线电室里,就是在隔壁的房舱睡觉,鲜少露面。万一有紧急事件,警报能唤醒报务员。

"他满口脏话。"实习生罗杰说。

"过不了多久,你也会和他一样。"

罗杰呵呵一笑。他瘦骨嶙峋,鼻子像鸟喙,差几步才成年。"我母亲不喜欢脏话。"

"没人把母亲带上船。"

沉默片刻后,罗杰说:"我今天看见一个怪事。"

他打开储藏室的门时,发现二副法明代尔在里面正忙,靠近一看才知道,法明代尔正把一罐灰色油漆对准广口玻璃罐往里倒,玻璃罐口塞着一团面包,油漆通过面包渗漏进玻璃罐,黏稠的颜料被过滤掉,流进玻璃罐的是一种混浊的液体。在罗杰的注视下,二副举起玻璃罐,神态自若地喝了下去。

"他看起来很生气,"罗杰说,"不过照喝不误。"

"铁胃才受得了吧。"

"他适合航海吗?"

"照他那种喝法,他应该习惯了。"埃迪说。

"如果二副醉了,谁来负责导航?"

"我接手。"埃迪说,只不过埃迪的导航技巧仍属初级。二副行为不检,竟放任实习生旁观,埃迪对他心生反感。"你也是,小子。快去关心你的方位吧。"

暮色郁郁寡欢地罩下旧金山,点点如钻石般闪耀的灯火在电报山上闪烁。雾仍未飘进来。

"我一定会想念弗里斯科[1]的。"罗杰说。

"我也会,"埃迪说,"不过,只有船员讲弗里斯科。"

"旧金山,"罗杰改口说,嗓音仍稚气未脱,"一座了不起的城市。"

翌日清晨,一月十日六时,"伊丽莎白海员号"解绳离港,由当地引水人带至消磁场,为船体去除磁性,以免触发水雷。埃迪身为三副,明确任务之一是执行安全规范,所以他在出海前主持消防救生艇演习。但这次是白演习一场,因为连吊艇架都没转出去,救生艇根本无法下水。其中有两大因素,一是基特里奇船长赶着出海,二是水手长漠不关心——或许他是想挫一挫埃迪的威信。

船通过金门海峡时,船长宣布此行的终点是巴拿马运河,换言之,几乎可以确定是波斯湾,因为货物可以从波斯湾由陆路转运至俄罗斯,以供无穷的苏联红军继续击退德军。假如此行必须横渡北海,而现在是一月隆冬,上级必定会分发极地装备给"伊丽莎白海员号"船员,幸好没有,所有船员大大松了一口气,走道和餐桌上整夜反复听见"总比摩尔曼斯克好"的说法。但埃迪并未松懈下来。加勒比海也够危险了,何况他仍因救生艇演习不力而耿耿于怀。

翌日清晨八时,他过来轮班时劝大副再进行一次演习。这天下午,发动机转至待命状态,埃迪宣布举行弃船演习,警报声是六短一长。船员朝救生艇甲板移动之际,水手长直奔梯子而上,冲着埃迪走来。

"三副,"他以夸张的唇形叫埃迪的头衔,"已有一年多日本人不曾在加州近海击沉商船,你可知晓?"

"我知道,水手长。"

"那么你能否解释,出海短短两日,为何进行二度救生艇演习?"

"第一次演习太草率。如果今天再随便演习一通,我明天会下令再

---

[1] 美式英语口语中旧金山的表达方式。

演习一次。"

"我不难想象,你必定乐在心中。"水手长说,嘴上挂着狡猾的微笑,表演给越聚越多的观众看。警报声已将全员集合在救生艇甲板上。"毕竟,新官上任的你,正愁表现的机会鲜少,希望借安全演习来戏耍一阵!"

"戏耍?你认为演习是这么一回事吗?"

"各人有各人的戏耍之道。"水手长说。

埃迪瞥见观众在窃笑,自己也感觉即将笑场。大副和船长在场旁观。假如他们这时介入,埃迪将永远休想重振权威。

"你拒绝参与这次演习吗,水手长?"他叱喝道,他心知已抓到水手长演习迟到的小辫子。

"拒绝?小人岂敢拒绝!"水手长说,"三副,你言过其实了,我是你手中的黏土,我们全是。恭请你领导我们进行必要的步骤吧!"

埃迪用尽浑身的自制力,才无视于带刺的嘲讽,展开演习步骤。水手长的挑衅令埃迪难以忍受。幸亏这一次四艘救生艇悉数下海,全员逃生成功。依照规定,救生艇演习每星期举行一次,埃迪下定决心,即使可能和水手长发生冲突,他仍要定期演习。他期待和水手长对垒。

出航十天后,离巴拿马仍有一天的航程,"伊丽莎白海员号"的代码出现在无线电报中,这是极为不寻常的现象。报务员火花查密码簿,解读电报,将结果呈报给船长。根据无线电,本船不通过巴拿马运河,继续往南航行,绕过合恩角,横越南大西洋,在南非开普敦进港,航程共计约四十日。船长自信有办法缩短行程。

巴拿马去不成,船员们无法向运河两端密集的小贩船购买巴拿马朗姆酒,懊丧之情横扫全船,但不久后,气氛转为枯燥。这是远洋航行的特点。起初,大家抗拒这种心情,感觉无聊,处处碰壁,心浮气躁。但只用过去几天,一阵祥和的气氛就会笼罩全船,宛如叹一口气,心知随后数星期的气氛将一直如此,不会起变化,只好认命。船员各自沉迷于嗜好,有些人削木头制作口笛,有些人以方形绳结编制腰带。离开旧金山十八天之后，二副法明代尔按捺着手抖，用大麻绳编出两个玩偶。那一夜，埃迪从八点值班到半夜，当他来接班时，埃迪称赞他的玩偶，向他请教是从哪里学到的本事。

"一个老水手教的，"法明代尔说，"他做了五百六十个，你能想象的话。全放在林空邮局的储藏柜里。"

老水手是年轻时乘坐木船航行的船员，靠风力"航行"。"他还在吗？"埃迪问。

"照你这么一说，我两三年没见到他了。"二副法明代尔说。

"老水手快绝种了。"埃迪说。

五年前，多数轮船上仍有一两位老水手，他们的口袋里常有棕榈蜡、针、细绳。埃迪怀疑，他们正逐渐被战时航运管理局淘汰。

"我们船上也有一个，"法明代尔说，"皮优，三厨。"

"喂，这是个好兆头啊！"

法明代尔倾了下头，表示不置可否。即使在神志清醒时，他仍态度冷漠，令旁人难以判读他的心。但是，"伊丽莎白海员号"有老水手镇守令人倍感心安。常言道，老水手是"木船上的铁人"，这一代则变成铁船上的木头人，例如基特里奇船长、法明代尔和埃迪。老水手贴近航海史，对任何事物的根源都略知一二，而英文里许多习惯用语中的动词、名词都源于海上世界，埃迪跑船以后才注意到，例如 keeled over（翘辫子）、learning the ropes（学习技巧）、catching the drift（明了含义）、freeloader（白吃白喝的人）、gripe（发牢骚）、brace up（打起精神）、taken aback（吃惊）、leeway（余地）、low profile（低调）、the bitter end（穷途末路）——这个词组源于船只锚链的最后一环。上船实际使用这些用语时令埃迪觉得贴近某种根基，能深入真理。即使在陆地上，他自信也曾在某种意义上领悟真理的轮廓。出海能让埃迪更加贴近真理。而老水手们，他们和真理之间的隔阂更小。

他离开桥楼上的二副，将值班时的观察结果记录在航海日志上：航向一七〇，微风清新，顺流适中。他进起居室吃"夜午餐"：薄切冷肉三明治配咖啡。饭后，他给报务员带了一杯牛奶。火花腿穿铁鞋（埃迪猜是小儿麻痹症），上下梯子不方便。埃迪养成下班后拜访火花的习惯，以拖延回房舱独处的时刻。

"对我太他妈的好了吧，三副？"火花接下牛奶说。

埃迪先确定遮光窗帘是否紧闭，然后才点烟。火花年近五十，身材小巧瘦弱，眼皮下垂，眉毛几乎看不见。"我是半人半蝾螈，尾巴掉了能再长回来。"他以若有似无的爱尔兰腔告诉埃迪。火花是同性恋者——埃迪是怎么知道的他自己也不清楚。火花儿时住新奥尔良，二十几岁出海。他滴酒不沾，在爱尔兰裔当中是个异数。"啊，不过，我做梦都会梦到牛奶，"他说着凝视杯中物，然后咕噜咕噜一饮而尽，"为了喝杯牛奶，哪怕满地碎玻璃，我爬也要爬去抢，活像有鸦片瘾的人争着要烟斗。"

"你可能会比较喜欢鸦片。"

火花哼了一声说："老子拖着这条欠干的烂腿，吃睡抽烟都困难，哪有培养瘾头的闲工夫。"

"我在鸦片馆里见过瘾子。"

"那种人少不了。他们是想忘掉自己是瘾子的事实！哼，那种人全部没脑袋。欠干的烂腿被铁鞋扣住，心智还被瘾魔当牛马骑，自以为烟雾茫茫的，什么鸟问题全飞了，其实只是学鸵鸟钻沙子逃避现实，头都钻进自己的屁眼去了。"

火花摇一摇杯子，凝集最后几滴牛奶，埃迪则深深地同情他。身为变态，而且还是个瘸子，外表不中看，没财产更没体力，火花怎能忍受这种人生？然而，他确实是忍着过日子，活到现在，笑口常开。

"你小时候，母亲一定很疼你吧，火花。"埃迪说。

"妈的，你想到哪里去啦？干吗讲这种话？"

"只是凭感觉而已。"

"哼，建议你把你的感觉拢成一堆，塞进你耳朵里算了。我妈是头号大酒鬼。有一次，她在我睡前想亲我一口，没想到竟然吐进我被子里！天哪，我妈她是一头猪，彻彻底底的一头猪。"

"这样骂自己的母亲，当心触霉头。"埃迪说。

"我有这种母亲才是倒大霉吧,"火花说,"和她一起生活,日子根本过不下去。老爸不得已,送她进疗养院住。我倒是有个不错的姐姐——莉莉。她以前常说我是她的小蒲公英——你敢笑,欠揍是吗?再笑,别怪我把你钉到墙上,妈的。"但火花自己也在哈哈笑——他老是在笑。唯有在对盟国商船广播(BAMS)开始时,他才会安静下来。每天在固定的格林尼治标准时间,报务员会收到对盟国商船广播。火花的无线电钟秒针指的是格林尼治时间。每到"0300",火花把接收机从五百千周调高,戴耳机聆听"伊丽莎白海员号"的代码。由于盟军商船维持无线电静音状态,火花的所有任务是仔细听。他变得纹丝不动,上身向发报机倾斜,仿佛他本人或铁鞋成了接收器。

埃迪告辞,端着空杯回厨房。他仍不愿就寝,于是从房舱旁边的门出去。今晚夜色平静,云遮着月亮,月光洒向海面,宛如成千上万的飞蛾在海上飞舞。船身随波轻轻摇荡,能令人搁下陆地上的尘嚣,松弛身心。几年的热带航程中,从旧金山到中国、印尼、缅甸,途经火奴鲁鲁和马尼拉,帮助埃迪挺过难关的是一份放空心灵的意识,如今这份意识再度接近他。在上海港口附近的山坡上,阴暗的街巷里,他曾听见庭院围墙外的日常作息声:婴儿哭闹着,锅盆敲打着。偶尔,他从敞开的门瞧见屋里有缠脚的女子在走动,身段僵硬,走走停停,状似红鹤。

世界充满奥秘。以前的他从不相信世上真有这种事,一直认定这种事只出现在书中,全是善心贵妇朗读给孤儿听的东西。

最后,他还是回到自己的房舱。缺乏室友压舱,他觉得自己像浮萍。他漫无目的地拉开书桌抽屉,赫然发现第一天报到时放进抽屉里的那封信。他居然忘记了。他居然忘掉了英格丽德——几乎再也无法忆起她的长相。海角天涯的事物先变得抽象,然后变成想象中的东西,后来变得难以想象。最终,荡然无存。

就着布袋旁的一盏小灯,埃迪拆开信封——这是行船五年来的第一封信。

英格丽德的字迹行笔刚毅,不带情绪。

亲爱的埃迪,近来天气好,但浓雾数日不消,我们都企盼阳光再现。我的学生正在他们的春季胜利菜园里播种,但我担心他们将气馁。大战已经改变了许多事物,但我相信,植物仍需要阳光才能成长!两个儿子和我常提起你,语气温馨。我想再带他们去儿童乐园,但他们拒绝去。他们想等你回来。

笔调四平八稳,甚至淡然无味,却在埃迪心中激起电流。顿时,在福斯特自助餐和英格丽德邂逅的情景盈灌脑海。她围着蓝围巾,买一块馅饼给两个儿子分吃,小孩吃得起劲但不争不吵。埃迪向她请教时间。原来她是德国裔——为了保住教职,她在委员会面前痛斥希特勒,和祖国断绝关系。家中原本有个小女儿,不幸夭折。大儿子弗里茨八岁,小儿子斯蒂芬七岁,两人提起妹妹时,口气总像她上星期才失踪,他们称呼她为"海伦宝宝",用餐前必定为她祷告。妹妹夭折之后,他们的父亲也在工厂意外身亡,但母子三人鲜少提起他。他们最怀念的是海伦宝宝。

在儿童乐园,埃迪陪两个小子坐着马铃薯布袋,滑下长长的木头滑梯,膝盖手肘都被磨伤了。哈哈镜屋的地板上到处是孔,不时喷出强风(某个自作聪明的人搞的鬼),意在掀女孩的裙子。英格丽德被吓死了,紧抓着埃迪大笑。

搭乘电车回家的路上,埃迪左右手各搂一个小孩的胸部,稳住他们,竟感觉他们的心脏像小老鼠般在他的指尖下乱撞。

母子三人仍在家里。他们想念他,等候他。这份事实在埃迪心中宛如一层土,翻转着。他留下的一切事物仍在那里,不曾消失。"消失"是自欺的魔术。

19

埃迪躺在布袋里,半睡半醒。"伊丽莎白海员号"已进入咆哮的西风带,在智利外海,船身摇晃得厉害。也许,摇晃的动作唤醒了埃迪内心熟悉的老节奏:赶不走的细小音符,像一颗蹦蹦跳跳的球。

"世上真的有黑帮吗?"

"不是电影瞎掰的。"

"他们长得像大明星吉米·卡格尼吗?"

"吉米·卡格尼长得不像吉米·卡格尼。他比你妈妈还矮。"

"他是你的朋友吗?"

"我跟他握过手。"

"他长得像黑帮里的吗?"

"他长得像电影明星。"

"你怎么知道谁是黑帮里的?"

"通常,黑帮的人一走进来,全场会稍微安静下来。"

"大家都怕他们?"

"大家不怕的话,他们就不算太黑。"

"我不喜欢害怕。"

"那就好,你不会被吓得磕头。"

"你会磕头吗?"

"你注意到我对谁磕过头吗?"

"你会跟他们讲话吗？"

"我会喊哈啰。他们当中有些人是我很久以前就认识的。"

"你以后有没有可能跟他们站同一边？"

"逼不得已才会。"

温暖的小手钻进大手里。那支小手总爱往他手里钻，如同小鱼苗找缝隙蜗居。

"你以后会带我去见达内林先生吗？"

"你怎么会提起他呢，甜心？"

"他给过我焦糖。"

"达内林先生爱吃甜食，和你一样。"

"他是你的兄弟。"

"可以说是。"

"你从海浪里救过他一命？"

"没错。"

"他有没有谢谢你？"

"没讲过，不过他心里头很感激。"

"所以他才送我焦糖？"

"很有可能是这样的，甜心。"

"他请你吃过焦糖吗？"

"没有，不过，我不像你那么爱吃糖果。"

时隔多年，安娜的影像回到埃迪的脑海里，埃迪听到她那喋喋不休的话语，感受到大手牵小手时的温馨。小手牵着他，穿梭在他记忆殿堂的走廊中，来到悉心堆存前半生的一厅。在这里，埃迪找到了他遗留的所有东西。

星期日弥撒，莉迪娅哭了起来，哽咽的哭声出奇地大，超出婴儿的音量，也比哇哇哭的婴儿更令人困扰。她不是婴儿；她已经三岁大了，但身形娇小的她仍睡得进婴儿车，病状多少能躲避外人的眼光。阿格尼丝抱她起来哄一哄，在座无虚席的教堂里，将女儿蜷缩的体态暴露无遗，埃迪顿时羞耻不已，简直像脑壳挨了一记闷棍，需要抓紧前座的长椅背才能稳定心情。莉迪娅继续哽咽哭号，压过了神父的声音。教堂里的男性教友蹙紧眉头，佯装无异状，有两位夫人协助阿格尼丝离开教堂，一个推婴儿车，另一个按住莉迪娅乱踢的腿。安娜想跟着走，但被父亲握住了手。埃迪觉得，自己的灵魂仿佛突然出窍，感觉像神智里断了一根筋。他把视线固定在神父身上，却只听见嗡嗡声。

弥撒过后，一群男性教友结伴去某人的公寓，想去尝尝欧尼·马登的啤酒。欧尼在西二十六街的饼干厂里酿啤酒供民众参观。那啤酒真是难喝得要命。埃迪也浅尝了几口，本想逗留片刻就走。莉迪娅闹教堂这事仍让他心有余悸，他想在回家见阿格尼丝之前平复一下心情。品尝马登的"第一名"啤酒，怎么可能是冲着美味去的？当然不是。大家只是想尝出里面都有什么样的味道：锯木屑？湿报纸？马登是出了名的养鸽户，啤酒里难道有鸽子肉？儿童在屋外打雪仗，见车子来时让路。埃迪望向窗外，看到才六岁大的安娜从雪堆里冒出来吓男孩。看着她，埃迪心情舒坦不少。他心想，我有一个健康的小孩，感谢上帝。感谢上帝啊。

回家时，初冬的暮色渗入雪堆中，埃迪带着安娜，快步穿越地狱厨房区。埃迪有酒意，步履略显蹒跚，时辰拖得有点晚，恐怕阿格尼丝急着去上班。股市崩盘后，富利丝歌舞团处于休业状态，但通过Z先生的安排，阿格尼丝仍有表演的机会。

"我想再玩一下。"小安娜的牙齿咯咯打战地说。

"你身上湿了也冷了，牵爸爸的手。"

"不要。"但她还是伸出手，隔着潮湿的无指手套握住父亲的手。在伸手之前，她换了一只手拿手中的物品。

"什么东西，我可以知道吗？"

他打开安娜的手，看见她握着一个扎实的雪球，表面沾满干草屑和粪肥。"我想保存起来。"她说。

"雪在室内会融化，你又不是不懂。"

"可以放进冰箱。"

"你会害全家得伤寒。留在外面，放在门阶上。"

"会被人捡走啊!"

"不太可能,甜心。"

他打开家门,梗着脖子迎战阿格尼丝的怒火和莉迪娅的哭声,但家中却是一派祥和的景象:莉迪娅躺在沙发上,头发湿润。安娜奔向她。厨房水盆里装满了水。

"她只是吵着要洗澡而已,没什么。"阿格尼丝说,精疲力竭,面如土色。埃迪怀疑莉迪娅哭了多久。

"逼得你独自帮她洗澡,"他说,"对不起。"

阿格尼丝用水盆里的洗澡水匆匆盥洗。埃迪在沙发边弯腰,亲吻莉迪娅粉嫩的脸颊。在教堂里断了的那根筋似乎暂时接合了。

等两个女儿都睡着后,他不顾寒风,坐在前门阶上抽烟。他们这时已迁居地狱厨房区,住在公寓一楼。他听说过谁家的小孩是青蛙腿、智障脸、低能、跛子,也听说过有小孩从窗口摔落,有被马踩死的,还有从哈德孙河码头跳水时误撞水面下的木桩而脑浆迸裂的。为什么他家比那些人更倒霉?他无法解释。姿色傲人的莉迪娅生得肢体扭曲,暗示着他曾铸下的种种罪过。她不会成为她应该会成为的样子,永远也不会,而潜在的希望宛如影子,孪生手足般死守着她,对她责备不休。独处时,埃迪常重返医师从产房走出来时的光景:医师脸色凝重,对他敬一支烟,埃迪不禁惊恐,担心婴儿——他希望是儿子——死了。如今在他的想象中,医师传达的消息是他当天最怕听见的噩耗:非常遗憾,您的小孩是死胎。想到这一刻,埃迪瞬间飞向天边,掉进另一次元:举家移居万事更美好的加州!阿格尼丝会摇身变回他当年娶回家的那位懒散妖精,摇着羽毛扇逗弄他,对着土豆泥捻烟。然而,沉痛的现实紧紧将他裹挟,埃迪也为了悠游幻梦付出天大的代价。不可能搬去加州,不会有变化,现世的苦海无边。

他进门查看两个女儿的睡相,为炉子添柴。厨房里最暖和,所以莉迪娅睡在厨房内的摇篮里。她呼吸都很吃力。吸气……呼气,吸气……呼气。呼与吸之间的间隔似乎拖得比一般人久,仿佛在努力吐气之后,她必须鼓足力气,才有办法继续下去。教堂里那份匪夷所思的事不关己重回埃迪心里，原本走投无路的他变得麻木、疏离。他成了一个纯粹袖手旁观的人，看着某男人拿起枕头，轻轻压向沉睡中的女儿的脸。为了应付突然增加的重量，她的呼吸变慢。埃迪看着男人对枕头施压。她幼小的胸骨扩张，起伏，暴露在睡衣领子外。她想转开脸，头动了起来。那男人压得更用力。她慌忙找空气吸的模样令埃迪惊讶。她一辈子不可能走路，不可能言语，但她却紧抓着生命不放手——奋力搏斗。她的求生本能之强烈，迫使埃迪的灵魂缩回臭皮囊中，力道之猛犹如门被摔上门框。他松开枕头，从摇篮里抱起莉迪娅。他想纵声号叫，却怕惊吓到她，于是只好亲吻她的小脸，以泪滋润她，直到她的眼皮颤动、睁开，对着他微笑。埃迪抱着她，轻声哭泣着，摇着她，哄她再睡。他幻想自己从屋顶跳楼，或惨死电车轮下——全是他应受的惩罚，甚至可以说是他求之不得的。自杀是懦夫之道，与杀人同罪，但自杀的幻梦却令他欣喜若狂，他无法停止想象。

当天深夜，阿格尼丝回到家，看了埃迪一眼后就心觉不对劲，拔腿冲向摇篮，仿佛死亡天使的羽翼与她擦身而过。他平心静气地告诉她，他今后无法在家和莉迪娅独处。阿格尼丝从此告别舞蹈演员的生涯。Z先生再怎么要求她跳完这星期，她也不肯。一夕之间，她放弃了深爱的工作，抛开了十一年前十七岁的她离乡远赴纽约时的美梦。而埃迪，在缺乏存款又无工作机会的状况下，只好步上西区码头，寻觅童年时期的同伙。

上午临时工选拔，早有人选的雇主挑完人之后，数十名运气欠佳的混混捻熄雪茄，垂头丧气地离开了，落入酒店、高利贷、毒贩、赌局的魔掌。幸亏有达内林，埃迪如果上午选拔失利，下午也保证有零工可做。在上下午选拔的空当，他通常在落魄的人之间游走，例如波兰人、意大利人、黑人，甚至美国人或诞生于美国的白种人。等待工作机会的人人种繁多，模糊了共同目标：从苦无赚钱机会的人身上榨取钱财。令埃迪讶异的是，黑人居然愿意来这些码头找工作。毕竟在这里，黑人有希望找到的全是没人要的苦差事，例如深入货舱扛香蕉下船。有些香蕉一碰就烂，而且暗藏动不动就蜇人的蜘蛛。

埃迪不久后便领悟到，达内林的码头附近的赌局各个都是骗局，有的是牌中有诈，有的是骰子里暗藏玄机，甚至有人表面上是输家，暗地里却和另两三个"输家"串通，共同诈骗其他赌客的钱——这种现象在俗称非洲高尔夫的双骰游戏里最常见。埃迪悟出赌局的诈术后感到震惊，表明他尚有高尚的情操。向高利贷借钱的人知道后果如何，吸毒或酗酒无度的人是自作孽活该，但是选择试试手气的人希望赢钱带回家给妻子，这种人应当有赢钱的机会。唯一能翻转现实的一项因素是运气，能为处处碰壁的人敞开一道门。诈赌比黑心更下流，简直是和天理背道而驰。

埃迪开始警告黑人不要误入达内林的赌局，语带保留地说："别的地方的赌局比较公平。"或者说："陌生人进那里必输无疑。"警告他人的风险大得令他晕头转向。达内林帮他找工作，他竟忘恩负义。达内林的老大是谁他不清楚，这举动也等于是对老大造反。埃迪态度烦躁，心情反复无常，所以他的善意警告常引来讥嘲，例如"我爱进哪里赌，你管不着"。也听过"我能照顾自己吧"。但少数几次，听他警告的赌客转身离开，埃迪见状喜不自胜，好似救了一条人命。

一九三二年，船运业无以为继，他全天等候供达内林差遣。安娜放学后或每逢周末，总喜欢当埃迪的跟班，埃迪会在帮达内林"跑腿"时开小差，带她去竞技场剧院、中央公园动物园、城堡花园水族馆。唯有在安娜的陪伴下，他才真正安心自在。她是他的秘密宝藏，是纯洁无污染的一座喜乐泉源。

"我们在这里停一下，帮人做一件事。你要乖哦。"

"你会乖吗？"

"我尽量就是了，甜心。"

"假如我们不乖，谁会生气？"

"只要我们不要引人注目就好。"

"帮人做什么事？"

"代一个人向另一个人说声哈啰。不过，这是一个秘密哈啰。"

这概念令她神往。"我也想说个秘密哈啰！"

"可以啊。你现在亲我一下，我回家代你亲妈妈。"

安娜考虑着。"我也想送给莉迪娅一个秘密吻。"

"莉迪娅不会懂啦，甜心。"

"她会懂啊。"

车子被红灯拦下时，安娜以星形的小手抱住他的头，吻他脸的侧面，温柔至极。埃迪感觉眼睛又酸又胀。

"那一个吻，"安娜说，"是给莉迪娅的。"

回家后，她看着他代为传递。埃迪吻得轻柔，完全照她的意思做。他毕竟是个送包人。

埃迪传递一捆捆的贿款，代为输送利益给市议员、州级参议员、警政首长、抢生意的码头老大，反之亦然，时间互异。然而，做这种事的时候，他维持一种袖手旁观者的态度——实地行事者不是他，他仅仅是观察员。这两者的区别很重要，因为他能借此平息内心的失败感和绝望——以规避躺在电车轮下寻短见的念头。渐渐地，他跑腿的路线扩展到达内林的地盘外，转战达内林心有余而力不足的赌场。这些赌局也有玄机，但大哥级的人物在场时绝不使诈。这表示，高层不容许诈赌，但发牌员和组头私下串联，为的是从中抽取油水，而不至于冒生命危险侵占东家的利益。如果埃迪弄清楚高层是谁，前去告密，或许能阻止骗局。

他有时会在达内林没工作给他时假扮常客，去赌局研究诈术，探究其中的奥秘。他幻想自己是警探，是正牌警察，而非他认识的黑心便衣。他不会将所见所闻付诸笔头，而是把日期、人物、诈术、输赢数字全记在心里。在此期间，他也逐渐摸清了赌局外的架构——如果能弄清楚谁给谁钱，就某种层面而言，等于是无所不知。埃迪查到的是，在一九三四年年末，纽约市的赌局多数由一个人掌控。利润流向这人的路径曲折迂回，唯有负责收送款项的小喽啰可循线追查。某人的背后一定另有他人，而他人的背后更有高人，越通越高，最高大概能直通上帝吧，埃迪猜想。

圣诞节后两天，埃迪擦亮皮鞋，刷一刷帽子，插上妻子代工存下的闪亮绿羽毛，前往"夜光"夜总会。"夜光"位于西四十几街，原本是地下酒店。他此次前去是为了求见素昧平生的大人物。埃迪一走进去，立即被怀旧的气氛围攻。他以前必定曾和阿格尼丝、姐姐布里安娜和其他舞蹈演员一起来过。那个年代在他心中被套上了"从前"二字。

守门人说，老板不在。埃迪说他愿意等，然后点一杯黑麦威士忌加苏打水，在吧台上打开银怀表。他知道自己的弱点是念旧，这家夜总会刻意营造不入流的风格，若非刻意，多少也有自知之明。埃迪深受吸引。他意识到店内另设赌局，查看片刻才发现另有一道门，进出的女人佩戴人造珍珠，男人戴着去年款式的帽子。他猜测着他们下注的多寡。"夜光"诈财的把戏并非赌局，这一点很明显。这里搞的是另一种花招——以表面上赔钱的方式赚大钱。

等了二十四分钟后，埃迪等到另一个人，他问埃迪是否要见老板。埃迪跟随他进入内部的一个房间，里面有个黑帮大哥，有着漫画人物狄克·崔西[1]式的腮帮子，左右有意大利裔打手护卫着。埃迪暗暗吃惊。达内林不但护着码头的地盘，触角竟伸到了外面，和"集团"打交道。这意味着，他别无选择。

斯泰尔斯支开身旁的走狗，待埃迪在他办公桌对面坐下后问："你是警察吗？"

埃迪摇摇头。"只是一个忧心的市民。"

斯泰尔斯笑着说："克里根先生，找我有什么事？"

埃迪以每一场赌局为例，详细拆解他所目击的诈赌：地点、诈术、估计盈利。斯泰尔斯听着，不讲话，偶尔一两次插嘴说："那跟我们没关系。"但多数时候他只是静静听着。埃迪讲完后，他问："为什么告诉我这些事？"

---

[1] 漫画家切斯特·古尔德画的连环漫画，于1990年改编为电影。主人公狄克·崔西是具有正义感的警察，一心打击黑帮。

"假如我是你，我会想知道。"

"我当然想知道。你要的是什么？"

埃迪没料到事情发展得如此迅速，一时不知如何回应，不清楚到底向斯泰尔斯索求何物。

"尽管说，我现在就能给你。"斯泰尔斯说，"其实，什么东西都行。"

他冷眼看着克里根，搜寻弱点。他的目标不是钱，否则他告密前必定先谈数字。既然不要钱，他究竟要什么？如果是爱尔兰佬，通常讨的是酒，但克里根看起来不像酒鬼。以他肌肉不甚发达的四肢来看，也没有多少动粗的可能性，只不过自卫时倒有可能奋力一搏。他要的是女色吗？爱尔兰佬的矜持人尽皆知，对糟糠之妻忠贞不贰——或许爱的是在儿女成群之前的那位俏佳人吧，又或者是因为害怕醉酒凶巴巴的牧师。

"要小姐吗？"他观察着克里根的脸问，等着发丝牵动的细微表情告诉他，他猜着了，"我们这里小姐如云。"

"我家里已经有个漂亮的妻子了，斯泰尔斯先生。"

"我也有，"德克斯特说，"算我们运气好。"

照这样看，他是冲着钱来的。他对克里根感到失望；要钱，应该在告密前谈价码才对。他能讨到的赏金只少不多。"你给我的情报值多少钱才公道，你说来听听看。"

埃迪整理思绪，不尽满意。"依我看来，"他说，"你如果换个方式做生意，善待试手气的客人，一方面能改善营收，另一方面也能把生意做得更干净——呃，更公道。"这话听起来不够诚恳，甚至像一句傻话。他意识到斯泰尔斯越听越糊涂，但也心知斯泰尔斯喜欢被搞得一头雾水。

"克里根先生，难道你对我的印象是做慈善事业的？"他问。

埃迪忍不住微笑。

"你的想法像警察，"斯泰尔斯说，"为什么不去当警察？"

"如果当警察，我服务的对象同样是你。"

这句话一出口，埃迪才领悟到自己的本意何在。他想要一份工作。

"有些人认为，在我手下工作像服一帖苦药，"斯泰尔斯说，"他们不喜欢时代的变迁。"

埃迪认为，斯泰尔斯的言下之意是，山穷水尽才找上门来的爱尔兰裔码头工不独他一人。"不一定吧，"埃迪说，"这得看他们的老东家是谁。"

斯泰尔斯靠向椅背，上下打量他。埃迪也以同样的姿态，检视办公桌内比他小几岁的对方：以假名掩盖意大利裔出身的真面目；内心中的不满蠢蠢欲动，表面上却装得好奇而精力充沛；在面具下，一股感伤沉淀在其心湖底。埃迪欣赏他，喜欢他，觉得自己和德克斯特·斯泰尔斯之间有一份无形的情谊，觉得斯泰尔斯的权势并非拜家族所赐，而是出自背叛家族。他所效忠的对象纯属他自愿的选择。

"不巧被你说中了，"斯泰尔斯说，"我是想清理一下你提到的那些赌局。我也想知道另外有哪些破洞待补。每当我派部下去看，那些破洞常瞬间消失。"

"你需要聘请一位巡视官。"埃迪说。这个词是他多年前读报时学到的，珍藏到现在才有机会献宝。

斯泰尔斯微笑，面带困惑。"好吧，巡视官。不过，我们不能在这里见面，也不能被别人看到我们聚在一起。"

"那当然。"

"带你家人来我家，我们可以深入谈谈。你有小孩吗？"

"两个女儿。"

"我也有一个女儿，她们可以一起玩。星期六行吗？"

埃迪离开"夜光"时，细雨霏霏，但心境轻盈的他几乎没留意到。他在第五大道上阔步走。街上冷清，只见在水沟捡拾烟蒂抽的穷人。不久后，他路过有人露宿的麦迪逊广场。在湿气中，火苗噼噼作响，烟雾缭绕。他闻到咖啡混合炼乳在铁罐里沸腾的气息，一种带金属臭的甜味，总呛得他牙齿咯咯打战。平常，他一闻到这种臭气就会立刻畏怯，因为他知道，唯有靠约翰·达内林只手保护他，他才不至于沦落街头煮咖啡充饥。

埃迪找到门路了，终于能解脱了。莉迪娅有轮椅可坐了。埃迪看着树上晶莹的小雨珠，心里想着，也许踏上这条路后，他能以之前无望的状态下发现不了的方式帮助莉迪娅。也许，莉迪娅终究有办法站起来。

这一趟黑路湿淋淋的，埃迪却走得畅快，他原本的目的是求大哥放赌客一条生路，现在他丝毫不把这放在心上。目前他的感受是，心头的重担全抛开了，因为他拯救了自己。

第六章

潜 水

The Dive

20

向Q先生献计无功而返之后的这一个月,德克斯特在星期日午餐会上屡次想找岳父亚瑟密商未果。密商难,反而对他有好处,因为每过一星期,德克斯特对自己的提案就更加有把握。最后,在狩猎俱乐部的一场晚宴舞会上,他与岳父同席。桌上散置着几盘吃了几口的烤冰激凌蛋糕,对面的岳父突然看着他的双眼,对他说:"我想出去透透气,你呢?"

德克斯特在烟雾缭绕的烛光中起身。时间已进入二月中,乐队仍演奏着《银色圣诞》,炒冷饭,他巴不得弃守监视舞池的岗位。狐步飞扬的死忠舞客当中,有一对是女儿塔芭莎和她的表哥格雷迪,德克斯特监看着他们,无奈视线却不断瞟向另一对:妻子哈丽雅特与布思·金博尔。布思的绰号是"布布",妻子正依偎在他怀中。哈丽雅特少女时期曾爱慕身为金牌马球选手的他,但在德克斯特娶哈丽雅特不久后,布思高攀上了英国某名门闺秀,移民伦敦了。暌违十多年,如今,德克斯特几乎认不出他了,因为他已经满头白发。酒会期间,德克斯特低声跟哈丽雅特说:"亲爱的,你没嫁给他,算你走运。"边说边以下巴指向布思。哈丽雅特听了之后幽幽地说:"他妻子皮帕去年因癌症死了。"

岳父着德克斯特钻过绒布遮光帘,外面的寒风十分凛冽。"空气真新鲜,"岳父爽朗地说,音量压过刺骨的强风,"令人精神百倍。"岳父围着一条单薄的丝巾,不比领带暖多少,头戴礼帽,但众所周知他不怕冷，耐寒能力无人能比。即使正值盛夏，身穿晚礼服，德克斯特也未曾见过他流汗。他的步履快如刀锋，高他几厘米的德克斯特要认真迈大步才跟得上。

月光下的残雪表面冻成了壳，覆盖着球道，但球童踏过的小径多半无雪，他们循着小径走向河岸边，在风势稍歇时谈军服加身的格雷迪气质多么飒爽，送儿子上战场的母亲心里多么惶恐。这周末是他出航前的最后一次休假。本地另有三名子弟也即将远征——一位是海岸防卫队的，另两位是陆军——这场晚宴舞会成了送别会。库珀为儿子忧心如焚，但德克斯特深信，即使是世界大战也打不垮格雷迪的光明前途。

他们走到弯溪——一条已冻结的偏绿色的，被长滩周围的止水拖累的支流，穿越海峡群岛而来，漫过几丛湿地草。德克斯特想继续散步——他喜欢边走边谈事情——但岳父停下了脚步。

"我喜欢尽可能接近水，你呢？"岳父望穿夜色，"赫尔曼·梅尔维尔阐述得最精辟：'唯有最偏远的疆土，方能满足人心——'不对，我不记得确切的说法了。人的本性是追逐最边缘的地带，即使在高尔夫球场上也是。"

"尤其是在高尔夫球场上。"德克斯特说，两人大笑起来。两人不随俗的习性之一是鄙视小白球——德克斯特认为，高尔夫高手全是自幼耳濡目染练成的，他可没闲工夫去学习；岳父亚瑟则认为，高尔夫是假运动之名、行偷懒之实的一种活动。

德克斯特认得这儿：多年前，就是在这里，他要求岳父准婚。不同的是，当时是夏天，树木因满载绿叶而直不起腰，刚割过草的球道散发出的气息总令他联想到新出炉的钞票。现在，德克斯特望向黝暗的地平线，不禁遥想当时的对话片段。

当年，在喧嚣的蝉声中，准岳父说："我认为，凭良心说，你的朋友和我的朋友如果共聚一堂，双方必定互相看不顺眼。"

此言过度轻描淡写，几近俏皮边缘，但德克斯特回答得很直接。"我想也是，双方彼此的交集不多，伯兰吉尔先生。"他说。

"其实多着呢，他们之间的交集，只是他们可能不愿意承认罢了。

或者只是缺少共同语言来交流。"

语出惊人，令德克斯特词穷。

"斯泰尔斯先生，说来你可能奇怪，我其实对你的朋友并不介意。"

"听到您这么说我……很高兴，伯兰吉尔先生。"

"哈丽雅特很迷恋你，这才是我关心的重点。现在，你应该慎重考虑，你对哈丽雅特有多么迷恋。她将是你今生的唯一。斯泰尔斯先生，这才是关键。关键不在于你的朋友，不在于你从事的行业、你的名誉、你的过往。你对我的承诺应该是忠诚。"

"我保证。"德克斯特以审慎与诚恳的态度宣示自己仅热衷于与银行老板千金之间的婚姻关系。

"我希望女儿过幸福的日子，"伯兰吉尔先生说，以镇定的目光审视他，"我将会全力看顾着她，确保她日子过得美满。"

"我了解，伯兰吉尔先生。"

"你才不了解，"他语气和悦，"你无法了解。但我希望你仍然能信守承诺，这是为了你自己好。承诺的意思是不许有例外。了解吗？"

他当时当然不了解。日后，当德克斯特开始理解时，他只能赞叹岳父的手法多么精湛。当年求婚时，哈丽雅特已有身孕而且拒绝堕胎，伯兰吉尔先生无异于身遭五花大绑。急于解套之余，他能借力使力的筹码不多，竟能迫使德克斯特发誓忠心不贰，可见他深谙魔术宗师门道，想必魔术师胡迪尼也自叹弗如。假使伯兰吉尔先生不许女儿下嫁，她必定会和德克斯特私奔，有辱伯兰吉尔家的门风。在束手束脚的情况下，伯兰吉尔先生谈判的态度却宛如掌握全盘优势。他的直觉出奇地敏锐，能预知德克斯特虽从事不法勾当，却是言出必行的好汉。在德克斯特这一行，从一而终的婚姻简直是稀世珍宝，但婚后，每当有歌舞演员伸玉手勾搭他，他立刻警觉起来：这一失足，会酿成千古恨吗？这一小错，会铸成大错吗？扪心自问的效果更胜冲冷水澡。诱惑一过，他总是如释重负，甚至心怀感激。毒品能陷男人于泥淖中，美女的毒性也一样强。何况，哈丽雅特的姿色不输全天下的美女。

火车艳遇事件跳出时间和空间，算是绝无仅有的失足事件，他以此为鉴，强化个人意志力，决心不再犯错。

两星期前的今夜二度毁约的他，如今被迫思考着，岳父带他重返旧地，用意是否在对质。然而，岳父怎可能知道？姐夫乔治什么也没看见。即使是乔治起疑心，德克斯特的过错和他的相比也不过是小巫见大巫。那一夜之后，乔治对待他的态度变回坦率和友善，恢复了男人之间的低调默契。

德克斯特从闷闷的思索中抬头，发现岳父正在端详他。"近几个星期，你好像有心事，"岳父说，"我纳闷你在想什么。"

德克斯特吞咽了一下口水。真正出轨的男人在这种情形之下会如何应对？反过来说，他当然是真有心事想一吐为快。一个月来，他苦思如何向岳父倾吐。他如释重负，开始说："我觉得有改变的必要，岳父大人。"

"大人？"

德克斯特脸红了。"亚瑟。"

"什么样的改变？"

"专业上的。"

"你的事业不是相当多元化了吗？"

"的确是。不过，我站错边了。"

阵阵寒风送来远方留声机的断续音符。此处宛如地球尽头：四面八方尽是冰与水，一片灰黑。

"以你从事的行业而言，对和错，不是依程度多寡而论吗？"

"我一向这么说。"

亚瑟吹了一声口哨。"到了这地步才谈理想主义，太迟了吧。"

德克斯特听出他的讥讽。"理想主义最近好像酿成疫情了。"他说。

"是战争的效应。是附带的益处之一。"

"我想在战后的世界做个诚实的角色，"德克斯特说，"而不是一只吸人血的水蛭。"

岳父长吸长呼一口气，听起来像叹息。"你我太年轻时被迫选择的路却能影响终身，可惜啊。"

"如果年轻时选错路，以后应该能重新选择，"德克斯特说，"太迟也不算迟。"

一阵强风刮得德克斯特眼眶出油，但岳父连帽子也不压。风势减弱后，岳父说："我对你的同行和他们的商业行为所知有限，但依我判断，你换边站是知易行难。"

"已经自然而然在进行了，"德克斯特说，"我在纽约，在芝加哥，在佛罗里达，都有合法的事业。我在各地都有交情。"

"我不怀疑。你是个容易亲近的家伙。不过，你的雇主是否知道你想踏上……岔路？"

德克斯特记忆所及，这是岳父头一次正面指涉Q先生。德克斯特感到错愕，脑筋一时转不过来，随即意识到两个相互掣肘的世界之间突然架起了一座桥，而德克斯特最缺的正是一座桥梁。

"我确定他知道，"德克斯特说，"不过，踏出决定性一步的人是我。"

生性狡诈的岳父不可能不明白这条路的走向。也许，他听见德克斯特说"专业"时，就心里有数。甚至早在他喊"大人"时就知道。德克斯特挺了下胸，吸一口气。"前一阵子我想到，"他再次咽下喉咙里几欲脱口而出的"岳父大人"，然后接着说，"我或许能把我光明正大的资产和事业给您，通过贵银行。"

"让我们的银行买下。"岳父说。

"正是。"

岳父的沉默似乎是好兆头，这表明他在认真思考。德克斯特看着脚边碎冰回游的冻海。人生之路在此地已转过一次弯，不能再转一次吗？

"你的想法不够周详，孩子，"岳父终于说，语气温和，如他一贯的口吻，"这令我忧心忡忡。我担心的是你的安危，也担心在你羽翼下的至亲。"

德克斯特内心深处的某物仿佛被烫到而畏缩，但他尽量以随性的口气说:"何以见得?"

"德克斯特,你现在过着好日子,家庭美满,知名度高,备受尊重——炙手可热。大名经常见报。这是多数人毕生成就的两三倍。但是,这种成就无法转移。你拥有的货币只在本国通用,一出国界就吃瘪。"

"我倒不这么认为。"

"那你最好醒醒脑,儿子。醒醒脑啊。"儿子是昵称,是岳父对自己平庸的儿子库珀的称呼。

"我的脑袋清醒得很。"德克斯特说。

"你知道吗,"岳父和蔼可亲地说,"上一次大战过后,银行业组成集团,承保债券发行以兴建铁路和工厂,当时的合作连一纸合同都用不着。最接近我们的管理集团,卖债券给民众的购买集团也不必签约。那时候的交易不靠法律监督,当时我们只需要信用和名誉。我们当年仅有这两种东西啊!直到今日,我的事业整体全凭信用行事。"

"可是,你总信得过我吧,"德克斯特说,"你一次又一次以行动证明。"

"我完全信任你。德克斯特,你是卓越银行家的料子。最低限度也能当上合伙人。"这话直指库珀。库珀在银行是低阶合伙人,尽管是少东家,他升官的机会也不大。"我对你的远见绝对有信心。所以我才疑惑你为何钻牛角尖,为何不知道你的名誉——你的过往——令人却步。"

德克斯特努力重整旗鼓。他怎么没预料到岳父会反对?然而,他的确预料到了——早在考虑报告岳父时,他预见的第一个结果就是反对。但他当时只以为,以岳父的权势、声望、独立自主,反对的概率不大。

"我从没想到,你会在意别人的看法。"德克斯特说。

"我个人不在意,"岳父说,"但在商场上,我别无选择。我能走多远,我有自知之明。我倒不是说,全纽约没有银行肯和我们合作。当然会有。有些银行对名誉不是那么重视。话说回来,我想问你为什么。你难道甘愿被贬为平庸的银行业者,在平庸的银行上班,一辈子急着证明自己改邪归正？"

"我想要的不是这个。"

"如果你沿这条路走下去，顶多只能这样。假如我是你，我会选择待在原位。建议你，认识到目前定位的丰富优势，尽情享受吧。半途想换跑道，极可能赔了夫人又折兵，错失利益又换不到新的好处。"

岳父的论点显而易见，颠扑不破，但德克斯特早已自知听不进去。他的心态有所转变。"我付出了太多代价，才有今天的优势。"德克斯特说，讶异于自己吐露这句话。他指的是沾染双手的血。

岳父以轻柔的手劲握住他的肩膀。岳父的权威似乎源于短小精干的身形，而德克斯特的魁梧则是年少轻狂的象征。"我们全为自己的优势付出过代价，"岳父语重心长地说，"世上没有一个人不是如此，连神职人员亦然。人人都有秘密，都有闯荡事业的代价，我这一行也没两样。别被银行的大理石栋梁骗了。古罗马也有大理石栋梁，而古罗马人却习惯把阶下囚扔去喂狮子。像我的银行之类的机构，背后隐藏了不少粗暴的行径，伪善的成分同样大。"

德克斯特的眼珠子感到刺痛，并非冷风所致。亚瑟·伯兰吉尔相信我和他没两样！德克斯特心里特别高兴。岳父口中的"粗暴的行径"无论是什么，绝对和德克斯特的不同。尽管如此，岳父这句话隐含的热度令他想看看岳父的表情，可惜交谈过程中，四处除了黑暗还是黑暗。

沉默中，两人达成共识，开始朝乐队的演奏声走回去。最后映入眼帘的是一座天上才有的柱廊，喜乐的气息溢散到冰封的月世界。

"世人对中年危机的现象着墨不够多，"岳父沉思着说，话音乘风传递，"但丁为了躲避中年危机勇闯地狱，我见过很多人做过同样的事，这是一种比喻。德克斯特，你可要沉得住气。战争有能力改变成你我难以预见的布局，当前并非大胆行事的时机。"

德克斯特喜欢"布局"一词。一场大战打下来，局势已见逆转，毋庸置疑，岳父去年秋天的预言已逐渐成形。但数星期——乃至于数月——以来，静极思动的意念不断在德克斯特的身上酝酿，他非采取行动不可。即使是走错一步，也总胜过全无作为。

乔治在遮光帘里面徘徊,焦急地抹着小胡子。"我正纳闷你们去哪儿了。"他以探寻的目光迎接两人。德克斯特心绪繁杂,无心回应他。

除了住校的男孩,今晚伯兰吉尔家族悉数到齐,在拥挤的饭厅摆了四桌。德克斯特被安排坐在碧琪旁边,她可怜的夫婿亨利坐在对面看着他们,眼神愁苦。晚餐期间,德克斯特关心她的近况。是的,婴儿最近没那么爱哭了。对,她没有以前那么郁闷了。她回答得心平气和,令德克斯特怀疑,刚才酒会期间,她和乔治是否找到了一个好地方胡搞过。狩猎俱乐部里不愁找不到合适的地点,德克斯特最明白,因为当年哈丽雅特常带他来这里重燃欲火。一个人只要魅力与财力兼具,就大致能在世界上多数地方无往不利,但罗卡韦狩猎俱乐部不然。往年,德克斯特来此,总要面对有钱的老寡妇们和她们的那些神经质的后代的冷眼相待,他觉得好笑,他怎么会在意?这俱乐部可以瞧不起他,可以拒绝提供婚宴场地(这事令岳父震怒),但如今他捕获了世家的一分子,夜半手牵手,走过泳池畔,寻找适合翻云覆雨的地方。在众会员集体蔑视的煽动之下,门不当户不对的小两口欲火旺盛如刀凿水晶,叮叮声响彻树梢,在月光中飘摇,直到两人脑袋里只想一件事。鱼水之欢曾在球场沙坑里发生,在园艺工具室后面发生,在装满知名骑马障碍赛照片和奖杯的箱子下发生。草地网球赛颁奖典礼上,怀胎八个月的哈丽雅特躲在桌布下为德克斯特服务。

然而,如今,"布局"转变了。塔芭莎和孪生兄弟一出生就被接受了,哈丽雅特是迷途知返的老会员——因为她绕了一大圈路回来了,所以欢迎她的热情有增无减。唯独德克斯特依旧被拦阻在圈外。和他同一代的会员对他尚属友善;相聚时,身为人妻者热情地和他打情骂俏。但俱乐部的老会员如今看待他的态度是"骂累了,不想再骂",主因是厌倦。他对这种态度熟悉得不能再熟悉了,不再意外,但他们照样仇视他。

格雷迪和其他即将出海的子弟开始与光荣又害怕的母亲共舞。英挺的穿着制服的军人容光焕发,他们已经是英雄了。德克斯特决定去找厨房的博纳文图拉先生。即使是清教徒也知道,在饮食方面非找巴西人掌厨不可。德克斯特想和厨房讨论黑市牛肉的来源。德克斯特嫌牛肉烘得太硬了。德克斯特有把握自己办得更好，于是趁清教徒们跳舞之际，想同厨师交换这方面的心得。然而，在德克斯特步行走向厨房的铰链软门时，内心却又稍微退缩。再怎么沟通也一样，都一样。一眨眼的光景，和厨师争论牛肉煮法的心情从隐然振奋转为坏到极点。他和老富婆一样厌倦自己。

在交际舞厅中间立定的德克斯特意识到个人的困境：他有力采取的任何行动，势必将他推往他想远离的方向。他真的束手无策。

然而，悟出道理后，他感受到一丝可能性。系铃的想法，该不会有错吧？也许，有什么事是他能解铃的。

他瞧见妻子正想离开女性休息室，便过去牵住她的手。妻子被牵入拥挤的舞池之际，面露惊喜。自从他和克里根的女儿过夜后，夫妻之间的互动就变得别扭起来。那一夜的插曲令他难以释怀：最大的因素是得知她身份后的震撼，但她的气息、触感、滋味也令他难以忘怀。事隔两天，他重回船库现场，目的是调查空酒瓶，以判定入侵的闲人是谁。然而，他一进船库，立刻被那一夜的景物包围——桌子、炉子、弃置在地板上的皱曲的丝袜，不知不觉间背靠墙，一手伸进裤裆。从此他不再去船库，也不再和哈丽雅特做爱——丈夫的习性脱离常轨，她竟能心平气和地接受。现在，德克斯特见过她在新鳏夫布思怀里跳舞，决心恢复正常的夫妻关系。他紧抱着哈丽雅特，嗅着她的发香，抚摸着她结实的腰臀，想起童年常骑马的她早已不再回马背上。

"记得以前来这里，我们常干什么好事吗？"他问。

"当然记得。"

"希望塔比和格雷迪不像我们那样。"

他意在博她一笑，可惜她在怀中怔了一下。"她才十六岁。"

"你当年几岁？"

两人认识时，她已不是处女。当年，德克斯特没想到细问她第一次的对象。对方不无可能是大她十岁的布思。假如马球金牌选手布思求婚，她八成愿意，但她当时太年轻，性情也太狂野了。有亚瑟这样的父亲也无法平衡。大家全有亚瑟这样的父亲。

"双胞胎儿子今天很乖。"他以这话安抚她。

"他们是乖孩子,"哈丽雅特说,"你对他们的称赞不够多。"

"我以后多称赞他们就是了。"

"你会吗?"他感觉到妻子在他耳边呼出的热气,知道今晚会行房。船库事件陨落在他脑海的地平线下,但不至于完全消逝无踪。

"能让你高兴的话。"

"非常高兴。"

乐队以《橘子》一曲收尾。这首歌出自多萝西·拉莫尔主演的那部不叫好的片子。各家人手忙脚乱,摸黑进舞池。岳父、库珀、玛莎、格雷迪的妹妹们(在兄长的光芒下显得逊色的平凡女孩),明天将去宾州车站送格雷迪。对其他人而言,道别要趁现在。

德克斯特和医师姐夫乔治并肩离开俱乐部,他一手搂着医师的肩膀,以消除乔治显而易见的担忧。乔治担心他和岳父散步聊天时泄露了什么秘密。乔治和他够熟,不应该担心才对。

才几星期不见,格雷迪似乎长得更高了,视线几乎和德克斯特平行。月光打在他制服的铜扣上。德克斯特和侄子握手时,感觉一阵鼻酸。尽管他深信格雷迪能活着回国,但他仍隐隐觉得,这辈子他们将不会再见面。

塔芭莎振臂搂抱格雷迪的脖子,久久不放手,啜泣着。德克斯特在一旁徘徊,唯恐女儿失态,但岳母仅以紧绷的嗓音说:"他们从小就很亲近。"

趁着月光,德克斯特想看清岳母的神情。这有可能吗?在夜色的掩护下,几滴不听话的泪珠从她眼眶滚下,错综复杂的皱纹里彩妆晕得一片浑浊。

"该让格雷迪跟其他人说再见了,亲爱的。"哈丽雅特轻声训诫女儿,从表哥怀里剥离塔芭莎。

塔芭莎投奔父亲的怀抱。"嘘……塔比猫。"他抱着她说,"好了啦,不会有事的。"

"再也不可能像现在这样了，"她说，"永远不会了。"

"格雷迪会活蹦乱跳地回来的，像马一样，我保证。"

她抽身离开，想正面看父亲。"这种事怎么能保证，爸爸。"

她说得有道理，他的确是在讲傻话。"我能保证，因为我相信是真的。对于格雷迪·伯兰吉尔，我丝毫不担心，零挂念。"

此话是最缺乏根据的一派胡言，但德克斯特自认为他的话起作用了，仿佛女儿的心在他自己的胸腔内卸下防备，他感受到父女之间血肉相连，两人的气息和动作一致。她是他的骨肉，而他属于她。

哈丽雅特率先走向凯迪拉克车，两手各揽着一个儿子。德克斯特搂着塔比跟上。没有人开口，当下只听得见鞋踩沙石的声响。月光下，就在他抱着女儿行走的同时，他知道他应该采取什么样的行动。

21

安娜常回想考试当天的情景，想着自己成功登上潜水梯的心情。假如这是一部电影，全剧一定就此落幕，剧末暗示了她排除万难，终于赢得老顽固上尉的尊重。事实上，阿克塞尔上尉重视她的程度有减无增。上尉称呼潜水员时喜欢说"小子""弟兄们""绅士"。每当安娜经过时，上尉总是闭上嘴，视她为一只不吉利的黑猫。她明白，想讨上尉欢心，唯有一种方式，就是辞职不干。上尉让她没有理由留下。

测验通过至今已过去两个多星期了，安娜一次也不曾下水。其他弟兄时常潜水，例如巴斯康和马尔一同下水修补盟军驱逐舰的船壳。名义上，安娜是索具操纵员，专长是打捞沉落水底的物件。八十八号码头里的"诺曼底号"上，正在进行打捞行动，在苏格兰的斯卡帕湾被击沉的德军舰队也是。然而，瓦拉鲍特湾一艘沉船也没有，只有几千根铁路的枕木。十年前，这些枕木从驳船上落水，目前影响到了吃水较深的某些船只通行。除了安娜，获选移除枕木的人全是潜水队最粗壮、最笨拙的，例如萨维诺——测验那天，敲铁钉戳破自己潜水服的人正是他，而负责缝补破洞的人是安娜。目前，萨维诺获选进入潜水池，接受焊接工训练，失误连连。两天前，在焊接钢板时，他的护面板被钢板的一角敲破，大家急忙把他拉上岸——马尔是他的照应员之一。萨维诺出水后，起初大致正常，只是耳鼻因压力失衡流了点血。但在进入增压室后，他陷入了昏迷状态。阿克塞尔上尉怀疑他有空气栓塞的现象，意思是，他在被拉上岸之前憋住了气,上岸后,四周压力减少,憋在胸腔的那一口气膨胀,对肺脏施压,导致小气泡在血管里生成,顺着血液循环流过动脉和静脉,最后气泡卡在细小的血管里造成血管阻塞——以萨维诺的情况而言,是有一根脑血管被气泡塞住了。空气栓塞的死亡率高,幸好萨维诺逃过一劫。他至今仍未复工。

潜水队共有十台空气压缩机。今天,安娜的任务是清理所有压缩机油分离器里的海绵过滤器。分配给安娜的任务全有家务事的性质:用橡胶胶水修补潜水服,在头盔的密封皮垫上涂抹牛脚油,解开缠绕太久的管线。在测量零件的厂房里,她期望再贴近大战一些,如今却离大战更加遥远。在零件厂房,至少她能帮忙跑腿,到造船厂其他地区收送物品。下班了,安娜在更衣间里换回便服,陷入一种她熟悉的状态:梦绝心死,认定自己确实是弱者。她感觉自己好虚弱。铁路支架太重,她搬不动,上尉不让她搬是正确的决定。往这方面想,能平息安娜心中的那一份愤恨不平的感受,毕竟,不知为何,觉得自己不够格总胜过自觉待遇不公。她对自己产生了一种新奇的印象,仿佛自己像已婚女同事般优柔寡断而不堪一击。然而,一股怒气如火烧纸人,轰掉了这印象。她对阿克塞尔上尉恨之入骨,但愿上尉能消失。痛恨他为安娜灌输了力量。但她不得不隐藏心中的怒火,隐忍下来,尽管隐忍的感觉犹如一口灌下漂白水。再轻微的过失也足以构成被开除的理由,她岂能让上尉因此不战而胜?

最令她开心的时刻是高级长官来巡视五百六十九号厂房的时候。在海军高官面前,阿克塞尔上尉显得局促,毕恭毕敬,而上尉的左右手卡茨也似乎被巨星震慑到,几乎浑身无法动弹。这两人哈腰的此刻,暂时遗忘了对安娜的轻蔑。这是安娜唯一能喘息的时刻。

今天下班后,安娜和其他潜水员离开造船厂,前往椭圆酒吧。同事每晚都结伴去喝酒,原本独漏安娜,但在曾策动马尔同行的巴斯康的巧妙安排下,安娜如今也跟着他们一起去,原因是测验过后没几天,巴斯康的未婚妻在桑兹街侧门外向安娜搭讪,感冒的她哑着嗓子对安娜说:"巴斯康叫我跟他一起去陪弟兄喝酒,你跟着去,好吗?只有我一个女人,我才不要。"

今晚,大家都想听马尔叙述萨维诺如何逃过空气栓塞的劫数。萨维诺在增压室时,马尔也在场。马尔说,萨维诺陷入昏迷后,阿克塞尔上尉增压到五十五公斤,相当于近九十米的水深,希望堵塞血管的气泡能再被萨维诺的血液吸收掉。上尉的笔无法承受高压而迸裂,蓝墨水溅到两人身上。马尔抬高萨维诺的双腿,上尉按摩着萨维诺的双手和双脚,竭力增加血液循环到脑部。

"在急救过程中,上尉一直喊话,"马尔叙述,"他一直讲:'孩子,你会平安无事的。我为什么知道呢?因为,你会死的话早就翘辫子了。'"大家边听边喝着B&H啤酒,吃着吧台零食。这里食品免费,以吸引水兵光顾。

"是阿克塞尔没错,他老讲这种话。"巴斯康嘟哝着,啜饮可口可乐。

"萨维诺早就不省人事了,对他喊话,简直像在哄一匹笨马嘛。'等你们小孩长大后,你告诉他们,你当年是怎么冒着生命危险,让他们在吃星期日晚餐时不必忍受日本海苔和德国酸菜的。'"

"那样讲是有点夸张了,我觉得。"

"结果,上尉把他救醒了。我看着他起死回生。这个愤世嫉俗的家伙才不信。"马尔的眼神瞟向巴斯康。

急救四十五分钟后,萨维诺恢复意识,然后躺在原地减压五小时。终于,午夜过后,萨维诺走进在一旁等候的救护车。

"阿克塞尔的狗嘴没挂着奸笑,我倒觉得挺意外的,"巴斯康说,"打从第一天起,他就想逞英雄。"

"那只是做做样子罢了。"马尔说,"假如潜水员死了一个,他整个潜水队都会被上级解散掉。"

"我会哭才怪。"

马尔摇摇头。他和巴斯康经常意见相左,但两人还是形影不离。未婚妻鲁比的家人不欢迎巴斯康进门,因为鲁比的父亲轻视他是流浪汉,拒绝和他握手。因此,每逢星期日,巴斯康总是去哈勒姆区马尔家,和马尔父母同桌吃饭。

安娜搭上电车回家,和鲁比与巴斯康一道。巴斯康护送鲁比一路走到位于夕阳公园旁的家。鲁比父母开杂货店,家在楼上。见鲁比进门后,巴斯康才独自回造船厂旁的廉价出租屋,全程达一个半小时。他们订婚的事还瞒着鲁比的双亲,得等巴斯康打动准岳父的心后再公布。巴斯康三度视力测验不及格仍有心加入海军,但似乎注定没结果,在外人看来,他想和鲁比成亲的心愿也一样希望渺茫。然而,由于巴斯康的野心澎湃激昂,安娜有点相信他会有如愿以偿的一天。进海军和结婚,这两件事其实息息相关:巴斯康深信假使自己如愿进入海军,鲁比的父亲绝对会对他另眼相看。

安娜在亚特兰提大道下车。从上午上班至今,这是她首度落单,但几星期前孤立无助的心情已不再盘踞在她心中。她的心思现在没有空位。她坐在餐桌前,桌上放着晚报和待阅的邮件,心里想着德克斯特·斯泰尔斯。上班时,他鲜少浮现在安娜脑海,仿佛他被哨兵拦住了,进不来海军造船厂。但一回到家中,她便再度重拾信心,认定德克斯特·斯泰尔斯知道她父亲的下落。德克斯特·斯泰尔斯曾提示她不要追问——口气甚至可以说是警告。

她推开通往消防梯的窗户,爬上消防梯,迎接酷寒的冬风。她尽力把父亲唤回脑海——为的是见一见他,把他视为与自己无关的一般人。夜复一夜,她坐在消防梯上,抽着烟,低头凝望街头,想着——想什么东西呢?尽管父女俩相处过许多年,安娜却想不出什么东西来,仿佛身为他女儿的她反而瞎了眼,大家都看得到他的面貌,唯独她看不见、不认识。

她和德克斯特·斯泰尔斯的纠葛仍未完结,两人之间仍有后续发展。想到这份必然性,一股亢奋在安娜心中滋长,令她忘却了父亲。她思慕的德克斯特·斯泰尔斯不是黑帮大哥,而是情人。那一夜醒来见到的残景模糊淡去了,仅留感官知觉。有些时候,她甚至后悔向他吐露身份——她不想放他走。她爬进窗户,洗澡,然后上床,母亲的来信仍未拆封。在黑暗中,她忘情地回忆着德克斯特·斯泰尔斯。

那天他对她语带威胁吗？还是只是多了一份警告的意味？

两天后，上级叫安娜穿上潜水服，在驳船上照应梅琼恩。在这之前，她曾两次进入这个阶段却仍无缘下水。尽管如此，在室内工作或被晾在西街码头上几天下来，有机会出来到开阔水域透透气，她仍心存感激。阳光照耀下的瓦拉鲍特湾宛如焊接枪的火焰。她注视着梅琼恩呼出的气泡。

"克里根，醒醒吧！"

是卡茨，驾驶着马达橡皮艇，停在驳船的一角。她有任务了。前照应员协助她抬潜水装备箱上橡皮艇，沉重的箱子一上船，橡皮艇不堪重负左摇右晃。卡茨驾船穿梭于冰水间，解释说，有艘船的一个推进器被卡住了，是一艘战舰，最近刚被从六号干船坞拖曳至J码头。盟军的舰艇名称是机密，但安娜从她数度跑腿造船厂指挥官办公室的经验得知，这一艘是"南达科他号"战舰。报纸以"X战舰"代称。这艘战舰曾在圣克鲁斯战役中击落二十六架日军战机。

战舰的身影十分壮观，周遭的景物相形见绌，连塔式起重机也被比下去了。萨维诺和格洛里尔已在J码头边缘操作空气压缩机的飞轮。自从空气栓塞事件后，萨维诺仍未下水，格洛里尔今早已下过水，潜水服尚未褪尽。安娜的任务是下水检查战舰的四个推进器，找出问题症结，回岸上报告哪些地方待修。接着负责修理的是刚受过气割培训的格洛里尔。

"如果我能修，可以直接交给我修理吗？"安娜问，拦不住口吻里的迫切。

"让你潜水的唯一原因是，我们找不到其他人下水。"卡茨说。

她急得脸红。"你答非所问啊。"

"照命令做就是了，少啰唆。"

一座以绳索吊着的平台准备载她入水。水从四周涌上来时，安娜再度感受到无重力的滋味。东河的流速之急众所周知，她在船身下游处照样感觉得到。她继续在柔和的日光中下沉，一旁是庞大的船身，偌大的规模暗示着杀伤力强大。安娜想摸摸看。平台持续下降中,她握着平台的绳索,把身体荡向船身,隔着手套抚摸船壳,顿时浑身起了一层鸡皮疙瘩。战舰摸起来是有活力的、精神饱满的,一阵嗡嗡响的感觉从指尖传导至手臂,好似与船上数千灵魂产生了共鸣。它就像一幢侧翻的摩天大楼。

最后,她辨识出右后方推进器的螺旋桨,打信号通知卡茨,她已到达定位。下沉前,平台上挂着下降索,以协助她操作,她利用这些绳索漂向推进器。这具推进器高五米,五片螺旋桨弯曲如海螺内部。安娜隔着手套摸索每一片的边缘,一直摸到五桨会合的螺心,也找不到差错。她注意不弄乱自己的绳索,攀过推进器,爬上推进器和引擎之间的连接杆。她循着连接杆,来到右前方的推进器。这一具少一片,只有四片,同样没问题。现在,她握住舵的前缘——如同银行金库的钢铁门——反推自己荡向船身的左边。这里正对着河的流向,河水冲击着她,往来船只的波浪也推波助澜。来到左前方的推进器,她发现了问题所在:螺旋桨咬到一条粗如她手臂的绳索,而绳索的尽头缠着一支人人痛骂的枕木,就悬挂在几米下方。

卡茨拉了一下绳子。安娜扯一下回应。这表示她该回岸上了,好让格洛里尔接手,以氢氧吹管烧断碍事的绳索。何必上去呢?工具袋里有弓锯,大可拿出来锯断绳索。安娜明明知道这种行为是抗命,却仍执意做下去。反正,照规矩行事的她处处碰壁。通过考验的她照样无法潜水。在无计可施的情况下,她已经放弃了远大的理想,再怎么听话,再如何取悦长官也起不了作用,何不趁这良机为所欲为?

她在出故障的螺旋桨旁边移动,拉一拉被卡进去的绳索。绞得最紧的部位接近螺心,呈"8"字形,缠在最垂直的两片上。安娜解开弓锯上的马尼拉绳,开始锯绳索的这一段,进展缓慢。卡茨又打了一次信号,接着再一次。安娜每接到一次信号就拉一下报平安,然后继续锯绳索。

卡茨以信号表示他将送写字板下去了。安娜回应,但并没有绕向船身右方去写字,因为岸上的人读到她的报告后一定会催她上岸,再教训她一顿，既然如此，还不如留在原地，把任务完成再说。安娜犹如赶在警报铃响前撬开保险箱的窃贼，在光线不足的水中着魔似的锯着，怀抱一份野生动物般的决心。她知道这样做纯粹是自私之举，一定没有好下场，但她不在乎。她越锯越深，一丝接一丝断裂的部分将拉力转移到仍连接的绳丝上，剩余的部分逐渐紧绷，宛如小提琴弦在震颤。再锯一下后，绳索终于全断了，她在咝咝作响的空气声中听得见断裂声。绳索的两个断头在浊水里飘摇，线头宛如触角般游走。安娜攀向推进器另一边，拉扯绳索其他部分，想重新分配松懈的部位。施力过度的她觉得头晕。绳索开始滑动，枕木的重量将其向下拉，被锯断的绳索轻轻脱离螺旋桨，最后完全剥落，断须摇曳着，遁入黑暗中。

回到平台，向上升，安娜心中产生了第一丝悔恨。这一点小事如果交给格洛里尔，用喷火枪两三下就能解决，跟她犯的过错丝毫不成正比。甚至在平台抵达码头前，她就已经看到卡茨气得上唇的疤痕变得火红。"完成了，"她赶紧在卡茨揭开护面板时说，"推进器没事了。"

安娜还没走下平台，他就大吼道："你竟敢藐视我的命令！"

"修好了，"她吞咽了一下后说，"任务达成了。"

"妈的，你自以为了不起吗？我送写字板下去，你竟敢假装没看见。"

一股牲畜的臭味，类似氨气，从安娜的潜水服里冒出。她怕了。"帮我卸装。"她说。

但卡茨似乎气得失去了理智。"等我向上尉报告吧，贱货！"他伸长脖子对着她臭骂，近到她看得见他口中金牙的填料，闻得到他口气里有意式香肠的味道，"他一定会把你扫地出门，让你眼冒金星。"

她觉得他想宰了她，正打算要她的命。她上身往后倾斜，连忙抓住平台的绳索。

"她快倒了，"有人惊叫，"抓住她，快抓住她！"

失去平衡的潜水服太重了，倾斜之后难以维持平衡，安娜戴着手套的左手没抓稳绳索，如树一样倾倒，心知地心引力正想扳倒她，但她无能为力。她看见天空歪斜，失声惊叫。又或许失声惊叫的人是卡茨。

就在这时，倒到一半的她静止了。卡茨在千钧一发之际揪住了她的救生索，在潜水靴跟脱离平台之前挽回住了跌势。安娜保持全身僵硬的姿态，尽量以靴子为重心。如果潜水靴从边缘滑落，整套潜水服的重量势必将她垂直扯向湾底，卡茨若不松手也一定会被拖下水。救生索绑在头盔后面的鹅颈钩上，线头绕到护胸板正面的孔眼固定住。唯恐倾倒的安娜小心翼翼地伸手，想合上护面板。

"不行。不行。"卡茨从她上方沙哑地说，"不许动。"

卡茨左右手接力，以颤抖的手臂拉过救生索——斜角拉绳更为费力——使劲将僵硬笨重的一百四十五公斤拉成垂直状态。他的脸上布满汗珠，视线锁定安娜的眼睛，仿佛施力点在她的脸上。她专心保持直挺挺的姿势，导致背部肌肉酸痛难耐。她生怕吐在头盔里。她多想闭眼，但又觉得非得注视卡茨的眼睛不可。慢慢地，地心引力开始将潜水服的重心移回潜水靴，最后她屈膝往前荡，差点一头栽在平台上，幸好卡茨适时拉住她，谨慎地带她走上码头。

萨维诺和格洛里尔牵引她坐上长椅，为她旋开头盔。安娜手压着膝盖弯腰，仍担心会吐出来。一阵肃穆环绕全场。假如刚才护面板开着的她掉进冰水，在弟兄救她上岸之前，她可能早已溺毙。她看着云，在她潜水期间，湿沉沉的灰云已遮蔽天空。现在可以说感觉没什么大不了的，反正她好端端地坐在这里，一切平安。但她知道当时有可能倾倒。

卡茨远远站着，双手抹头发，摇摇头，走向舷梯，同值守的水兵讲话。格洛里尔和萨维诺卸下安娜的腰带、护胸板、潜水靴。安娜吸收着熟悉的造船厂的作息声——马达、机械、吆喝——仿佛这些声响能防止她倾倒。

最后，卡茨走回来，大家开始搬装备上军用卡车。安娜正在拆解空气压缩机的飞轮时，三名海军长官从战舰舷梯下来，身穿蓝色双襟大衣，上面带有镀金饰扣和金肩章。最高级的一位军官身材高瘦，在金辫缀饰的干净蓝帽的衬托下，连灰白的头发都显得精干。"我想亲自感谢各位绅士——小姐，"他说着和所有人员握手，见到女潜水员也不显诧异，"办得好，卡茨先生，处置优秀，效率十足。"

卡茨以瑟缩的神态接受，宛如被长官的赞美千刀万剐。湿雪开始纷纷落下，但安娜在长官面前几乎感受不到。这些军官来自那艘摩天大楼般的战舰，日后将出港前往战场。安娜摸过船壳，第一次直接地触摸到了战争——也感受过船身脉动的激情。

军官走后，灰沉沉的天色再度包围码头。安娜心情稳定了，但卡茨面色凝重，心不在焉，目光转向她，她无意间对他展露笑颜。卡茨也迟疑一笑回敬。两人从左右分别抬起压缩机，将其合力抬上军用卡车。

安娜和鲁比挽着手，正要过海军街，竟发现德克斯特·斯泰尔斯的凯迪拉克车停在理查德烧烤酒吧外面，并未熄火。她每晚都在找这辆车。

"对不起，"她告诉友人们，她不愿让这群朋友认识德克斯特·斯泰尔斯，甚至不愿让朋友见到他，"我有事想跟人商量一下。"

她走过桑兹街，友人眼中的问号尾随而来。德克斯特·斯泰尔斯下车，打开副驾驶座的门，熟悉的皮革味包围了她。

德克斯特·斯泰尔斯一坐到她身旁，她立即察觉到他的神态有异。他变得出奇地寡言，皮肤上的胡楂显得灰白。他把车驶离路边，钻过路旁的一群造船厂工人和水兵。安娜隔着车窗，以渴望的眼神望着他们。一分钟前，她还与他们同在，陪朋友有说有笑。如今，她感觉像掉进了一口井，坠落到深幽的大洞里。

车子驶过一条街，两人无言。"他死了，"她开口说，"对吧。"

"对。"

她吞咽了一下。"在哪里？"

"我可以查。"

她凝视着风挡玻璃上的雨刷，见信号灯被刷成染过色的糖浆，在玻璃上呈黏糊糊的一片。对德克斯特·斯泰尔斯的饥渴仍在她心中活跃，是一片热烘烘的能量场，但与身边的男人毫不相关，因为现在的他改头换面，变得冷漠内敛。然而，变的人其实是安娜。绕回原点了。这才是她真正的感觉。仿佛漫长而断断续续的变道终于带她回到了眼前熟悉的景物。"那,你怎么不快去查!"她提高嗓门,"快去查啊!拖什么拖!"

来到海军街,车靠向空旷的路旁。造船厂的砖墙正对着安娜一侧的窗外。他望了安娜一眼,说:"你用得着你的潜水服。"

"我——什么?"安娜没听懂。字义强行映入安娜脑海之后,她伸手突袭他的脸。

德克斯特·斯泰尔斯抓住她的手,手法敏捷,可见他熟稔于化解敌方暴力。"不许胡闹,"他以气声说,"否则休想找我帮忙。"

她逼迫他退向驾驶座的车窗,刚才的一击只刮伤了他的太阳穴,血滴正从伤口渗出。安娜闻到了她熟悉的气味,内心情欲膨胀。隔着他的大衣,她感受到他的心跳。两人的脸几乎碰触在一起,他正要吻她。她也迫不及待想要他吻。但她知道她想咬他——对他乱踢乱抓,大声尖叫。

他一定也知道,因为他慢慢推开安娜,扣住她的双手。"要不要随你。"他说。

她喘着粗气。"潜水没那么容易,"她终于喃喃回应,"潜水的装备一箩筐。"

他头点向围墙方向,仍扣住她的手。"你能从里面带多少出来?"

"不知道。一些吧。"

"你带不出来的东西,我全帮你张罗。"

这份自信引她反感。"是吗?我要一条船、一个空气压缩机、几条管子和一架潜水梯。"

"船很简单。至于其他东西,我可以叫人去凑。"

"再难的事,你都能叫人去做,是吧?"

"差不多。"

"我们还需要再加一个潜水员,"安娜说,"通常要两个帮手,不过一个也能应付。"

他带着警告的神态,放开她的双手。"你有人选吗?"

她推敲着巴斯康会不会接受。"他不喜欢惹事。"

"没人喜欢。"

两人的视线务实地接触。再怎么说,现在是需要相互配合的时刻。

"有多危险?我指的是在陌生的环境下潜水?"他问。

"我不知道。我不在乎。"她记得向后倾倒到一半被抓住时,眼前是片歪斜的天空,认定自己即将沉入湾底。现在她觉得,她确实是落水后得救了。

"我在乎。"德克斯特·斯泰尔斯说。

22

二月二十五日，基特里奇船长将"伊丽莎白海员号"驶入南非开普敦港，行程超前整整八天，此前他夸口维持每小时十二海里的均速，果然说到做到。在舰桥上发号施令的船长英姿焕发，一头金发，一双贵族般的玉手，埃迪见了有时会幻想"伊丽莎白海员号"是他童年时期看到的豪华游艇。在收容所时，他夏天和其他孩子去布朗克斯码头戏水，曾观看各家游艇在长岛海峡南面的赛船会上聚集。他也曾见到富家少年走出中央公园，带着网球拍和短马鞭，嬉闹着。基特里奇就像长大成人的富家少年。埃迪告诉自己，船长的运气旺盛，绰绰有余——希望船长的运气多到能分给船上其他的五十六人。

瞭望到陆地的前几天，船员想上岸的心情沸腾，消磨航海时光的嗜好全被抛开，大家漫无边际地期待着，心无定所。法明代尔把用大麻绳做的娃娃收起来，勤转表的发条，埃迪认定发条迟早会被他转坏。终于，停泊绳被从储藏室里拉了出来，卸货架也被升了起来。

检疫后，"伊丽莎白海员号"停进桌湾港，卸下铝土矿，进几批新鲜食品和饮水。开普敦是人见人爱的港口，未排班的船员一到傍晚就飞也似的下船了。商船队的人员和海军炮手去逛马来区，港口代理人曾特别警告他们别碰那里的妓女。法明代尔之流的酒鬼朝最低级的酒馆前进。海军军官在港口的地位不同。罗森上尉是武装卫兵的指挥官，他的下属是恩赛因·威科夫少尉，两人下船有车迎接，直接赴民宅参加晚宴。

商船实习生罗杰和斯坦利穿着熨过的军校制服，神情落寞地看着军官搭车离去。这两人太青涩，进不去妓院，不确定自己能去哪里。埃迪承诺他们，出港前一定带他们上夜总会。

进港后，无线电操作员的任务不多，通常躲得不见人影，但火花选择留在船上。"妈的，老子进开普敦能干吗？"他问埃迪。入港第一夜，埃迪待在船上陪他。"难道要老子拖着这条废腿进酒吧，说：'非常感谢你，我想点一杯牛奶，好吗？'从我的舷窗，妈的，我就能看见他们大名鼎鼎的桌山。你看，不就在那边吗？老子连腿都不必抬，就能观光。现在我能用这架无线电，做上帝要它做的事。"

由于正值无线电静音期，这艘船已有数星期无法听新闻。现在，BBC播报员沉声报道的多半是好消息：德军隆美尔的威猛坦克部队在突尼斯兵败溃散，俄军拥入哈尔科夫，盟军重击意大利墨西拿。

"妈的，我们快打胜仗了，三副，"火花说，"你高兴吧？"

"谁听得懂英国播报员的口音呢，"埃迪说，"假如他们报道说我死定了，我还以为是好消息呢。"

火花往后缩了下身子，表示不屑。"三副啊，"他说，"没想到你遇到英国口音就成孬种了。"

埃迪想起水手长用言语鞭笞人时的清脆声。"我也没想到。"他说。

埃迪爬梯子下去，一路冷清，进厨房替火花归还杯子。水手长正在厨房里，喝咖啡读书，一见埃迪进来，倏然起立，合上书，以两指当书签。埃迪也吓了一跳。

"你竟然没上岸，水手长。"他说。

"有啥好惊讶的，三副？"水手长语带挖苦。显然，他也没料到船上有人，显得手足无措。

"我们在同一条船上工作过，"埃迪提醒他，"那时候，你一逮到机会就上岸。"

"若我记忆无误，你也一样，"水手长反驳，"或许新官上任的你被冲昏了头脑，所以才改变了作风。然而，你一定注意到了，我仅止于臆测。你的所作所为是你的自由，皆无关我事，同理，你也无权对我的自由置喙。"

"没啥好生气的吧，"埃迪说，"我只不过是闲聊罢了。"

水手长以狐疑的目光审视他，手指继续插在书中。在散发蓝黑光泽的手背皮肤下，水手长的手掌竟是粉红色的，这令埃迪颇为惊讶。埃迪听命于水手长时，一闪而逝的粉红宛如羽翼轻摆，令埃迪看得出神。

"闲聊确实有其效用，我同意，"水手长说，"然而，以当前的情况而言，此说辞显得不尽真诚，原因极为简单，你的说法未考虑到你我之间持久不散的嫌隙。你我已跳出闲聊的境界。依此事证，我断然无法听信你的说法。"

"你跟任何人讲话都这样咬文嚼字吗？"

"此问用意何在，三副？"水手长怒骂，气得抽出书里的手指，举起双手，"是明言还是暗喻？"

"明言。"埃迪说，其实不太确定两者的差别。

"可。你是明言之人，三副。那么，且让我明言答复。恕我不敬，我将以尖刻坦白的言语回应。"水手长向前一步，压着嗓子说，"我并非逢人皆如此言语。与我才智落差太大之白丁，通常不像你一般如此渴望深刻、反复的交流。我坦承，你坚持如此互动，令我不解。我当然能猜想，但如此行事是白忙一场，原因之一是此举势必暗示我俩的内心世界仅有微乎其微的交集——我怀疑是没有。另一原因是，此举必然暗示我对你的行动与动机有稍许的关心——三副，我丝毫没有。"

听没两句，埃迪就听得一头雾水，但他知道水手长意在羞辱他。他的脸涨得通红。"那就算了。"他说，"祝你晚安。"

他转身离开厨房，见水手长一脸错愕而暗喜。埃迪觉得自己像挨了一顿鞭子的狗，但也明白了，他只能怪自己。究竟想从水手长身上得到什么？他不知道。

翌日午后，他带两名实习生下船逛开普敦。开普敦在土色的桌山的凝视下，是一座真正的城市，比埃迪预期中的大。实习生买巧克力和小蜜橘。埃迪买普莱耶海军牌香烟，边逛艾德利街边抽。梁柱高耸的建筑夹道而立。逛了不到二十分钟，埃迪便知水手长不愿下船的原因。无论是在公交车、商店还是剧院、电影院，黑人全被隔绝在白人圈之外。黑人受尽委屈，埃迪见惯了。在西区码头上，意大利佬被当成黑人对待，而黑人的待遇更差。话虽这么说，在开普敦街头，当目睹一名黑人老妇提着购物袋在长椅上坐下休息，竟被警察赶走，埃迪仍觉得震撼。傲慢的水手长绝对不可能踏进这种地方。在汪洋大海中航行四十七天后终于有机会上岸了，可水手长却纯粹因原则问题而拒绝下船，自制力够强，令埃迪由衷地钦佩。

入夜后，埃迪带实习生去他今天早餐时听罗森上尉介绍的夜总会。正如埃迪所愿，罗森上尉也在，身旁是威科夫少尉，两人邀请他们同桌。罗森是犹太人，预备役，相貌堂堂，从事广告业。威科夫外表至少比他的实际年龄年轻十岁，是兴冲冲的、有雀斑的白胖小伙子。今天下午，他和罗森在南非东道主的陪同下参观葡萄酒庄，观看葡萄收成。威科夫当场购买了两箱。

"葡萄酒？"埃迪说，"你在寻我开心吧？"

少尉表情认真。他说他希望在战后成为葡萄酒经销商。

"我一直欣赏不来葡萄酒。"埃迪坦承，他其实喜欢混合健力士黑啤酒和香槟的调酒，号称黑丝绒。

"我保证能改变你的看法。"少尉说，已经扮演起推销员的角色。

一个规模很大的管弦乐团正在演奏《银色圣诞》，在熟柑橘的香味的伴随之下显得格格不入。黑白混血女孩陪盟军军官坐，与军官共舞。这些女孩并非娼妓，甚至不是和酒吧勾结、怂恿水兵买酒请客的促销女。她们多数是小职员或店员。在此交易的钱财是礼物，而非费用。多年来，埃迪参与过无数次类似的交易，这时却不由自主地蔑视这种举动。他一时想不透为什么。终于，他想通了：原来，他正透过水手长的目光看待眼前的景象。

出港前一天，二副法明代尔逾期未归，四处不见人影。缺少二副，

"伊丽莎白海员号"无法启程,因此只能望着船队渐渐远去。"伊丽莎白海员号"预定随船队穿越莫桑比克海峡,右边是马达加斯加,左边是非洲大陆,无数盟军舰艇曾在此地遭到纳粹潜艇狼群般的吞噬。三天后,法明代尔被抓进陆军监狱,罪行严重到陆军拒绝释放他,直到"伊丽莎白海员号"准备解绳出港才放他走。

三月九日,宪兵将法明代尔押解到舷梯,他立刻被叫进船长室。基特里奇船长虽然俊俏如奶油小生,可骂起法明代尔来丝毫不留情面。船长最无法容忍的一件事是落后。如今落单的"伊丽莎白海员号"被迫只身出海,采取闪躲航线,偏右二十度航行十分钟,然后偏左二十度,接着恢复既有航线再前进十分钟,以此类推。敌军U型潜艇在夜晚最活跃,"伊丽莎白海员号"不仅晚上闪躲,全天二十四小时亦然。航向莫桑比克海峡之际,船上的吊架转向船外悬空,随时准备在遇袭时尽快放下救生艇。

法明代尔沦为贱民。最初两天,开饭时他姗姗来迟,和实习生同坐一张小餐桌,面带堂吉诃德式的笑容,好像被孤立是求之不得的特权。到了第三天,法明代尔过来和埃迪交接早班时,埃迪试着对他发放宽恕信号。埃迪刻意热情地欢迎他,甚至在传达航向与方位时拍了他肩膀一下,以示安抚。没想到法明代尔不领情,对埃迪明显的好意不耐烦地叹一声气,瞭望远方,抚弄着雪白的胡子,仿佛胡子是他暗藏实力的宝库。

同一天的下午,火花收到第二则直接通报给"伊丽莎白海员号"的信息,航线随之变更。午夜前几分,仿佛天意干涉,在德班东北八十公里的会合点,共有七十七艘船出现在他们周围,大小船舰全熄灯,仅在船尾留一盏微弱的灯。"伊丽莎白海员号"煞费苦心,左闪右躲才安全驶入定位,不至于撞船。埃迪和船长站在驾驶桥楼上,透过轮机室电报向甲板底下的轮机员指示航速和方向。他忍不住以为船长具有超乎常人的能力。船长的美国运救了全船一命。埃迪终生渴求这种运气,一有机会就伸手捞。或许,有好运相随的人无须伸手。

船队的航线借由摩斯密码传送,以近似百叶窗的灯光忽明忽暗打信号。准将的船位于第一排中间,然后信号往后逐船递送,总计近三十分钟才传递完成。之后,整个船队设定四十三度航线,悄无声息地朝莫桑比克海峡前进。

日出时分,在全船战备部署期间,埃迪站在大副身旁,眺望着承载将近八十艘船的海面,阵仗宛如贵气辉煌的西洋棋棋盘。"我这辈子都没见过这么壮观的场面。"他说。

"位置在中间更美。"大副嘿嘿笑着说。他们的船靠近所谓的"棺材角",是最容易遭潜艇偷袭的位置。但无所谓。船队集合的场面如此浩浩荡荡,规模与范围如此盛大,有幸参与其中的埃迪觉得所向无敌。他看到了各国旗帜:葡萄牙、自由法国、巴西、巴拿马、南非。右边有一艘荷兰籍货轮,两名儿童在床单飘舞的晒衣绳下奔跑,显然是船长为了躲避纳粹举家逃离了荷兰。

十五艘较小较快的护航船——驱逐舰与轻型护卫舰——在船队之间穿梭,宛如游行队伍中的骑警。船只如果因故障抛锚,船队会继续前进,由护航船协助营救故障船的人员。比起其他任何事实,这一点特别令埃迪宽心。

全船唯有一人对现状不满——船长。船队行进间,航速不能超出最慢的一艘船,而这次船队里有一艘巴拿马籍燃煤轮船,拖累了全队,速度骤降到时速八海里。"原本我们蛇行,都不至于这么龟速。"船长用餐时对坐在他右边的轮机长说。

午夜后,仍面带傻笑的二副法明代尔过来接班,埃迪回房,发现威科夫少尉端着一瓶葡萄酒,在房舱外等他。"今晚夜色完美,"他说,"我们就在外面喝吧,品酒的地点和美酒的滋味一样重要。"

他们坐在二号舱盖上。夜空无云,清风沁凉,一弯眉月下依稀可见起伏的海面。埃迪看不见周遭的船只,但能感觉到船只的密度,前后相距一百五十米,左右相距三百米,全凑在一起,破浪前进,宛如一群幽灵。埃迪听到少尉打开了软木塞,闻到了葡萄酒的酸味和木桶香。少尉在两个珐琅咖啡杯里各倒一点酒。他见埃迪举起杯,对他说:"暂时不要喝,先让酒透透气。"

南十字星座低悬在海平面附近。埃迪更喜欢南半球的夜空,更灿烂,行星也更密集。

"可以喝了,"少尉几分钟后说,"喝一小口,在嘴里漱一漱再吞下。"

听起来没道理,但埃迪照做了。最初的口感只是埃迪一向讨厌的烟熏苦涩味,但随后而来的是迷人的过熟的香气,甚至微微有些腐味。

"好多了。"他讶然说。

两人喝着酒,观着星。少尉说,战后他想去旧金山以北的山谷找份种植葡萄的工作。那里原本有葡萄园,但在禁酒时期被政府焚毁。

"你呢,三副?"他问,"你战后有什么志向?"

埃迪知道自己想说什么,但拖了几分钟才确定。"我想回老家纽约,"他说,"我有个女儿住那里。"

"她叫什么名字?"

"安娜。"

埃迪已有多年未曾说出这两个字,如今脱口而出,声响宛如一对铙钹互撞,余音嗡嗡。因为害臊,他移开了视线。几秒后,埃迪没听见少尉回应,才明白他这份心愿多么平凡。近年来,出海的男人大多抛家弃子。大战让他成了一个普通人。

"她今年几岁?"少尉问,"你的安娜。"

埃迪心算了一阵子。"二十岁,"他惊诧地说,"她上星期刚过二十岁生日。"

"成年喽!"

"二十岁大概算成年吧。"

"我二十一岁。"少尉说。

23

有几夜,在莫桑比克海峡,护航船投掷深水炸弹,震得空气噼啪作响,令人头皮发麻。全船战备部署的警钟响了又响,所有人员都被召到甲板上,整个船队蛇行了好大一段距离。埃迪站在驾驶桥楼上,眼睛干涩,尽可能在转来转去的黑船行列之中维持船的位置。下班后,他躺进布袋里,睡得不安稳,因为安娜像个不安分的鬼魂在他的思绪中潜行。

"我想跟你去。"
"那地方不准小孩进,甜心。"
"我以前就去过。"
"现在地方不同了。"
"我最近常去啊。"
"对不起。"
"我变了吗?"
"是啊,你长大了。"
"突然长大了吗?"
"长大不是突然的事,是渐渐发生的事。"
"你突然注意到我长大了吗?"
"可能。"
"你注意到了什么?"
"好了啦,安娜。"

"你什么时候注意到的?"

"好了啦。"

停顿半晌之后,安娜改以较冷淡的口吻说:"别怪我反过来惩罚你。"

"我可不建议你这么做。"

"别怪我变懒惰。"

"那等于是惩罚你自己。"

"别怪我吃太多糖果。"

"你最后会变成阿黛尔太太那样,牙齿掉光光。"

"别怪我把衣服弄得脏兮兮的。"

"那等于是惩罚妈妈。"

"别怪我变荡妇。"

"什么?"

"别怪我变荡妇,像布里安娜姑姑那样。"

埃迪掴了她一巴掌。"不准你再讲这个。永远不准。"

安娜捂住挨打的脸颊,没有流泪。"那就让我陪你去嘛。"

七天后,船队脱离莫桑比克海峡,无一船只落难。船只开始一拨一拨脱队远去,有些西行至蒙巴萨,有些东行远赴锡兰和印度尼西亚。"伊丽莎白海员号"维持航线,同行的船队缩小到十八艘,另含四艘护航船。巴拿马燃煤轮船仍在船队中拖累大家,目前位于"伊丽莎白海员号"正前方,每天清理排气管时,细小的煤渣便会纷飞而出,覆盖"伊丽莎白海员号"全船表面。基特里奇船长掸掉袖子上的煤渣,为蜗牛般的航速怒不可遏。印度洋呈深邃的蓝色,海面平静。行进中,埃迪观察到船长的耐性与日递减,自己的好奇心则与日俱增。船长不习惯事与愿违,这下子被燃煤轮船拖累长达几星期,他如何咽下这口气?

然而埃迪没机会满足好奇心。在抵达塞舌尔之前,旗号来了,通知船队尽快解散。所有船只开始彼此远离,动作懒散,犹如梦境中慢动作的众鸟惊飞,起初怎么看都不像其他船只会航出视野之外。然而,不到三小时，连燃煤轮船的身影都逐渐淡去了。

身为德克斯特·斯泰尔斯新聘任的巡视官，埃迪造访郊区夜总会、赌场、餐厅、牌局，佯装有钱的外地人。在一九三五年初，没有人会赶走这种来客。埃迪如果意外撞见熟人，会热情地问候几声，请对方喝一杯，然后尽快离开，隔天再来。同一个地方，他必须连续观察几次才能看破表象。幸好斯泰尔斯给他的公费够多。埃迪仍随身携带的袋子里只有这种钱。

一开始，他每隔两三个星期跟斯泰尔斯在曼哈顿海滩的一间船库里见一次面，详述观察报告。他的主要任务是揪出诈赌者，但他也会猜中其他一些斯泰尔斯有兴趣知道的内幕，一并向他报告，例如主厨兼差为卖烟女拉皮条，染上毒瘾的发牌员受贿造假，疑似遭恐吓勒索的同性恋者。

"你扯太远了，克里根先生。"

"不在我任务范围之内吗？"

"犯不着编故事来转移我的焦点。"

"我哪儿会？"

每次见面的最后，斯泰尔斯都会另给他两三个地址。"你不写下来，记得住吗？"

"没必要。"

"你脑筋这么强啊？"

"你该不会是在暗示，我是哈佛人吧？"

斯泰尔斯笑着说："你是的话，我就炒你鱿鱼。"

"俗话说得好，"埃迪说，"能讲就别写，能点头就别讲。"

斯泰尔斯听来觉得有趣。"一个爱尔兰佬讲过。"

埃迪眨眨一边眼睛。

埃迪向达内林辞职，推说他在剧院找到了一份工作。埃迪在经济大萧条之前在剧院里工作。达内林离那个圈子太遥远，无从判别这借口是否过于虚假。他似乎庆幸埃迪不再领他的薪水，因为两人复杂的交情影响到了达内林的行事风格，让习惯不择手段的达内林施展不开。他把埃迪的送包工作转赠给下一个走投无路的人奥班农，然后哀叹奥班农总搞砸差事。

"你的手法比较细腻，埃迪，他差得太远了。"达内林在桑尼酒吧抱怨说。埃迪仍尽量每隔一段时间前来露个脸。"小班他每进一个地方，全场人都瞪着他看。有一次，他在丁提·莫尔餐厅，居然把信封掉到了地上，妈的，信不信由你。绿油油的钞票撒了一地……听说大家一见他靠近，便赶紧后退走开，活像见到麻风病人。侍应发财了。我告诉他：'小班，你如果再犯一次，别怪我亲手把你推下码头，你去向小鱼们诉苦吧。'"达内林耸耸肩，表示自己真是活受罪已久。"话说回来，他妻子的眼睛快瞎了，家里又有五个小孩……我狠不下心丢下他不管。"达内林说完，无情的小眼珠朝天，然后查看守在门口的走狗。

"你太善良了，达尼，"埃迪说，只差没笑出来，"实在太善良了。不过，你可要当心一点，这世界看你心软，迟早会占你便宜。"

"对了，埃迪，"达内林压低嗓音说，"我照你的劝告，去找那个意大利佬了。"

埃迪不确定他指的意大利佬是哪一个，毕竟冒犯过达内林的人太多了。"……结果呢？"

"我谈好条件了，和坦克雷多。"

埃迪这才想起，达内林手下有两名中轻量级的拳击手，受制于坦克雷多，苦无出场的机会。

"我放低自己的身段，跪着求那个意大利佬，妈的，让他把我的脸踩进烂泥里去。"

埃迪听着，心怀忧虑。在埃迪看来，达内林卑躬屈膝的戏码最后只会以腥风血雨收场。这时，达内林的嘴角泛起淡淡的微笑。"这是我听过的最好的劝告。"

"那就好。"埃迪吐出一口气。

"我的两个孩子赢定了，埃迪，"达内林说，脸红气喘的模样看似正在分享秘密，"他们活力充沛，在这之前，他们最缺的是一个机会，公平登场的机会。"

"我听了很欣慰,达尼。"

"我们为了小孩,再苦的事也办得到,对不对啊,埃迪?任人践踏、任人吐口水、拉屎、打个稀烂。如果小孩开心,再大的牺牲都值得。"

苦肉计不符合达内林的作风,埃迪希望他尽早停下。"是啊,达尼,"埃迪说,"不过,你可别玩得太过火。我建议你见好就收,赶快脱身。"

达内林点点头,面色凝重地看着埃迪,刹那间,两人沉入往昔。离岸流、恐慌、营救、顺着海岸线平行游、伺机游上岸,那段往事总像埋在两人之间的宝藏。与此同时,埃迪也在解释自己为何背叛达内林。假如被达内林发现埃迪现在的主子是谁,达内林必定痛骂埃迪一顿。这几个领域一字排开时,埃迪感觉自己能一次眼观四面,无所不知。

"不必让坦克雷多知道,"埃迪提示,"绝对不能让他知道。你自己要当心。"

达内林点头听着。

埃迪借来杜森堡车,载家人去新泽西州帕拉默斯的医疗用品店,为莉迪娅选购轮椅。有轮椅可坐,莉迪娅的生活大为改观。九岁的她终于融入了正常人的世界,三餐能和家人同桌,阿格尼丝也能推她外出散步。安娜陪妹妹靠在窗口,看着麻雀啄食她放在窗台上的面包屑。从她们背后看,埃迪看不出这两个女儿的差异。

有一天,阿格尼丝在更换莉迪娅的尿布时,冰贩来了又走,不等人。埃迪去电器行当场付现为她买回一台电冰箱。他厌倦了撒谎,不想再吹嘘家里其实没有的东西。电冰箱进厨房的头几天,前来参观欣赏这件奢侈品的邻居络绎不绝,坐在新椅子里的莉迪娅则对着他们傻笑。

冰箱发出嗡嗡闷响,吵得埃迪睡不着,最后他睡着了却梦见自己伸手拔插头。

"你一定要代我谢谢达内林先生。"阿格尼丝说。

她说:"假如工会没了,我们的日子会多苦?"

她又说:"哇,我们真幸运啊,埃迪。你看看其他人过的日子。"

她常把这些话挂在嘴边,埃迪听了微笑,喃喃赞同着,但他从妻子的欣喜中察觉到了虚假,如同她心底暗藏着一个隔间,里面积压了一堆憋着不讲的话。阿格尼丝不是搞不清楚状况的人,不可能没注意到丈夫工时拖长,最近鲜少借杜森堡车代步,也不再带安娜同行。但阿格尼丝只以赞叹好运的言语安慰他,绝口不提异状。埃迪观察到妻子在装傻,心中产生一股变态的喜悦。但夜深人静时,他抱着妻子,探寻着她忧心忡忡的脸孔,却找不到变心的迹象。

斯泰尔斯派他去奥尔巴尼、扎拉托加、大西洋城,因为斯泰尔斯喜欢摸清每一个场子的底细,把埃迪当作电影摄像机来遥控。两人沟通时,从不指名道姓;埃迪的任务是记住某人最显著的特征。疤痕是一大特点,简单易认,另外还有发油过多的头发、造型特殊的戒指、过长的堆积在脚踝的裤管、步态如熊。女人比较难记,埃迪顶多只能以"金发""棕发""漂亮"形容。重点是她们伴随的男人。

埃迪描述观察对象时,态度是极度的漠不关心,而斯泰尔斯竟能准确地判断出他这种态度,令他暗暗称奇。"你是我的耳目。"斯泰尔斯常说,而埃迪中意这个词。他充其量是个传递事实的管道而已。他转达全部对话,浑然不知讲话者的身份。在随后的两年里,即使他得知讲话者是谁,他也毫无观点。他常告诉自己:这和我没关系。不管我是不是在场,同一件事照样会发生。后果不在他的任务范围内。

"克里根,你是一台机器,一台骨肉做的机器。"斯泰尔斯惊喜地说。这句话是赞美。以埃迪为耳目,斯泰尔斯能无所不在。他只需要常保好奇心即可。

渐渐地,斯泰尔斯的好奇心从他手下的事业,扩展到集团里面的对手,甚至也对共事者产生好奇。一九三七年一月,埃迪来到范德比尔特大道,提着最怕雨天的厚纸板行李箱。他在东方航空柜台买机票,然后随同几人搭上轿车,前往纽瓦克机场。斯泰尔斯派他去迈阿密观察某人。这是他第一次搭乘飞机。

　　登机时，埃迪摘下帽子，低头钻进银色飞机的舱门，心情七上八下。所有乘客就座后，窗外的螺旋桨启动，摇摇晃晃的机身在两旁积雪的跑道上前进，速度增加，加速到令人屏息的程度时，机轮离开地面，整架飞机腾空而起，犹如被上升气流带动的灰烬。埃迪透过圆窗向外望，看到纽约市如同玩具模型：小车在细小的街道上爬行，白雪镶嵌在房舍、树木、球场之间。接着登场的是海，宛如整片有锤制凹纹的白镴器皿，即使从高空俯瞰依然一望无垠。引擎声在耳际萦绕。邻座的妇人双手合十祈祷，哭泣着。埃迪俯瞰着平常不甚留意的广阔地表，感觉自己即将有重大发现。

　　飞机经停华盛顿特区、罗利、查尔斯顿、杰克逊维尔、棕榈滩，最后一站才是迈阿密。与视线等高的一轮明月在黑丝绒般的海面上洒满银光。空气中飘送着蜂蜜般的甜味。即使在机场，棕榈滩的风格也被展现得淋漓尽致：白色男士晚礼服、粉色系丝裙。不到九点，埃迪已观察到斯泰尔斯交代的目标。那人坐在赌场深处，脸色铁青，眼皮沉重，看起来像会计，反而不像拳击赛主办人。埃迪在赌轮盘，一面努力把赌输的钱赢回来，一面死背那人接见的访客顺序。无暇他顾的埃迪好一阵子才留意到，挨在他身旁的女孩并非无意撞上他。他请侍应把女孩的酒账算在他身上，算是回报她至今对他的好意。至少他是如此告诉自己的。等到埃迪观察的人离开赌场时，埃迪早已决定把女孩带回饭店房间。

　　日出时醒来，他闻到床上有一股不熟悉的香水味。嫌恶与寂寥从四周对他步步逼近。小事一桩，他安慰自己，这是男人的家常便饭。不会有人知道。以这些陈腔滥调自欺，他觉得像被白痴安抚。他离开饭店，在水泥色的沙滩上踱步，把烟蒂弹进海浪里。唯一能纾解情绪的是，他告诉自己，带妓女上床的人其实不是他。他只不过是德克斯特·斯泰尔斯的耳目。埃迪反复大声说："我现在不在这里。"这句话每次都能瞬间起到麻醉作用。

　　当天晚上，埃迪改赌扑克，换个角度观察那人，发现自己的目光被一种熟悉的走路姿势吸引：像个脚底有鸡眼、提太多杂货的妇女。磕磕绊绊走在赌场里的人竟然是约翰·达内林。埃迪从未见过达内林跛脚。但话说回来,埃迪最近很少见到他。看到他现身迈阿密赌场,埃迪掩不住讶异的神情,忘了任务,忍不住多看了几眼。假如达内林处在他熟悉的环境,必定会注意到逗留过久的目光,幸好现在的达内林对环境不熟。他跛足来到埃迪一直观察的那桌——那人是坦克雷多,埃迪意识到了,也许心里早就有数。达内林瘫进椅子里,垂着肥头,一脸卑微,埃迪几乎看不下去,连偷偷看也不忍心。老友怎么会被欺压到这种地步?他和坦克雷多的会面短到损人尊严,坦克雷多对达内林无礼地点个头,就把达内林打发掉了,失敬的举动令埃迪看得蹙眉。达内林踉踉跄跄地站起来,蹒跚而去,重心不稳,在赌桌之间跛行,差点跌倒,埃迪以为他可能会一头栽在赌桌上,打散筹码和椅子。埃迪知道,果真演变到摔跤了,他也只能袖手旁观。

达内林走向远方的出口时,跛脚的情形减轻了,埃迪隐约瞥见他脸上有一抹得意的笑容,这才霎然醒悟,自己居然看走了眼,没看出老友其实是在演戏。想到这里,埃迪的内心泛起喜悦的涟漪,他乐得头晕。原来,跛脚是假的,哈巴狗的态度是假的。达内林表演得夸张,几乎是太夸张了,但埃迪也上了当。愿上帝保佑达尼,心狠无情的他并没有躺下来任由意大利佬践踏,全是骗局一场,以演技争取成果。原来,他接受了埃迪先前的建议,找到了良机。达内林的表演固然令埃迪惊讶,但令埃迪更讶异的是,见他表演如此成功,埃迪内心洋溢着喜悦。他对达尼是多么敬爱啊,多希望达尼能战胜敌手!他但愿能奔向老友,亲吻他肥肉下垂的脸颊。

向斯泰尔斯报告时,埃迪故意漏掉达内林不提。

埃迪去他从未去过的教堂告解,以免被神父认出来。神父叫他念《玫瑰经》赎罪。太简单了。绝望之情如黑斗篷般包围着他,电车的轮子再度在他脑海里转动。截至目前,如果他奋斗的收场只是和妓女共度春宵,那么,奋斗的意义究竟何在?为一个目标奋斗——那目标又是什么?

本能上，基于习惯，他求助于安娜。"甜心，我嘴馋了，想吃水果奶油布丁，"他对安娜说，"你呢？"这天是星期六，阿格尼丝带莉迪娅出去散步了。

"我不想吃，爸爸。"

"什么？你以前不是超爱吃的吗？"

"太甜了。"

他震惊之余，仔细注视着正在餐桌上做功课的安娜。感觉上，他已经有一段时间没好好仔细看女儿了。安娜已经十四岁，长腿的她亭亭玉立，却少了一分她曾经有的特色。十四岁的她比较像他绞尽脑汁对德克斯特·斯泰尔斯描述的女人。

"不管了，还是陪我一起去吧，"他说，"你点别的东西。"

安娜起身，穿上外套。父女俩下楼梯的当口，埃迪察觉到她有一丝不耐烦，好像她另有想做的事情。他想不透为什么。安娜总喜欢赖着爸爸啊！工作不再带她同行的那些日子，她争取得好努力。那是之前的情况，当然——现在掐指一计算他是从多久前开始为斯泰尔斯效劳的，发现已经是两年前的事了，他陡然心惊。埃迪原以为想让女儿再跟班是件轻而易举的事，这时才首度明了时不我与。

他带安娜进怀特药局，坐在柜台上，安娜点了一瓶巧克力汽水，埃迪坚守水果奶油布丁。老板去保鲜柜里拿了一盘给他。在等候饮料的空当，他点了根烟，然后把香烟盒里的集点兑奖券交给安娜。安娜以怪异的眼神看着兑奖券，然后呵呵一笑，表示不敢置信。"爸，我早就不收集这些了。"

"不收集了？你不是收集一大沓了吗？"

"怎么收集都不够兑换我要的东西。"

"现在可能够了吧。"

她以异样的眼神看他。"你干吗这么在意？"

他才不在意，他要的是她在意。"感觉很浪费。"

"反正我收不收集，你都抽烟啊，"她说，"不然该不会是，你会为了我，多抽几包？"她抛媚眼微笑，笑得像女人。

一股隐然不安的感受冲击着埃迪。"你什么时候开始停止收集了？"

她耸耸肩，是他讨厌的动作。

"最近吗？"他语气尖锐。

她的表情变得冷漠。"不是。好久以前了。"

埃迪身旁忽然冒出一个小精灵，一个活蹦乱跳的小安娜。邻座的女孩态度冷淡慵懒，约束自己尽量不看向窗外，从前那个喋喋不休的小鬼哪里去了？留意这些事物是埃迪的专长。她到底在找谁？

老板把巧克力汽水从柜台另一边推过去，父女俩默默地吃着。埃迪想不出该说什么，心思只肯往回走，追溯到小手里的脏雪球和秘密之吻。他想问安娜记不记得，却担心听到她说不记得了。更怕听到她说，那些往事对她毫无意义。

父女俩相处的那么多日子哪里去了？好几百个日子，为什么他想不起来？

"你说得对，"他久久之后说，"这蛋糕太甜了。"

事后，父女俩站在怀特药局外。安娜说，她想去斯黛拉家玩，但埃迪意识到这是欺骗，开始在寒风中冒汗。安娜变了，彻底变了，永远变不回去了，他敢确定。拿斯泰尔斯的钱，他奉命紧迫盯人，视线一移开，女儿就走丢了。

小精灵的幽魂牵着埃迪的手，蹦蹦跳跳，抬头看他，叽叽喳喳地讲个不停，连续几小时絮叨不休，不经大脑思考，话题忽左忽右，忽左忽右，像狗在摇尾巴。

埃迪凝视安娜浓密睫毛下的黑色大眼珠，想寻觅以前的小精灵。可惜他移开视线过久，小精灵早已消失，取而代之的是一个几乎不记得他、只想摆脱他的女孩。

一九三七年四月，埃迪在迈阿密见到达内林三个月之后，达内林身中十五枪被紧急送往医院，时间是午夜十二点零几分，地点在桑尼酒吧，凶手在行进中的车辆里开枪后逃逸。达内林除了小便，身边几乎总有人跟着，命案现场当然不乏目击证人，但没有人愿意做证。达内林的死对头多的是，为了雇用工人、掌控码头，他树敌无数，但这些冤仇潜藏多年，从不至于酿成巨祸。这是意大利佬惯用的行刑手段。

达内林在圣文森特医院加护病房与死神搏斗了三天。几位便衣警察先后来探望过，但他们都没指望能从他嘴里问出些什么。重度昏迷又插管的他能讲话才怪。

收容所的老友们三两成群，聚在医院大厅里，岁数都在四十上下，齿危发秃。埃迪在他们怀里啜泣。"你最懂他，"他们安慰他，"你是他最亲近的人。这也难怪，毕竟你救过他一命，他一辈子都不可能忘记。"埃迪渴求这一类的好评，但这些话的安慰效果稍纵即逝。他觉得对达内林下毒手的人简直是他自己。

虽然睽违二十年，他一见巴特·希恩就认出来了。巴特的头发尚在，灰白了一些，是该进理发店了，看起来像穿不惯西装的人。"当年你救了我们俩的命，埃迪，"他哭诉着，黑发爱尔兰人的褐脸满载哀恸，"从浪里救回我们两个。要不是你，我今天不会站在这里，上帝为证。"

即使在阴间，达内林仍能隔空主持为期两天的守灵，在特大号的棺材里以金矿似的身影控制着全场。尽管遗容被涂上浓妆，但太阳穴、额头、脖子上的弹孔仍清晰可见。遗孀玛吉哭天抢地地哀号，可惜勾不起众人的同情。如同她动不动就去酒吧揪达尼回家的举动，她痛哭流涕的表现也被众人斥之为她不愿意"让达尼开心一下"。

在守灵期间，埃迪心情平复了不少，能和老友巴特闲谈。巴特的妻子早逝，留下了三个孩子，一家四口仍在布朗克斯区和未婚的妹妹同住。

"听说你是律师。"埃迪说。

"在纽约州检察署上班。你呢，埃迪？"

"东做一点，西做一点。"

"当下不景气，"巴特说，他误将埃迪模棱两可的说法视为失业，"能在州政府找到工作，算我运气好。"

"你上班做的是什么？工作像条子吗？"

"比较干净。"巴特说，两人相视一笑。

星期日上午，丧礼在守护天使教堂举行，致哀的人络绎不绝，很多人仍有醉意，其他人则在闹宿醉。埃迪听见有人在耳语：乔·瑞安也来了。达内林生前权势的有力见证，莫过于请得动这位最贪腐的大头目了。瑞安是国际码头工人工会的会长。

阿格尼丝握着埃迪的手臂。教堂阶上有一位风笛手正演奏着哀乐，埃迪又想哭了。"亲爱的，这对我们家有什么影响？"她问时表情焦虑至极，令埃迪恍然意识到，他高估了妻子的洞察力。也许妻子对内情一无所知。

"不会影响到我们的。"他喃喃地说。

巴特来到埃迪另一边，手挽手，踏上教堂阶梯。进门后，埃迪凑近老友的耳际。"有风声说，前不久，你调查过集团。"他悄声说。

巴特震惊地缩了下身子。他语带保留，沉声回应："是有几分真实性。"

"我也许能……贡献一点。"

巴特改以狐疑的目光面对埃迪。"你对集团知道多少？"

"我知道一切。"埃迪说。

24

会合点在红钩船坞,驳船往南航行二十分钟后,被称为"船长"的老汉开始发出近似言语的怪响。他倚着小操舵室的外墙,仰着沧桑的老脸,仿佛被人往后扯,嘴巴对着繁星呜咽哀鸣。即使在灯火管制时的海滩上,安娜也从未见过如此灿烂的星空。

"找点……烟固……天控呢……"

每次船长一苦叹,就会立刻惊动安娜转头看。其他人似乎不以为意,除了身材高挑的舵手。一听到船长鬼叫,面无表情的舵手便微微拨动转盘,与其说他是人,不如说他更像是跟着船长脑袋转动的杠杆。

晚间十一点,夜空无云,七摄氏度——就三月上旬而言算是暖和的——一弯明月低垂。探照灯对着夜空寻找飞行器。港口里停满看不见的船只。偶尔,一个高耸的身影靠近这艘驳船,船长便向舵手吆喝,舵手则赶紧带驳船脱离险境,身手灵巧如蝴蝶,船身因大船激起的浪花而剧烈摆荡。自由女神像只能看见阴暗的轮廓,火炬的尖头上亮着一盏灯。

航近海峡时,连船长也噤声了。从海峡可通往下湾,东边有汉密尔顿堡的士兵巡逻,西边是斯塔滕岛上的沃兹沃斯堡。德克斯特·斯泰尔斯说,他已经同海岸防卫队的某人"商量过",万一驳船被拦检,也保证能平安过关。但没人希望船被拦下。大约十分钟过去了,唯一的声响是驳船上的马达。安娜担心驳船的吃水是否够浅,希望不要钩到反潜艇网才好。接着她才想到，水底下的门一定已经敞开，因为刚才驳船是跟着其他船只——可能是船队——航进下湾的。汽笛和警笛声渐行渐远，她觉得风势转强，浪也变高了。德克斯特·斯泰尔斯带来的五个"打手"（巴斯康的调侃语）倚在舷缘上，按着头上的帽子。他们的任务是转动空气压缩机的飞轮，但他们的存在使驳船的氛围显得阴森森的。

唯有马尔和巴斯康忙个不停，检查德克斯特·斯泰尔斯借来的空气压缩机，为潜水做准备。这具压缩机是摩斯一号空气泵，和海军造船厂里的压缩机同款。压缩机被固定在船头。现在，两人合力清理空气储藏库，润滑活塞杆，用石墨加油的混合液湿润泵轴头。原本的一大难题是从造船厂偷两箱潜水装备出来，每箱各有一套重达九十公斤的潜水服，另外有六条十五米的长空气管、一个饱满的工具袋、两把潜水刀、一个装零件的铁罐。刚才安娜在红钩船坞外与他们会合时，他们直呼，这根本就是小菜一碟。由于在淡水运输管上下班的人潮如过江之鲫，他俩从马歇尔街侧门搬箱子出去时，卫兵根本懒得盘查。马尔向伯父借了一辆无边板的小卡车，载走了这些潜水器材。

驳船出海峡后向东转，不久，降落伞垂降游戏机的轮廓在左边浮现，摩天轮和旋风云霄飞车的骨架也隐约可见。驳船往南转，然后向西航行，转得安娜迷失了方向。她认为，船也许正驶离纽约港，进入大西洋。待会儿要潜多深？

德克斯特·斯泰尔斯站在驳船后端，一手按着软毡帽，阴郁的态度加深了安娜的恐惧。前往红钩码头的车上，两人没说几句话；和潜水同事碰头后，她一直守在同事身旁。巴斯康与马尔的愉悦冲淡了她的忧心。为了商量这件事，安娜抱着忐忑不安的心找到他们，唯恐被他们当面嘲笑，也怕他们报警，然而，生活缺少刺激的他们似乎认为，在纽约港海床潜水寻尸是最合他们胃口的疯狂之举。安娜不得不提醒两人，这件事不乏风险和危机，但跃跃欲试的他们听不进去——或许风险和危机正是重点所在。

驳船终于开始减速时，安娜脱掉外套和鞋子，在连体衣外面套上呢绒衣，头戴一顶暖和的值班风帽，自行钻进帆布潜水服。巴斯康和马尔在一旁测试头盔和空气管连接器。斜月朝着驳船抛投出一道淡如羽绒的小径。舵手接连调整修正方向几次，最后船长嘶吼一声，吓得安娜头皮如针戳一般，马达才停止。驳船上有两名水手，原本在甲板下面往火炉里铲煤，粗布装上满是煤渣，这时候船上的第一副双锚被放下去了。驳船头尾各有一副，以维持船身固定。

"这里是哪里，你们有概念吗？"安娜问两名同事。

"被考倒了。"巴斯康说。

"斯塔滕岛，"马尔说，"西南岸。"

"我早就知道了，"巴斯康说，"故意不说，是想考考你。"

笑声隐约背叛了他们，维持乐观的心情看似越来越勉强。他们为安娜着装，先穿潜水靴，绑鞋带，扣上扣环，然后安装头盔垫。他们对这些步骤熟能生巧，忙碌能让人熟悉陌生的环境。护胸板、旋塞、螺栓、领口、垫圈。一切穿好，只缺头盔，马尔叫打手去转压缩机的飞轮。五人开始动手转，彼此推挤，想展现自己不怕累的雄风。德克斯特·斯泰尔斯远远地看着这一切，表情反映出安娜的焦虑。安娜回避了他的目光。

头尾的锚绳拉紧之后，驳船停妥，马尔测水深。依照水绳上的绳结来看，这里的深度为十二米，海床是柔软的泥沙。随后，巴斯康和马尔抬起重达四十五公斤的下降索，从潜水梯旁的右舷放入海里。安娜和马尔协助巴斯康穿上第二套潜水服——只穿上帆布料的部分，笨重的部分暂时不穿。两名同事的好心情变淡了，现在以做工的态度操作每一步。安娜坐在潜水椅上，除了头盔之外一切就绪。"我想跟斯泰尔斯先生讲几句话。"她说。

几秒后，他来到她身旁，跪下，让视线与她相平，神态深不可测。

"我该找什么？"她问。

"你知道该找什么。"

"我问的是，另外该注意什么。"

拖了几秒后，斯泰尔斯才说："绳索吧，我想。另外有个助沉的东西，可能是链条。"

安娜扬声呼唤马尔和巴斯康。"我准备好了。"

她从潜水椅上起身，砰砰砰地走向潜水梯，让同事为她旋上头盔，接合空气管和救生索，缠在鹅颈钩上，测试空气是否流通。马尔将救生索拉至她右腋下，空气管拉至左腋下，穿进护胸板正面的金属孔眼固定。她正要踩梯子下去，这时，巴斯康从敞开的护面板前眯眼看她，以不太寻常的直率口吻说："我不喜欢。"

"对不起。"

他哼一声，说："见鬼了，下水的又不是我。"

"能出什么差错？"她说，引来讪笑一声。

巴斯康为她合上护面板，化学凉风咝咝灌满安娜的口鼻。她倒退步下潜水梯，然后握紧下降索，任凭海湾吞噬全身。水流湍急，大海在她身后拉扯着她。安娜记得阿克塞尔上尉教过的对付水流的诀窍，让水流冲刷背部，身体紧靠下降索，不让水冲走绳子，一阶一阶向下降。瓦拉鲍特湾的能见度很低，潜水时什么都看不清，因此她以为深夜潜水的情况和在瓦拉鲍特湾没什么两样。然而，现在她才发现，差别在于，在泥水混浊的瓦拉鲍特湾，她还见得到混浊的泥水，深夜潜水却是睁眼不如闭眼，完全看不见任何东西，一股古怪的置身异地感油然而生，仿佛全身正溜向虚无的时空，或漂浮在真空状态。终于踩到海床时，她抓着下降索对着漆黑的前方猛眨眼，怀疑自己下降的速度会不会太快了。船上有人拉了一下救生索，她稳住重心，回拉了一下。海床附近的水流速较缓和。安娜闭上眼，心情随即稍稍平静下来。她能忍受这种失明。

她从工具袋里取出一条三十米长的半径索，系在秤砣上方的下降索上，然后以阿克塞尔上尉教过的妙招（说也奇怪，上课有巴斯康在她耳边唠叨，她仍学得到东西），她将戴着手套的手指伸进秤砣下，把秤砣翻过来，将搜寻用的半径索压在秤砣下，更贴近海床。半径索的另一头缠住她的右手腕，她背对秤砣向外走到半径索绷紧为止。接着，她放下工具袋，以标示绕圈爬行的起点。她趴下去，以狗爬式依顺时钟方向摸索海床，以右手腕上的绳子为半径。一转眼，半径索就触及了海床上的障碍物。头几次，安娜忍不住想去查看障碍物是什么，但渐渐地，她可以辨别出障碍物究竟是地形还是物体了。她保持闭眼状态，尽量忘记四周的汪洋，遗忘置身其中的渺小与孤寂。在斯塔滕岛维修淡水运输管的潜水员常提到，港口的海床有沉船，有百年的牡蛎养殖场，巨壳密布，更有十五米长的巨鳗。这些鬼影似乎在安娜差点能触及的范围之外若隐若现。她想着马尔正握住她的救生索和空气管，于是稳定心情，一面移动，一面收放着绳子。一有状况，他们随时能拉她上船，只需猛扯四下发出信号。

德克斯特看着部下运转空气压缩机，活像时钟上的数字。打从开车出发至今，他一直拼命做着他最不拿手的一件事：游手好闲。正因他无所事事，在他看来，眼前的事物轻则令他微愠，重则让他不免愤恨，例如安娜的同事提着她的脚踝，帮她套上厚重的潜水靴；例如黑人一手抬她下巴，为她绑上一条东西——谁知道那是啥鬼东西。三人自成一个世界，令他羡慕。他羡慕的不止是她那两个同事，而是全部三人。两男一女合作无间，气氛肉眼可见地和谐。即使在安娜穿上潜水服，不再像女孩之后，他仍憎恨只有那三人知道的知识、专有名词、专业技能。看着他们扶她倒退入水，戒烟五年的德克斯特破戒了，嘴唇叼着一支香烟。恩佐从黑影里冲出来，及时为老大点烟。

太久没抽，烟劲冲脑门，德克斯特赶紧从船长身旁拉来一张椅子坐下，和颈神经失常的船长一样仰起头。想必船长中过风。即使在冷风中，船长脸上仍汗光淋漓。德克斯特和他近到能闻到他几乎不离口的西红柿汁味（还滴到了衣服上）。船长说，是为了治溃疡。但德克斯特倒觉得，猛灌西红柿汁可能是溃疡的起因。船长旁边的那个锡桶里装的就是西红柿汁。众星在天上争辉。

"谁知道呢，船长，"德克斯特说，"纽约市的天空居然有这么多星星。"

船长咳了一声，觉得没啥了不起。他是纽约人，习惯以地标和岸上的灯火导航，繁星反而令他迷失方向。但以港口的状况而言，船长摸透了风势、流速、棘手的狭道,认识海床的每一个起伏,也熟知水流在何地激荡成漩涡——落水的东西在这里只沉不浮,不会被冲刷上岸。此外,他也自夸能回头再找对地方。

"你看一下星空嘛,船长。你会习惯的。"

船长吼一声,表示不赞同,德克斯特将其意思理解为大战一结束,岸上灯火回归,纽约的夜空终将恢复原状。

"你当然对。"德克斯特说。接着,他改以轻得不能再轻的语气说:"喂,你确定是这里吗?"

船长再吼一声,这次传达的是不悦。

"天这么黑,景物完全变了样子,你怎么知道?"

船长在船上总是白帽不离头,帽子浆熨得白净,和他一身西红柿汁的邋遢形成怪异的对比。他点一点帽子没遮住的太阳穴,说:"在这地方,没有东西会移动。"船长开口说话了,咬字之清晰令德克斯特震惊。

"原来如此。"

不久后,坐立难安的情绪再度侵扰德克斯特。他考虑找舵手内斯特聊天。内斯特原本很健谈,几年前受到一次惊吓,成了哑巴,所以德克斯特找他聊天也碰了壁,只好走向船头。他的手下在船头挥汗运转空气机。安娜在海军造船厂的一个同事也在那里。这人一头亚麻色乱发,不愿苟同的臭脸令人不敢恭维,两眼固定在空气机正面的两个仪表盘上。

"那些轮子,他们转得够快吧?"德克斯特问他。

"目前为止还好。"

"别怕,他们不敢停手。"

"他们最好别停。"

挑衅。这句话如一股电流,既辛辣又引他欢心,令他差点当场教训臭脸男,让他知道谁才是老大。德克斯特悻悻然地走向另一个同事。这名黑人,站在船尾的潜水梯旁边。接在安娜身上的绳子穿过他的手,在他脚边汇聚成绳圈,他则紧盯着水面。

"你究竟在观察什么?"德克斯特问。

"她的气泡，"黑人说，视线不离水面，"见到气泡爆开的地方没有？是顺水漂到的地方，未必是她目前的位置。"他显得友善、中立，难以判读。黑人通常都很难判读——大概只有同族才知道吧，德克斯特猜。

"你怎么知道她在哪里？"

黑人举起手上的绳子。"我在她移动的时候收绳放绳，所以绳子始终不会变得太松，这样一来，她如果扯绳子打信号，我就能感觉到。"

"她这样潜水，危险吗？"

"大家照规定做就不危险。"

两人默默地看着气泡在黝黑的海面爆破，颜色比周围浅。德克斯特问："你的同事为什么穿着潜水服？"

"怕绳子出差错，也怕发生其他状况，所以随时要有另一个潜水员待命。"

"如果他也下水，谁负责看管空气机的指针？"

"您想自愿看管吗，先生？"

德克斯特笑了笑，暗中佩服他。短短一句话，黑人不但拉近了双方的距离，也让德克斯特认识到谁才是船上的老大。外交家。

"一台机器够两个潜水员呼吸吗？"德克斯特问。

"照理说没问题。在造船厂，我们每个潜水员单独用一台，不过我测试过这一台，效率不错。有那几位绅士负责转飞轮，这台能发挥最高功率。"

德克斯特微笑，终于听到了他一直想要的赞美。"万一机器挂了，那怎么办？"他说。

"没理由会出故障，"黑人语气平和地说，但德克斯特察觉到了他萌生出一股忧虑，"即使出现故障，潜水服里剩余的空气大概够她呼吸八分钟，救她上船绰绰有余。"

他可能感应到了手里的绳索传来的信号，只见他猛扯几下，静候一会儿，再扯几下。随后，他沿着舷缘，往回走向船头的同时，边走边放绳子，视线仍停留在气泡上。对话两三句后，臭脸男离开空气机，抬起沉重的绳子，快步走向船头，但仍在空气机附近。德克斯特挨向黑人，听他解释说"潜水员"——也就是安娜——已绕行一整圈，没找到东西。现在，她换一区，再找另一圈。

"这样找，可能永远也找不到，"德克斯特说，"她能在海底潜多久？"

"两个钟头没问题。更久也行，不过她浮上来的过程需要减压。我们只有一张垂吊椅可以应急。"黑人看了眼手腕，德克斯特看到他手腕上戴着三只表。"她下水三十八分钟了。"

"我也想下去，"德克斯特说，"帮她找找看。"

这项建议纯属冲动，与其说是提议，倒不如说是表达不安分的心境。然而，此话一从德克斯特嘴里吐出，俨然成为他脑中甩不掉的想法。"我是认真的。"

黑人歪着头，态度客气。"先生，您潜过水吗？"

"我一教就会。"

"恕我不敬，从安全的角度看，这件事行不通。"

"天下哪有行不通的事？"德克斯特和颜悦色地说，"路是人走出来的。"

黑人观看着气泡。德克斯特等他回应，心知这黑人客气成性，不可能装聋太久。果然，黑人改以温和理性的语调说："我们整整受训了两个星期才被允许下水。"

"凡事总有第一次嘛，"德克斯特说，"你本来没潜过，下过一次水，不就潜过了吗？"

黑人歪着头，试图理解他。

"今晚就是我下水的日子。"

白人潜水员观察着空气机的仪表，即使旁听到这段对话也毫无反应。德克斯特走向他，清了清嗓子，低声开口，避免被忙着转飞轮的手下听见。"我想穿你身上的潜水服，自己下水去。"

"潜水不是这样搞的。"臭脸潜水员喃喃地说，注视着指针。

"和很多事情一样，做法是活的，"德克斯特说，"方式多得很。"

潜水员瞥都没瞥他一眼。

"我只不过想帮帮忙而已，可以节省她的时间。更何况，你在船上有任务，走不开。"

"你完全帮不上忙。"

"哇，你这么一讲，伤到我的心了。"

"你只会增加风险，让大家分心。"

"你担心的是空气吗？担心一台不够两人共享？"

"还有其他顾虑。"

"好，假如遇到麻烦，就切掉我的管子，"德克斯特说，"我自己浮上来。反正我有八分钟可活，对吧？"

这下子，他抓住两位黑白潜水员的耳朵了。"以你的体形，"黑人说，"不到八分钟。"

"不用管，照切不误。"

白人表示反对。"万一你淹死，尸体落在我们手上，我们可有罪受了。"

"不会有尸体。"

黑白两人互看一眼。"何以见得？"黑人说。

"船长！"德克斯特咆哮道，老船长像被一盆水泼到了脸上，惊醒过来，"麻烦你过来一下。"

船长跛着走来，动作痛苦，宛如一只被踩到的昆虫。

"请你向这两位绅士保证一件事，"德克斯特说，"万一我在这海港潜水淹死，你能保证他们无事一身轻吗？保证他们不会吃上官司，不会遇到验尸官或接到传票，可以吗？"

船长点头，呼吸沉重。德克斯特不完全确定他是真懂还是假懂。

"恕我不敬，"黑人说，"尸体不会平白消失吧。"

"会啊，怎么不会，"德克斯特说，"尸体消失是常有的事。朋友，你现在混的圈子不一样了。虽然看起来和你熟悉的圈子很像，气味相同，声音也差不多，不过这艘船上发生的事绝不会传出去。你明早醒来会发现,船上的事根本没发生过。"

大家瞪着他,以为他脑筋失常了。该怎么劝说这些人,他们才能理解黑帮世界的运作?当然,德克斯特用不着劝,但他向来喜欢讲道理,不太喜欢靠蛮力。"我指的是,我们这个圈子的规则不一样,"他说,"做法也不同。在你们的圈子里不会发生的事情,在我们的圈子里很常见。尸体消失就是其中之一。"

"我们的潜水员呢?"黑人问,"如果出事的是她,我们该怎么办?"

"她不会出事,"德克斯特说,"这是我们所有人的共识。至于我嘛,我比较像……镜中人。一个影子。"他扯到他自己未曾明言过、了解得不够透彻的事物。

"话说得很中听,"白人潜水员说,首度正视德克斯特。冷硬的脸,下巴往内缩。"在我的观念里,世界只有一个,如果缺氧,没人能撑太久。想逞英雄的业余人士很讨人厌,没错,不过,一旦玩出问题来,遭殃的是让他们下水的倒霉鬼。大哥,我坦白告诉你,不行就是不行。我不愿意让你穿潜水服下水。"

德克斯特深吸一口气。"我已经很理性地跟你讲道理了,"他说,"好像怎么讲也讲不通。"

"我连一个理性的字眼也没听到。"

"那我对你下命令:脱掉潜水服。"

"我听命于美国海军,不受你指挥。"

一阵怒火烧得德克斯特的神经呲呲作响。"美国海军管不到这艘船,"他轻声说,"起码我在船上没看见他们。"

"有啊,海军的确在。这港口归海军管,四面八方都是海军管辖区。"

德克斯特转向黑人。"你朋友的脑袋是少一根筋吗?"这句话的音量大到臭脸白人恰好听得见。"他难道不懂,我的弟兄能一枪射穿他的头,把他丢下海喂鱼,当成蟑螂踩烂吗?"

虽然德克斯特的音量没变,但这话的冲击力仍横扫全船,在风声中字字清晰。恩佐大摇大摆地走过来，态度积极。"出状况了吗，老大？"

"我还不知道，"德克斯特看着黑人说，"有吗？"

被修理得矮人一截的状况，有谁比黑人更能体会？他镇定地走向同事身旁，和同事耳语。德克斯特只听得见片段。

"……如果他……没那么难。"

"……连萨维诺都能……"

"……在海军很常见……"

德克斯特知道他赢了：掌权者是黑人。果不其然，黑人回到德克斯特身旁说："我们不想惹事，大哥，完全不想。"

"我也一样，"德克斯特说，"所以我才想给你同事最后一次机会，以免事情恶化到他被吓得屁滚尿流。我敢保证，到时候场面会很难看。"

血色霎时从白人潜水员脸上流失了。反射性地，他瞥向空气机上的指针。德克斯特想象自己潜进白人潜水员的脑壳，感受他脑中所承受的重压的滋味。德克斯特不喜欢体会他人的感受。

"耶稣基督啊。"白人潜水员对同事说，嗓音干涩，恐惧满盈。

"我也没看到他在船上。"德克斯特说。

安娜接到信号，得知二号潜水员即将下来。她怀疑自己是不是刚刚打错信号了。随即她意识到，一定是船上出了状况——最明显的事实是下降索已经被移动过三次（最近一次被牵到了驳船的另一边）。截至目前，她只摸到一个破木桶和一个树桩。在二号潜水员下水的过程中，她继续爬行。接着，她感觉到对方抬起半径索，循线走向她，强迫她站起来。她本能地睁眼，但当然什么也看不见。

她回想起上尉曾教过，在水里如果两名潜水员的头盔接触，彼此可以听见对方的言语。巴斯康的身高出乎她的意料，她不得不拉一下他的手臂，让对方弯腰。她把头盔压向对方的头盔，说："你为什么下来了？"

对方的回应纤细飘忽，宛如被棉被蒙住的收音机。"德克斯特。"她听见了。

"德克斯特怎么了？"

"是我，我是德克斯特。"

她一时以为是巴斯康在整她，却无法想象他挑这种场合开玩笑。"不可能。"

"显然不是不可能。"

"太……太危险了。"她支支吾吾地说。

"船上的绅士们也这么说。"

潜水服争夺战有多丑陋，她能假想其中的片段。她转移心思，因为心情必须平静下来。"压缩机送的风够我们两个人用吗？"

"你现在呼吸有没有问题？"他问。

她深吸一口气，情绪随之稳定下来。她听说过，海军的潜水队开班第一堂课，有时直接叫学员潜水，作为摒除劣币的第一关。送进头盔的空气干凉，她觉得头脑清晰。"没问题，"她说，"我的空气够。你呢？"

"好得不得了。"

这话有几分真实性。德克斯特刚才照黑人的指示，调整空气阀，提高肩膀上的束带后，虽然身体被沉重的靴子拖进浓得化不开的黑暗中，却感觉莫名地振奋，仿佛在并未完全意识到的状态中所做出的天大努力终将如愿以偿。他能呼吸。他能呼吸，能在海底行走。

"恐怕我们找不到任何东西，"他听见安娜说，"怎么知道有没有找对地方？"

安娜的嗓音微弱，犹如是从长途电话的另一端传送过来的，产生出独特的效果，糅合亲昵和距离，令电话中的德克斯特常有对方在直接与他的思想讲悄悄话的错觉。"我们一定找得到他，"他说，自己的声音相形之下如雷贯耳，"船长知道地方，他就在这里没错。"

安娜听糊涂了：船长也下水了？透过头盔传递的言语不仅音量被挡掉大半，情绪也被吸得不留痕迹。假使机器能讲话，声音大概就像这样。最后这句话徘徊不去。他就在这里没错。父亲的容颜忽然在她脑海中清晰地浮现：晨泳完的他从科尼岛海边出水，浑身湿漉漉的，闪亮着。救生员在他下水之后才上班，见他挥手眨眼，不禁一愣。他拿起留在安娜身边的土耳其浴巾擦身，沙滩上也放着衣服和钱包。晨泳后的他散发着幸福的光芒，仿佛摆脱掉了纠缠不休的悲伤。

"我在这里，"她轻声说，"我也在这里。"

德克斯特·斯泰尔斯贴向她的头盔。"如果你另外有一条绳子，我们可以各握一头，分头找比较快。"他的言语以机械声呈现。

"我有。"

她拉着他戴着手套的手，走向几分钟前的起点，因为她刚把工具袋留在那里了。工具袋里有一条九米长的绳子，两端各有一条系环。她把其中一环套进空着的左手腕，另一环套在他右手腕的腕带以下，然后互贴头盔，对他说："背对着我走，走到绳子拉直为止，然后凭感觉，照我爬行的方向跟着爬。你的头盔应该时时比身体高，不能低于身体。"

"好。"

他照指示做，别扭地跪下，直到绳子绷紧为止。透过涂着橡胶的潜水服布料，他能感受到海床的柔软。他伸手触底，注意保持抬头姿势。他刚才忘了问低头有何危险，觉得爬行既难看又不自然。天啊，上次在地上爬是多久以前的事了？手腕上的绳子动了动，于是他还是照着爬，起初动作迟疑，害怕把头低下去。每次绳子遇到轻微的阻力，他便以为找到东西了，后来才发现只是海床上的凸起物体和水生植物。渐渐地，类似野生动物的动作扫除了他所有杂念。他在黑暗中爬行。在黑暗中爬行。他爬。爬。爬了一阵子之后，他已经想不起来为何而爬。

阻力来自连接两人的外绳。她解开半径索的钩子——固定在秤砣上的那个——以便爬向他。就在这一刻，她才发现计划有漏洞：她即将放手的绳子是上船的唯一生路。她记得第一次潜水那天，她在水面下搞不清楚东西南北，一通胡走。即使在较明亮、较浅的瓦拉鲍特湾，将近八厘米粗的马尼拉绳也摸不到。但如今，在最紧急的关头，马尔和巴斯康可以拉救生索救她，但德克斯特·斯泰尔斯怎么上去？

想不出对策，她放掉手腕上的半径索，顺着外绳，爬向障碍物，摸索到厚重的链条缠在水泥块上。她觉得德克斯特·斯泰尔斯从对面爬了过来，来到她身旁。她打开手电筒，灰黄的光芒唤醒大约六十厘米以内的浊水。链条的环节有将近八厘米粗，触感滑溜，有水生植物附着，可能很久没有移动过了。安娜熄灯，因为她怕看到其他东西。她和德克斯特·斯泰尔斯互碰头盔，说："你认为呢？"

"看起来是。"回应的音量微弱。

整晚盘旋在心底的不祥预感浮上了台面。"我害怕。"她说，和他透过头盔传递而来的平板语调一样。这语调具有一种怪诞的效果，能把她内心的七情六欲全收起来，只剩言语。

"他们为什么要杀他？"她问。

"因为他们被他骗了。"

"他犯法了吗？"

"没有。"

"他为什么骗他们？"

"只有他自己清楚。"

"我想关灯找。"

她觉得他站起来，也许是想给她一点隐私，或者忌讳知道她发现了什么。链条盘卷着，一圈圈缠绕着水泥块，形成一团扎实的个体。安娜犹豫着，伸手开始解开链条，在里面抠挖。有几段链环被一个大锁扣住，固定在水泥块上的一个板眼上。安娜伸手指进链环里，摸索着有机物，例如布料、皮革、骸骨。父亲一去不回的那天穿了什么，她毫无印象，只确定必然有西装、领带、帽子。皮鞋。有个像黑蛋的东西压迫着她的胸骨，里面包着恐怖和恶心的东西。安娜感到畏怯，但却渴望发现到的事物能释放它，以证明父亲并非离家出走。父亲从未抛下她不管。急于确定这一点，安娜伸手在泥沙里摸索着黏滑的链环。但是，她摸不到皮鞋，摸不到布料，摸不到骸骨。这么多东西，怎可能全被冲走？

意志动摇之余，她提醒自己离目标已经很近了。能潜到这里简直是奇迹；这是她唯一的机会。有了这个认知之后，她疯狂地继续挖。她暗骂造船厂男同事才敢讲的脏话：我他妈！他姥姥的！她一直挖到眼冒金星才罢休。她睁开眼睛，想赶走金星，却发现眼睛一直没闭上。火光其实在头盔外面，在水里。在她挖掘期间，亮度也随之增加：金属橙、紫、绿，不尽然是色彩的色彩，如同她见过的底片上的色调。它们从被挖开的海床漂上来，在她四周的海水中闪闪发光。

安娜拉扯德克斯特潜水服上的系带，他弯腰过来和她互碰头盔。"什么鬼东西？"

"磷光生物，一种水生动物。"她在潜水班学过。

德克斯特也动手挖。磷光生物在两人四周汇聚成云彩，微微照亮她身旁的德克斯特·斯泰尔斯。她的手指末端散发着温暖，在沙地下面。她摸到一个圆形小物体，紧紧卡在一个埋进沙地里的链环里，于是开始用戴着三指手套的手去抠，尽量不扯断固定这东西的小链条。终于，碟状物体被抠出来了，她放在手上，转过来看。又是金属制品，她好失望。这东西边缘圆滑，只凸出一个地方。接着，这个物体变得可以辨识了，她心头像被冰块砸到：怀表。安娜惊呼一声，在头盔里被自己的叫声震到了。她举表至护面板外。德克斯特·斯泰尔斯仍在挖掘。激动中，她隐约看出熟悉的姓名缩写。陌生人的姓名。

父亲的怀表。

她哭了起来。即使隔着手套，她也能摸到凹凸的刻字"JDV"，雅各·迪维尔，父亲童年时的恩人。安娜握着表，哭到头盔里的湿气令她晕眩。她转动气阀，打开通风口，冲淡头盔和潜水服里的湿气。她哭个不停，和德克斯特互碰头盔，知道他只听得见机械式的回音，听不出别的。

"找到他了，"她说，"他在这里。"

等海床上的两个人再次开始摸找下降索时，德克斯特早已觉得空气不够用了。狗爬式比走路吃力，他累得头重脚轻，两腿不听使唤。紧拉着维系双方的绳子,两人缓缓走向安娜认为是下降索垂降的地方。幸好,他们找到了。

德克斯特在海底等着她先上升。他用手拉着绳子,知道她中途暂停了几分钟解压,然后被猛拉一下,换手拉潜水梯上去。接着一切归于平静。下降索仍握在他手里。德克斯特只觉得水流推挤着他。他照黑人的指示,朝顺时针方向,谨慎扭转头盔上的气阀一小度,大口大口尽情呼吸着咝咝吹来的空气,快感近似以冷水浇奇渴无比的嘴。头重脚轻感消退了,感官变得敏锐起来。他只身在海底,没有旁人。这极端的处境令德克斯特着迷。他一向喜欢黑暗,但至今他只体验过深夜版的漆黑。海底世界具有噩梦般的亘古黑暗,掩盖了令人齿冷的秘密,邪恶到不见天日:溺死的儿童、沉船。他放开下降索,走开几步,想象自己被弃置在荒凉的海底,孤零零的一人。有个细长而滑溜的东西和潜水服的外皮擦身而过。是鳗还是鱼?他感受着恐慌的可能性。

然而,独自伫立在这片憋死人的黑暗里,袭上德克斯特心头的并非恐慌,而是多年来首次明确回忆起的埃迪·克里根的模样。帽檐下似笑非笑的歪嘴,总是戴着品味出众的帽子,插着亮丽的羽饰。埃迪·克里根懂得打扮。在曼哈顿海滩散步时,他压着帽子迎风走。德克斯特多么欣赏他啊!克里根态度随和,明快而不起眼的行事风格从未表露出这其中的代价有多高。爱尔兰佬。两人间心照不宣,德克斯特曾有这份直觉。事后,他曾纳闷:心照不宣的东西是什么?

克里根所具有的让人猜不透的特质,是这份工作的基本要素。哪里都能去,大小事情全都能查。透过他,德克斯特尝到了挣脱时空桎梏的自由。原本德克斯特不该去的地方,都能派他前往,获取德克斯特不能知道的秘密。克里根赐予他的是无所不在,无所不知,来无影去无踪。德克斯特被宠坏了,养成了依赖心,日子过得太舒适,对机密贪求无厌,却忽略了神通广大的本事和天下所有的事物一样,也需要付出代价。

在德克斯特从事的这一行里,套一句行话说,罪行重大者会被载出去兜风。兜风后发生什么事,人人皆知,但事后鲜少有人再提起。克里根绝对懂这道理。

既然如此,克里根何苦呢?因告密而付出代价的克里根,究竟为的是什么?这个疑问困扰德克斯特多年。为了钱吗?他的待遇优渥——假使克里根要求加薪,待遇绝对会更好。

后来,进过克里根的寒舍,见到他的残废女儿后,德克斯特的疑问有增无减。家人迫切需要他,他为何仍愿意冒生命危险去告密?出事后,难免家人会调查,也许安娜会。

无解。只知道克里根歪嘴微笑望着海面。"一艘船也看不见。"他曾说。惜话如金的他语带保留,德克斯特不知道他传来的消息是好是坏。他望着大海,说的是真话:海上一艘轮船也没有。

德克斯特抓住下降索,照黑人的建议将其缠住右手臂,以一腿钩着,打开气阀,为潜水服充气。果然,变魔术般,他整个人开始上升。一时之间,乐陶陶的德克斯特觉得自己多了一份神力,能飞,能漂浮,能在水里呼吸,全是人类办不到的事。豁然知晓的感觉冲昏了他的头脑。对,他想到了,然后高喊一声:"对!"一个重要的道理,潜藏于所有其他事物底下的道理总算明朗起来。他顺着绳子加速向上,潜水服膨胀到无法控制,他的双臂动弹不得,因此摸不到头盔上的转钮,甚至再也握不住绳子。他满不在乎,亢奋都来不及。当然,他心想。一心想记住终于明了的关键道理的他忘记自己正处于火速上升中。

鼓胀不堪的他被激射至海面,离驳船有十五米之遥。马尔对着打手高呼,其中两人冲向舷缘,猛拉救生索。巴斯康注视着压缩机上的仪表,噼里啪啦咒骂着。因恐慌而专注的情绪强迫这群乌合之众同心协力,合为一体。安娜穿着潜水服,没穿潜水靴下了梯子,等着打手把德克斯特·斯泰尔斯拉过来。德克斯特面朝下,手脚摊开成大字形。看起来无生命迹象。拉到安娜身边时,她想为他翻身,打算揭开护面板,但被马尔高声制止。

"先拉他上船,"马尔说,"如果失压,他会立刻下沉。"

没错——她太过慌张,想法不够周全。她鼓足气力,把浮肿的他推上舷缘,让他躺到甲板上,由两个打手钩着他腋下,另有两人也过来帮忙拉。安娜从潜水梯跃上船，蹲在他身边，让弟兄为他翻身。水从潜水服里哗啦啦地流泻而出，淹到她的脚。她抖着手，为他掀开护面板。他睁着眼，双目无神。

"听得见我吗？"她说。

他眨眨眼，然后咧嘴笑了。一股如释重负的狂潮扑向所有人。

"你浮上来的时候……有没有憋气？"她问，惦记着空气栓塞。

"当然没有，"他说，"你的黑人朋友警告过我。"

第七章

大海啊，大海

The Sea, the Sea

25

直到回到停在红钩船坞的车上时,德克斯特才有闲暇独自回味潜水时的领悟。凯迪拉克车的皮革座椅散发着芳香,宛如振臂欢迎疲惫的他坐进怀里。潜水服膨胀冲出水面,他被救上驳船后,不仅造船厂的潜水员和克里根的女儿和他作对,连自己的手下和船长也造了反。这群胡乱凑成一队的人团结起来,坚持要他重返海底再缓缓浮上来,中途应该多停几次,以防潜水病。德克斯特甩手拒绝。他觉得一切正常,全身零病痛——说实在话,尽管他在潜水结尾出了差错,还像碎布娃娃般被他威吓过的人打捞上船,但他感觉棒极了。他几乎不在乎。在你争我吵的这段时间,从深海得到的领悟在他心中扑通扑通地跳。回程中,从拆解装备的每一步,直到最后和潜水员握手,大家视他为平起平坐的弟兄,他对此也毫无怨言,水中的领悟始终在他心中盘桓不去。

现在碰巧是他最心爱的时刻:黎明即将来临,天方未亮。他发动引擎,暖暖车,终于让心思转向浮升过程中的那份领悟。可惜,他记得的只有理解和启示喷发的刹那。

德克斯特错愕到哑言,回首顿悟的那一瞬间:从漆黑的海床上升,速度加快,越升越快,绳子在手套中间摩擦出一道炽热。如今,黎明从布鲁克林天空边缘渗漏而出,港口安静下来,在微光乍现的当下,驳船、拖船、载运火车车厢的驳船戛然停摆,恰似共乘电梯的陌生人。

真的忘了吗?

赶得上在日出前回家。想让今天过得平凡的愿望凝聚成迫不及待的心。他驶离路边,加速穿越夕阳公园和湾脊区,和旭日赛跑。驾车行进间,能否及时回家的得失心越来越重,最后他相信,如果能照常在老地方开始一天的作息,某些事物就能被修复。成功与否,全赖于节奏与时机,如同对行驶中的电车下侧投硬币的老把戏,非得抓准时机投出铜板,否则无法投到电车的另一边。

在他驶抵曼哈顿海滩时,一柱光明已在弗莱兰兹区上空集结。他跑赢太阳了。步入寂静的家中,他呼吸急促,不知道为何如释重负。女佣煮好的咖啡凉了,他加热,为自己倒了一杯,端到门廊上喝。海风扑面,一切都符合他的憧憬。旭日谦逊地爬升,在海面上洒下薄光。清晨的扫雷舰令他联想到为大厅地板打蜡的工友。一列轮船前后航向微风点外。海鸥悬空不动如风筝。一切都显得健康,仿佛人在海边能抹掉一切——潜水、克里根的女儿,甚至是潜水时的领悟——全部变得微不足道。

他想知道女儿塔芭莎愿不愿意一起看海。格雷迪上船近三星期以来,她几乎整天愁眉苦脸,活像一个十六岁守新寡的小女人。若不是德克斯特送走格雷迪时松了一口气,他也会想念格雷迪。

他又倒了两杯咖啡,喝到日光暴露出他睡眠不足的事实。他下楼进卧室,想象着妻子在床上做梦。他渴望抱住妻子,这是几星期以来缺少的欲望。

他以为房间里会是一片柔和的昏暗,结果卧室的遮光窗帘敞开,洒下的光亮令他无法招架。他听见浴室门内传来自来水声。今天是星期六,她一大早起床干什么?

他正要敲浴室门,却想起一件该先做完的事。他走向更衣室,卸除手枪锁好,解开袜带,脱掉袜子,解开袖口链。穿潜水服时,袖口链陪他下过水。浴室水龙头关掉后,他隔着门呼喊:"你这么早起啊,亲爱的。"

"我跟人约在俱乐部打桥牌,"她高声回应,"女儿也想跟着去。"

他轻转门把却发现上了锁。双胞胎儿子有乱开门闯进闯出的坏习惯。"她醒了没？"德克斯特问。

"她昨晚跟几个朋友去露西家过夜了。卡门·米兰达办的派对。"他听得见洗澡声。"她们用水果做成头饰，拿浴帘环当耳环，随南美风格的音乐起舞。我听说的。"

一连串鲜明的细节和阳光一样具有倒胃口的作用。"她竟然提得起精神，我很惊讶，"他停顿几秒才对着浴室门说，"不是一直在为格雷迪伤心吗？"

"唉，我猜她快忘了。"

德克斯特听见她从浴缸起身。片刻之后，她打开浴室门，穿着珊瑚色的绸缎浴衣，身后飘来一缕懒散的名贵香水味。《阿根廷游记》首映会上，德克斯特曾和打扮得稀奇古怪的卡门·米兰达见过面，觉得大明星的姿色远比不上妻子。他走向哈丽雅特，深受秀发和额头交界处的水珠蛊惑。她擦身而过，进自己的更衣室，关上一半门，把浴衣扔到门上。德克斯特再度对着一片木板讲话。"女儿也打桥牌？什么时候开始的事？"他问。

"被费利西蒂传染的。"

"费利西蒂？"

"布思的女儿。"

"啊。"他在床上坐下，依旧穿着长裤和衬衫。日光刺痛了他的眼睛。"你怎么没提到布布？"

"前几天就告诉过你了。我们相约打三局两胜制的桥牌，然后吃午餐，然后我载一群小女孩去斯奎布大楼，帮'送暖会'打包大衣。"

计划行程交代得太仔细，听来反而像密不透风的不在场证明。德克斯特仰躺在床上，等着哈丽雅特穿着俱乐部运动装出现。不料，她穿着新买的卡波蒂连帽围巾大衣现身，貂皮圈住脸蛋，大概是为了照镜子用——她还没有动身的意思。

"布布让我们家有机会善用汽油，我很高兴。"他说。

"布思。"

"你都叫他布布。"

"我和他比较熟。"

"而且是越混越熟,烧的还是我的汽油。"

"你倒是讲得振振有词。"

德克斯特坐起身来。她正在开窗通风,也让阳光照进来。德克斯特下床,靠近妻子,拉起她的双手,打断她匆忙的步伐。"哈丽雅特,"他说,"你这话的意思到底是什么?"

她避开,不愿正眼看他:"我该去接女儿了。"

"你在想什么?"他握着妻子的双手,等她正眼看他。摊牌吧,他心想着,谁知道她发现了什么事。讲明白,然后摆平。

"我在想,我想抽根烟。"

"另外呢?"

"车该加油。"

"另外呢?"

"你今天很奇怪,德克斯特,害得我好紧张。"她总算从环形貂皮中回以目光。

"另外呢?"他轻声问。

"你心浮气躁。不开心。好几个月了。"

"另外呢?"

"还不够吗?"她不耐烦地问,但她定睛瞪着他。

"除非没有别的了。"

"你状况失常,老爸也这么说。"她挣脱开来,从梳妆台取出银盒,从中抽出一支烟,叼在线条艳丽的朱唇间。

"他这么说吗?"德克斯特说着,用她的缟玛瑙打火机为她点烟。

"我不该告诉你的,"她吐烟说,"都怪你逼我讲。"

"你父亲真这么说?"

"跟我保证你不会告诉他。"

"我不会。"他坐回床上,试图控制极度烦躁的心情。岳父对他有这种意见算不了什么。德克斯特自己也对他承认过。问题是,岳父当着哈丽雅特的面议论他,这又另当别论了,这暗示着德克斯特成了家族会议的话题。

他吞吐着哈丽雅特的二手烟,渴望自己也来一根。"什么时候的事?"

"随口讲一讲罢了。"

"最近吗?"

"不记得了。算了,忘了吧。"

"你不记得才怪。"

打从多年前第一次在狩猎俱乐部和岳父见面,两人间的沟通始终直来直往,开诚布公。在什么样的情境下,我的名字才会被提出来议论?他心头淌血,不愿被妻子看见。

"干脆你陪大家一起玩吧。"她提议,在他身旁的床上坐下。

他轻蔑一笑。"陪布思打桥牌?"

"女儿会玩。我用不着掺一脚。"她牵起他一只手,眼神飘忽,不愿正视他。

"你在紧张。"他说。

"你以前一直都喜欢去。"

"你在紧张什么?"

"我讨厌看见你一副受伤的样子,就这么简单。"

"我只是累了。"

夫妻之间到底发生了什么事,他不确定,不知道是否重要,或者根本不必担心。睡饱再说。

他站起来,伸手合上窗帘。哈丽雅特捻熄香烟。"我也躺一下吧。"她说着挨近他,在他胸膛上摊开修长的手指。纤细手指的凉意穿透衬衫而下。她摘掉帽子,赭红色的头发自然下垂。

"你不是急着出门吗?"

"我迟到,女儿又不会介意。"

她微笑时嘴角向下弯,状似挑逗。他以前多么喜欢啊!德克斯特嗅着发香,吸进一缕假意。她是一个陌生的美女,站得太近,心神不定地努力想色诱他。他心想：我再也不碰这女人。

"你走吧，宝贝。"他勉强热情地说。突然对妻子反感，他心觉危险。这是一种毒药，能潜伏到有一天她察觉到不对劲，毒性才发作。

他闭眼躺着，聆听前门的声响，知道她走后，他才昏睡，时睡时醒，没睡饱。他如常在中午醒来，洗漱更衣，准备前往希尔斯家。虽然头痛，他仍觉得神志清醒许多。哈丽雅特到底哪里不对？现在回想，他觉得没什么大不了。

去前衣柜取外套之际，他察觉到——或听到——屋里另有其他人。"哈啰。"他呼唤。

微弱的应答声：双胞胎儿子。今天是星期六。德克斯特上楼到儿子们的房间，出于习惯没敲门直接打开了，想偷袭他们。他们讶异的表情令他羞愧。菲利普正在穿上衣。德克斯特瞥见了他盲肠手术的刀疤，心碎之情深沉到他忍不住冲向儿子，想要拥抱他。儿子却以警觉的眼神瞪着他。"我们做错事了吗？"

"没有，"德克斯特说，"没事，还好。"

他看不惯儿子参加琐碎的比赛，赢回没用的奖品，堆积在卧室里，所以几星期以来一直避开不进他们的房间。上次见到的溜冰鞋、号角、手风琴、弹弓全收起来了，卧室改头换面。"咦，你们的战利品哪里去了？"

"被我们送去圣玛吉教堂了。"约翰-马丁说。

"捐给军眷小孩。"菲利普说。

德克斯特发现自己再次和往事赛跑。飘过脑际的影像是纠缠不清、伸手讨捐献的神父。"什么时候？"

儿子们互看了一眼。"近日。"约翰-马丁说。

"你指的是最近？"

"最近。"两人齐声说。

两张小床之间多了一张窄桌，床铺被他们充当工作台。约翰-马丁坐在上面，面对一堆轻木、几管橡胶胶水、蜡纸、美国海军军官手册。

"做飞机吗？"德克斯特问。

"为什么大家都以为是飞机?"约翰-马丁气呼呼地说。

"军舰啦,"菲利普解释说,"我们才刚开始做。"拖半拍之后,他才补充说,"最近。"

德克斯特首次留意到,约翰-马丁的口气比较冲,挑衅意味浓厚,正好被菲利普的柔情歉意抵消。最近才开始吗?"为什么不做飞机?"他问。

两个孩子盯着他看;爸爸又漏掉明显的线索了。"格雷迪表哥。"他们说。

"等我们十六岁,我们也要出海。"约翰-马丁口无遮拦地说。

"如果你准的话,"菲利普说,"如果战争还没打完。"

儿子以机灵的棕眼珠估量他的反应。德克斯特显然低估了全家族一致崇拜格雷迪的效应,连儿子也拜倒在他的军服下。"十六岁太小了吧。"他说。

"到时候我们就准备好了。"

"如果我们不再调皮捣蛋。"

"我们上星期就停了!"

"今天早上例外。"

房间的窗户面海,德克斯特照惯例望向通过微风点的船队。"看,"他说,"一艘油轮来了。"

"到门廊上看比较清楚。"约翰-马丁说。

"你们都去门廊上看船吗?"德克斯特感到意外。他从来没见过儿子在门廊上看船。

"没人在家的时候。"约翰-马丁说。

"家里常常没人。"菲利普接口说。

"我们去看船吧,"德克斯特说,"我也喜欢去门廊上看船。"

下楼到一半,电话铃响了,德克斯特去前厅的分机接听。是希尔斯。"一切正常吧?"德克斯特问。

"弗朗基·Q今天一大早打电话到'松林',"希尔斯说,"他提到船库里面有异动,建议你顺路去看一看。"

Q先生的儿子来电是不寻常的事。"几星期前,有人进过船库。"德克斯特沉思说。

"我说我不知道去哪里找你,弗朗基听了好像……很惊讶,"希尔斯说,"我对他说,我们俩的婚姻建筑在互信的基础上。"

德克斯特呵呵一笑。"他怎么说?"

"一片死寂。"

"好吧,我现在就出门。"

两个儿子并肩靠在门廊栏杆上。约翰-马丁将双筒望远镜递给他。"爸,你看一下。"他说。几秒后,他又说:"坐下。"

"这样手比较稳。"菲利普解释。

"我的手不稳吗?"

"你的手在抖。"

德克斯特从来没有手抖的毛病。他一时怀疑自己是否真的该照所有人的苦劝,再下一次海床,然后慢慢浮升到水面上。

"我的手也会抖。"菲利普以这话安慰他。

德克斯特将双肘靠在栏杆上,拿望远镜看。儿子随意地把手臂搭在他肩膀上,他的身体感应到对他们的爱,感应到儿子骨骼里的亲缘。哈丽雅特如果在场目睹这一幕一定很欣慰;他实现了对妻子的承诺。望远镜遮住了泪光模糊的眼睛,他拖延着告别儿子的时刻。

脚还没踏进船库,德克斯特就闻到了背叛的气味。有人设局——他莫名知道,暗喜自己的知觉仍灵敏,战胜了手抖和眼窝里的辣痛。平常而言,他会找来几个手下一起赴会,但这一次线报来自Q先生的儿子,相当于Q先生本人。这表示,这局异于常态,说穿了是一场戏。叫德克斯特来,为的是让他扮演某个角色,而Q先生知道没必要让他预先准备。德克斯特喜欢即兴表演。

他把车停在一条街之外,掸掉新牛津鞋上的灰尘,拉直领带,走向船库。一辆黑色轿车停在门外,里面一片死寂。整件事比惊喜庆生会更虚假。

门一推开，他顿感扫兴。他看见巴杰正在和两个喽啰打牌。巴杰这小子以前是他的跟班，把赌局引进两家较小的夜总会后，德克斯特仍对他不太重视。德克斯特看到他系着彩色领带，别着珍珠领带别针，戴着一顶博尔萨利诺帽。巴杰转战纽约后飞黄腾达，但看样子，他该学的东西还多的是。

巴杰这群人仪容整洁，刚洗过澡，刮过胡子，上午喝过咖啡。这就怪了。如果这些人昨晚不在这里，Q先生的儿子在船库里见到的是谁？

"巴杰，"德克斯特说，"幸会。"

"坐。"巴杰这话说得利落而宽宏，口气像他自信能掌控全局。德克斯特不想跟他计较。巴杰是Q先生的小毛头亲戚。他冷眼看着巴杰，等着巴杰的过错越积越多。巴杰的喽啰退下，靠墙站，德克斯特坐在他们的位子上。

"来一杯？"巴杰问。一瓶海格与海格苏格兰威士忌摆在桌上。

"不用，谢了。"

"喂，让对方一个人喝酒，未免太不友善了吧。"

"那你别喝。"

德克斯特往后靠向椅背，跷起二郎腿，两个动作均表示他处于放松的状态，同时也方便他伸向脚踝的枪套抽枪。正当他跷起腿时，他体验到了所谓的即视感：多年前，他也曾和克里根面对面坐在同一间船库里，见到傀儡木偶克里根跷起二郎腿。他现在坐的正是克里根当年的位子。不同的是，克里根喝了桌上的酒。

"我洗耳恭听，巴杰，"德克斯特说，"你想说什么，尽管说吧。"

"我改名了，现在叫吉米。"

"真的假的？"

"在芝加哥是巴杰，在纽约是吉米。"他举双手比手势，把左右两座城市当成葡萄柚捧着。

当年，尽管克里根必定有几分预感，他仍然面无惧色。德克斯特隔着墙就能闻到恐慌的气味：近似野兽的臭味，融合臭鼬和生殖器的臭味。有些男人闻到这种臭味会勃起，见受害人哭着哀求，裤裆的扣子差点撑破。但是在当年，手不会抖的克里根举杯，歪嘴微笑着，德克斯特反而只有松一口气的感觉。克里根说："祝明天更好。"这句话在当时是流行语。干杯时，德克斯特的视线无法和桌子对面的朋友相接。

"你不是很迷芝加哥吗？"他对巴杰说。

"是啊，芝加哥确实是菜鸟的天堂。"

臭小子穿灯笼裤，想模仿电影里的喽啰，无药可救。活体枪靶一个。"你长大了，"德克斯特说，挤出严肃的表情，"吉米。"

被人这么称赞，巴杰端高了架子。"几个月前，你把我赶下车，应该还记得吧。"

"不太记得了。"

"为我上了最重要的一堂课。"

德克斯特变得警觉。奉承话是麻醉剂，紧接而来的几乎一定是难受的滋味。

"你教我不要讲太多话。"巴杰说。

"你是想借这机会道谢吗？"

"也算是吧。"

"好吧，我心领了。可惜光阴似箭，我还有约。"

"不急。"

德克斯特定睛看他。"你没资格规定我什么时候才能走，巴杰，"他缓缓地说，"该走的时候，我会告诉你。"

"叫我吉米。"

德克斯特站起来，神情不耐烦。一如所料，巴杰的手下挡住门口，举枪看着他，脸上有晕船的表情。

多年来，在类似的场合中，德克斯特总能设法教育后进，如何在不必出手置人于死地的情况下重建秩序和权威——叱责、挫锐气、惩治。找一根手指开刀，可以。打断脚踝也行。更严重的伤害就行不通了。

德克斯特对巴杰微笑。"我刚问过你对我有什么要求，"他说，"你难道不能不亮武器，直接回答我吗？"

"我也想教你一点东西，"巴杰说，"可以说是报答你的好意。"

当年，克里根一喝就中毒，大概是体质太瘦弱吧。他先是一脸错愕，随后搞不清楚状况，接着呆呆地坐着，以朦胧沉默的眼神盯着德克斯特。德克斯特连假震惊都省了。两人凭眼神交流便足以心领神会：无须自责，无须解释。大家都明了游戏规则。干杯不到五分钟，克里根一头趴在桌上。从他肩膀的姿势看来，德克斯特以为他仍有力气再坐直，所以等着，观察克里根迟缓的呼吸，听着炉子里的柴薪噼啪作响。德克斯特伸手摇了摇克里根的肩膀，发现他差点瘫到地上，浑身软趴趴的，和有毒瘾的人睡死了一样，德克斯特这才起立，敲窗户叫老船长带水手进来。他们一直在船上待命。

"你自以为高高在上。"巴杰说。

"除了上帝之外，一山还有一山高，"德克斯特说，"这不表示你是上帝，巴杰。"

"叫我吉米！"巴杰咆哮，双手用力拍桌，"妈的，要教几次你才懂？跟电影明星称兄道弟，脑袋就变糨糊了吗？"

"巴杰比较适合你。"

在枪林弹雨中开枪逃脱的事他做多了，上帝知道，但他已经有好些日子没体验过了。从前的他比较年轻，手脚比较轻快，少几公斤肥肉，提早见阎王也没多大遗憾。但现在，生存不是重点，教育才是。在不杀生的情况下树立榜样才是重点。

"你以为我不敢动你，"巴杰说，"我从你的表情看得出来。"

"我在想什么，你完全没概念。"这是真话，巴杰确实没有。

想不透的一个环节重新回到德克斯特的脑海：Q先生的儿子一大清早打电话给希尔斯，当时巴杰想必还在睡美容觉。Q先生怎么知道德克斯特不会即刻赶来船库？难道Q先生听到风声，得知德克斯特在忙其他事吗？

果真如此的话，德克斯特就得颠倒顺序推论整件事了。受教训的人是自己，Q先生找他来船库，并非要他教育巴杰，而是向巴杰道歉。这场不够专业的会面为的是自保，不愿家丑外扬，避免受外界指责。德克斯特觉得没从这个角度切入推理是一时失察——可能是头痛欲裂的关系。脑袋被潜水搞迟钝了吗？他终于明白，这场合的理想过程是：他变成哈巴狗，向巴杰求饶，摇尾巴求饶的事情会在天气转暖时，在葡萄藤脱掉保暖布的时候，向Q先生转告。事后，德克斯特会照常作息，被管得比较紧而已。巴杰会成为吉米，和他平起平坐。

朝这方向展望未来，他见到如同日出一样可预测的未来。若是朝反方向看，前途叵测：发展不可预期，在昏暗中闪烁不定，布满光尘。一团谜云。

Q先生是老翁。现在年龄非常大了。

德克斯特厌倦摇尾巴求饶。他已经当了一辈子哈巴狗。事实是，他没必要摇尾巴。他明白这一点，Q先生也明白。

以他不知道自己仍有的敏捷身手，他左右各攫住一个喽啰的咽喉，掐断软骨，子弹乱飞。其中一颗想必射中了巴杰，因为有人在喊叫，整个船库充斥着痛苦。这时候，德克斯特抱肚倒地，想起黑人潜水员曾告诉过他腹部会有剧痛的症状。

但这不是潜水病，是巴杰从背后射了他一枪。

臭小子低头看他，表情如同盯着火烧垃圾，既惧又喜。德克斯特当下明白，有人批准巴杰对他下死手。怎么会呢？这圈子发生过什么大地震，有谁可能批准手下要他的命？无情的答案四平八稳地摆在眼前：他被岳父放弃了，岳父和他一刀两断了。

巴杰高高在上地站着，举枪做好预备动作。长舌凶手的习惯是，下毒手之前逼害人听他们的长篇大论，巴杰也是。德克斯特佯装在听，就有活命的机会。他定睛注视歹徒的脸，整件事的原委逐渐明朗化，如同雾里的建筑物渐次显露：姐夫乔治唯恐他告密，先发制人，对岳父泄露了他偷腥的秘密。德克斯特一直期望在岳父和Q先生之间建立管道，但也许管道早已成形，并且畅通多年。双方根本不需要通过他牵线。

巴杰讲得起劲，显然对德克斯特专心听讲的态度感到受宠若惊。德克斯特一个字也没听进去。他跳脱头颅的桎梏，宛如解开系绳，让船只滑离码头。转眼间，他置身于开阔的水面，眼前是雨夜。船长在他身旁,姿态挺拔,威风凛凛,仍未因中风折腰。克里根蜷曲在海底。

"你会记得我们的方位吗?"德克斯特问船长。

"永远记得住。"

"如果他们叫你别记住呢?"

船长举起粗糙凹凸如初生之牛犊的双手。"这双手听他们使唤,"他说,然后拍拍头,"这颗不听。"

德克斯特的手下用铁链缠绕克里根,固定在水泥块上。四月冰雪消融时,没人想见到浮尸。潜水时看到同一条铁链,德克斯特发现克里根的遗体荡然无存,不见一针一线,不见帽子、皮鞋、骸骨,这异象令他心生希望。昨夜在水里的领悟,如今毫不费力且清晰地返回脑海。在黑水里上升之际,他觉得浑身的棱角都融化消失了,一股激流从内心迸发,冲向预期中的光明未来。他做牛做马想达成的目标其实已经达成了!他是美国人!血脉里蒸腾的欲求和渴望早已携手规划出未来。

"你还笑得出来,"巴杰说,"你有事瞒我?"

德克斯特双眼盯住巴杰,他的思绪进入停顿,然后切开停顿,再对半切,决定留在原处。他一脸平静,黑暗如港口的海水包围住他,只见他帮着船上的手下,抬起克里根,连同链条和水泥块,扔到舷缘外的水里。

落水的埃迪继续装死,好让船上的人看见他消失在海面,然后才开始动作。从他假装不省人事起,他就不断地在脑海中演练逃生的诀窍。他先假装失去意识,以防斯泰尔斯可能会跳起来问他怎么了。赴会之前埃迪早有预感,所以有备而来。以前做过歌舞杂耍的他懂得在长裤内衬里夹带刮胡刀片,在牙龈和腮帮子之间藏撬锁钉。假装喝毒酒时,他怕会不慎吞下撬锁钉,幸好斯泰尔斯一时转移视线,埃迪赶紧从肩膀上方往后洒酒。

埃迪离家前已把后事处理好,在抽屉柜上方留下第二本存折,摊开给不知情的阿格尼丝看。他向巴特提出的唯一条件就是,即使发生最坏的情况,也千万不能告诉妻子。尤其是在他遇害时。知情者必定会采取行动。埃迪无可奈何,只愿妻子记得他是最差劲的负心汉,不想让妻子钻牛角尖，一心想揪出始作俑者。那样太危险了。抛家弃子的男人天天都有，他老是说，这种人应该坐牢才对。然而，万一埃迪遇害，家人会永远记得他是这种人。他时常提醒自己，有时候他讶异于自己居然还活着，居然还在家里。在家里，有没有他已经无所谓了。他曾经是安娜最在乎的人，曾经。现在少了他，安娜反而可能更轻松。

落水后，连带水泥块的链条拉着他急速下降，水压暴增，他生怕脑壳会像被踩的核桃似的爆裂。挣扎之下，他抽出一条腿，接着抽出一条手臂，总算把链条和水泥块卸了下去，它们继续垂直冲向海床。以链条绑绑志清楚的人必须认真缠绕，但对昏迷的人则无须费心。

埃迪穿着袜子的脚开始狂踹，用力划水，游向他祈祷是空气的方向，奈何怎么游都还是水，游到他以为自己八成是搞错了方向。心跳减缓，双腿变得沉重，无意识状态伸出毛茸茸的、粗鲁的魔掌，摸索着他。终于，他破水而出，气若游丝地喘息。到这个阶段，由于他气力已经耗尽，逼近溺水边缘。他改以仰式，在偏黄色的夜空下划水，以双手为鳍，漂浮在水面上。他呼吸再呼吸，盐水的浮力救了他一命。

漂浮许久，他才有足够的力气寻找海边。这里不是布鲁克林区。他开始游，水里仍有夏季的余温。体内气力早已耗尽，他照样拿着勺子从空桶里舀，希望里面还剩一滴，再一滴就好，再一滴就好，再一滴就好。奇迹似的，每次他总能再找到一点气力，再多划一下。

他被冲上斯塔滕岛南岸，附近有一座小码头，一名渔夫为了追一群鲈鱼，比平常收工晚，视觉已适应黑暗环境，所以仍看得见浅滩上有人被潮汐冲上了岸。渔夫以为是尸体。如果报警，离这里最近的电话路途遥远，他畏惧不前。等到他绑好渔船，再望一眼时，他发现浅滩上的人正在发抖。

渔夫的妻子去放洗澡水，添加些许开水，让浴缸里的水增温到半暖不冷，然后和渔夫合力把他抱进去泡水。渔夫拉着他的腋下，让妻子拿着热水壶，不停加热洗澡水，同样的步骤重复数小时，直到水温接近烫人的程度。埃迪总算不再颤抖了，脸颊也重现血色，夫妻俩才将他扶出浴缸，为他擦身，涂上绵羊油，以羽绒毯包裹他，让他躺在火炉前的小床上。渔夫将耳朵贴在埃迪的胸口上听心跳,发现节奏比先前更稳健,也更有规律了。

埃迪醒来后发高烧,寻找着熟悉的面孔,却只见一位陌生的妇人,头发分边之处发根灰白。有时候,一名男子伸出有鱼腥味的手,摸摸他的额头和胸部。埃迪对这两人发怒——怀表被他们偷了!他们想送他去医院。不行,他喃喃地说。不行!他强迫自己不再提怀表的事。

退烧后,他下床,在厨房椅上坐好,裹着羽绒毯。渔夫名叫哈伦,倒了几杯透明的烈酒给大家喝,滋味像黑麦面包。哈伦的孙子在火炉边的桌子上做功课。哈伦是在美国出生的挪威裔,从小陪父亲出海捕龙虾,供应雷克特、马丁、尚利等豪华餐馆。渔夫们常常交换明星逸事,笑谈钻石富翁吉姆·布雷迪和女星莉莲·罗素的超大食量:有一晚两人连吞十四只龙虾,莉莲甚至还脱掉了束腰。埃迪听着,准备以自己的故事回敬——我从船上落海——但从来没人问他为何掉进港口。他能了解。知道对方的辛酸事,难免把辛酸往自己肚子里吞。哈伦家的生活困苦,捕鱼只够糊口,或者用来和邻居交换鸡蛋、苹果、牛奶。

每过一日,埃迪便越能感受到来自家的压力高涨。离家太近了。他脑力虚弱,无法构思下一步该怎么走。非带全家逃离纽约不可。能去哪里呢?去明尼苏达投靠亲家吗?亲家瞧不起他。亲家位于内陆,离海几百公里,和哇哇叫的牲口在烂泥里打滚,他绝对活不下去。带全家逃去举目无亲的他乡吗?埃迪隐瞒康复的迹象,闭眼装睡。

眼尖的哈伦发现了。"你康复了,"他说,"你想要我带你去哪里,明天告诉我。"

破晓时分,他驾船送埃迪前往西区码头。一艘巴西籍货轮刚通过检疫,几百个男人正在码头上热切等候上午选临时工,搔着痒,抽着烟,在河边谈笑。由于达内林死了,埃迪不认识这码头的雇主。此时是一九三七年九月。

他在队尾徘徊,手插裤子兜。哈伦送给他的这件长裤松松垮垮的。他戴着小帽,帽檐压得很低。"海象号"货轮的船壳布满锈斑,和码头边缘相互摩擦,像一头病牛正挨着树干磨蹭身上的疮。这艘流浪轮船不预设航线，不情愿地被卸货，对着码头排泄甜瓜、橡胶、椰子。这船有一种慵懒自得，宛如自认地盘行情稳固的老妓女。上午卸货完毕后，埃迪走上船。多年来，他见过无数歹徒、酒鬼、毒瘾缠身者踏上同样的路，总暗暗称奇：这些人置身什么样的绝境，怎么会踏出这一步。非法受雇的他上船不必签约，负责铲煤，这是全轮机室最低贱的职位。然而，埃迪踩着湿滑的梯子，深入炽热的船腹，却暗自庆幸不已。他有多么害怕回家可想而知。

26

船队解散后,三天以来日日晴朗无云,风平浪静,为避免遭潜水艇袭击,"伊丽莎白海员号"不得不日夜蛇行前进,航程迟缓,令人气得跳脚。基特里奇船长的挫折感传遍全船。幸好到了第三天,气压节节下降。火花以打字机报告今日气象,托人送至船长室。气象预报说,一场暴风雨即将来袭。连远在操舵室的埃迪也听见了船长的欢呼声。

到了全船战备部署的时刻,天空乌云密布,风势转强。船长不顾暴风雨明晨才到,指示大副提前结束蛇行。

"海面还平静就结束吗,船长?"大副问。

"正是因为海面平静,"船长说,"恶劣的天气会再度拖慢我们的行程。唯有趁现在加速,才能弥补耽搁的时间。"

埃迪负责看守晚间八时到午夜的时段,"伊丽莎白海员号"恢复常的神速,以时速十二海里航行。气压持续降低,舱门被关紧并钩住,以防海浪打进船中甲板室里。二副法明代尔在午夜过来换班,和甲板实习生罗杰一同轮值。逾假未归事件后,埃迪和大副不再信任二副,于是研商出老少搭档的安排。

埃迪准备就寝时,浪已渐渐高涨,船也跟着晃动起来。他登上舰桥,去找罗杰,想探最后一次班。在航经咆哮西风带时,罗杰曾经晕船恐慌。"我知道你不喜欢大浪,"他告诉实习生,"不过你要记得,潜艇也不喜欢。"

"我变了,"罗杰带着些许羞怯,自豪地说,"就像你说的,我已经习惯了大浪。"

埃迪看得出罗杰的蜕变。罗杰已摆脱平衡感欠佳、手脚笨拙的毛病,显得比以前高,或许他在航程中的确长高了。埃迪陪他站着,瞭望远方。渐强的海风刮走层云,吹来高耸的积云。弦月忽隐忽现,仿佛在打摩斯密码。埃迪走向二副所在的左舷舰桥的岗位,察觉二副愣了一下。二副明显感到了不安,再加上月亮和乌云纠缠不清,令埃迪心情毛躁。二副望着海,旁人难以知道他究竟在看什么。望远镜挂在他胸前。

"可以借我望远镜吗,二副?"

二副递给他。埃迪登上驾驶桥楼,绕行烟囱一周,望远镜不离眼。月亮躲进云里,翻腾的海面几乎无月光。左梁向船尾两度,他看见一条黑色直线。埃迪眨眨眼,放下望远镜,举起来再看。异物仍在海面上,一条大自然里不存在的直线。潜艇指挥塔,肯定是。埃迪对着梯子下面的罗杰喊:"通知船长。我敲钟通知全船战备部署。"即使这样喊,埃迪仍不敢相信真的要拉警报了。

船长立时登上舰桥,推开二副,举起望远镜看了一眼后,对着掌舵的干练水手咆哮:"紧急右转。"这位干练水手名叫红发。船长对正在操作轮机室电报机的埃迪下令:"全速前进。火力全开。"

埃迪传令给轮机室,脚下顿时传来震动。轮机人员火力全开。干练水手猛转舵。战备警报惊动全船,全体人员在甲板上集合,穿上昵称为巨星梅·韦斯特[1]的救生衣,火速在炮台就位。罗森上尉使用驾驶桥楼上的声力电话,下令以五英寸舰尾炮轰击潜艇指挥塔。炮弹穿破强风和黑夜飞出,潜艇指挥塔及时潜入水里,毫发无伤。尽管如此,潜艇在海面下的航速仅止于时速七海里,追不上时速十二海里的"伊丽莎白海员号"。

埃迪待命中,准备再一次操作电报机。忽然间,实习生罗杰对着他

---

[1] 知名演员、性感明星,"二战"期间士兵将充气式救生衣和她丰满的身材联想在一起。

的脸大叫，伸手指向海面，埃迪看见又有一艘潜艇的指挥塔整根出水，方位在前右舷三度。刚才紧急右转后，船头如今正对准这一艘潜艇。说时迟那时快，轰然一声撼动全船，舱口全被震开，高挂的起重臂也跌落在甲板上，船身猛地一颤，烟囱吐出一团火，橙焰照亮了甲板上的所有人。火球在海面上方飘浮，噼啪声犹如太阳正在融化。油料燃烧的臭味扑鼻，随之而来的是深沉的静谧——轮机停摆了。

埃迪从幽暗的船中甲板室急忙下梯子进轮机室。他转动舱壁上的紧急灯四分之一圈，灯亮起来，他往前走，重复几次同样的动作，油尘在他嘴里累积。浓烟从轮机室的门内冒出。二管轮奥西斯基从里面蹒跚而出，血迹斑斑，浑身是油。"锅炉爆炸了。"他喘着气说。

埃迪推开他，扶着栏杆就像要飞起来似的向下冲刺，鞋底几乎不碰阶梯，但他无法下到轮机室的那一层，火势太猛烈了。在轮机室轮班的人不可能还活着。他奔向自己的房舱，套上救生衣，带走手电筒和弃船用品。他听见了船首三英寸炮的开火声，紧接着是船尾五英寸炮，想象着潜艇惊惶躲进海里。浪如此大，潜艇无法再开炮。埃迪来到救生艇甲板，把整袋弃船用品绑在他指挥的四号救生艇上。袋子里有衣物、六分仪、香烟、白兰地、《弃船须知》手册。救生艇吊架已高悬在海面上，但风势太强，船长也尚未下弃船令，埃迪迟疑着要不要放救生艇下水。只要楼下的火势控制住，船身也稳定下来，留在大船上躲避风雨总胜过在救生艇上漂荡。

第二颗鱼雷似乎炸到了埃迪的胸骨，极可能来自最初的那艘潜艇，也可能来自至今不见踪影的第三艘，因为鱼雷击中了左舷水线以下、船中甲板室后方、四号和五号货舱之间。紧接着，船腹深处传来隆隆声，全船颤抖起来。没听过这种声响的埃迪知道，海水涌进货舱了。几乎在同一时间，船尾开始往海里钻。船长下令弃船，全船顿时仿若陷入梦境。在暗夜怒海的助长下，大家更加不知所措。狂浪侧击死船，宛如猫戏弄着精疲力竭的小老鼠。年迈的三厨皮仍仍守在驾驶桥楼上，镇守二十毫米炮。埃迪钩住他的手臂，催他上二号救生艇。埃迪熟记全船每个人应上哪一艘救生艇。在舰楼上，他探头进去找火花，见他正忙着把密码簿塞进透气的金属箱，准备让密码葬身海底。

"还不快去搭你的救生艇，"埃迪说，"一号。"

"妈的，急什么急，老弟？"火花笑着问，"老子发了那么多求救信号，那些混账还没回应。呸，老子想再发最后一次。"无线电现在改用辅助电源，在大停电的船上更显活跃。埃迪主动帮火花把紧急无线电扛上船长的救生艇。"操，愿上帝保佑你的心灵，三副。"他说。

埃迪从操舵室抢救笨重的紧急无线电。感觉上，时空宛如向两旁延展开来，让他能在前进的同时也横向移动，即使在越来越倾斜的甲板上，任何活动也难不倒他。来到人挤人的救生艇甲板上，他把无线电放到船长的一号艇里。在船的另一边，左舷，大副的救生艇已经下水，两人负责划船，其他人匍匐在船底，以便稳住巨浪里的船身。大浪不断把救生艇打向轮船，水手长跪在舵柄前。即使在狂风中，埃迪仍能听见他的吆喝命令声，知道二号艇能成功下水。

埃迪来到他指挥的四号艇时，只见奥西斯基站在吊艇滑索一侧往下看。四号艇在无人登船的情况下提前下水了，在背风处载浮载沉，成了废船一艘。

"怎么回事？"埃迪在强风中怒骂他。奥西斯基的职位是二管轮，弃船时成为四号救生艇的副手，听命于埃迪。

"它就这样……掉下去了。"奥西斯基说，蒙着一层燃油的脸显得一片惨白，少了烟斗的他显得空虚。埃迪心想，他惊吓过度了，也许是一时不察，提前把救生艇放下了海。

"算了。"埃迪说。他努力压抑着揪出罪魁祸首的习惯。头尾相同的救生艇很宽敞，剩下两艘载所有人绰绰有余。在船的另一边，左舷，二副指挥的救生艇正要下水，一群嘈杂的船员正手忙脚乱，准备在救生艇下水后，顺着吊索滑进去。船长指挥的一号艇也正要下水。埃迪站在斜着下的雨中，一股异样的心情浮现，他不愿离开"伊丽莎白海员号"。海水灌进走廊里，冲击着滚烫的锅炉，发出轰轰巨响，震动他的鞋底。烟囱偶尔冒出火灰，照亮甲板上大家费心费力吊上船固定的货物柜：谢尔曼坦克、吉普车。心血、忧虑、费用全都付诸流水。只保住性命似乎并不够。

他忽然想到火花。按照配置，报务员火花应该搭乘船长指挥的一号艇。埃迪望向正等着从吊索滑下救生艇的人群，没见到火花。他赶回严重倾斜的船中甲板室，爬上舰楼，发现火花坐在椅子上，和他的无线电一样毫无动静。埃迪扯他离开椅子。

"妈的，少烦老子好吗。"火花无力地说。

"少讲屁话，你这个孬种小瘪子。"盛怒中的埃迪背起他，缓步下梯子，来到救生艇甲板。

"爱管闲事的狗杂种。"火花嘟囔说。

四艘救生艇全数下水了，救生艇甲板变得空荡荡的。暴雨中，埃迪看到"伊丽莎白海员号"船尾已淹至后桅杆，在后炮台处激荡起浪花。背风处，一艘箱形筏已自行从滑架上脱落，在甲板旁边漂浮。埃迪继续背着火花——铁鞋步步撞击他的脚跟——仓皇下梯子，来到主甲板，以螃蟹走路的方式，走下可媲美旧金山的陡坡，谨慎预防在湿滑的铁甲板上摔跤。他把火花背到箱形筏漂浮的位置，抓住筏子头的缆绳，把筏子拉过来，以连滚带甩的方式，将火花丢向舷缘。火花摔在箱形筏的板条上。埃迪翻越栏杆，跳上筏子，听见头上传来轰隆隆的骚动声：船尾甲板和海面近乎垂直，货物纷纷脱落，固定坦克和吉普车的链条崩解，宛如巨岩滚落，压垮了起重杆和桅杆，滚过船中甲板室的屋顶，轰然撞上后甲板的金属，最后坠海。埃迪生怕被落水的货物砸死，急着想切断船和筏之间的缆绳，无奈缆绳以金属丝制成，以他的鲍伊猎刀砍不动。大船吱嘎作响，打着哆嗦，钢铁不耐折磨而叫苦。每一艘筏子皆配备一把斧头，埃迪急忙找出来，但他还没来得及砍缆绳，落难的大船发出哀号，冒出打饱嗝的声响和远古的沉吟，没入海面，同时牵着箱形筏陪葬。埃迪和火花无船可搭。他抱住火花的胸部，预料沉船会激起漩涡，身体忽然回忆起在纽约救孤儿的往事。"尽量憋气。"他对火花喊。幸好没有漩涡。沉船的位置冒着气泡，吐着白沫，把埃迪和火花推走。

心急的埃迪四下张望，寻找救生艇，但雨哗哗地下，夜深浪高，他一艘也见不到。他隐约辨识到一簇红光：救生衣。可能另有一艘箱形筏上挤满了船员。他抱住火花的胸部,仰泳游向箱形筏的方位。火花的一身骨肉轻盈如鸟,没穿外套,更没有救生衣。沉船在深海垂死挣扎,埃迪感受得到。海面遍布油污——埃迪尝得到滋味,眼睛和鼻孔也被污染了。他踢水划水,偶尔查看游向是否正确。终于,有人捞他们上筏子,他仍抱着火花。埃迪躺在筏子上,不确定火花是否还活着。埃迪总算睁开眼睛后,见到海军炮手波格斯在他身旁。"你的泳技不得了啊。"波格斯说。

埃迪开始对着原木板条干呕。火花也在干呕,这表示他可能挺过难关了。即使在埃迪对着满是油臭的海面吐出秽物之际,他仍绞尽脑汁拼命思考:波格斯原本在二副的三号艇上,怎么会落到这艘箱形筏上?难道三号艇也沉了?这艘箱形筏的规格和先前那艘一模一样,长四米,宽三米,以原木的板条组成筏面和筏身,下面以几个钢桶增加浮力。埃迪钩住木头,以免被大浪打下水。浪虽然高,油污却能压住浪头,不让浪头散开,筏子因此能顺浪起伏。埃迪屡次抬头寻找"伊丽莎白海员号",然而沉船处丝毫不见船影。七千吨钢铁焊接成的巨轮,以及上面所承载的九千吨货物,三十分钟前仍浮在海面上,如今消失得无影无踪,甚至连水沫也找不到,再也见不到载着他们环绕地球半圈的女神。

埃迪从躺在身旁的波格斯处得知,三号艇被波浪推向船身撞坏了,所有人都游上了这艘箱形筏,除了受伤的二管轮,他消失在浪里了。"奥西斯基沉下去了?"埃迪惊呼。但炮手波格斯不知道他的姓名,埃迪拒绝相信那人是奥西斯基。他想象二管轮握着箱形筏周围的救生绳环,以挖苦的笑容嘲弄着眼前的困境。包括埃迪和火花,箱形筏上共计二十九名人员,波格斯说,超载四人。

此时,暴风雨肆虐,试图把筏子上的人抖下水,把人当成齿缝间的菜肴。趁着打闪电,埃迪计算了下筏子上的人数,像连续赢几手的赌徒般怀抱着畏怯的希望。四乘七。没错,包括自己在内,总共二十九人。筏子被浪推到如山高,他唯恐整艘筏子翻覆,让所有人都落水,怕火花因此被淹死。他用皮带把火花固定在木头上。每次筏子被推高,筏子总有办法翻越波峰,顺着斜坡下山,溜到山沟,然后再开始爬升。一阵子之后,埃迪不再数人头,靠伸脚触碰火花的铁鞋确认他还在。缠在木板上的手臂已僵硬如死尸,他再也无法辨认上下。有几次,一股强烈而破碎的睡意淹没他的意识。水里散发着微光,是浮游生物。埃迪曾在太平洋见过。现在,它们似乎从海床上散发出光辉,仿若几世纪以来数百艘沉船正在打信号,"伊丽莎白海员号"也在其中。

天亮了,浊光打在纷乱的怒海上。最强的风雨过了。筏子上有六人失踪:一级水手红发、大厨、炮手一名、下手一名、厨房工一名,以及普通水手培勒蒙德,他个性懵懵懂懂,在甲板水手之间颇有人缘。波格斯还在,另外还有二副、两名实习生、几位海军卫兵、普通水手、锅炉工。多亏埃迪以皮带束住火花,他才不至于落海。老水手皮优也挺过了风雨。木船上的铁人。有很长一段时间,大家几乎不讲话,默默哀悼着殉难的船友。埃迪哀悼的对象包括奥西斯基,因为他也不见人影。

在这艘筏子上,二副法明代尔的位阶最高,大家听他的指挥,埃迪是他的副手。埃迪虽然对二副有意见,现在却庆幸他在筏子上,毕竟他的专业是导航。更幸运的是,火花报告,弃船前发出的求救信号终于有回音了,表示等风雨一平息,大家获救的概率很高。

正午时分,雨仍时落时停,有人在两浪之间瞧见远方有一艘救生艇,吃水很深,可能超载了。大家找出桨,埃迪用救生索的绳结为每支桨制作U形桨架——从救生手册上现学现卖的。炮手和锅炉工挺身而出,负责划桨,桨手前后分别有人固定他们。划到够近的时候,他们发现救生艇上没人,而且里面进水了。一定是埃迪所属的四号救生艇,也就是太早落水的那一艘。能找回这艘救生艇,他们运气太好了。和箱形筏相比,救生艇简直是皇宫:不仅有两百九十七平方英尺[1]的空间、器具、用品,更有一面帆和一支舵柄。埃迪的弃船用品也绑在救生艇上,里面有一个六分仪、几床毯子、额外的防水口粮。香烟可能泡水了,但那瓶南非朗姆酒对他们而言简直如获至宝。

把箱形筏绑在救生艇旁边后,大家轮流上救生艇,舀走海水。令埃

---

[1] 1英尺约合0.3048米。

迪不解的是，这艘救生艇注明为二号，是大副指挥的那艘，但他留在四号艇上的那袋弃船用品却绑在同一个地方。他满头雾水，打开这一袋东西，发现里面是一堆被海水泡烂的书。他陡然心惊，同时明白了，快沉船时只抢救一袋书的人世上只有一个。他最后一次看见水手长时，水手长在大副二号艇上的舵柄位置。最先下水的是二号艇。

他向二副法明代尔说明他的发现。"这艘救生艇上本来有十七人，穿着救生衣，"埃迪说，"我们一定要进行搜救。"

二副态度存疑，但埃迪坚持，另外也有船员同声附和。二副耸耸肩，待在箱形筏上，模样固执，其他人则准备划桨去搜救。老水手皮优高声说，风势仍太强，无法起帆。救生艇上遗失了一组桨和几个桨架，幸好艇上存有备用品。搜救时，他们以正方形的路线划水，每划一千下转弯再划，每划五次拿起救生衣上的哨子吹一声。除了二副，所有人都登上救生艇，但箱形筏仍被救生艇拖着走，因为不确定能救回多少人。埃迪谨慎地打开紧急口粮钢桶，发给每人一份干肉饼、两颗麦芽牛奶片、六盎司[1]饮水。水罐里的饮水四天前更过新。大家共用一支珐琅质测量匙喝水。

桨手一开划，埃迪立刻出现了幻听。每次划桨一停顿，四周似乎就萦绕着人类的哭喊声，但是，划完方格的东边后，仍旧不见待救援的船员。转南换手继续划，划到三百下时，有几人听见了微弱的吹哨声，罗杰从船头大叫。在船的中左侧，埃迪看到某个若隐若现的东西，看似漂浮物。救生艇在大浪间缓缓前进时，他发现漂浮物是绑在一起的两个人，是水手长和威科夫。桨手对他们伸出桨，拉他们上救生艇。获救的两人躺在船底，剧烈地颤抖着，随即丧失了意识。火花脱掉铁鞋，趴在湿淋淋的两人身上为他们增温。

日落之际，天空像舱口般打开，露出橙色和粉红色的异国货。他们继续划水搜救，天黑前没有再救到其他人。浪开始缓和。埃迪再发给大家口粮。威科夫和水手长能吃喝，但威科夫话不多，水手长则是一言不

---

[1] 1盎司约合28.3495克。

发。能言善辩的死对头变得沉默，埃迪对此很不习惯，感觉艇上这人像是水手长的鬼魂。

夜幕低垂，海况缓和下来，船员的士气随之升高。发现这艘救生艇，几乎可以确定他们仍在"伊丽莎白海员号"沉没地点附近，明天一定会有救兵赶来。目前的上策是盯紧动态，随海潮漂流，因为搜救人员决定搜救范围时，会将海潮列入考量。救生艇从船头放下海锚——一个锥形帆布袋——好让救生艇追逐海潮漂流。他们让救生艇拖着箱形筏走，让飞机更容易看见。接着，大家排班站哨，将救生衣铺在船底，等着轮班的睡成一堆，或坐在横坐板上，对着舷缘垂头打瞌睡。埃迪用折叠刀在他睡的地方划出一道刻痕，表示沉船至今已超过二十四小时。

醒来时，大家的衣裤都被露水湿透，冷得直哆嗦。埃迪发放配粮和饮水。太阳升起时，威科夫告诉大家，昨天他们在二号艇上，突然遇到一阵强风，把船打翻了，十七人全部落水，他们抓住舷缘上的救生索，等候把船翻正的机会，不料二厨被鲨鱼攻击。大家都听到了他的惨叫声，有几个人吓得游走了，另外几个人，包括威科夫和受伤的二厨，急忙爬到翻了的船上面。没想到，又一阵大浪袭来，把救生艇翻正了，大家又被抛下海喂鲨鱼。被乱咬一阵后，威科夫死里逃生。他几乎没力气游泳，幸好有救生衣让他可以浮在水面上。天亮后，他发现水手长游了过来，两人一直合力游向淹水的救生艇。

在威科夫叙述的过程中，埃迪注视着水手长，纳闷水手长究竟经历了什么样的惊魂时刻，居然被吓成了哑巴。

太阳高挂后，他们在救生艇上竖起桅杆，从紧急用品中找出黄旗子，让埃迪升旗。过正午不久，有一架飞机低飞而来，大家在艇上和筏子上又叫又跳，挥舞着上衣，唯独水手长例外。他坐在船底不吭声。飞机来了又走，显然没看见他们，令所有人大受打击，精神萎靡。尽管失望，但大家一致相信，那架飞机的确是来营救"伊丽莎白海员号"幸存者的，而且白天还长。轮班时四上四下，东南西北各由一人负责监看。埃迪的视线锁定在地平线上，总觉得随时可能冒出一艘轮船。气温高，天空晴朗，是最佳的搜救气象，无奈大家苦等到黄昏，依旧盼不到一个影子。

日落时，大家感到困惑，饿着肚子嘟哝不休。妈的，飞机怎么不来？飞行员难道全瞎了吗？埃迪不语。他但愿基特里奇船长也在艇上。假如幸运船长和大家同在，就不用担心搜救飞机忽略他们了。

水手长茫然地坐在船底。"根本不帮忙吗？懒虫一条。"二副说着嘿嘿一笑，视线瞥向旁人。埃迪知道他想逼水手长开口，好像水手长讲话就能扭转颓势。埃迪怀疑当中的可能性。"我们知道你口才好得很，"二副刺激他，"三副比大家更清楚。"他以狡黠的眼神瞟向埃迪，邀他联手。埃迪报以不置可否的微笑。

第三天黎明，风势减弱成微风，二副认为大家应该继续随潮水漂流一天，明天再起帆寻找陆地。有人看到远方有一艘大船，然而大家跳起来高喊后，仍得不到回应。近黄昏时，大家开始为明天起帆做准备，目标是非洲漫长的沙漠海岸线。"伊丽莎白海员号"沉船地点位于索马里兰正东一千六百公里的外海。据二副估计，救生艇已随海潮往北漂，因此离陆地绝对少于一千公里。如果风往西吹，风势够强，救生艇可能在十五天之内登陆成功。救生艇和箱形筏的口粮加起来，再加上如果能如愿钓到鱼，如果天赐甘霖，饮食应该能撑到登陆日。何况，在航行上岸之前，他们仍有获救的机会。

天黑后，酷寒来袭。船员们在筏子上点燃几支火把，继续监看四方，盼望能看到灯火通明的中立国轮船。埃迪坐在横坐板上，睡不着觉。在他脑海里，海面如海图，上面画满等深线条、航线、弧形的潮流，和眼前的一片空白似乎完全不搭调。头上挂着满天繁星。他第一次出海望夜空时，曾赞叹不已，以为走进了阿里巴巴的山洞。从轮船甲板上看到的璀璨星空，让他感觉自己变成了有福独享的少数特权阶级。如今，同样的星空显得毫无章法、意外重重——宛如海洋。梦里，安娜不再来访，他已驶出女儿能触及的范畴。埃迪明白，他已经又跳出另一层次，落入一个更深、更冷、更加无情的世界。

他在横坐板上划出第三条刻痕。

27

潜水找到怀表后，安娜回家，把莉迪娅的床侧翻靠墙，关上父母的卧室门，把餐桌搬到前厅，也把收音机拖过去。她想赋予公寓一番新气象，以彰显她的心境，纪念大事。

接连几天，父亲的怀表不停渗出海水，总算干燥之后，指针指向九点十分。安娜捧着菱形怀表，心生一股力量，感觉受到庇荫。她冒着九死一生的风险下海，纯粹是为了寻回这块怀表。她把怀表压在枕头下睡觉。

潜水之后，才过几天，她知道自己想搬家。巴斯康住的廉价出租屋不收女生。公寓附近有基督教女青年会所，但床位已满，她也不愿等候。何况，她希望住处能靠近造船厂。她路过桑兹街的一间酒吧或制服店时，偶尔见到窗户上挂着一张手写的招租牌子。她心想，有没有可能租这种房间而不被人发现？但她随即顾忌，不检点的女孩才会做这种事，被发现的代价太高了。

有一天晚上，她下班时撞见萝丝，两人挽着手走出桑兹街侧门。安娜告知萝丝自己目前的处境，但稍微加了下工：在中西部老家的阿姨生病了，母亲搬回去照料她，未婚的安娜当然不适合独居。萝丝听后拍了一下手：萝丝母亲的房客刚结婚，决定搬去丈夫所属的加州戴尔马尔海军基地，克林顿大道的公寓里即将空出一个房间。安娜当场同意承租。

安娜的收入够多，能在租用萝丝家的房间的同时保留原有的公寓，因此决定不向母亲或姑姑提搬家的事。解释起来太麻烦了。反正她和布里安娜姑姑也不太常见面,而且见面时经常在电影院里。只要安娜每两三天去收一次邮件,即使是老邻居也不太可能发现她已经搬家。

她买了一个厚纸板做的大行李箱——父亲曾戏称这种行李箱最怕下雨天。她将整理好的衣物、洗漱用品、奎因小说放进行李箱,喝掉鲜奶瓶里剩余的牛奶,拿抹布包裹块状牛油,最后一次坐在餐桌前。她的前半生几乎全在这张桌子前度过,吃喝、缝纫、用包生肉的纸剪纸娃娃。消防梯把日光斩成几大块,每块都飞舞着细尘,宛如瓦拉鲍特湾水里晶莹的云母屑。整栋公寓显得沉重而寂静。安娜伸出双手抚摸锡面的水池,想起自己和母亲曾在这里合力为年幼的莉迪娅洗澡。安娜看着父亲刮胡子用的镜子。然后,她离开公寓,锁上了门。

她走下六层楼梯,本以为大概会被好奇的邻居盘查,幸好没有遇到任何人,甚至也没听见门内有人拖着脚步走向猫眼观察。也许大家都还在睡吧。现在是三月下旬,她步入渐暖的空气里,注意着附近的陌生人。有一位男士提着行李箱,匆匆抬头查看刻在门上方的号码。他是新来的。

安娜的新房间位于萝丝家后面,窗外有一株看似正在举杠铃的树。一位老人驾着马车送牛油和牛奶。从前,克林顿大道上住着富裕人家,大房子,附设马厩。如今,有些马厩被闲置,有些则被用来停私家车。萝丝有两位兄弟正在陆军服役,最小的弟弟海勒姆仍住家中,以甘草味的油布包教科书书皮。安娜童年时也用同样的油布。她很喜欢这个新家。

有些日子,下班后,她会去以前的厂房和萝丝碰头,一起到法拉盛街搭电车,共读一份晚报。短短几星期前,安娜曾在这班电车外望着萝丝,生怕被孤寂淹没。她伸手摸了摸怀表。

如果下午潜水,安娜下班就会比较晚,萝丝不会等她,她会陪潜水同事去逛桑兹街。搭电车回萝丝家的路上,谨慎的安娜会吸吮薄荷糖,以免向萝丝父母道晚安时吐出一嘴啤酒臭。

和萝丝同住一个屋檐下,安娜如果继续和查理·沃斯来往,会感觉很别扭,毕竟沃斯仍是萝丝的长官。有天晚上,安娜等已婚女工下班回家后，才去向沃斯解释。

"我能谅解，当然，"他说，"很可惜啊。"

"我会想念你的，查理。"

"没旁人的时候，你偶尔会过来坐一坐吧？"他问。

"我保证会。"

下班离开造船厂时，她仍放眼桑兹街，寻找德克斯特·斯泰尔斯的汽车，找不到时总难掩失望之情，随即是一阵庆幸。

潜水寻父两星期后，她和同事来到椭圆酒吧，等着晚餐上桌之际，她打开《前锋论坛报》，瞥了一眼不出她所料的振奋人心的标题：德军隆美尔在突尼斯难挽颓势，俄军逼德军退回斯摩棱斯克。她翻页再看，左下角的一则新闻抓住了她的眼球：

失踪夜总会老板遭枪击身亡，
弹痕累累，被弃尸于废弃赛马场

安娜凝视着照片，尽管眼睛读不下去，内文却融入脑海：经过两星期的搜寻，失踪的夜总会负责人德克斯特·斯泰尔斯的尸体于星期日被两名十岁儿童'安德鲁·梅塔钦和桑迪·库帕奇'发现，地点位于赛马场遗址附近……

她推开报纸，喝了一口啤酒，看着身旁同事大吃特吃紫壳菜蛤和猪肉卷，感觉头涨成了气球，飘浮在身体上空几米处。接着，她听见了玻璃的碎裂声，才发现自己摔倒了。

同事拿嗅盐激醒她。她侧躺着，脸颊压着地板上的锯木屑。鲁比的脸在她正上方近处徘徊，糊掉的眼影凑得太近，甜甜的花香呛得安娜反胃。呕吐一阵后，安娜想站起来，最后由巴斯康和马尔各拉一边手臂钩在脖子上，架她起身，带她离开酒吧，身旁的水兵们窃笑着，以为她不胜酒力。

街上的冷风令她一阵轻松。安娜闭着眼，任人架着走，感觉近似梦游。刚才在酒吧里好像发生了什么难堪的事，幸好她逃离现场了。经过无数次转弯之后，他们带她进门，她闻到了潜水服的橡胶烧焦后的咸臭味，她被搀扶进了增压室。

马尔陪她坐下。"哪里痛吗？"他关心着，一面调整转钮，"晕倒之前呢？"

"不是潜水病。"她告诉马尔，随即想起晕倒的原因，双手开始发抖。

"你的照应员是谁？"

"卡茨，"她打着战说，"不过我今天下水不算太久。"

"戴表的人是他。"

她再度呕吐。

增压结束后，马尔开门，带安娜出去。巴斯康和鲁比在等他们。巴斯康眯着银色的眼睛，看了安娜许久，令安娜担心的是他是否看见了那个标题。未经上级同意潜水后，三人将器材平安归还，之后对这事只字未提。安娜原本担心事后好友会避不见面，幸好情况正相反：三人之间感觉变得像一家人，交情更加深厚了。

马尔同意不在潜水纪录簿上记下安娜的症状和增压，条件是要她答应立刻去看医生，检查身体。一位卫兵以摩托车载她上坡。她向值班护士描述经过，护士请她稍候。不真实的报纸标题在安娜脑海中浮沉。不可能是真的，但一直拒绝接受反而让她筋疲力尽。

她坐在椅子上，头靠着墙睡着了，叫醒她的人是一名海军护士。腕表上的指针显示九点已过。护士的金发以发髻固定在护士帽后面，年龄看起来不比安娜大几岁。她为安娜量体温和血压，神情专注，令安娜钦佩。护士拿着小小的强光照射她的眼睛和耳朵，用冰冷的听诊器听她的心跳，并在夹纸板上记下所有结果。

"看来一切正常，"护士说，"你感觉如何？"

"还好，"安娜说，"只是累了。"

"医生刚叫我问你是不是已婚。"

"我未婚，"安娜诧异地说，"为什么这么问？"

"如果你已婚，他建议你验孕。有些孕妇初期会晕倒。"

"啊。"

"他猜你可能为了潜水才摘掉了戒指。"

"那你……有没有帮我验孕?"

"没有,当然没有。验孕得先抽血。"

"不用了。"安娜说。

她离开医院,走在白色方形柱之间,走下低矮的几阶阶梯,对面有个青草操场,去年秋天,萝丝曾和她一起在那里捐血。她逗留在阴影里,注视着她记得那天自己看见过的柱状白雕像,顶端有一只鹰。加入潜水队至今两个月了,例假一直没来,她以为潜水有碍生理期,暗自庆幸这样也好,省得麻烦。如今看来不是有可能而是可以确定了。

安娜回到公寓,见萝丝的父亲在前厅,开着绿玻璃台灯阅读《前进》杂志。动作迟缓、仪容不整的她好像看到了批判的目光——或许只是为她操心吧。进自己房间后,她躺在床上,双手放在腹部,凝视着窗外的树。她提醒自己,目前还不能确定。但她心里有数。麻烦找上门了。

隔天一大清早,她便出了门,没吃早餐。怀表在皮包里。她有一种不祥的预感,觉得它的护身神力已到极限。搭乘电车到法拉盛街时,她又一阵反胃,同时饥肠辘辘。来到法拉盛街和克林顿大道路口,她走进一家自助餐厅,和一群造船厂员工排队等炒蛋、煎土豆丝、咖啡、干吐司——牛油之类的"可食用油脂"暂停供应。吃完早餐后,她觉得重心稳定了不少,便徒步去上班。途中,她去阿克塞尔上尉办公室道早安。上尉天天比其他人早到。

"克里根,"他喊着,"我正希望你今天能来。过来一会儿。"安娜在办公桌前站定后,上尉说:"今天会有五个人来受训,完全不懂状况。你今天排什么班?"

"上午照应,下午潜水。"

"方便我叫菜鸟过去学习下吗?希望他们能学到一两招。"

"当然可以,长官。"

上尉对安娜的态度大约在三星期前发生逆转。突然有一天,他似乎习惯了安娜的存在,仿佛偏见不耐耗损,终于选在这天崩垮,态度变化之剧烈近似奇迹出现。虽然这现象发生在安娜寻获怀表之前，她仍认定这是怀表的保佑。如今，她发现自己的角色居然变成最得首长宠爱的人——小宠物——仿佛上尉和她之间的敌对关系直接转成了亲密关系。他以术语和她商量事情，她完全听得懂。他对女孩的批判，安娜听来觉得是对她个人的赞美，因为她不像其他女孩子。"帮我一个忙吧，克里根，"他上个星期告诉她，"上驳船的时候，你把头发藏好，不然，整个造船厂的呆头女秘书都想来这里敲门。"

"她们可能不想潜水吧，长官。"

"可能吧，和你一样疯的人不多见。不过，我警告你，如果她们成群结队杀过来，你可要负责赶她们走。"

"能干的几个例外。"她说。但上尉只哼了一声，不出安娜所料。安娜事后觉得，在她自惭于自己言不由衷的表态时，上尉这种态度是她所希望的。

"今天这批新人，由你来帮我试探看看，"上尉告诉她，"看其中有没有比较杰出的。"他压低嗓门，瞥了眼门口，"对了，克里根，记得稍微吓唬他们几句。你懂我意思吧。把还没长大的男孩刷掉。"

受到上尉一顿夸奖，走出办公室时，她感觉整个人都轻飘飘的，但也为了喜不自胜而内疚。她穿上工作服，走上码头，日光从船台射过来，她闭上眼，让阳光暖和脸庞。麻烦带给她的压力被逐渐纾解，宛如刚挨打的部位总算不再疼痛。解决之道很明显：多潜几次水，就能化解危机。她身上的这种危机和潜水工作不符。例假总有一天会来。这天下午，她下水检查一艘遭鱼雷袭击的驱逐舰的船壳，肚子突然绞痛。驳船上有五个受训生正在一旁学习。她担心潜水服会被经血弄脏——放纵自己担心，令她在隐秘的头盔里笑了。终于上岸后，她请格里尔在洗手间外站岗，结果令她不敢相信的是，自己刚才猜错了。

每天一早醒来，她总深信危机将在今天终结。到了晚上，她则累到不再担心这件事。天气放暖，她和萝丝在法拉盛街搭电车，下车后，直接走克林顿大道回家，不再转车。星期五犹太人的安息日开始，萝丝全家晚餐后点燃两支蜡烛，聚集在餐桌前，桌上有一条面包，祷告时会另外祝福在陆军服役的席格和凯莱布。安娜暗自狂热地祈祷着：拜托，终结我的麻烦吧。除非危机赶紧解除，否则眼前的一切不久后将化为乌有：烛光、面包、萝丝全家。麻烦缠身的女孩势必要另找特定地方住。

在安娜内心的另一个房间里，一座时钟开始嘀嗒作响。如果潜水解决不了危机，另外还有一条路可走，但不能拖太久。酒吧晕倒事件两星期后，安娜有一天早上睁眼醒来，心想，我非采取行动不可。她不知从何做起，答案却不请自来，仿佛心中始终有这份盘算：去找霓尔。霓尔知道对策。霓尔有亲身经验。

下班后，她搭地铁到联合广场。打过第一次世界大战的老人穿着冬衣，下着西洋棋，帽子上挂着勋章和纪念章，手提式留声机播放着《我曾听过那首歌》，青少年穿着外套相拥共舞。看着他们，安娜渴望不已。在布鲁克林学院就读期间，她也曾和男孩如此共舞。但这些青少年的外表纯真无邪，她自己从来没有这份感觉。她总是隐瞒着秘密。现在的她也孕育着秘密。

格拉梅西公园南街二十一号。说也奇怪，霓尔当时在夜总会里竟然逼她复诵。

来到门口，安娜依然不知道霓尔姓什么。门房穿着类似军装的灰色制服，听到霓尔的名字，走向墙上的交换机，插一条电线。安娜摸一摸口袋里的怀表。出门前，她希望霓尔在家，正为今晚的娱乐打扮。果然没错。电梯操作员送安娜上八楼，开门让她走进一个小套间，里面有两户，隔着一大盆红玫瑰门对门。墙上的镜子将玫瑰烘托得更加灿烂。镜中人憔悴的模样令安娜心惊。她捏捏脸颊增色之际，霓尔从左门出来，穿着绸缎浴衣，翻领上的白色小羽毛宛如肥皂泡沫。她愣了一下才想起安娜是谁，旋即振臂拥抱她，伸开拿香烟的手，以免烫到安娜。"你最近怎么样，亲爱的？"她高喊，"好久没见到你了，你这个调皮鬼。你躲到哪里去了？"对霓尔的尖声问候，安娜一概以不置可否的方式喃喃回应。就在你来我往的过程中，霓尔察觉出不对劲。她抽身后退，眯眼看了看安娜。"进来，告诉我发生了什么事。"霓尔说。

星期日一大早,安娜回到霓尔家,在霓尔的陪同下,步行到公园大道。霓尔的尖鞋跟走在人行道上宛如用铁锤敲击钉子,染成金色的头发被晨曦漂白,眼睛下面有青色的眼袋。霓尔已成为一个适合在人造光下露脸的女人。

两人坐进出租车后,安娜小声重提价格的话题,避免被司机听见。安娜不知手术费有多么昂贵,希望能分期慢慢缴清。

"钱由哈蒙德出啦,"霓尔低声说,"我骗他说是我。"

"被发现了,不就糟糕了?"

"相信我,"霓尔说,"是他欠我的。"

"谢谢你,"安娜吐出一口气,但这话似乎难以表达心意,"也谢谢你陪我来。我都没指望你会来。"

霓尔耸耸肩。霓尔的关照似乎有一种异样的冷淡,令安娜确信,麻烦缠身的任何女孩找上霓尔,霓尔都会有同样的举动。

"德克斯特·斯泰尔斯的事,你听说了吧?"霓尔说。

安娜注视着车窗外的一栋影像模糊的灰色高楼。"我从报纸上知道的,"她说,"好可怕。"

"大家除了这件事之外一概不谈呢。"

"凶手抓到了没?原因是什么?"

"谣言有一千多个。有人说,是芝加哥集团干的。和纽约帮派比起来,听说他们更加心狠手辣。"

"为什么杀他?"安娜问。

"警方正在调查中,不过,没人愿意告密,除非他们也想有同样的下场。"

"说不定是因为德克斯特·斯泰尔斯告密。"

霓尔考虑着。"有什么好告密的?"她说,"听人家说,他的生意已经漂白四分之三了。搞不好都八分之七了!何必冒险告密?"

"他有小孩吗?"安娜明知故问,企图延续话题。谈论德克斯特·斯泰尔斯有助于放松她的心情。

"一对双胞胎儿子,一个女儿。妻子是个大美女——一个世家名媛。大家都以为，全世界都对他磕头呢。"

"实在令人痛心。"安娜说，一股悲楚涌上心头。她凝视窗外，唯恐被霓尔识破。

"夜总会的每个人都在哭。"霓尔说。

齐声哀恸的人很多，安娜认为少说也有几百人。她觉得自己也融入了这些人的行列中。和这些人相比，她对德克斯特·斯泰尔斯的所知仅止于皮毛，几乎是知之甚少。然而，琐碎的片段回忆刺穿她冷硬的表壳，她感受到了置身于他怀中时的温馨，听到了他沙哑的低语，想到了自己即将做的事。

出租车驶至东七十四街的转角处，离迪尔伍德医师的诊所才几条街的距离，巧合得令安娜脑筋一时转不过来。此时刚入四月，假使妹妹莉迪娅仍在世，再过几星期就是带莉迪娅回诊的日子了。她怀疑霓尔的医师是否和迪尔伍德医师在同一栋楼，两人的医师该不会是同一人吧？冷冷的阳光洒在路口，鸽子挤满天空。霓尔戴上墨镜，模样像个电影明星，近白色的羊毛大衣上有金须肩章。教堂的钟声当当响起。

"诊所在哪里？"安娜问。

"就在这条街上。他不喜欢周末有出租车停在外面。怕引人注意。"

她们往麦迪逊大道的方向走去。钟声敲得安娜头疼，她但愿钟声能停止。这条街走到一半，霓尔转弯走向一栋排屋，外面有条纹遮雨棚和修剪得整齐有型的树丛。她带安娜走下半楼，见到一个长方形的铜牌：产科索菲特医师。霓尔按门铃，门锁解除，她们开门进候诊室。这里和迪尔伍德医师的候诊室同样气派，不过装潢不同。这间诊所以银色地毯铺盖所有地面，新月形沙发覆盖着灰丝绒。安娜开始冒冷汗。教堂钟声似乎在她脑壳里回荡。"希望它能停止。"她低声说。

霓尔吓了一跳。"谁？"

空气里飘着一股淡淡的化学品气味，仿佛在地毯和丝绒以外的地方有一间病房。绝对有。在新月形的沙发上怎么动手术？

"我的第一次也好紧张。"霓尔说。她现在的语气也很紧张。

"几次了？"

"三次。呃,两次才对。这一次是第三次。"

"然后呢?"

"你会昏沉沉的,"霓尔说,"肚子会痛。不过其实还好啦,隔天你就会焕然一新。"

安娜问的不尽然是这方面的事,但其实不太重要。混杂在恐惧里的是蓄积而成的希望,带莉迪娅看医生多年的安娜对这份感觉很熟悉。医生会来的。医生会来的!各家杂志以扇形摊在亮光漆面的咖啡桌上:《科利尔》《麦克卢尔》《星期六晚邮报》。霓尔打开一本《银幕》杂志,安娜从旁瞄到了金发明星贝蒂·格拉布尔、维罗妮卡·莱克、拉娜·特纳,全是莉迪娅可能长成的样子。安娜定睛看着候诊室通往别处的门。这扇门外层以布面装饰,很美。她不知不觉地握紧霓尔的手。

"不会痛的,"霓尔说,"他会给你麻醉,然后你就会呼呼大睡。"她翻到一篇以电影明星发型为主题的报道,扁波浪、立体卷、圆心卷,但她的视线并未在页面上游走。安娜意识到,霓尔想速战速决。医生很快就来了。恐惧与期望在安娜的心里翻搅。

在她凝视门的时候,门终于开了。索菲特医师比她预期中来得年轻——只能说没有迪尔伍德那么老。他很高,头发呈沙色,戴着结婚戒指。他热情地招呼霓尔,与安娜握手时手劲温柔诚恳,直视她的眼睛。医师带她们走进布面门,进入一个房间。这里不太像安娜刚才担心看到的医院,墙上的装饰板条上悬挂着水果画。一张高床覆盖着白床单。安娜进隔壁脱掉裙子,套上柔软的棉质罩衫,遮住胸罩和底裤。肌肉健美而平坦的腹部似乎在嘲讽这项手术。假如没有这回事怎么办?假如她根本没怀孕呢?没验孕怎么知道?

她真的验孕过吗?

霓尔坐在旁边的椅子上,让安娜转头一看就能看见。"科诺普卡小姐看不到,"索菲特医师说,"不过她会陪伴在你身边,在你沉睡时握着你的手。是不是啊,科诺普卡小姐?"

"当然会。"霓尔说。医生终于来了,她似乎如释重负。

科诺普卡。波兰佬,安娜仿佛听见了父亲的嗓音,哭了起来。她躺在手术台上，双脚伸直，隔着被单握住髋骨。霓尔抬起安娜的一只手握紧。安娜在发抖。"三十分钟后就结束了。"她说，但此刻的严重性烧穿了霓尔表面一层层的假象，将她暴露在急如星火的境地，"他正在准备氯仿，然后你就能好好睡一觉。"

"尽量放轻松，克里根小姐。"索菲特医师说。

他站在安娜后方，安娜看不见，嗓音无异于迪尔伍德医师。安娜陡然坐起身子，转身想看看他，她的心脏在胸腔里乱蹦。

"放轻松。"索菲特医师柔声说。他在安娜身旁坐下，双手拿着某种物体。医生会来的。医生来了！他来这里治好百病。

但在此时此刻，安娜心里想的不是索菲特医师，而是妹妹。自从和德克斯特·斯泰尔斯度过那一夜之后，安娜不再感受过这种亲密，她回想起了莉迪娅牛奶般、小圆饼似的芬芳，她的肌肤和头发的纤柔。蜷缩、未完成的状态。坚持不懈怠的心跳。安娜也回想起，如一缕薄纱始终环绕妹妹的，是梦想她将长成一个什么样的女孩。

美梦中：她是一个能跑能跳的小美女，膝盖在艳阳下闪耀，一个能以眼角看人的女孩。安娜这时候想到，我能把这样的女孩带到这个世上。

医师以一个圆锥形器具罩住安娜的嘴，甜甜的气味从中飘来，比安娜在候诊室闻到的气息加倍浓郁。"不要。"她说。

霓尔凑过来，安娜看见自己的恐惧映照在她眼中。麻醉药触及安娜的大脑，一阵睡意如云飘来，越聚越浓，濒临下雨。她想象着独自一人离开诊所，一无所有。原本有东西的部位变为一片空虚。

能跑能跳的女孩。那份梦想。

"不要，"她再说一遍，这次是对霓尔说，"叫他停。"但她的声音被圆锥器具罩住了，她听不见自己的声音。

冥冥之中，霓尔豁然理解——或许是在安娜的眼球翻白之际，从安娜的眼神中解读成功。

"等一等。"霓尔尖声说，掀开圆锥器具。

28

如果活动范围只局限在救生艇上,没有箱形筏,埃迪担心大家会觉得挤到透不过气。他也担忧,二副法明代尔会抗拒让老水手皮优指挥航行。此外,埃迪还担心,顺风而行恐怕会让航道偏移太远,担心靠风力是否能以时速四海里的速度行进。最令埃迪忧心忡忡的莫过于饮食,是否应该每天继续喝六盎司水,还是该缩减为五盎司,火花是否钓得到有肉可嚼的鱼,航向是否应该对准外海的小岛。一九二三年,"特拉韦萨号"的船长与大副曾指挥两艘救生艇,横渡印度洋两千七百公里,但不同的是,他们当时有仪器还有海图,而埃迪只有一具罗盘。

在他们起帆航行的前一夜,他坐了整整一宿,渴望抽一根烟,有五十根更好,却没有考虑到风会停。

第四日破晓时分,空气炽热而静止,整片海面有如一层汗。炮手为了找事做,提议干脆轮流划船,二副赞成,埃迪迫不得已指出,语调尽可能客气,划船只会白费力气和资源。此处离非洲海岸至少一千六百公里,不是划得到的距离。其他人和埃迪一起劝说。二副滑稽地扮鬼脸回应,埃迪渐渐了解这是他找台阶下的举动。

这天算是徒劳无功,只用来休息,准备明天起帆。没有轮到班的人为了避免晒到太阳,用救生艇的防火幕盖着,或摊开船罩当作防水布来遮阳。晚上,他们施放最后几支信号弹,继续值守。埃迪屡次被冻醒。他以为风来了,以为浪花漂过来,可惜全是梦。

隔天情况相同。接下来的日子也一样。唯一能忍受的时刻是清晨，阳光吸干船上的露水，将暖意洒在冰冷的肢体上。入夜时分也还好，最初的一分凉意宛如护士在为晒伤的肢体涂药膏。夜深时，大家才冷得簇拥成堆，盖着六张毯子发抖。在气温较适中的这些时刻，埃迪分发口粮，全体享受短暂的满足感。他们显然漂流到了赤道区，无法指望信风吹动船只。皮优向大家保证，无风期从来不会持续太久，顶多一两天，但每个无风日都让人感觉像过了十天。偶尔一阵温和的西风袭来，大家充满希望，赶紧扬帆，风却在二十分钟之后停了，令所有人加倍灰心。粮食只够他们航向陆地，却被原地打转的他们白白耗掉。目前大家最大的心愿是被大船救起。现在他们的处境犹如被钉在丝布上的标本。远方曾前后出现过三艘船，每次大家都会跳来跳去，咆哮着，尖着嗓子叫，最后瘫软无力如死尸一样。不再有飞机划过天空，因为这里离陆地太远了。最初的救援飞机必定是从船上起飞的。

连续无风的第三天，亦即船难后的第六天，大家同意饮食减半。埃迪瘦到粗布长裤都穿不住了，屁股露出半截，扣环已经缩了三格。大家谈论食物时，绘声绘色地描述细节，与收容所的孤儿们谈论性事的原因相同：只能逞逞口舌之快。

中午无口粮可吃，大家变得更为懒散。水手厄斯特高在太阳下一睡睡了好几个钟头，旁人为他遮阳，一概被他推开。入夜，中暑的他开始发高烧。罗杰取出救生艇上的急救箱，以湿绷带和炉甘石洗剂为他治疗。厄斯特高苦苦哀求，想喝一口水，罗杰和埃迪于心不忍，各捐出一半自己的分量给他。隔天早上，原本躺在救生艇上的他不见了。埃迪和几位弟兄睡在筏子上，难以相信艇上十三个人竟无一人看见或听见他落水。埃迪疑心这些人——特别是二副法明代尔。分发早餐时，埃迪觉得自己在被大家默默评判着，像是在怀疑他偏心或多吃了一点。海上求生的关键在于士气，埃迪明白，大家缺少最能鼓舞人心的烟和酒。然而，士气低迷也要怪官阶最高的二副不好。二副不仅没有维持和谐气氛，还四处找碴，尤其看水手长不顺眼。这天早上，二副阻止埃迪分发炼乳给水手长。

"不讲话就没的吃，"二副命令道，同时四下张望，想找人联手欺侮他，"看看他能装哑巴到什么时候。"

当埃迪再次试图给水手长口粮时，二副抓住了他的手腕。"三副，你的心太软了。他以前从来不对你心软。"

"维持所有人的元气，对我们有益无害。"埃迪说。

"他连一根指头都懒得举，有力气没力气都一样没用。船上有没有他都不重要。"

二副让埃迪在挑衅的场面下有角色可扮演，以满足全船弟兄找代罪羔羊的需求。在"伊丽莎白海员号"上，所有人都目睹了水手长羞辱埃迪。如今，水手长成了落水狗，最后一丝傲气只表现于他无视众人议论的冷漠态度上。埃迪一直想挫一挫水手长的威风，但在这种情况下和二副联手，埃迪只觉得反感。

"少惹他，二副。"埃迪严厉地说，把炼乳递给水手长。

二副的视线从埃迪转向水手长，再转回埃迪，嘴角露出诡异的微笑。"原来如此啊。"他说。

从那一刻起，二副开始跟踪埃迪，在豆大的范围内如影随形。无论埃迪到哪里，白发的二副总是恭敬地跟在旁边，抱着敌意紧追不舍，相当于监视，令埃迪意识到，二副唯恐他造反，怕他怂恿其他人一同海上喋血。埃迪原本没有叛变的念头，如今想到却越想越心动。

同日下午，埃迪割掉过长的皮带给火花，用来钓鱼。火花本来以破布为饵，用救生艇上的鱼钩和钓线垂钓。有皮带做饵，火花在日落前总算钓上来一小条金枪鱼。埃迪协助他，在救生艇的一侧和金枪鱼缠斗，波格斯将猎刀戳进鱼心，埃迪跳下水，以绳索绑住鱼尾，让同伴把金枪鱼拖上舷缘，拉进救生艇。二副负责切割，然后叫一位弟兄背对着一块块鱼肉，由他分配给所有人。大家各分到两大块，生鱼里的水分也能止渴。吃完后，船员之间的嫌隙似乎融解消失了。煤油灯点燃，大家聊天至深夜，畅谈个人战后的志向。等所有人都昏昏欲睡，安静下来时，水手长伸手碰了下埃迪，指着搁在横坐板上的鱼骨头，以细得旁人听不到的音量说话。连埃迪事后都怀疑有没有这事。

"好。"水手长说。

又连续三天无风，只有微弱的西风过来狠心耍弄他们，大家变得越发饥渴难耐，只好拔掉衣物上的纽扣吸吮，想唤醒唾液腺。埃迪的舌头躺在嘴里，宛如鞋皮。他更想一刀把它切掉。连续第六天无风后，赫梅尔和艾迪生开始尽情喝海水，快乐似神仙。埃迪破口呵斥全船弟兄，生怕其他人有样学样。到了晚上，喝海水的两人开始出现幻觉，隔天早上，赫梅尔便断了气，腹部膨胀。海葬他后，艾迪生告诉埃迪，赫梅尔口头立遗嘱，将配粮全留给了他。埃迪说，赫梅尔无权做这种事，艾迪生听了举拳头想揍埃迪，二副仍在埃迪身边，却毫无劝阻之意，出手制止的反而是炮手。到了晚上，艾迪生也死了。埃迪去筏子上睡觉前，在横坐板上又划了一道痕，另外为每位亡魂添一笔。二副也跟他上了筏子，在他耳边打鼾。

连续第七天无风，也是船难发生后的第十天。日落时，埃迪躺在筏子上，品尝着冷热交替期间的轻松，一阵风轻拂脸颊，几秒钟后他才意识到风来了，却仍以为自己又在做梦。几天下来，大家已经没力气做动作了，即使起身，也只是为了防止膝盖抽筋，反应也慢了。但这阵风是毋庸置疑的暴风，来得突然，连怠惰的哨兵都未能察觉。全体爆发出热烈的欢呼声。在救生艇上，皮优和同伴把海锚拉上来，准备扬帆。海面已经变得颠簸。波格斯从筏子上跳回救生艇，开始拉筏子上的船员回艇上。筏子会拖累救生艇的航速，因此不得不弃掉。就在实习生罗杰想从筏子跳上救生艇之际，联结筏艇的艇首缆断了，罗杰落海前，一头栽在舷缘上。波格斯拿桨去够他，但罗杰心一慌，反而游回了筏子。埃迪跳下水，推他上筏子。罗杰脸色惨白，一道长长的伤口沿着颊骨绽开。

由于筏子已脱离起帆的救生艇，而且筏子吃水甚浅，两者之间的距离瞬间拉大。波格斯使劲朝筏子上的埃迪抛绳索但总是不够远，暴雨来时才放弃。二副也在筏子上，变得一动也不动。埃迪命令筏子上的弟兄以两人为一组游向救生艇，让艇上的弟兄有足够的时间拉人上船。令埃迪惊讶的是，艇上的水手长竟然也在协助拉人。这是水手长获救之后第一次采取行动。

二副拒绝游泳上救生艇。埃迪想最后带罗杰一起游过去。实习生罗杰躺在筏子上，闭着眼睛，脸上的伤淌着血。筏子上只剩三人时，埃迪说："好吧，二副，由你殿后好了。"接着，埃迪对罗杰说："你不必划水，不过，你要协助我游泳，可以吗？"

实习生点点头。筏艇之间只有十五米，但距离逐秒剧增。雨滴打在海面上，埃迪正想下水，不料肩膀被二副抓住，整个人被扯回了筏子中间。二副语无伦次地哀求着，神志不清。埃迪用力打他耳光，逼他恢复理智。"你会游泳啊，二副。你在搞什么？"他怒吼。

二副打中了埃迪的腮帮子，两人跪地扭打成一团，在滂沱的大雨中、湿滑的筏子上缠斗在一起。筏子在浪里摇晃着，宛如儿童划着玩的轻木船。每次有机会瞥一眼救生艇，就会发现它越来越遥远，埃迪感觉得到艇上弟兄们焦急的目光。救生艇上的火花、威科夫、水手长和他的连线鲜活无比，仿佛能缩短两船之间的距离，照亮黑暗。

埃迪勉强掏出口袋里的鲍伊猎刀，想划破二副的喉咙。结果刀子被二副夺走，丢进了海里，然后他以肥胖的身躯压向埃迪。埃迪动弹不得，眼睛完全看不见，只觉得被浑身恶臭、湿透的胖子压制住了。罗杰振作起来，想拉开二副。最后，二副呻吟一声，从埃迪身上翻滚而下后，埃迪几乎已经看不见救生艇了。埃迪哭了起来，发泄怒火，也因同伴全离他远去而气馁。横坐板上记录船难日数与大事的刻痕，也全付诸东流。他仰起头，张开嘴，让雨润泽喉咙几分钟，又朝海面望了一眼。他仍看得见救生艇，也依稀能看到艇上弟兄们注视他的目光。埃迪告诉自己，即使海面激荡，他也可以游到救生艇，也许甚至能带罗杰一起走。有可能办得到。但这想法每次一掠过埃迪脑海，就会唤醒二副紧张的关注，生怕被抛弃。埃迪这时明白了，唯一的存活契机是单独跳水游走，让二副追不上。可这样做就不得不丢下实习生罗杰。现在是存亡的关键时刻，没有人会质问他的抉择。但他动摇了。他无法留下罗杰独自面对二副。

埃迪睁大眼睛在黑暗中找寻救生艇，注意到海面上多了一个身影，看似在游泳。他揉揉眼睛，再看一次。看走眼了。没看错。的确有一颗人头，像软木塞，在海浪之间起伏不定。是波格斯吗？除了波格斯，谁还有力气和胆量做这种事？为什么？罗杰也注意到了，伸手指着，凝视着越游越近的人头。最后，来人终于游到了筏子边，埃迪赫然发现是水手长。他和罗杰合力拉他上筏子。水手长喘息片刻，然后站起来，设法在颠簸的筏子上保持重心，他取下用吊绳联结在皮带上的救生艇斧头，高高举起，对准二副的头顶劈了下去，头颅如落地的餐盘般迸裂开，脑浆和鲜血啪嚓一下洒在木筏上。水手长抢走二副皮带上的折叠刀来，将尸体推下了海。二副就此葬身于浪涛间。一阵浪打上来，洗净了模糊的血肉。

全程不过一分钟光景。埃迪本以为是一场幻觉，但不争的事实是，二副已经不在筏子上了。埃迪的心头无比轻松。一小时内，雨停了，四下漆黑，夜空无云也无月。埃迪远远见到微光：救生艇上的灯笼。筏子上无桨可划，也无法对救生艇打信号。筏子上有价值的物品早已转移到了救生艇上：饮食、罗盘，所有保命的东西。

刚才雨势够强也够久，衣服上的盐分被冲刷掉大半。三人脱下衣服拧水，互相止渴，然后尽量补眠。埃迪时睡时醒，等候天边透光，让他有机会找救生艇。天终于亮了，他遍寻不着救生艇。三人凝望着空旷的海面。埃迪内心惊恐万状，但极力不动声色，把眼前的紧急状况当作是一场小挫败。

水手长摸摸自己的喉咙，苦闷地摇摇头。

"我能体会，"埃迪说，"我也怀念你那美妙的言语。"

水手长歪头表示不敢置信。

"是真心话，"埃迪说，"你的声音消失以后，我现在巴不得再听见。"

水手长指着自己。"卢克。"

"不对。对我来说，你永远是水手长。对不对啊，罗杰？"但罗杰只凝视着海面。

水手长打开口粮舱,拉出他们昨天遮阳用的船罩。他从水里把断裂的艇首缆拉上筏子,开始捣鼓这两种东西,目的不明。

"他想做海锚。"埃迪给罗杰解释,尽量让罗杰有事可做。罗杰的脸颊浮肿不堪,右眼无法睁开,伤口深而火红。"我们最好还是顺着海潮漂流,"埃迪继续说,"等到风开始刮,我们很可能会被吹上岸。点子不错呀,水手长。"

水手长骤然瞄了他一眼,目光犀利而熟悉,激得埃迪冒出一连串话:"我明白,在下资质驽钝,竟侈言赞赏智能卓越至极的您,水手长,竟敢称许您的想法,失敬失敬。然而,如今您言语深奥难解,在下迫不得已,仅能凭低拙至极之才智,试着判读您的心思。"

水手长瞠目结舌,连罗杰也抬头看他。埃迪一生中从未讲过如此有学问的话。如今辞藻被他顺手拈来,从嘴里泉涌而出,这种怡然言语的乐趣令他着迷。

获救至今,水手长首度咧嘴一笑。以前,每次见水手长笑,埃迪总觉得吃瘪,无法承认那两弯整齐皓齿的美。

埃迪用二副的刀,在筏子边另起一份航海日志,今天算是第一天,因为在救生艇上的日子显得不尽真实,幽灵幢幢。在筏子上的新生活,风势强,海水凝重而漆黑。筏子上无栖身处,躲不掉强风、烈日、雨水,三人听凭天气摆布。星月显得靠近,显得不设防,犹如贝壳碎屑或闪亮的石子,埃迪想去就能爬过去。他们看到了夜虹奇景。白天,埃迪和水手长扫视海平面,寻找船只,寻觅失散的救生艇。第二天,两条飞鱼掉在筏子上,三人把它们分食了。软骨上的每一丝鱼肉全被他们吸吮下肚,吃完后改啃鱼骨。到了第三天,又来了一阵风雨,为他们解渴,可惜筏上子缺乏储水的器具。

一头撞上救生艇后,实习生罗杰的神智逐日不清,受伤的一边眼睛已经睁不开了,肿胀的范围也扩大了。埃迪从自己的上衣上撕下一块布条,浸泡了海水,敷在他的伤口上。他想不出别的办法。伤口已经化脓,红晕在罗杰的脸上攻城略地。夜里,罗杰颤抖得难受,埃迪和水手长从左右夹抱住他,为他增温。每天日出后,埃迪都会在筏子边再刻一道痕：四天，五天。大男孩罗杰低声想念他的柯基幼犬，说他送报打工存下了十八美元，说有个名叫安娜贝勒的女孩穿着复活节毛衣，曾让他隔着衣服抚摸酥胸。他喊着母亲。埃迪以干皱的嘴唇贴向他的脸，低语："我们爱你，亲爱的，一切都不用操心。"如果能让这位大男孩平静，他不惜牺牲一切。埃迪曾目睹过某人对孩子如此尽心奉献，却想不起地点和时间。

在第六天夜里，罗杰发高烧躺着，脸色铁青，呼吸急而浅。埃迪和水手长从两旁抱住他。最后，大男孩长长地惊喘了一口气，随即全身不再动弹。他们继续抱着他，直到最后一丝体温逝去。日出后，他们轻轻地把尸体推下海，但埃迪拒绝相信他走了，一直伸手想找他。

现在，活泼的实习生飘去和其他幽灵会合，埃迪够不到，只好再度适应新的生活。烈日灼人，夜晚冷如冰，难以征服的饥饿感磨损着意志力。他和水手长俯伏在筏子上，虚弱到无力觅食找船，仅靠偶然几阵短暂的风雨止渴。埃迪瘦成了骷髅，体力衰败，记不起上次排尿是多久前的事了。他沦为一息尚存的尸首。尽管肉身虚弱，他的思绪却如脱缰般恣意奔放。埃迪曾在上海的鸦片馆见过吸食鸦片后的人：浑身乏力，呆滞，但他们的思绪一定也像他现在这样奔腾，在音声与色彩中驰骋，宛如毫无羁绊的灵魂。

水手长消瘦的身形和埃迪相呼应，乱发和胡须似乎在嘲弄他们萎缩的肢体。终日曝晒对黑人水手长影响较小，但褴褛的衣物遮不住的艳阳天天鞭笞着埃迪的白皮肤，唯一能舒坦身心的方式是下海漂浮一阵子。每天日出和日落之时，他便会甩脱肢体的麻木感，至少下一次水，抓着海锚绳。唯有在这时，埃迪才得以逃离地心引力的魔掌。在筏子上，重力对他的折磨如同被人以鞋跟践踏。泡水漂浮的乐趣之大，让他忘却了事后伤口凝结出盐巴时的刺痛。埃迪力气不够，水手长拉他上筏子。两人始终无言。他们经常并肩躺着，互看对方的眼睛，半晌无动静。埃迪后悔来不及问他尼日利亚家乡拉各斯的事，问他为何出海，信不信天主教，最甜蜜、最伤心的回忆是什么。现在谈往事太迟了。他们已把语言放诸海潮，连航海术语也用不着了。

某天日间，两人躺在筏子上，埃迪意识到身旁有动静，睁眼一看，发现筏子上多了一只白色信天翁，动作别扭，大翅膀收拢在两旁，如同画架。水手长睡着了。埃迪压榨出体内残余的力气，握刀挥向鸟脖子，想砍掉信天翁的头。信天翁轻易躲闪开，腾空大约三十厘米后，旋即落回原地，歪着鸟头，以灼灼的黑眼珠好奇地观望着他。

隔天，艳阳高照，埃迪却躺着发抖。水手长抱住他，想让他暖和起来。"好人。"水手长说。好久以前，实习生罗杰垂死时，埃迪也曾说过类似的话。他想反驳，想提出几件事实来纠正水手长的说法。奈何论点还来不及凝聚成言语，就渐渐化为色彩。埃迪几乎不动，几乎不呼吸，保存最后一丝精力，把生理机能减缓到近乎死亡的程度，以便再多活一小时。他愿以一死来交换心智活跃，享受思绪腾跃至他不曾领会的某种真理。他不知现在是日是夜，不知水手长是否仍在身旁。他想起小女儿——幼小的心灵注定困在僵化的身躯里。发现这一雷同之处，埃迪心痛得哀号，只不过他喊不出声音。瘫痪在筏子上，他渴望下水泡一泡。他回忆起莉迪娅泡澡时的景象，和她浮在温水里舒畅欢笑时的快乐模样。但在当时，见到畸形女儿后埃迪心生畏惧，扭过了头去。抛家弃子的歉疚感攻上心头，这是第一次，也是唯一一次，他哭喊着："莉迪娅！莉迪！"哽咽凄怆的嗓音吓到了他自己，他摸索着他背弃的小女儿，他背弃的家庭。

深受打击的埃迪躺着，莉迪娅的名字如同含在嘴里的硬币。接着，一阵轻盈的声响飘进他的耳朵，他微微有印象——不是大女儿安娜的嗓音，绝对也不是水手长的。这人讲话带有气泡音，急促，乐呵呵的，喋喋不休，如同鸟鸣般吱喳而欢愉，毫无意义。埃迪挣脱筏子上的肉身，跟随这声音，飞向源头，仿佛这声响是从窗户里飘出的音符。他停下来聆听，努力辨识嘿嘿笑的牙牙学语里的含义，宛如伸出双手想拍打、捕捉风中乱颤的鲜艳彩带。他跟随着莉迪娅，见女儿上气不接下气，欢笑着，言语不成句子，仅止于一阵接一阵的音节。他以前不接受这种言语方式，如今他总算听懂了：爸爸安娜跑妈妈看海妈妈拍手安娜看海爸爸亲安娜跑去看海看海看海海看海看海海看海看海海。语调平直,简单的反复,如琴弦拨动,如心跳:他的心,她的心,一颗心。沉潜在所有真理下的真理就在这里,如同自海床而生成的蠢动。直到此时此刻,埃迪才觉得水手长的手臂仍环抱着他。水手长始终都在,不曾离去。"快来了,"水手长说,"快来了,我的朋友,快结束了。上帝已和你我同在。"

第八章

迷 雾

The Fog

29

"讨厌,你事先也不多考虑几秒吗?"

这里和索菲特医师的诊所相隔一条街,霓尔在上午的阳光下气呼呼地数落安娜。若非中央公园里有母子戴着教堂帽散步,霓尔一定会大吼大叫。

"谢谢你阻止他。"安娜说。

"早知道我应该随他去,你的麻烦就不见了,一了百了。我们甚至还可以——"她瞥向第五大道,"八成还可以回去。"

"不要。求求你。"一瞬间,安娜觉得呼吸干冷空气的乐趣差点要离她远去,"求求你,不要。"

"别再讲了!"

安娜拉着朋友的手臂,对爱漂亮、爱发脾气、守护她的霓尔有着一分近乎爱的情谊。"谢谢你,霓尔。"

霓尔先是一怔,随即松懈下来。安娜的连声道谢似乎渐渐平息了她的怒火。又或者是霓尔自己也被怒火烧烦了,反而觉得安娜的新麻烦更有意思。"所以嘛,你想奋战到最后一刻喽,"她轻声说,"你非远走高飞不可。不过我先警告你一声,地方越高级,越会对你狮子大开口的。"

"我存了一点钱。"

霓尔大笑。"亲爱的,钱让男方出才对。你去当面告诉他:假如他想继续过好日子，不想逼得你去找他妻子摊牌，不想把家庭生活闹得乱糟糟的，就拿钱出来。就这么简单。"

"他走了。"

霓尔偏着头说："人死了才算走了。你把那个坏蛋找出来，逼他出钱，否则你会落得进修女院的下场。我建议你不要，"她说，"修女看不惯我们这种人。我讲这话可是有一定说服力的。"

"我的意思是，他——走了，"见霓尔不解，安娜只好补上，"在海外。"

"啊，军人。为什么不早说呢？"

安娜不知道怎么回答，但有没有回答并不重要，霓尔已陷入了沉思。"你和他是暗通款曲啊，"霓尔说，用这个成语将安娜的困境并入截然不同的类别，"你不顾后果，他也是。完全没考虑到往后的事。"

"……也对。"安娜说。

"话说回来呢，花三十分钟就能解决的问题，为什么不做？干吗毁掉身材，浪费一整年的青春？除非……万一他回不来了……"

"他不会回来了。我很确定。"

讲太多了。话讲得太确定，旁人一听就会心觉有异，幸好霓尔没听出端倪。"如果是这样的话，孩子就能延续他的血脉，"霓尔陷入沉思，说，"即使没人知道孩子是他的。从某个角度来说，他依然活着——你怀着他的孩子，让身为军人的他活了下来。你是这样想的，对吧！"

安娜的想法其实是，改走浪漫路线的霓尔听起来太像冒牌货了。显然，霓尔听了太多爱情广播剧了。所幸，霓尔以问代答的习惯正合安娜心意。

"就找修女院吧，"她下定结论，"你就强颜欢笑，忍耐一年吧。然后，她们会帮你儿子找个基督徒好家庭。"

"也可能是女儿。"安娜说。

晚餐后，安娜和萝丝一家人坐在前厅，欣赏留声机播放的莫扎特。

萝丝的父亲沉醉在他的《前进》杂志中，她的母亲正在织桌布的其中一格，用来庆祝儿子安然回家。最小的弟弟海勒姆正在做功课。萝丝的儿子梅尔文在玩小马车，让小马车开遍沙发，最后开上安娜的大腿、手臂，来到肩膀上。见安娜阿姨不反对，他把小马车开上了她的头顶。

"不要烦人，梅利[1]。"萝丝说。

"我喜欢。"安娜说。玩具小马车的轮子在她的皮肤和头皮上按摩，感觉好舒服。在她构筑的这片脆弱、宝贵的天地之中，一切都很舒适。随后几天乃至于几星期，她的满足感绽放成狂喜。克林顿大道上的行道树一夕之间百花怒放。安娜挥舞着双手，走过树下，心想，不久后，我就再也看不见这些树了，也听不见枝丫的吱嘎声了。她帮萝丝的母亲把织好的方格缝成完整的桌布。"等这张桌布上桌时，安娜，你也会跟我们一起庆祝的，"萝丝的母亲说，"你是我们的家人——你母亲也是，等她把她妹妹照顾到康复，她就能回家了。"安娜向她道谢，内心充满一分因迫近灾难边缘而升起的揪心的喜悦。假使秘密被萝丝的母亲知道，安娜必定会被她逐出家门。幸好她不知情，完全不知道！没人知道！

虽然这段居家生活已走到尽头，安娜仍尽情地欣赏风景，也仍懂得享受。她嗜柠檬水如命。等萝丝全家人都上床后，她就偷偷进厨房，在水池里挤柠檬汁，用冷水搅拌，然后掺入她用个人配粮券换来的砂糖，以免被发现偷吃。酸甜的柠檬水乐得她起鸡皮疙瘩。她端进房间慢慢喝，看着窗外的枝叶吐出新芽，宛如握着扑克牌的手。耽溺于这种甜蜜的生活，安娜抗拒结束。过一天再说吧！接着，再过一天就好！就这样，日子一天一天过去，转眼间进入五月，和三月时一样一筹莫展，但她的下腹部已微微隆起。不过幸好很容易隐藏起来；上班时，她不是穿宽松的工作服，就是穿潜水服，而男同事和她相处习惯了，也不再对她的身体感到好奇。萝丝的母亲把功劳揽在自己身上，自夸是一流的厨艺让安娜"变丰腴"了。她总嫌安娜太瘦。她开始免费为安娜准备午餐。

---

[1] 梅尔文的昵称。

如今，安娜学会了焊接和气割，她的潜水工作包括修补船壳和推进器，以及和潜水同事一起在紧绷的垫子上修理战舰。经她的双手，庞大的船体发出嗡嗡的声响。无重力的乐趣已达极限。她吊在螺旋桨上，任流水冲刷沉重的潜水靴。有时，她仍怀疑是否能以这种方式自然流产，但她不再怀抱因此获得特赦的期望。严格说来，她也不想流产。巴斯康安排同事一起去红十字会捐血时，安娜在最后关头打了退堂鼓，推说肚子痛。

在曼哈顿八十八号码头负责抢救诺曼底号的潜水员前来参观造船厂时，阿克塞尔上尉挑选安娜陪同来宾参观造船厂的潜水队，她的照片被登载于《布鲁克林鹰报》。**女潜水员为诺曼底号抢救队展现布鲁克林英姿**。照片中的安娜面带微笑，没戴帽子，穿着连身工作服，从发卡下偷跑出来的几缕秀发在风中飞舞。见报不到一天，照片宛如变成年代久远的古物，被她收藏在床边，每晚睡前拿出来看。她告诉自己：这是我一生中最快乐的一天。然而，她却能继续享受快乐，如同美梦醒来，余韵犹存，她获准再短暂享受一阵子。

"少了你，我该怎么办才好，克里根？"阿克塞尔上尉有天晚上说。安娜正在冲洗潜水服。

安娜警觉起来。"怎么这么说，长官？"

"俄军突破高加索线，再过几天，我军将拿下突尼斯和比塞大。转眼间，士兵们就要回国找工作了。"

"哦，"她说，松了一口气，"是这样啊。"

"在你还没来得及反应之前，我就卷铺盖走人了，回我的平底小渔舟，等鲶鱼上钩，"他定睛看安娜，"你呢，克里根？很难想象你穿着花边围裙的样子。"

"谢谢你，长官。"

他咯咯地笑了。"又不是称赞你，不过我照样得说，不客气。"

假如秘密被他发现，安娜必定会被他开除。幸好他不知道。安娜抱着这份岌岌可危的窃喜。

双面人的日子唯有在写家书时才令安娜痛心。写信给母亲时，她以报道新闻的方式叙述在造船厂生活的点滴,感觉像在做不在场证明。她考虑过告诉母亲真相——借由书信比较容易。但母亲知道后绝对会难以承受,必定会自责不该扔下安娜不管。母亲找不到别人诉苦。假如被安娜的姨妈或外祖父母得知,安娜休想再进他们家门一步。又是一个怪胎。母亲已失去太多,安娜不忍心让她再蒙羞。

六月的第一个星期六是安娜的休假日,萝丝一家人去做犹太教的礼拜,安娜一早便回了母亲的公寓收邮件。她靠在门厅墙边上站着,在寻常的信件和胜利邮件之间,注意到一封贴着外国邮票的航空信,正面以紧凑的斜草字迹写着她的姓名,笔迹格外眼熟。她敢发誓这是父亲的字。

安娜爬到六层,回到老家。搬去萝丝家后,这是她第一次回来。原本健步如蜻蜓的她脚步沉重。老家有旧冰箱的臭味。她打开一扇窗,带着神秘信件到消防梯上阅读。从纽约港海床寻回的怀表在她的皮包里,是父亲已不在人世的铁证。但她知道,这封信确实来自父亲。她知道。

他正在英属索马里兰住院,笔迹虚浮,信上说,他工作的货轮遭鱼雷击沉,他在海上漂流了二十一天后获救。他从一九三七年效劳商船至今。这些内容从安娜左耳进、右耳出,把理智冲刷一空。他健康情况不佳,不确定何时能出院回国。我极想念两个女儿,渴望再见你们一面。他写道。寄件地址是弗里斯科邮政信箱。

安娜坐着,半晌没动,连麻雀都以为她是木头人,开始在她脚边的消防梯上抖羽毛、争吵。父亲活着,一直健在。虽然这事实看来难以置信,她却不觉得讶异,心情反倒像是在倒栽葱坠山崖,不清楚会掉到哪里去。她两手分别抓住消防梯两边的栏杆,感觉整栋公寓都在晃动,谨慎地爬回了家。阳光已缩回窗框,大概接近中午了。她在厨房里找到母亲用绳子拴在墙上的铅笔。母亲常用这笔写下采买事项。安娜把父亲的来信摊平在料理台上,以铅笔在上面写大字"莉迪娅死了",笔尖穿透了信纸。随后,她走进自己的房间,躺在床上,沉沉地睡去。

醒来时,她从天色判断已经下午了。她不可能再回萝丝家。她必须采取行动。她打开收音机,坐在餐桌前思考。霓尔提到的修女院是什么样的地方？该去哪里找？她们有电话吗？拖到现在才去找霓尔太迟了。她还能向谁求救呢？说也奇怪，查理·沃斯浮现在她的脑海里，虽然她搬家之后几乎没再见过查理。直觉告诉她，查理可能会同情她的处境，但她无从确定，也担心风险太大。

电台在播放她以前常和姑姑布里安娜收听的《罗伊·布尔兹秀》。一想到布里安娜，她灵机一动。当然。布里安娜和母亲一直以为安娜品德高尚，通情达理，但如果布里安娜发现她不是小圣女，也不至于会像母亲那般失望。天大的歹事也无法击垮布里安娜姑姑。

如果打电话给姑姑留言，安娜只有等姑姑回电的份，但安娜此刻缺乏等候的耐性。即使没有地址，她也决定立刻动身前往羊头湾，到了那里再打电话给姑姑。布里安娜居无定所，有时甚至没地方可住，所以安娜家里堆着姑姑寄放的皮草和羽饰，偶尔有几件家具，布里安娜姑姑也总是以邮政信箱收信。安娜瞥向柜子上的一堆杂物。有办法了。莉迪娅丧礼后举行午餐会时，布里安娜曾带鸡尾酒纸巾来，安娜留了其中一张，放在柜子上。

情迷牧人，羊头湾埃蒙斯街。安娜可以从这地方找起。

厨房碗橱里贴有海员银行赞助的地铁路线图，安娜查看路线，发现搭地铁能直通羊头湾。安娜离开公寓，步行到地铁站。

她曾跟着父亲去羊头湾"办事"。她记得当地有几座快烂掉的码头，几艘小渔船。父亲曾带她走进一家寒酸的小店，见几个男人在柜台前垂头吃着碗里的东西，活像埋首饲料槽的牲口。在父亲去办正事期间，老板端来一碗浓汤给安娜。她记得浓汤的滋味：乳香扑鼻，牛油浓郁，鱼肉很多。想到这里，安娜的肚子咕噜叫了一声。

这里比印象中的埃蒙斯街来得宽，原本的丑八怪小码头被几座气派的大码头取代，每座的形式都相同，各有一条斜坡伸入水里。她穿过马路，来到埃蒙斯街北边的自助餐厅，对收银人员出示"情迷牧人"纸巾。这人头发染成了黑色，一撇小胡子像是假的。"你知道这个地方在哪里吗？"她问。

"当然知道，"他说，"埃蒙斯街一路往东就是了。搭电车可以到，车站离这里有一百英尺。"

安娜搭上电车，望着窗外的海防军人，在接近黄昏的天色中走动，军官帽上的鹰徽是金色而非银色，表示这些人来自海岸防卫队，有别于海军。在羊头湾对面，右边是民房，左边成了军方营舍——这里一定是布里安娜提过的海事训练中心。安娜下车，简直像是回到了桑兹街：酒吧生意兴隆，有个照相馆在促销——十二个姿势只要六十九美分，还有贩卖纸牌、通灵板、水晶的拉鲁斯夫人商店。她在一条街外就看到了"情迷牧人"的招牌，和纸巾上的图一模一样，一双心形眼的牧羊人握着调酒器。

"情迷牧人"近似椭圆酒吧，啤酒味混合着锯木屑香，海鲜味浓厚，客人密集，很多是没穿制服的男人。安娜猜他们是商船水手。布里安娜姑姑才不屑光顾这种酒吧。怪事，布里安娜就在吧台那边！安娜冲过去，却发现布里安娜其实站在吧台里面——她竟然是吧台侍应！安娜脑筋打结，愣在原地不动了，心想布里安娜大概认不出她是谁，因为这种场面实在是太不可思议了。不料，布里安娜惊呼了一声。"哇，总算来了！最近怎么样，假如我想见侄女一面，非得打开《布鲁克林鹰报》，不然别想看到她。两个星期了，一通电话也不打，我还在怀特药局留过三次言呢，他们说，最近连你的鬼影都没见。你饿不饿？艾伯特，给我侄女来一碗浓汤，蛤蜊不准偷工减料啊。"

面对一连串带笑的指责，想道歉的安娜变得结结巴巴的。艾伯特的喉结比鼻子更突出，请她坐吧台凳，端来一碗热腾腾的浓汤给她。她捏碎几块蚝香饼干，洒在浓汤上，舀一匙吃，闭眼品尝：鱼肉、乳脂、牛油。她印象中的浓汤就是这种，但这一碗更可口。原因是此时浓汤在她嘴里，继而暖和了肠胃，热量随之传递至手脚。吃浓汤的同时，她有一种异样的感觉，仿佛浓汤里的鱼复活了，在她的胃肠里钻来钻去。同样的感觉又来了一次时，她怀疑浓汤是不是害她消化不良。不是。因为有个生物正在她肚子里面动。

她咽喉发紧，放下汤匙，恐惧感首度在内心弹跳，提醒着她，曾经坐视不管的巨灾如今即将临头。近两个月以来，她不愿正视难题，以为总能找到退路。如今祸害赤裸裸地摆在她面前。她这辈子毁了。

布里安娜和水手瞎搅和，为他们添酒，活像淫荡的幼年童子军女训导。安娜几乎听不见周围的动静。她仿若看到前方裂开一道鸿沟，而对岸是她深爱的一切：潜水工作、马尔和巴斯康等其他同事、萝丝家。《布鲁克林鹰报》那张照片上的她，是一个良家女孩，一个笑容可掬、天真无邪的女孩。但安娜不是那种女孩。安娜是个心术不正的不速之客，从小到大糊弄他人。

她将浓汤一饮而尽。肚子里的生物不再蠢动，但她觉得它在她体内缩成了一团：那团从小隐藏在心中的黑影，如今成了活生生、有血有肉的东西。唯有父亲猜透了她的劣根性和失德。只有父亲意识到女儿变坏了，对她感到失望，不得已才离家出走。她多年来深信如此。

布里安娜来到她身边，一手放在她的肩膀上。"弗朗辛同意提前轮班，所以我们可以上楼好好聊一聊。"布里安娜说。安娜向弗朗辛道谢。弗朗辛的脸上雀斑点点，分散开的形状犹如露肩领。布里安娜带她离开酒吧，从侧门上楼梯，橡木栏杆看起来年代久远，诉说着往日的辉煌。楼上的走廊以护壁板装潢，洋葱味和煮土豆味充斥其中。姑姑怎么会沦落到这种地步？安娜想不通。龙虾王呢？

又上了一层楼后，布里安娜从乳沟里掏出钥匙开门，带安娜进屋。这间房只有一扇窗户，光线暗淡。安娜的视线固定在童年时期在家中见过的家具上：红色布面法式躺椅、中国屏风、看似草写体的挂衣架。家具四周的墙壁和天花板似乎都向内收缩了，显得家具格外地大，摆设过于密集。布里安娜打开台灯，照亮了一个小水池、一台摆着咖啡壶的瓦斯炉，和一个挂着束腹和胸罩的晾衣架。

"龙虾王……他住附近吗？"安娜问。

"他早就走了。"布里安娜说，叼起一支切斯特菲尔德香烟，用一个看似阿拉丁神灯的器具点火，"跟其他男人一样，混账一个。"

"那……你没有其他朋友了？"

布里安娜吸了一口烟，然后把烟小心放在直立式银色烟灰缸上。"我的朋友很多，不过全是女的，"她边吐烟边说，"除了房东。他姓利昂塔基斯,是'情迷牧人'的老板。希腊人。"最后这句像在道歉。

布里安娜在法式躺椅上坐下,拍了拍身旁的空位。安娜坐下时两腿不稳。布里安娜拉起安娜冒冷汗的双手,握紧。布里安娜的手很柔软,手指肥短。她以前常说,这双手是她外表的一个缺憾。幸好难看的不是脸,感谢上帝。安娜看着姑姑的眼睛,知道秘密被她猜到了。

"你的大姨妈多久没来了?"布里安娜问。

"不记得了。"

"大约多久?"

"那件事发生在二月九日。"

布里安娜吹了声口哨,说:"我就知道该常去看你。"

布里安娜只在这时候露出悔恨的神色。再开口时,她以一连串的问题关心安娜,近似医师问诊,态度中立,不失温馨。安娜一律以不带感情的语调答复。不,她没有吓一跳,也没有被占便宜。没有其他人知道她怀孕。她不想吐露男方的身份,以后不会再遇到他。她考虑过生下孩子,让别人领养,但目前拿不定主意。

"下决定要趁今天。现在就决定,"布里安娜说,"这两条路通往相反的方向。"

如果她决定让人领养小孩,接下来的问题只有去哪里待产。布里安娜认识几个地方,全是修女院。"你要有心理准备,忍辱认错,"她说,"天天谦恭屈从。认错,悔过;认错,悔过。你会被修女整得七荤八素。"

"你怎么知道?"

布里安娜怔了一下。"大家都知道啊。"她说。

如果想留下孩子自己养,她应该马上找人嫁掉。安娜一听,扑哧一声笑出来了。"姑姑,谁会想娶我?"

"说给你听,你一定不相信。"布里安娜说。最普遍的动机是单恋。"要不是你怀孕,你才看不上眼的那种男人。他们为了占有你,说不定甘愿接纳野男人的骨肉。"

安娜向布里安娜保证身边找不到这种痴情男,于是布里安娜提出另一种可能性，"不一样"的男人。"这种男人有些很合适呢，"她说，"而且，假以时日，夫妻之间还是可以培养出一份爱。"

"不一样？"

"同性恋。你知道吧，就是弯的。"

安娜的确知道这方面的事，但她所知的仅止于二手信息。"我去哪里找这种男人？"

"比你想象的来得多。"

安娜皱眉摇头，脑海中不经意浮现出查理·沃斯的身影。有可能吗？该不会是走投无路才胡思乱想的吧？

"我可能认识一个，"安娜说，"要是我猜错了，怎么办？"

"你喜欢他吗？他喜欢你吗？"

"非常喜欢。"

"那就对了。如果他有份像样的工作就更理想了。"

"可是，这婚怎么结？"

"该问的是前途。这年代人人都有工作。"

"我总不能劈头盖脸地上去就问吧。"

"你明天一早去找他，表现得很着急，提出你现在的难题，向他请教解决办法，让他主动提出他的想法，最好他的想法和你一致。"

"然后呢？"

"跟他闪电结婚，不公开。一般来说，你们可以一起去外地，把时间顺序弄混，不过以目前这场笨仗来说，你们只能把结婚日期和小孩的出生年月日弄得模糊一点，以后再解决。这样一来，你现在的小孩，还有将来的小孩——如果你有这个打算——都有父亲。最重要的就是孩子将来有名分。"

"真的有人这样结婚吗？"

"我认识几对这样的夫妻，他们大多住在郊区，例如长岛、新泽西。丈夫通勤到纽约上班，租一间小公寓，每星期住个两三晚，不回家。在家里，夫妻分房睡，就好比和姐妹住一起，差别在于对方是你的丈夫。"

"听起来好悲哀。"安娜说。

"悲哀?那你现在的情况呢?"

"我倒宁愿孤零零地一个人住。"

布里安娜把香烟放在烟灰缸上,脸冷下来,准备说教。"哼,你将来的确会落得个孤零零的下场,没错,"她说,"更贴切的形容词是'被驱逐',而你的孩子会被贴上'杂种'的标签。让我告诉你一件事,我亲爱的侄女:在这个世界上,未婚妈妈和私生子会四处碰壁。如果你生下孩子,找不到男人嫁,你就只能过着没有阳光的生活,孩子也是。唉,遇到这种事,你怎么不早点来找我解决呢?你的脑袋很灵光,不至于笨到这种地步吧,安娜。你考虑看看你那个同性恋朋友——疑似同性恋的朋友。如果运气够好,能钓到他向你求婚,你才最有幸福的希望。如果你想留下孩子的话。"

安娜心想,如此一来,非让人领养孩子不可了。虽然她必须躲一阵子,但生产过后还能再续现在的生活。她匆匆盘点目前的情况:租来的房间、大战结束后拱手让人的工作、有可能各分东西的朋友。换言之,她一无所有。她目前的生活是战时生活,战争就是她的生活。在大战之前,她另有一段日子:有家人,有邻居,但那段日子里的人死的死,搬的搬,不然就是长大成人。最后一点渣滓是亡父的疑云。

"我想出去走一走,"安娜忽然站起来说,"我想去思考一下。我想单独出去。"

"不准,"布里安娜凶巴巴地说,从躺椅上站起来,"显然,你独自一人过太久了。要是我陪你走,话可以不讲,不过在我们拟定好出路之前,我不准你离开我身边。"

姑侄在埃蒙斯街上往东走。夕阳西下,天空被刷出一派粉红。安娜闻到了海湾的气息,还有油污码头的臭味。海鸥在岸上成群蹦跳,活像白兔。

"我爸还活着。"安娜说,打破了漫长的沉默。

布里安娜瞥了她一眼。"不然你以为他死了啊?"

"我接到了一封信,他说他一直在跑商船。"照理说,布里安娜听到后应该充满讶异才对。安娜转身面向她,问:"你早就知道了?"

"我略知一二,"接着,她赶在安娜勃然大怒之前先发制人,"不然我哪儿来的钱接济你和你妈?在那家低级酒吧能赚那么多吗?"

"可是……龙虾王……"

"哪儿来的龙虾王?哎哟,少来了,干吗目瞪口呆?龙虾王的故事跟三美元的钞票一样假。凭我这种残花败柳,哪里攀得上金主?你信以为真的话,算是夸奖我,那我心领了。"

安娜被怒火冲昏了头脑。她停下脚步,对着姑姑破口大骂,引来路人转头侧目。"你从没跟他提过莉迪娅的事。他以为莉迪娅还活着!"

"他从来没给过我住址,"布里安娜语气温和地说,"我连邮政信箱都不知道。他每年汇两笔钱给我,叫我自己留一点,其他的交给你妈。"

"但愿他死了。我反倒比较好受。"安娜怒斥。

"假如'但愿'能咒死男人,全天下男人会死到半个也不剩。"

安娜的怒气来得急,散得也快,瞬间转为厌恶。继续散步后,安娜问:"你也恨他吗?"

布里安娜叹了口气。"我只有他这么一个弟弟,"她说,"搞不好,这场战争能打醒他。战争的确有这种效果。"

"你不是说过,战争是笑话,是男孩拿棍子戳来戳去的游戏。"

"制造战争的男人是傻孩子,没错。不过被推上战场的那些漂亮的孩子……他们是清白无辜的。"

"我爸不是军人,姑姑——他在商船上上班!"

"商船水手不算军人吗?"布里安娜激动地反驳,"他们同样冒风险,却分不到任何荣誉:没有勋章,没有五响礼炮。到头来,他们只是区区商船水手,在世人眼里,他们跟流浪汉半斤八两。我倒觉得,他们才是真正的英雄。"

从布里安娜颤抖的嗓音可见,唯一不被她嫌荒唐的就是英雄壮举。

"我爸是英雄?你的意思是这样吗?"

布里安娜不语。安娜回想起父亲信上的描述:鱼雷、筏子、医院。

改天再告诉布里安娜好了。现在,怒火仿佛在大脑里烧开一条通路,她总算能动脑了。

前往海边的路被一道军事围墙挡住,她们只好往回走。回程中,两人不再讲话。她们默默地上楼,进布里安娜房间,脱下夹克挂上,安娜才问:"我爸寄的钱还剩多少?"

"两百美元吧,差不多。干吗要问?"

"我想到一条路。"

布里安娜给安娜倒了一杯四玫瑰威士忌,被安娜婉拒。即使到现在,安娜仍无法在姑姑面前喝酒。两人躺回法式躺椅,布里安娜点烟,摇动着杯中酒。

"我打算搭火车去加州,"安娜说,"中途戴上结婚戒指,换穿丧服,以战争寡妇的身份搬去加州,在马雷岛造船厂附近租房子住,找潜水工作。我应该能从布鲁克林造船厂请调过去。"

布里安娜哼了一声,说:"你知不知道,到加州的普尔曼列车卧铺要价一百五十美元。"

"我在银行存了五百四十二,债券值三百二十八。我可以坐普通舱。"

"你这种情况不准坐普通舱!"

"姑姑,我的工作是在水深三十英尺的地方焊接啊!"

"到了加州,你会过穷日子,"布里安娜说,"赤贫。"

"我可以卖掉战争债券。"

"你会沦落街头。"

"别傻了。"

"你能投靠谁?你在加州认识谁?"

安娜以挖苦的口气笑着说:"哼,如果我落得走投无路,总可以写信跟我爸求救吧。"她说,"据我所知,他现在可是大英雄呢。"

在知名的伦迪餐厅吃完"海鲜晚餐",她们又各来了一块越橘馅饼,饭后安娜换上姑姑的丝绸睡衣,旧衣服的腋下还有汗渍。布里安娜穿上一件家居服,质料是人造丝,散发着金属光泽,扣子扣到颈部。两人在四柱床上躺下。星期六夜间,酒吧的笑闹声一阵阵飘上来。安娜睡不着,凝视着天花板灯座上雕的石膏玫瑰。总算构思出一套计划了,她心情松懈之余亢奋不已。她以为姑姑已经睡着了,所以被黑暗中幽幽传来的声音吓到了。

"孩子的爸爸……"

"不要问,姑姑。"

"就这一个问题。"

"不要。"

"你不必回答,我问了就知道。"

"你不会知道的。"

"他是军人吗?"

安娜不语。

"那些制服啊,"布里安娜嘿嘿笑着说,"谁能抗拒呢?"

30

"推荐信有屁用？"阿克塞尔上尉说，"照理说可以，其实没用。"

"可以当作调职申请吧，"安娜解释，"从布鲁克林海军造船厂转调马雷岛。"

"调职是鬼扯，恕我讲粗话。申请几年都不会有结果，就像这鬼地方的大小事情一样。这样吧，我——"他从办公桌后抬头望了安娜一眼，"我打长途电话过去，跟那里的主管商量看看。"

"可以吗？谢谢您。"

"如果他做过潜水工作，我可能认识他。"他一副"有坏消息"的表情，但少了平日挂在嘴角的邪笑，"坐下，克里根。"

安娜坐下，情绪紧张。当前她迈出的每一步，都是以保住名誉、转调加州为目标，心头萦绕着秘密被发现的恐惧。

"你在我手下工作，有我护航，可以免受一种坏风气的影响。不过，你到加州以后，我就护不着你了。"他深吸一口气，倾身向前，以吐露机密的态度说，"很多老兵啊——他们的思想很落伍。他们一定拒收女孩担任潜水员，可能一听你是女孩就冷笑。"

他以凝重的神态检视安娜。安娜脑筋转不过来。上尉是在开玩笑吧？他一反常态，在自我揶揄吗？或者是，他根本忘了当初是谁恶言排斥女潜水员的？

"当然,你不像大多数女孩那样,"上尉说,"你我都知道。"

"大多数女孩像什么样,很难知道吧。"安娜喃喃地说。

"重点是,我必须一对一地劝他们:'聘用这个女孩。她一人能抵两人用。'如果我只托你带推荐信过去,对方会以为我写推荐信的动机龌龊。克里根,我很遗憾要告诉你这件丑陋的事实,不过,他们确实会想歪。"

安娜听着,由衷惊叹。"了解。"

"必须一对一地说:'这女孩才不是脑袋空空的金发女郎,不是喜欢跟男人搞暧昧的那一型。'因为他们会想歪。我看得出来,你很震惊,不过这世界有些地方非常丑陋。'她是本单位最优秀的潜水员,你那张老脸上的冷笑还不赶快收起来,呸,还拖什么拖,赶紧聘用她啊。'"他和假想敌争论着,驳斥对方不入流的推测,争得面红耳赤,"一场战争等着我们去大胜啊,可恶!我们需要把最精良的男人送上战场——呃,不对,男女都是。本单位里有个黑人,姓马尔,是我手下最优秀的焊接工。我介意用黑人吗?去你的,丢给老子一匹长颈鹿,只要它会在水里焊接,老子照收不误。"

见他如此激辩,安娜不禁怀疑自己的记忆力。上尉当初恶言相向,难道是她看走眼吗?是她自己过度敏感吗?她记不清楚了。"您觉得您能说服对方吗?"她问。

"我熟悉他们的用语,应该摸得清他们的想法。这样就足够沟通了。"

"谢谢您,长官。"

上尉沉默片刻,看着交握在桌面上的双手。"讲完第一件事了,"他以较为平静的语气说,"接着提第二件事:太平洋的鲨鱼多得很。听说在旧金山的海湾,人们看得到鲨鱼咬海豹,就像在吃糖豆。你打算怎么对付呢?"

就在十二天前,安娜宣布,她必须告辞前往加州和母亲团圆。这段时间,趁下班和每星期一次的休息日的空当,她通知房东不再续租,打包母亲的衣物和寝具寄走，寄放家具，结清威廉斯堡储蓄银行的账户，把存款电汇至加州瓦列霍的美国银行。她去莉迪娅的坟前扫墓，承诺安顿好一切后会来接她过去。巴斯康、马尔、鲁比和萝丝（得知安娜即将搬走，萝丝一家的心情像在办丧事）全对她伸出援手，但接受好意的风险太大，她承担不起。面对母亲和老邻居，她捏造了一套更为天马行空的谎言：密切交往两星期后，她接受男友求婚，直接进礼堂成亲，即将跟随丈夫前往加州马雷岛海军造船厂。她去当铺买结婚戒指，每次回曾住过的街区前都戴上。这套说法必须搭配眉飞色舞、上气不接下气的演技，比打包搬运更令安娜心力交瘁。即使是写信通知斯黛拉、莉莲、母亲、从军的邻居男孩，安娜也写得文情并茂。她在信纸上洒玫瑰香味的花露水，句尾猛加惊叹号。最辛苦的莫过于欺骗母亲，但谎言只是一时之计，好让母亲能敷衍明尼苏达州的家人。等母女重逢之日，安娜必定会对她全盘托出。

她把丈夫命名为查理。查理·史密斯，官拜上尉喔！！！

分两头经营两个骗局，不仅要谨记脱戴戒指的时机，更须致力于隔开新旧人生——一边是母亲和老邻居，另一边是造船厂的同事。由于安娜无法当着查理·沃斯的面讲瞎话，所以不能向他道别。到了加州再写信给他吧。

在椭圆酒吧，啤酒喝到最后一轮时，安娜对朋友告知瓦列霍镇的查尔斯饭店地址。她向巴斯康承诺代他亲吻太平洋的海岸，答应寄一片棕榈叶给鲁比。马尔的心愿是在战后迁居加州，她承诺代他调查哪些地方对黑人最友善。最后，她拥抱鲁比，逐一和十六位潜水员握手，走去法拉盛街搭电车，回萝丝家吃告别晚餐。

隔天正午，布里安娜搭出租车来到萝丝家。萝丝和她父亲去上班了，所以只有萝丝的母亲目送她离去。出租车里堆满行李，令萝丝的母亲见了惊呼失声。车上有两个纸箱、一个手提箱、一个旅行提包、一个化妆箱、一个大行李箱，全是布里安娜的家当。布里安娜听到安娜想搬去加州后，原本只承诺去车站送行，接着改口，说可以陪她坐火车到芝加哥，然后变成她也想去加州拜访好莱坞的友人，接着演变为她想在瓦列霍镇住一阵子,协助安娜安顿下来再走。紧接着,她又改口怎能丢下孕妇呢?等小孩生完再说吧。后来,有一夜,沉睡中的布里安娜领悟了一件事(布里安娜自己的说法),惊醒后从四柱床上跳下来:她已经厌倦了纽约的生活,活不下去了,天天梦想加州气候,早就想搬去长住了。她的家具和安娜的一并寄放在仓库里。

萝丝的母亲抱着小外孙,一同对着出发的出租车挥手。安娜看到她在哭。克林顿大道上的银叶树在满是煤臭的微风中摇摆,风中有巧克力香。祖孙两人脱离视线后,安娜靠在出租车椅背上,闭上眼睛。在一股非自然能量的推动下,她一步接一步地走完诸多步骤,终于走到要出发的阶段。如今,告别的阶段完结,她的兴奋感崩塌为无形。她始终不想走,现在也不想。

布里安娜拿着手工绘制的中国扇,扇个不停,一股隔夜脂粉的臭味从衣服里飘散出来,熏得安娜反胃。她不想走——尤其不愿和这个有霉味的老女人做伴。她摇下车窗,让微风拂面。司机在法拉盛街左转,沿着海军造船厂西行,旁边是七十七号厂房。从高楼的窗户,安娜曾俯瞰干船坞中的军舰。车经过坎伯兰街侧门,经过后院有网球场的军官公馆。从比烟囱更高的小山上,安娜瞥见过有着黄色三角墙的指挥官大宅。

司机在海军街右转,途经桑兹街侧门和霓尔工作过的四号厂房。车接近造船厂西北一隅时,安娜的胸口和喉咙疼痛起来。五百六十九号厂房就在围墙的另一边!今天是平常的工作日,是绝佳的潜水天气!她觉得,自己仿佛置身于围墙里,正忙着和朋友们搬器具上驳船,而此时此刻,此景也随着汽车的前行远去,永远不再回来。她整个人被粗暴撕扯开,剥离了此地。安娜紧盯显著的建筑物,仿佛为了止滑而在山腰上慌张地乱抓一通。伍尔沃斯大楼!旧海港码头!竖琴状的布鲁克林大桥缆绳!

横渡东河后,海军造船厂再度进入视野,"密苏里号"的黑色轮廓耸立于船台。"密苏里号"的进度超前,目前已经有人为下水典礼的座位而角力。最热门的位子在船台内。查理·沃斯曾承诺为安娜争取。她怀疑自己能否重回布鲁克林参加下水典礼。如果错过，海军造船厂等于白待了。

安娜其实用不着大老远赶回来观礼——她在加州瓦列霍的女皇戏院看新闻短片就能看到船台里的下水典礼。那时是一九四四年四月，比下水典礼迟了三个月。安娜一看再看，收票员干脆不收她的票，让她免费进场；她看完新闻短片就走，从不留下来看电影。"密苏里号"战舰突出的船尾像巍峨的高山，镜头里，扇形舰尾上挥手的水兵缩小成了蚂蚁。主持人是玛格丽特·杜鲁门，十九岁，她父亲是密苏里州参议员。她拿着一瓶香槟在船壳上敲碎，声音如枪响，但安娜早已从马尔的来信中得知，杜鲁门小姐连试三次才把酒瓶敲碎。马尔的来信可靠度很高，内容详尽。他写道，我们全都说，"假如交给克里根，她一敲就碎"。

香槟瓶一碎，工人们立刻撤除固定军舰的木柱。短短几秒后，"史上最庞大、威力最强的战舰"顺着轨道滑下水，动作轻柔——现场尖锐的摩擦声全被短片中军乐队的演奏声和播报员激动的声音盖住了。"'密苏里号'象征着美国海军日渐壮盛的军力。"男人按着头上的帽子追过去，但军舰已冲出他们伸手可及的范围。船尾仍在轨道上，船头早已进入东河破水前进，河面优雅如迎接猫爪的软垫。最后，战舰漂走，船底只吃水一半，仿佛从来没在陆地上待过。这好比看着动物出生，长大，一去不回头，全程在一分钟之内结束。

出租车在四十二街向西转，驶向中央车站，车在地铁第二大道高架线下行进时，阳光忽隐忽现，然后全被摩天楼遮住。高楼的身影来得出其不意，宛如倏然变脸的天气。卖报人呼喊着头条新闻：

"美军战机在瓜达尔卡纳尔岛击落七十七架日军战机！"

"太平洋爆发至今最惨烈的空战！只有六架美国战机遭击落！"

"借我看一下你的戒指。"布里安娜说。

为了挑选结婚戒指，安娜去了威洛比街法院附近的一家当铺，打算买最便宜的一枚。然而，在当铺里，她试戴几枚后，举棋不定。其中一枚是镶着一粒针头钻的十四克拉的金戒指，另一枚是雕刻了叶纹的黄铜戒指，她左看右看，无法立刻下决定。再怎么说，这是戴一辈子的戒指，怎能贪便宜买个凹凸不平的铜戒指，戴久了还会把手指染成绿色？面对这两枚戒指，安娜深思熟虑，德克斯特·斯泰尔斯的容貌忽然清晰地映入脑海，一副坐不住的模样。她想象着他排斥针头钻戒的模样：钻石应该大到看得见才好。只要勤擦洗，金或铜看不出差别。她最后选择了黄铜戒指。

"不赖嘛。"布里安娜说，伸出一指抚摸戒指上的叶纹。今天早上，安娜才擦亮过。接着，布里安娜眨了一下眼说："你的兵哥哥品位不错。"

接近中央车站时，布里安娜对着乳沟洒花露水。不久后，她对年轻的黑人红帽搬运工搔首弄姿。黑人发现安娜在看，两人相视暗笑着布里安娜。年近五十岁的她仍散发着湖女香水味。

在烟雾弥漫的大厅里，身穿军服的人摩肩接踵，近乎混乱。火车班班客满。几天前，布里安娜不得不使出"浑身解数"，换取了两张芝加哥至旧金山的观光卧铺车票。安娜怀疑，取得车票的方式是贿赂，而非挑逗。雾蒙蒙的光线从头上的半月窗斜射而下，安娜走在一道接一道的光线中，自觉是人生败笔的耻辱逐渐飘散。女孩到处都是：志愿紧急服务妇女队、陆军妇女军团、拉着小孩手前进的母亲。离开纽约的安娜毫无奇特之处；她只是流动人口中的一分子。

登上前往芝加哥的先导号列车，她们选择靠窗的位子，面对面坐下。另有六名乘客挤进来。终于不必遮遮掩掩的安娜放松下来，打开毛衣，让肚子尽情凸出。这举动显然能触动人心，因为她察觉身边的乘客开始打破砂锅问到底，直到看见她的结婚戒指才罢休。满足了他们的好奇心，感觉像叹了一口气。这枚戒指具有魔力。有人送她扇子、报纸、一杯水。单薄的一枚戒指竟然神力无穷。

对话就比较棘手了。人人都有认识的人在海军服役，安娜含糊回答查理·史密斯上尉的背景，结果只招来更进一步的疑问。为解决这问题，她开始阅读：先看《纽约时报》，然后读《美国纽约日报》，接着是埃勒里·奎因的《Z的悲剧》。

她轻声问布里安娜："你有没有帮我带那一套衣服来？"

"岂止一套，"布里安娜说，"一套比一套可爱。不过，你暂时用不着。"她凑近安娜耳边，悄悄地说："先享受一个星期的婚姻生活，然后才开始服丧。"

火车往北急驶之际，哈德孙河上的小舰队被抛出视野。母亲带着她和莉迪娅去明尼苏达州，也走的是同样的铁路，但她不记得当时火车有这么快。火车奔过平交道，晾在铁路旁的衣物像受惊后振翅乱飞的欧椋鸟。军人在走道上走动，不然就是在打牌，有些对着窗外扔烟蒂。火车的速度激起安娜心中的一丝期待。她望着窗外：一个镇接一个镇，变大，然后缩小，消失。列车交会时发出"砰"的一声。

午睡醒来，她发现火车已经到了斯克内克塔迪，昏黄的夜色如蜂蜜，涂满铁轨沿线的砖厂。如果是在布鲁克林，现在的她即将和萝丝一同下班，也许是和潜水同事去椭圆酒吧喝啤酒。被硬生生扯离好日子的剧痛已经缓和为惆怅。距离拉长，眷恋缩短。从斯克内克塔迪寄的信，一天后才能到纽约，打电话需要投币多次，接线生也会频频插嘴。她已经走远了。

夕阳西下，到达锡拉丘兹时，安娜和布里安娜去餐车吃炸鸡排，低声再次研商未来的计划。阿克塞尔上尉已经为安娜安排好了工作，她一到加州，便可立刻去马雷岛海军造船厂报到上班，直到潜水时无法隐瞒怀孕的事实。生完小孩后，她销假上班，身份改为寡妇，找人照顾小孩。"我希望我妈能来带小孩。"她说。

布里安娜神色不悦。"你眼前的这个人不够格吗？"

安娜笑说："姑姑，你讨厌小孩啊。"

"又不是讨厌所有的小孩。"

"你骂小孩是小混球。"

"有些小孩例外，我对他们特别好。"

安娜偏了下头，说："你愿意照顾婴儿吗？"

不知道为何，这话成了提议。安娜看着姑姑开始考虑，脸上戏剧化的线条转为罕见的深思。"我这辈子还没做过的事，可能就只剩下这一桩了。"布里安娜说。

到了罗切斯特，除了西方地平线艳丽的橙光，其余全坠入黑夜。农田的刺鼻气味从窗口飘进车厢。右边是紫黑色的安大略湖。安娜想象着萝丝和梅尔文蜷缩在床上，萝丝边吃核桃边读杰克·阿舍的推理小说的最后一章。巴斯康应该已经把鲁比送回家了，港口的喧闹声充盈夜空，他独自搭电车回廉价出租屋。安娜无可奈何地遐想着。才过了半天，她已将纽约人生扫进往事篓，追忆是奔向象征希望的艳橙阳光的代价。她渴望前往西方，向往着西岸的未来。火车隆隆西行，安娜陡然挺起腰杆坐直。她也想到过父亲。最后，她终于领悟：难怪他放得下。

31

埃迪来到女皇戏院外，在对面的公园长椅上坐下，凝视着戏院门口，等候安娜现身。安娜进去观赏"密苏里号"军舰的新闻短片了。"密苏里号"出厂于布鲁克林海军造船厂，是她婚前工作将近一年的地方。

他本想跟女儿一起进去，却被她浇了一头冷水。"你不见人影了，"她说，"军舰短片对你没意义。"

"我可以等你吗？"

"你想做什么随你便。"

埃迪受这话鼓舞。目前为止，这次见面比上次有进步。去年十月，他从旧金山搭乘电车前来，循地址摸黑找到了一栋阴暗的公寓，按响门铃。他听见门内有婴儿哭声，顿时心一沉。他正想摸摸鼻子转头就走，不料门开了，长大成人的安娜从门缝里望着他。"爸爸。"她轻声说。埃迪认为，她脸上带着疑惑的神情，而疑惑中夹杂着讶异——但也可能只有讶异。他同样讶异于门口这位皮肤苍白的黑眼珠少妇。她的长发散落在晨衣上。

一记耳光甩得他眼冒金星。"永远别再回来这里。"她说完轻轻地关上门——避免吓醒婴儿吧，他事后推断。

第二次见面是今年一月。那时候，他以二副的身份出航了三个月，刚从吉尔伯特群岛回来。这是胃病缠身的他自"伊丽莎白海员号"沉船后的首次出航。那一次,他趁安娜去上班,前来探望姐姐布里安娜,并见到了"小绅士"——这是布里安娜对宝宝的昵称。躺在摇篮里的宝宝胖嘟嘟的,目光敏锐,以责备的眼神瞪着他。

"他的父亲长什么模样?"他问,视线不离宝宝,"你有他的照片吗?"

"没有,"布里安娜沉重地说,"旅行箱在火车上搞丢了,照片在里面。"

埃迪运气好,照顾小孩的人不是阿格尼丝。布里安娜说,去年六月,阿格尼丝从老家农场不告而别,震惊了所有性情阴沉的亲戚,和她十七岁离家去纽约时的反应一样。她搭便车进市区,志愿加入红十字会,现在前往海外担任护士助理。碍于战时书信审查严格,她的来信写得不明不白,布里安娜不知道她在哪一国,但她在信里提及了森林,所以可能是欧洲。

埃迪看宝宝的腿乱蹬,活像一头好动的幼兽。"可怜的小鬼。"他说。

"他一点也不可怜,"布里安娜反驳,"天下没有一个小绅士比他更得宠。"

布里安娜的神态异常祥和,她把宝宝当成亲骨肉哺育,给他拍嗝;家里闻不到一丝酒味。布里安娜从浪荡女子摇身一变,瞬间化作无微不至的保姆,变化之神速如同万花筒转动。

"你很有母爱嘛。这些年来,你把母爱藏到哪里去了?"他问。

"不是藏,是全白费了,"她说,"浪费在比这小孩更孩子气的坏男人和负心汉身上了!"她把小娃娃抱进怀里,对着小脸蛋猛亲个不停,逗得他哈哈大笑。"来,亲爱的老弟,"她说,"抱一抱你孙子。"

埃迪谨慎地伸出双手,担心弄疼孙子。壮实的宝宝非但不怕,反而紧抱住他不放,柔中带刚,令埃迪以为被抱的人是他。

"好啦,好啦,"布里安娜说,"只有宝宝才准哭。"

告别布里安娜和孙子后,埃迪去马雷岛造船厂大门外等安娜下班。

先前,埃迪已经做好侦察的工作,弄清了她下班回家必走的路线。这时姑侄三人已搬进独栋小屋。

他躲在桉树林里,远离路面,刺鼻的树叶宛如镰刀,垂挂在他身旁。下班出大门的人潮减少后,安娜和一位女孩有说有笑地走了出来,矫捷的步伐如同阿格尼丝,令他一时迷糊,眼前的这个人是妻子还是女儿?安娜挥别朋友,加快脚步,帽子下的脸颊泛着红晕。身为新寡少妇的她未免太快乐了吧?但埃迪猜测,她和史密斯上尉交往时日短促,大概不会太怀念亡夫——尤其是她回家后还有小绅士做伴。埃迪看着女儿步步接近,一阵山崩地裂的空虚感袭上心头,仿佛自己早已魂断木筏之上,现在化成鬼回来看女儿。他差点走出暗处,看看女儿的表情,以确定自己是人不是鬼。然而,他又怕破坏女儿的好心情。于是他继续躲着,任她路过。

事后,他安慰自己,知道她快乐就好。知道他们三人和乐融融就好。照理说,这样应该够了,但其实不然。在他的情人英格丽德的劝说下(她总是这样笑称自己,毕竟谁也不会把这个词和一个守寡的小学老师联系起来),今天下午他想再试一次。前阵子,他再度出海,目的地是新几内亚,辅助美军逼退日军,以迫使日军投降。这一趟,他在船上和威科夫重逢,两人在星空下,坐在甲板上共饮一瓶葡萄酒。埃迪渐渐懂得品尝这种酒了。太平洋温煦的和风轻拂两人的脸,吹散了"伊丽莎白海员号"沉船惨剧的阴霾,使整件往事变得比梦魇还不真实。

在不屈不挠的老水手皮优的指挥下,救生艇一路航抵英属索马里兰,威科夫、火花、波格斯等人全数获救,健康情况尚可。基特里奇船长的救生艇早被救走了,所有人安然无恙。换言之,"伊丽莎白海员号"上的商船人员和海军士官兵约莫半数生还。据谣传,战时航运管理局唯恐浩劫余生的船员张扬惊魂事迹,规定立即分派任务给生还者。得救的同船人员除了皮优外,已全数重回船上的岗位。皮优退休了,和女儿同住。言语困难的水手长仍无法恢复以前雄辩滔滔的口才。他回了老家拉各斯,埃迪承诺战后去拜访他。两人时常书信往来,相互以"兄弟"称呼。埃迪发现,和水手长行云流水的文笔相比,自己的笔法就像小学生，不通不顺，黯然产生一股病态的满足感。

安娜走出戏院后没见到父亲，认定他已经走了，难掩失望之情，没想到父亲从马路对面的长椅上站了起来，对她挥手。她也挥手示意，讶异于内心这股强烈的如释重负感。但在他过马路的当下，安娜又生气了，想赶他走。可是，赶人又有什么用呢？他显然是打定主意了，想一来再来。她总不能每次都赏他耳光吧？

在上坡路上，两人并肩走向她家。安娜意识到父亲的转变有多么巨大。他老了，皱纹深刻，黑发变银发，但外形并非重点，因为安娜最熟悉的正是父亲瘦削俊逸的一面。最主要的转变在于，他少了一份心事重重的模样。似乎是因为少了这种神态，才显得这种神态是他从前最鲜明的特征。另外是少了烟味。他戒烟了，神色镇定得令人慌张。据布里安娜说，他得救时逼近死亡边缘，医护人员找不到他的心跳。

父亲变成了一个陌生人，成了她初相识的人。她像刚认识一个陌生人时那样上下不停地打量他。安娜隐约回想起自己曾有过这样父女重逢的心愿，如今心愿达成，两人反而不知从何谈起。他对女儿的生活一无所知，例如，他无法了解女儿昨天收到马尔来信时的喜悦。

天使终于垂怜了我们的好友巴斯康先生：他成功进海军了。在他搭火车前往伊利诺伊州五大湖区的新兵训练营之前，鲁比的母亲以晚餐招待了他，父亲举杯祝他健康。看样子，"军装造就男子汉"的说法果然不假。但愿我能更详细叙述，可惜他如常惜字如金，我连他晚餐吃的是什么都问不出来。他走后，五百六十九号厂房变了个景象。

"妈妈的事，你知道吧？"安娜打破沉默。

他点头。"有她照顾，算那些士兵运气好。"

安娜很想念母亲。安娜搬来加州不久后，还没来得及告知母亲自己怀孕的消息，母亲就已经加入了红十字会。母亲至今仍然相信查理·史密斯上尉确有其人。现在安娜怀疑有无向母亲吐实的必要——等大战结束后，大概已经不重要了。能确定的一件事是，萝丝料错了。萝丝曾预言，战后的世界会变回战前时那么小。安娜认定，战后至少不会变回战前的那种小世界。时代变化太大了。在世风轮流转、人事物异动的情况下，安娜侥幸趁隙逃脱成功。

"她回国以后想当护士。"她告诉父亲。

"她已经当护士很多年了。"他说。

来到坡路最上头，父女两人歇脚喘息。从这里，圣巴勃罗湾尾的马雷岛海军造船厂一览无遗，半岛上码头密布，军舰挤满水道。安娜喜欢每天上班前眺望风景，看清哪些船昨晚出航，今天又有哪些新来的军舰停泊。有班可上是奇迹，因为在她和姑姑安顿下来后，她自觉已大腹便便，无法潜水，担心会伤害到胎儿。她和布里安娜去一家快餐店找工作，布里安娜端餐盘，安娜坐收银台，在狭小肮脏的公寓里等婴儿呱呱坠地，那段日子很难熬。

去年十一月，利昂六周大时，安娜终于去马雷岛呈递了调职文件。事情已经过去这么久了，阿克塞尔上尉的电话早已被遗忘，幸好，上尉有没有打电话已经不重要，因为抢救诺曼底号的潜水员当中有三位转来马雷岛上班，其中一位是主管，曾在安娜陪同参见布鲁克林海军造船厂的队伍中。三人全记得她就是《布鲁克林鹰报》照片里的人。她开始上班，周薪八十美元，现在三天两头潜水一次。

"怎么你们的驱逐舰有这么多艘？"父亲瞭望着造船厂说，"航出金门大桥的船队这么少。"

"只有四艘。"她说。

"六艘。"

安娜仔细数了数。"是你分不清船舰。"

于是，埃迪指着数，指到第三艘，被安娜止住了。"爸，那一艘是扫雷舰。"

他细看许久，然后转向女儿，微笑着说："我承认我错了。"

雾逐步涌进。一条白雾仿若触角，从太平洋洋面飘来。雾号在远方低吼，比安娜从小听惯的雾号声来得低沉响亮。但话说回来，这阵雾不能同日而语，看似浓到能用手揉捏。一夕之间，所有市镇都陷入白茫茫一片，仿若患了遗忘症。

啊……呜……

啊……呜……

船彼此呼唤着，避免相撞，但安娜怎么听都以为它们迷路了，想在深远莫测的白雾中找伴依傍。这种声响在勾起她内心一种无以言喻的恶兆。夜里，她被雾号吵醒后，会伸向儿子的摇篮，探寻他怦怦跳的心脏。

"看，"父亲说，"来了。"

见父亲在观雾，她觉得意外。雾来得急，是磷光闪烁的天空下飘忽不定的剪影，直扑陆地，犹如一阵即将俯冲而下的海啸，也像远方一场无声爆炸后的景象。

她不经思考，握住父亲的一只手。

"来了。"她说。

致 谢

我在《曼哈顿海滩》上流连多年，也明白，花了这么多心血考证研究，若只换得过程中的快乐，我也会自认运气好。这段美好时光是从二〇〇四年开始的，那时，我在纽约公共图书馆的多萝西与刘易斯·B.卡尔曼学者及作家研究中心担任研究员，主任是琼斯·特劳斯。当时，馆员罗布·斯科特和玛丽亚·李瑞安诺协助我熟悉纽约市海滨区的历史变迁，那是在纽约定居多年的我一直无缘去探访的城市景观。

我在布鲁克林历史学会误打误撞读到一批战时书信，内容丰富，通信双方是在布鲁克林海军造船厂邂逅的艾尔弗雷德·科尔金和露西尔·格维尔茨·科尔金夫妇。二〇〇八年，我有幸陪伴年近九十高龄的艾尔弗雷德·科尔金重回造船厂，他的女儿朱迪·卡普兰·科尔金和玛乔丽·科尔金随行。

在布鲁克林海军造船厂，我得到安德鲁·金博尔、埃利奥特·马茨、艾琳·丘马尔德、丹妮拉·罗马诺的拥抱和鼓励。丹妮拉是我创作过程中的守护天使。在布鲁克林历史学会，我们合作收集了布鲁克林海军造船厂的口述历史。在口述历史专家萨迪·沙利文的谆谆教诲下，我有幸协助访问到以下几位：埃伦·布尔佐、唐·康垂尔、露西尔·福特、玛丽·汉尼根、安妮·汉尼根、珀尔·希尔、西尔维娅·霍尼希曼、艾尔弗雷德·科尔金、海伦·科耐、西多妮娅·莱文、奥德丽·莱昂、安托瓦妮特法·莫罗、焦万纳·梅尔科利亚诺、罗伯特·摩根索、艾达·波拉克、查尔斯·罗考夫、鲁韦纳·罗斯。我从中撷取了一些细节融入《曼哈顿海滩》的故事里。安德鲁·古斯塔夫森对海军造船厂九十二号厂房的导览（以及后续的协助）和海军造船厂的展览馆与游客服务中心，都让我获益良多。能在海军造船厂咨询委员会服务是我的荣幸。感谢国家档案馆的邦尼·索尔准许我亲手接触《纽约海军造船厂之厂房、设施、船只的建造与修缮（1903—1945）》资料集。

我对深海潜水修船的认识始于罗伯特·艾伦·海的一篇文章。他曾在第二次世界大战期间，于布鲁克林海军造船厂担任非军职潜水员。我的另外两位守护天使是军士长、资深潜水员斯蒂芬·J. 亨巴赫和已退休的高级军士长詹姆斯·P. 莱威尔（绰号法国佬）。二〇〇九年美国陆军潜水员协会成员团聚时，我有幸受邀参加，这两位协助我试穿了重达九十公斤的马克五号潜水服。同时也要感谢"二战"军职潜水员詹姆斯·D. 肯尼迪和比卡·沃茨与我分享他们的故事。肯尼迪先生的精彩事迹中的部分细节在本书中有所体现。美国首位军职女性深海潜水员，是已从军队退役的一级军士长安德烈亚·莫特利·克拉布特里，我曾与她交谈多次，加深了我对身为一名女性潜水员的辛酸的理解。旧金山海事历史国家公园的吉娜·巴尔迪、黛安娜·库珀、柯尔斯滕·夸姆让我参考了许多珍贵且稀有的专业潜水书和与潜水相关的历史文物。斯塔滕岛的潜水员爱德华·法努齐也分享了一些他所知悉的港中秘密。

我对战时商船海员的经历的了解始于两份论述：赫尔曼·罗森的《英勇的船，勇敢的人》（*Gallant Ship, Brave Men*）以及哈罗德·J. 麦考密克（美国海军预备役）的《桅杆下的两年：那些"二战"时期被迫出海的美国"水手"们》（*Two Years Behind the Mast: An American Landlubber at Sea in World War II*）。两者都对《曼哈顿海滩》有非常直接的影响。我数度参观位于旧金山的自由轮兼博物馆——"欧布莱恩号"名舰，也曾乘坐它短暂出海。这让我有幸结识了一群"二战"商船老将,他们的往事和知识是这一考证过程中的关键所在:无线电操作员安杰洛·德马泰、船舶驾驶员詹姆斯·里奇、轮机长诺姆·舍恩斯坦、海军武装卫队三级军士长约翰·斯托克斯。在纽约,我深受乔舒亚·史密斯的帮助。作为金斯波因特美国商船博物馆的代理馆长,他给我列了一个书单供我研究,并协助我考证。

滨海区方面的知识,我得助于约瑟夫·米尼针对"二战"期间的纽约港所撰写的精彩的专题论著。汉密尔顿堡的港口防御博物馆主任理查德·考克斯曾带我参观。成立于一八六四年的麦卡利斯特拖运公司的拖船在纽约近海航行至今。麦卡利斯特家族对我至为慷慨,布赖恩·麦卡利斯特为我讲述了"二战"期间的往事,巴克利·麦卡利斯特带我游览港口,使我受益匪浅。

承蒙约翰·利普斯科姆的帮助,我对船舟方面的专业知识有了诸多了解,同时也进行了考证,并阅读了大量资料。在海军方面的考证上,我要感谢退休海军中将迪克·加拉格尔。经济历史学者查尔斯·盖斯特和理查德·西拉竭尽所能,助我理解战时纽约银行业的运作。房屋博物馆的大卫·法瓦洛罗的精彩导览让我增长了不少知识。亚历克斯·布桑斯凯给我提供了法律方面的建议。

有幸书写这段仍有活人记得的历史,我深切感激纽约长青树们分享他们的个人历史。画家艾尔弗·雷德莱斯莉记忆鲜明,同时准许我多次访谈。同样对我启发良多的人还有罗杰·安杰尔、唐·塞西尔和简·塞西尔、雪莉捷·福伊尔施泰因、约瑟夫·萨尔瓦托雷佩里、朱迪思·施洛瑟。康泰纳仕出版集团数据库的玛丽安娜·布朗也特准我参考大战期间宝贵的期刊。

细数参考书目恐会令人昏昏欲睡,但以下两本的地位至为关键。T. J. 英格利希的《精疲力竭的爱尔兰佬:爱尔兰裔美国黑帮背后的故事》(*Paddy Whacked: The Untold Story of the Irish American Gangster*),以及詹姆斯·T. 费希尔的《爱尔兰人聚集的海滨区:改革人士、电影、纽约港的灵魂》(*On the Irish Waterfront: The Crusader, the Movie, and the Soul of the Port of New York*),为我刻画的埃迪·克里根的海滨生活圈子增色不少。约翰·R. 斯蒂尔戈的《生命之舟》（*Lifeboat*）是小船求生的静思佳作。美国小说中心文学组织为我提供了以二十世纪初的纽约为场景的小说书单。

有许多聪颖且资源丰富的恩人协助我查找资料。我和萨拉·马丁诺维奇在迪堡大学就读时曾有过合作。亨特学院艺术硕士学位项目的彼得·凯里三度授予我赫托格研究员奖助，最早一次是在二〇〇五年。杰弗里·罗特、杰西·巴伦、肖恩·哈默是各有所长的小说作者。身为专业研究员的梅雷迪思·威斯纳，工作态度卓绝，不辞辛劳地教导我历史知识。

雅虎企业在最后关头授予了我驻村奖助。

如果没有试读员，我不会有今天。感谢莫妮卡·阿德勒、鲁斯·达农、吉纳维芙·菲尔德、莉萨·富加德、大卫·赫斯科维茨、唐·李、梅利莎·马克斯韦尔、大卫·罗森斯托克、伊丽莎白·蒂平斯，他们的洞见与疑问大为提高了本书的可读性。

我的经纪人阿曼达·厄本是我不折不扣的合伙人。她和ICM、柯蒂斯·布朗公司的团队——黛西·梅里克、阿梅莉亚·阿特拉斯、罗恩·贝尔斯坦、费莉西蒂·布伦特等人，是精英中的精英。我的编辑娜恩·格雷厄姆为本书的手稿灌注了无限的热情与心血。

感谢母亲凯和继父桑迪·沃克给我的爱。

再次并永远感谢我的丈夫大卫·赫斯科维茨、儿子马努和拉乌尔，他们为我的生活增添了许多乐趣。

最后，我想要感谢亡弟格雷厄姆·金普顿（1969—2016），是他教我认识到"火药"在任何文艺作品里的必要性，他的智慧与爱日日在我心中回荡。

MANHATTAN BEACH

Copyright © 2017 by Jennifer Egan

Simplified Chinese edition copyright © 2021 by China South Booky Culture Media Co., Ltd.

All rights reserved

本书中译本由时报文化出版企业股份有限公司委托安伯文化事业有限公司代理授权。

Illustration Copyright © Andres F. Mena

著作版权合同登记号：01-2021-0288

图书在版编目（CIP）数据

曼哈顿海滩 /（美）珍妮弗·伊根著；宋瑛堂译 . -- 北京：新星出版社，2021.2
ISBN 978-7-5133-4265-0

Ⅰ.①曼… Ⅱ.①珍… ②宋… Ⅲ.①长篇小说—美国—现代 Ⅳ.①I712.45

中国版本图书馆 CIP 数据核字（2021）第 017072 号

曼哈顿海滩

[美] 珍妮弗·伊根 著；宋瑛堂 译

监　　　制：	吴文娟
策划编辑：	黄　琰
责任编辑：	李文彧
特约编辑：	包　玥
版权支持：	刘子一　文赛峰
营销编辑：	闵　婕
封面设计：	梁秋晨
版式设计：	梁秋晨

出　　　版：	新星出版社
出 版 人：	马汝军
社　　　址：	北京市西城区车公庄大街丙 3 号楼　100044
网　　　址：	www.newstarpress.com
电　　　话：	010-88310888
传　　　真：	010-65270449
法律顾问：	北京市岳成律师事务所

读者服务：	010-59320018
邮购地址：	北京市朝阳区融科望京中心 B 座 8 层　100102

印　　　刷：	北京天宇万达印刷有限公司
开　　　本：	875mm × 1270mm　1/32
印　　　张：	12.5
字　　　数：	360 千字
版　　　次：	2021 年 2 月第一版　2021 年 2 月第一次印刷
书　　　号：	ISBN 978-7-5133-4265-0
定　　　价：	58.00 元

版权专有，侵权必究

如有质量问题，请致电质量监督电话：010-59096394